死亡曲调

TODESMELODIE

【德】安德烈亚斯·弗朗茨
【德】丹尼尔·霍尔贝 著

刘冬妮 译

哈尔滨出版社
HARBIN PUBLISHING HOUSE

有两条路摆在面前。

还有时间去改变方向。

（改编自齐柏林飞艇乐队）

珍妮弗·梅森全身赤裸地躺在床上。她的床是那种常见的日式床垫，一点四米宽，上面铺着白色的床单。浅色的夏凉被被弄得乱七八糟，三分之二都已经掉到了桃木色的地板上。床的左边是一个小五斗橱，五斗橱边则是简约的桦木衣柜。床的右边是一个木架，上面放着立体声音响和几张 CD，除此以外，这个朴实无华的房间看上去更像是一个办公室而不是卧室。白色的宜家架子上摆满了书，一张还算大的办公桌上面放着一台比较现代的笔记本电脑和一些文具。分别位于四个墙角的四盏卤素灯把这个 20 平米大的屋子照得格外明亮。

　　正如她的室友一直指责的那样，房间里一点浪漫气息也没有。阿德里亚娜·丽娃，一个身材高挑，十分迷人的意大利女孩，和珍妮弗以及另外一名女孩一起合租了这间小面积的学生公寓。但是她与珍妮弗对于学习的态度截然不同。阿德里亚娜来自一个普通的工人之家，单单是他们的女儿要读大学这件事，就已经够叫人印象深刻了。她在一家待遇颇丰的大型活动筹划公司做兼职，以此来赚取学费，因此她对莱茵－美因一带的聚会情况非常了解。珍妮弗则恰恰相反，她的哥哥有着辉煌的军旅生涯，父亲则受过良好的高等教育。她能被允许出来法兰克福学习一年，真是件让人意外的事情。她必须把每一份成绩单都寄回家，因此她一定要取得完美的分数。几乎没有人能说服这个21岁的加拿大女孩去迪斯科舞厅或者参加那些放纵的学校聚会，她全身心地投入到了学业上。因此阿德里亚娜要说服珍妮弗，在学期开始的时候在寓所里举办一个小型庆祝会就更为吃力了。

"但是只允许有几个人，"珍妮弗警告道。

"我答应，"阿德里亚娜回答道。

"不准吸大麻！"

"好，不吸大麻。"

"也不准有酒鬼！"

低沉的打击乐从音响中传了出来，声音渐行渐远，珍妮弗此时深刻地感受到了刺眼的、令人眩晕的色彩，它们就像飞快旋转的陀螺一样钻入了她睁大的双眼。身下的床单已被汗水浸湿，身体无法动弹，珍妮弗甚至不确定自己的四肢在哪里，当另外一双手攥紧她的手腕时，才有了一丝感觉。不知过了多长时间，她感到了下体那沉重的节奏，那粗暴野蛮的动作没有经过她的允许就这样开始了，沉重的冷酷的撞击让人无法感到半点热情。可以肯定的是，这不是她想要的。珍妮弗不想再看到那些刺眼的颜色和总是出现在那些颜色中的鬼脸，它们令人作呕地紧贴在她的眼前。那鬼脸露出獠牙，张开血盆大口威胁着要吞掉她，空气中弥漫着热浪，远处传来了歇斯底里的笑声。

珍妮弗很确定，她必须要逃走，可是她既不知道谁在她面前也不知道要逃往何处。紧接着，又一次撞击贯穿了她毫无防备的身体,腹部好像已经痉挛了。突然,她非常想飘然离去,离开这个没用的躯壳,离开这个让她受尽折磨却又无法摆脱的躯体。如果这些色彩缤纷的颜色是彩虹的一部分,并且能让她远离人世间所有的苦痛,那么沉醉其中该是件多么美好的事啊!但是她的灵魂却被痛苦地困在这血与骨的牢笼之中,疼痛的屈辱无时无刻不在侵袭着她。

眼前的色彩渐渐退去,对于温暖的渴望变成了绝望的呻吟,施暴者终于离开了她。当他最后一次弯下腰接近她时,脖子上那冰冷的刀子并没有让她产生丝毫的恐惧,相反,几秒钟后她感到了一种舒适的温暖,这使她忘记了所有的疼痛。珍妮弗最后的意识是铁的味道和巨大的愉悦。

她感到一丝解脱,就好像是受尽折磨的躯体终于释放了她的灵魂。

星期六

在早上的这个时间段,尤莉亚·杜兰特用了不到 15 分钟就从霍尔茨豪森公园旁的新住所,绕着法兰克福来到了菲辛海姆。拖着沉重的步伐,她疲惫地爬上了木楼梯。当她早上 6 点半来到犯罪现场的时候,天知道她的这个周末怎么会与原来设想的相差这么远。这座被人们称为合租公寓的建筑位于老城区,从外形来看和这个小区中的其他房屋几乎没有什么区别:白色的砖瓦外墙,两个楼梯,一个简陋的老虎窗凸出在黑色的瓦屋顶之上。房屋所有者属于社会的中上层阶级,在他很小的时候,这座房子的最顶层就出租给了学生们。尤莉亚气喘吁吁地到达了楼梯的尽头,"对,没错,是吸烟肺,"一个不认识的同事经过她的身边时喃喃说道,紧接着他就消失在了楼梯的下方。笨蛋,那算什么病,尤莉亚心想道。

在经历了去年六月份的绑架后,尤莉亚·杜兰特的身体被击垮了,因此她在巴特索登的美因河陶努斯诊所休养了四天。后来在医生的劝说下,以及她的父亲和最好的朋友苏珊的强烈要求下,出院后她立即去往法国南部旅行了,这是她计划已久的事情。然而短短的几天之后她就搞清楚了一件事,单单一次简单的旅行是远远不够的,尤莉亚·杜兰特已经筋疲力尽了。

"我真想让她多留在我身边几个月。"她听到苏珊忧心忡忡地和她的父亲说道。

"是啊,那该有多好啊,"她的父亲附和道,"她的工作应该立刻停止,否则她会被拖垮的。"

只需要打两通电话就可以搞定一切,一个是打给疾病保险公司,一个是打给她的上司贝格尔。之后尤莉亚得到了许可:可以停薪留职一年。这一年时间从法定的假期之后算起,法定的假期包括因加班而得到的休息时间以及原来剩余的休假天数,这一切加在一起使得尤莉亚·杜兰特足足可以休息390天。但仅仅休息对于尤莉亚来说是没有益处的。她用了几个星期的时间才做好准备,去医院接受治疗,并且又用了几个月的时间,去了解所发生的事情。如果没有她的好朋友苏珊,她是无法熬过这一关的。现在,尤莉亚回来了,她已经工作了四个礼拜,她必须慢慢地恢复正常。

吸烟肺,她鄙夷地想着,如果仅仅是这样那就简单了。她记得在医生那里做了心电图、超声心电图、脑电图,还进行了多种血液化验,以至于她觉得自己就好像是一头被挤奶的奶牛一样。结果什么问题也没有,身体器官也没有感染。

"您一切都好,尤莉亚女士,"医生们一直这样跟她保证道,"您是极其健康的。"

见鬼,可为什么有时我觉得自己好像80岁了?这真让人绝望。

"你好,尤莉亚,"耳边突然传来了弗兰克·黑尔默的惊呼,她一下子从沮丧的思绪中回到了现实。"我不知道你已经回来值班了。"

"你好,弗兰克,"她板着脸应道,"今天是我第一天。"

"这么快又全力以赴了,怎么样? 你已经来很久了吗?"

"刚到,"她敷衍道,"发生什么事了?"

"你真想知道?"黑尔默叹息着说道。尤莉亚没有马上明白,她的同事到底所指何意。

"得了,弗兰克,"她要求道,"我已经准备好了,相信我。我必须要重新开始工作,不是吗? 好吧,说给我听听!"

黑尔默皱着眉头点了点头,在他开始报告之前,他将目光停留在了笔记本上。

"珍妮弗·梅森,21岁,加拿大人。她和其他两个女学生一起住在这里,也许从一月份,或者二月份开始,我们知道的也不是很准确。房主在国外。这个学期已经是她在法兰克福的第二个学期了。昨天晚上在这里举行了一个花园派对。进行得应该是很安静,因为没有接到邻居们的投诉,大概有六到八人参加了这个派对。他们为这个晚会消费了不少,现场到处都是摇头丸,我们发现了几根含有大麻的香烟和吸食可卡因留下的痕迹。案发现场有大量的空酒瓶,主要是伏特加,还有一些其他的烈性酒。不知何时这个疯狂的派对酿成了惨剧,因为我们发现梅森全裸地躺在床上,遭受了虐待,各种迹象表明她被强暴了。按照保护现场痕迹部门所说,床单在紫外线的照射下出现了圣诞树的造型。最后梅森的喉管被人割开了,这样的情景真的好久没有看到了。报告是梅森的室友阿里亚娜提供的,不,是阿德里亚娜,意大利人。"黑尔默翻阅着他的笔记。"是的,她叫阿德里亚娜,"他继续说道,"并且她姓丽娃,她在我们第一个探员来到现场后不久就精神崩溃了,所以我们得到的信息还是非常模糊的。她的失控是因为惊吓过度还是由于吸食某种毒品所引发的副作用,目前还没有得到确认。很显然她没有被强暴。我们现在已经把她送到了工伤事故保险联合救治医院。"

"为什么是事故救治医院?"

"不知道,"黑尔默耸耸肩膀,"我觉得,可能有其他的原因吧!"

"其他人呢?"

"对了,"黑尔默匆匆答道,"还有第三个人——海伦娜·约翰逊,美国人。派对现场没留下她的任何痕迹。"

"嗯。"

尤莉亚抬起下巴望向走廊的方向,她疑惑地注视着她的同事。"尸体还在那儿,是吗?"黑尔默点了点头,他领着尤莉亚横穿过了那条小走廊。"尸体,保护现场痕迹部,西弗斯都在,"他淡淡地微笑道,"沿着这条道走。"

尤莉亚·杜兰特估量着这个房间,大概有一百平米大。在门口的旁边是浴室,左手边有一个屋子,门是半开着的。门上自制的门牌上写着海伦娜的名字。在对面分别还有两个单人间,房门都是打开的。右手边转过拐角有一扇狭长的门,门上挂有每个建材市场都能买到的,价格低廉的黄铜色金属饰片,上面刻有"旅客合租公寓"的字样。在这扇门的旁边延伸出一条宽阔的通道,直通向公用厨房。房间里混合摆放着笨重的七十年代的家具和实用的宜家家具。比如说,在长长的走廊中塞进了一个朴素的白色鞋柜,一个笨重的深棕色木制衣帽间以及一台依照殖民风格而制的电话桌。从楼梯那边进门会看到一面镜子,这面狭长的无框镜子能够骗过客人的眼睛,让人以为这是个很宽敞的走廊。墙面涂有明亮的颜色。所有的布置都反映出这是一间典型的学生公寓:高效、实用、带有浓厚的个人色彩。尤莉亚让黑尔默走在前面。当他刚要穿过左边房间的门框时,一个娇小的身影匆忙地跑向走廊,和他正撞了个满怀。随着沉闷的跟跟跄跄的摔倒声,黑尔默条件反射地用他有力的臂膀接住了来者,紧接着尤莉亚听到了一阵爽朗的熟悉的咯咯笑声。

"咳,咳,不要这么着急。"黑尔默调侃道,并将这位年轻的女士温柔地从他的臂弯中扶起。

"早上好,尤莉亚。"这位女探员和尤莉亚打着招呼,然后再一次转向黑尔默,而后者已经在和旁边的保护现场痕迹部门的同事打着招呼。尤莉亚对这个声音熟悉极了。扎比内·考夫曼是一个性格活泼开朗的28岁女孩。虽然她比尤莉亚·杜兰特要矮几厘米,但是她那一头金黄色的短发让她十分引人注目。这个发式与她那白皙的,长有雀斑的皮肤和一双充满警惕性的绿色眼睛是极其相配的,就像人们说的那样,她的眼睛不会放过任何一个细节。令尤莉亚疑惑的是,为什么黑尔默刚才提到了尸体、保护现场痕迹部门和西弗斯,但是却没有提及扎比内呢?

"你好,扎比内。"尤莉亚用冷淡的声音答复着。忽然她为自己的冷淡感到很抱歉,因为她回忆起,不管怎么说,这个年轻的女同事也在她休假时被选为她的代替者。在那个时候,在尤莉亚·杜兰特的情绪最低落的时候,她找不到比扎比内·考夫曼更适合的人选了。

"很高兴见到你，"尤莉亚补上了一个真诚的微笑。"今天所有人都来了，对吗？"

"对，可以这么说。我已经做好了准备。"

"确实不能忽视任何一个疑点。有什么进展吗？"

扎比内用她的左手敲了一下她的牛仔马甲上的衣兜，她的马甲套在了一件粉红色的紧身上衣外。在她的衣兜里，一页笔记本记录纸露了出来。

"曾有一个美国男孩来过这里，名字是约翰·西蒙斯。他很可能是海伦娜·约翰逊的男朋友，我们到现在还没有找到海伦娜，但至少这里有一张他俩的合影。"她耸耸肩补充道，"在还没有其他线索的情况下，这也许是一条有价值的信息。"

"那么，祝你成功。我现在去看看死者。"

"你要做好心理准备啊，"扎比内叹息着说道，"我觉得，我永远不会适应这种场面。"

"你不必去适应的。我们不应丢掉人性。"

"完全没错。但是我不能理解的是，凶手的人性昨晚到底丢到哪了？"

尤莉亚·杜兰特没有尝试去回答这个问题，在多少个犯罪现场她也无数次地想到这个问题，她们二人相视着示意之后，扎比内·考夫曼顺着楼梯离开了。尤莉亚目送她离开以后，深吸一口气，踏入了珍妮弗·梅森的房间。首先她看到了一张日式床垫，她以前也睡过这种床垫，在床垫上躺着一具娇小的尸体。长长的头发因汗水和血水而黏在一起，四肢伸展着。这倒让尤莉亚·杜兰特有些许疑惑。在黑尔默关于虐待和强暴的叙述之后，她本以为珍妮弗·梅森的尸体会是蜷缩的，手臂会缠绕住下身。这种体态是女性遭受性侵而亡的一种典型的身体姿势。但是这具尸体不仅不是这样,反而这个年轻的女孩躺在血染的床单上,看上去是那样的放松,就好像在临死的关头感觉到了一种解脱。

当尤莉亚·杜兰特站在法医部的安德烈亚·西弗斯身旁时,安德烈亚·西弗斯才发现了她。

"天呐,这真是少有的情况,"尤莉亚·杜兰特脱口而出。

自从尤莉亚回来后她俩还是第一次见面。无数的问题写在了这位勤勉的 35 岁女性脸上,但是尤莉亚能够清楚地觉察出,她的同事强迫自己又回到了现实中来。她的面部表情又变得严肃起来,现在来庆祝重逢和叙旧寒暄,时间和地点都不适合。

"我从八月份就开始工作了,"尤莉亚只是这样说道,"今天是我第一次出现场。"

西弗斯点了点头,尤莉亚疑惑地打量着她。虽然她没能观察出任何明显的信号,但她保留着对女法医的怀疑,就像对黑尔默一样。也许真的是我多想了,她思量着。有个问题一直困扰着她,那就是同事们暂时撇下她,认为她还没有做好准备。如果情况确实如此,只有她自己可以改变这种现状。于是她打破了双方略显尴尬的沉默,语速很快地问道:"有什么发现吗?"

"大部分的证据只有等到化验结果出来后才能说明,关于损伤和体液方面的化验很可能是白费力气。"

"恐怕是这样的,我已经从黑尔默那听说了。死亡原因和死亡时间确定了吗?"

"嗯,是这样的,死者是由于喉管被垂直切断导致失血过多而死的,作案凶器从各种迹象来看是一把菜刀,保护现场痕迹部门在床边发现了一把刀并保管了起来。气管和颈动脉被切断，造成死者的血流尽，除此之外血液还灌入了肺中。由于死者大量地甚至是超量地使用了兴奋剂，所以很难说她对死亡过程感觉到了多少。关于这点还需要日后在实验室分析之后再做定论。即使没有毒品的作用，遭受到这种程度的伤害也会马上失去意识，感觉不到任何的疼痛。"

尤莉亚·杜兰特紧闭着嘴唇，弯着腰接近了床垫，她仔细地观察着珍妮弗·梅森。

"也许这是那一晚唯一没有给她造成的伤害，你觉得呢？"

"也许吧，"安德烈亚·西弗斯叹息道。"尸体上有多处血肿，特别是大腿内侧和前臂上。"

"手臂被固定住，大腿被分开压住。"尤莉亚感到恶心。在她的人生中她一直保持着强烈的性格特征，虽然她明知自己拥有独特的女性魅力，但她从不会将自己降格成一只花瓶。优雅也不是她的代名词，她习惯冲着别人抽香烟，大口享用色拉香肠面包和罐装啤酒，她将自己隐藏在坚硬的外壳之下，以此来获得众人的欣赏和尊重。尽管她拥有不易察觉的但却极其敏感的女性特质，但她还是将自己装扮成了一个干练的假小子。多年来她努力维持着这一形象，在别人眼中，她是不好接近的也是不易战胜的。但是有些事情还是发生了，首先是与她的前任男友——乔治的情感挫折，接着是与黑尔默的争吵，然后当然要算上托马斯·霍尔策事件。这个精神变态者偷袭了她，并把她关在了地牢里，她赤裸地、无助地被完全隔离于这个世界之外，囚禁在魔爪之中。她哭喊着，呻吟着，全身颤抖地乞求着，直到几天之后她的同事将她从这个变态的手中解救了出来。对于尤莉亚来说,霍尔策带给她的不仅是身体上的强暴,还使她一直停留在紧张的精神世界中,无法自拔。

尤莉亚·杜兰特对这种强烈的性别差异感到厌烦不已。男人们只会证明自己凌驾于弱者之上的无上权力,而且还不想厚颜无耻地去承认这个事实。霍尔策会用他的余生去赎罪,但对于尤莉亚来说,这只不过是无济于事的安慰罢了。

"死亡时间应该是凌晨三点到三点半之间,"西弗斯医生重新确认道,"死亡原因是否是因为服用兴奋剂而非切断喉管,这一点还需要在实验室里进行验证。"

弗兰克·黑尔默拖着重重的步伐快速地来到了旁边。尤莉亚很害怕还要将这里的一切再和他说一遍。

"你们还好吧?"面对着她的错愕,他这样问道。

"是的。死者死于失血过多,死亡时间最晚是三点半,其他的细节还得等博克教授的结果。"

西弗斯医生把温度计,各种不同的小管子以及一把旧式的放大镜收进了箱子中。接着她剥去了一次性的淡黄色乳胶手套,并把它塞进了袋子里。她望向了保护现场痕迹部的同事,以眼神告知他们已查明情况后,她脱去了淡蓝色的鞋罩,连同手套一起塞入袋子中,最后都放入了大箱子里。这位自信的深褐色头发的法医一直拒绝戴发网,这点尤莉亚是了解的。因为西弗斯确信,一个整齐束在脑后的马尾就可以了。

"没什么事的话,我就走了,"她说道,"冷血动物们还等在下面呢。"

她指的是那些火葬场的工作人员,他们负责把尸体运到法医部。尤莉亚·杜兰特点了点头,并指向楼下。"他们在我到达时就已经枕戈待旦了。"然后她转向黑尔默:"保护现场痕迹部有什么意见?"

"嗯,如果这里还需要很长时间的话,他们想让我给他们开绿灯,把整个房子都封锁起来。"

"我料到了。"

"刀子和木床边作为第一手线索来进行调查,还有所有吸尽的含有大麻的香烟、烟蒂,瓶子和杯子。在这些东西上会残留指纹和唾液的。最后司法鉴定中心只有那条床单可以检查了。"黑尔默结束了话语。

"对,西弗斯已证实,在床单上确实有大量的精液,都是鲜活的,在紫外线下还不能马上分辨出来。根据这样的数量可以推断,也许作案人不止一个。"对于本案中的这种男性能力,任何其他同事都可能会堆砌出大量的词藻来加以评论,所以让尤莉亚·杜兰特很感谢的是,此时的黑尔默没有说话。其实仔细想想,他也没有必要在她面前有所回避。关于两个人的共同记忆,她几乎都已经遗忘了,那已是另一个尤莉亚·杜兰特的事情了。

"令我感到不解的是,"经过思考后她提高了音量,"为什么在经过了性虐待和杀害之后会留下这么多的证据?我觉得,任何一个性格如此扭曲的暴力犯罪分子一定都会清楚地知道,血液、精液和指纹都是可靠的证据。"

"你想说明什么?"黑尔默问道。

"好吧,你想象一下。假如我们举行了一个学生派对,服用了大量的酒精和毒品。不知何时已经到了纵酒狂欢的程度。假设你真的已经不知道底线在哪里了,但是难道不会使用一下避孕套吗？因为只有戴套才能避免接触到前一个人的体液，或者当做爱没有达到同步时，戴套可以避免你的 DNA 洒得到处都是。但事实却是这么多人同时做出了这一不合逻辑的事情，这种愚蠢的行为在今天又有几人能够做出呢？"

"不知道，"黑尔默耸了耸肩。"在毒品的作用下也许他们什么意识都没有了，或者他们认为一切都是无所谓的。凶手也可能和这个或这些性伴侣不是同一个人。按照报告上说有六到八人参加了这个派对。谁来告诉我们是不是这样？梅森在完全疯癫的状态下和一到两个同学亲近了，而后来又有一个完全不同的人切断了她的喉咙，也许会是一个忌妒心很强的男友或者是一个被拒绝的求爱者。但是现在所有的一切都还只是空谈。甚至也有可能是阿德里亚娜。你没有看到她的样子，对于她这种外表的人来说不应该同样具有吸引男性的机会吗？"

"珍妮弗·梅森在这个晚上没有得到任何机会。"尤莉亚·杜兰特摇着头答道。"难道在她被杀害之前，就应该和多个男性发生关系吗？"

"也是有可能的，不是吗？"黑尔默带着无辜的表情反驳道。

"当然不是，"尤莉亚坚决地反对着，愤怒的目光投向了他的同事。难道他忘记了上个夏天发生的事情了吗？难道他已不记得那个画面了吗？尤莉亚几乎无法从地下牢笼中踏上楼梯，因为在任何一个人看来，她的下体是可以任意伤害的地方。黑尔默是不会经常展现出这种态度的，但刚刚他表现了出来，这让尤莉亚对这位多年的同伴感到十分生气。有关女人如何能够感受到性爱和女人有哪些需求和偏爱，这些问题在男性普遍十分低级的观念中得到了无限放大。但事实是，由于疼痛进入而带来的快感以及在私处来回进出所造成的伤害,在任何情况下都不是一个正常的女人想要的。到现在为止,珍妮弗·梅森留下的任何痕迹都不能够证明,对于性她有着特别的倾向。

黑尔默一直面无表情地站在她的身边,尤莉亚决定再次强调一下她的判断。

"如果是我的话,出现了下面任何一种情况我都会停止做爱,脖子、前臂和手腕被勒得流血,大腿、阴部和肛门的皮肤被磨破。"

"也许你是对的。但是我们只是在原地转圈,不是吗?"在黑尔默特有的沉默之后,他略带怀疑地说道。"我们去吃早饭吧,剩下的工作交给司法鉴定中心和法医部的同事去做吧。也许我们一会儿可以去找阿德里亚娜·丽娃,以便弄清楚究竟有谁去了派对。"

"联系到珍妮弗·梅森的父母了吗?"

黑尔默用力地摇了摇头。

"现在是加拿大午夜时间。此外还没有调查到她的父母是谁。梅森这个姓在德语中是砌墙工人的意思,在加拿大有不少人姓这个姓。如果把这些名字填满电话簿的话,那么我们的梦之队就要被累垮了。"

尤莉亚·杜兰特不由得冷笑了一下。黑尔默指的是他们的同事库尔默和塞德尔,这两个人在几年前自愿组成了搭档,从此以后无论从公事还是私事上就再也没分开过。警局里都是工作能手,现在这个时间再留在这里已是无事可做。

"那好吧,弗兰克,"她说道,"我们离开这儿吧。"

　　弗兰克·黑尔默看着他的车载电脑显示屏,上面的时间读数大而清晰,"哎呀,还没到8点啊。"尤莉亚·杜兰特颇有兴趣地打量着这辆保时捷车的豪华内饰,但是没有发表任何评论。关于这个话题,她和她的同事在去年夏天已经讨论了很多次,现在一点兴趣也没有了。在几年前,生活困难时,纳丁曾经说过:"现在要努力活着,此外还要为孩子们做些什么。"这之后她不再挥霍,家里也慢慢变得富有起来。就尤莉亚所知,没有后顾之忧,在今天这个社会已经并不常见了。尽管不再奢侈,但是这辆豪华的保时捷还是被留了下来,黑尔默刚刚把车开向了博尔西希林荫大道。

　　"我们去哪儿吃早餐?"他看向尤莉亚,问道,"在黑森商业中心找一家咖啡馆,还是去事故救治医院附近找一家差不多的餐厅?"

　　"啊,我不知道,"她叹息道,"但是千万别去那些我只能喝到法式咖啡和吃到牛角面包的地方!"毫无疑问,尤莉亚非常欣赏住在法国里维埃拉地区的苏珊·汤姆林的生活方式。但是应该强调的是,自从她复出以后,她又开始享受起每天的香肠片、牛油、黑麦面包和杂粮面包了。他们用盛在简易的有耳杯中的黑色的阿拉伯式咖啡代替了瓷盘中的法式咖啡,而这些法式咖啡通常都要加两倍的奶。"在快餐街上走一趟真是够我享用的了,"尤莉亚承认道,"那儿的早餐真是什么都有,尤其是合适的咖啡。""如女士所愿,"黑尔默点了点头,他加快了车速。很显然,在他的脑袋里,已经有了一个目的地。事实上几乎不到三分钟,他就打开了转向灯,穿过了有轨电车轨道,开向了一个停车场。尽管恐怖的犯罪现场仍旧清晰地出现在尤莉亚·杜兰特的眼前,但是她还是感到了强烈的饥饿感。这时她想道,一定要把家中冰箱里的各种小吃再多存一些,应该有当时在厨房里找到的两倍多,苏珊那里的大容积双开门冰箱很快就被吃空了。

路上的时间不怎么长,谈话内容基本没有离开闲谈的范围,关于案子的事情一点也没有涉及。尤莉亚穿过了快餐店的两道玻璃门并给黑尔默留了门。店内的人并不多,她扫视了一圈,找了个安静的、尽可能远离人群的角落,在那里他们可以不受干扰地聊天。"需要我给你带什么?"黑尔默指向彩色的塑料早餐单问道。他向她推荐了一种火腿奶酪牛角面包,当他说的时候,尤莉亚恰好也看到了食物的图片,他坏笑着。

"你敢!"她警告道,"给我带点肉多的东西,再要点甜的东西,还有一大杯咖啡。"

她缓慢地走向了窗边,坐到了红棕色的人造革长椅上,那是她选中的理想座位。不一会儿她就发现桌面不是黏的并且没有面包屑。很快她就把两肘撑在冰凉的大理石桌面上并且把头藏在两手之间。她在心里祈求着,请不要再一次出现循环系统障碍。为了放松自己,尤莉亚暗中进行了身体放松活动。这些以前被她称作是练习的假面舞会,事实上还是有点用处的。感受安静、体温和呼吸,把手放到太阳穴上。她感到周围什么人也没有。当黑尔默端着一个托盘出现在桌子旁时,尤莉亚又重新坐了起来,托盘上除了两个冒着热气的纸杯,其他什么也没有。

"啊,你还留了一半东西。"

"没事,他们还在做。等做好了,就会送过来。给,你的咖啡。"

他把一个杯子推了过来,尤莉亚迅速地抓起了四包糖中的三包,一下子把它们全都撕开,倒进了深黑色的液体之中。

"我看有些事情是怎么也改不了的。"黑尔默嘲笑道。

"为什么这么说?"尤莉亚回击道。接着在短暂的停顿之后,她满脸疑惑地注视着这位多年的同事,"有些事情不是已经改变了吗,不是吗?"

"不知道。你到底想说什么?"黑尔默显得有点不知所措。

"得了吧,"她刨根问底道,"给我讲讲你和扎比内的事。你们就像年轻人一样四处调情。"

"啊,原来是这件事。"现在黑尔默看起来似乎是松了一口气。"那好吧,我想说的是,我们度过了很有成就的一年。"

"很有成就?"尤莉亚重复道,她的脸已经变了形,这是令她最讨厌的回答了。

"哎,尤莉亚,那我该说什么?"黑尔默脱口而出。"当时是你推荐的扎比内,然后你就走了。我知道,这也没什么,你这么做,肯定有你的理由。但是生活最终还得继续。"他的手指紧张地敲打着塑料托盘。

"难道你不知道,过去的一年到底发生了什么吗?"

其实尤莉亚了解这一年来的案件,并且是全部。在贝格尔的监督下,尤莉亚从事了将近四个星期的内勤事务工作,她觉得,她几乎可以背出过去 13 个月里发生的点点滴滴。

"没事了,"她安慰着她的同事,她把一只手放到了他的前臂上。几秒钟前出现在餐桌旁的服务员被搞得有点糊涂,她放下了一个餐盘后匆匆地离开了,餐盘上放着纸盒、餐巾和塑料餐具。

"这只是,"尤莉亚开始说道,并且回忆起了刚才学生公寓走廊里那罕见的一幕,"有时我不能摆脱这种印象,就好像人们不再需要我了。我搬进了一座房子,坐在阳台上,我可以完全地把贝格尔抛在脑后,专心致志地思考问题,最终我又再次回到了人生正轨。这之后我接到了第一个案子,并且必须承认的是,我只是这件案子的助手。"

"胡说八道。"黑尔默的声音并不像她所预期的那样,听起来并没有什么说服力。

尤莉亚又尝试了另外一种方式:"刚刚,当我到了犯罪现场,你不止一次地提到了她的名字,人们就会觉得,你在哪儿,她就在哪儿一样。"

现在看起来,黑尔默好像终于开窍了。

"你的意思是,其实我们以前也是这样?"

"12 年了,亲爱的弗兰克。我们一起经历过那么多的起起落落,这只不过是又一次罢了。"

尤莉亚的手一直放在他的前臂上,这时黑尔默把他另外一只手放到了尤莉亚的手上。两滴泪水在尤莉亚的眼下聚集,尽管还不足以落下,但是对于黑尔默已再明显不过。

"他妈的,我就是个笨蛋,"黑尔默悔恨地挤出这句话,"我马上就要天天面对你,我不知道你看起来会是怎样。"

"弗兰克,我非常害怕,"尤莉亚·杜兰特承认道,"我一点也不好,但是如果我再不马上开始正常工作,我就真的再也无法忍受了。"

"没事了,我的同事,"黑尔默微笑着,他紧紧地抓住她的手,"相信我,贝格尔不会让你去坐办公室的。我和扎比内进展顺利,但是我也同样需要我的老伙伴。"

尤莉亚抽了抽鼻子,抽出了她的手,感激地朝黑尔默眨了眨眼睛。在她开始要吃第一份食物之前,她听到了黑尔默的低声嘟囔。他好像是在说,相对于一个年纪大的女同事,年纪小的总是有着无可争辩的优势。

尤莉亚·杜兰特笑着摇了摇头,咬了满满一口夹着烤猪肉、培根和鸡蛋的汉堡。有些事情是永远也不会改变的。

阿德里亚娜·丽娃躺在医院里,周围是无菌的环境、白色的床单和医生们的白大褂,前臂上还在输液,她的确是非常漂亮,但是她现在看起来并不好。屋里的百叶窗被拉了下来,温暖的阳光从缝隙间透了进来,在那耀眼的光芒下,无数微小的灰尘在闪闪发光,缓慢起舞,随意飘动。相较于自己的家里,尤莉亚甚至对这里更满意。不到 10 分钟前,尤莉亚和黑尔默到了事故救治医院并且问明了去丽娃那里的路。令人惊奇的是,一路上医生们对于他们的阻挠并不大。她觉得这是个好的信号,这表示丽娃的情况不是很严重。终于他们到了电梯,在一名年轻医生助理的轻蔑目光注视下,黑尔默掏出了响个不停的手机。扎比内·考夫曼发来一条短信,短信说在约翰·西蒙斯登记的住处找到了他,但是海伦娜·约翰逊还是没有踪迹,而西蒙斯也处于昏迷之中,接下来会有进一步详情。

丽娃的房间里安静得令人压抑,有两张床还没有病人。黑尔默站到了窗户与病床之间,眯着眼睛,一言不发地从百叶窗间的缝隙望了出去。在来的路上,他们已经决定,由于尤莉亚是女警官,所以应该先由她来审问。她把一只手温柔地放在了阿德里亚娜·丽娃的前臂上,几厘米外是蝴蝶针,也就是人们说的注射针头,它插在了丽娃的静脉里。突然一段短暂的记忆出现在了尤莉亚的脑海里。在过去的夏天,她整整输了四天液。

"我知道,您还处于惊吓之中,"尤莉亚向前弯下腰,尽可能轻声地说道。阿德里亚娜·丽娃回过头来,眼神空洞,目光呆滞,此外再没有任何反应。

"您听我说,我保证,我们尽可能占用您最少的时间。但是您必须告诉我,昨天晚上到底发生了什么?"

阿德里亚娜的呼吸有所加快。

"丽娃女士,您想和我说点儿什么吗?"这时,尤莉亚放在丽娃前臂上的那只手下意识地收紧了一下。这个姑娘马上就尖叫了起来,并惊慌失措地拍打着自己。

"出去! 滚出去!"她的呼吸变得急促起来,脸一下子涨得通红。尤莉亚完全没有料到阿德里亚娜会有如此激烈的反应,她跳了起来,跌跌撞撞地把注射器碰到了镀铬的金属支架上,咣当之声大作。

黑尔默跨了三大步,疾奔了过来。

"叫护士过来!"尤莉亚气喘吁吁地说道,她又恢复了常态。黑尔默什么也没说,直接撞开了通向走廊的门。

"护士,快!"

这个意大利女孩已经开始呻吟起来,浑身颤抖,呼吸急促,并用母语断断续续地说着很难懂的话。尤莉亚注意到,"圣母"这个词出现了好几次。一名护士急匆匆地赶了过来,不客气地暗示着尤莉亚,她挡道了。尤莉亚和黑尔默撤到了窗户旁,观察着这个肥胖的女人，她胖得都快要把她的翠绿色外套撑破了。她抚摩着阿德里亚娜·丽娃的头，并且用温柔的声音使她安静下来。过了一会儿尤莉亚才意识到，这名护士是在哼着一首儿歌。根据她的只言片语和外貌来看，尤莉亚猜测，她一定也是意大利人或者来自于会说意大利语的南方国家。黑尔默的眼神向她表明，他也得出了同样的结论。护士用纱布擦干了丽娃额头上的汗水，然后她抬起了头，看向了两位警官。

"你们真该害臊！"

她的口音依然清晰可辨，但是从她的发音来看，她已经在德国生活很多年了。

"你做你的工作，而我们做我们的。"黑尔默粗暴地回答道。

尤莉亚看到护士的眼中闪现出一丝危险的目光，她马上说道："喂，请等一下，你说得确实也对。我们还想问丽娃女士两个问题，然后我们就会安静地离开，可以吗？"

护士厌恶地挥了挥手，斥责道："反正无论如何，你们也会做你们想做的事！但是如果有必要的话，我就把医生叫来！"

"就两个问题，我保证，"尤莉亚强调道。

"好吧，但是我要留在房间里！"

"没问题。"

尤莉亚·杜兰特又回到了床边，走到了床的另一侧。她俯下身子，在已恢复平静的丽娃耳边轻声低语道："您能告诉我，海伦娜·约翰逊在哪儿吗？"

沉默……一会儿丽娃的嘴唇动了动，重复着刚才的问题。

"海……"声音听起来很虚弱，眼神里也闪现着恐惧，"海伦娜在哪里？"

"我想从您这儿知道的是,"尤莉亚说,"您能想起来,您的朋友海伦娜在哪儿吗?"

"不,不知道,海伦娜……"丽娃气喘吁吁地摇着头。

护士小姐走了过来,挡在了尤莉亚·杜兰特面前。

"两个问题。您已经问了两个问题。"她又轻声哼唱起一首歌,并擦拭着丽娃的额头。她回过头,越过肩膀,寻找着黑尔默的目光。

"圣母啊,您没看到,这个可怜的孩子正在遭受怎样的苦难吗? 你们明天再来吧!"在她转回头重新看向她的病人之前,她用意大利语祈求上帝,这更表明了她的逐客之意。

"来,弗兰克,我们走吧。"尤莉亚向她的同事说道,她的同事显出一副不知所措的样子。尤莉亚缓慢地走向屋门,拉下了门把手。

"格雷戈尔,"丽娃突然低声说道,女警官马上停了下来,仿佛石化了一样。她不敢移动半步,担心刚才出现了幻觉。这时那边声音又响了起来,只是这次更加微弱,而且断断续续,但是比刚才确实要清楚多了。

"陶贝特。格雷戈尔·陶贝特。"

阿德里亚娜·丽娃又失去了知觉。

星期六　11点05分

从事故救治医院的停车场出来,弗兰克·黑尔默把他的车开向了弗里德贝格公路,那里有多排车道通向市中心。他们经过了弗里德贝格瞭望塔,那里的瞭望塔又细又高,时至今日,人们仍然能够想象得到,身背弓箭的守卫们站在红白相间的百叶窗后的情形。这之后,他们又拐向了通往美国领事馆和中心墓地的支路。接着他们在高校处右转,到了尼伯龙根大道的一个十字路口。如果黑尔默是独自一人的话,他在工作日是不会来这里的。当然星期六的交通还算能够让人忍受,好像大多数人更愿意去湖边而不是这里。

"我把车留在了菲辛海姆,这真是个愚蠢透顶的决定,"尤莉亚·杜兰特自言自语道,"现在我离家只有一小段路了,但是车却在城市的另一边。"

"我也想到了这件事,"黑尔默附和道,"但是换个角度想一想,你也可以和我一起来次令人愉快的环城游。"

"半个环城游,准确地说。"尤莉亚挑衅地看着她的同事,接着说,"当然在把我扔到我的车子里以后,你也可以完成整个环城游。"

"现在……"

"这不是问题!"

警察局的停车场里车子并不多,车位空了一半还要多,除了两个抽着烟的警员,他们没有遇到任何人。尤莉亚和黑尔默一言不发地上了楼梯,穿过了长长的走廊。在走廊的尽头是一扇巨大的窗户,阳光从外面照射了进来。窗户前面是一个笨重的大花盆,花盆正中央长着一株无花果,它那满是灰尘的叶子伸得很长,似乎在享受着每一缕阳光。大部分的门都锁着,而开着的门里也几乎没有任何声音。像往常一样,所有的工作岗位都只有那些周末值班人员,重案 11 组的大部分办公桌也是空着的。

尤莉亚友好地朝多丽丝·塞德尔点了点头,她正把电话听筒夹在耳朵和肩膀之间,一边轻声细语,一边敲击着电脑键盘。彼得·库尔默的座位也是空着的,不,或者更准确地说是刚刚离开,尤莉亚在心里纠正道。书桌上堆满了文件夹和纸,就好像空着这个概念极不适用。库尔默是个实干家,但是却不适合坐办公室。他很有可能正在调查案件,关于这一点,尤莉亚是通过多丽丝·塞德尔的出现而推断出来的。她在哪儿,库尔默就在哪儿。当其中一个人在加班的时候,另一个人又怎么会待在家里呢?

扎比内·考夫曼也还没有返回警局。因此,和贝格尔的第一次工作会谈极有可能没有任何实质性内容。

贝格尔正在等着他们,他皱着眉头向他们点了点头,以表示欢迎。"我原本还以为要到周一才能再见到你们。"他看起来很疲惫,没有刮胡子,尤莉亚几乎可以确定,他还是穿着昨天那件衬衫。

"也祝您早上好。"她回答道。

"我也是。"黑尔默补充道。

贝格尔叹了口气,坐了起来,把面前的纸向边上一推。他拿出了圆珠笔和记事本,并放平了办公桌的桌腿。

"除了最新进展,我什么都不想听。"

在和尤莉亚进行了短暂的目光交流之后,黑尔默开始了他的报告。尤莉亚看着贝格尔,他做着记录,并且尝试着把那些他觉得特别重要的情况挑出来。尤莉亚也在脑子里把犯罪地点、死者和可能的犯罪过程想了一遍。黑尔默叙述道:"在一个放荡的学生派对上,荒淫过度导致了案件的发生。在一个闷热的夏日夜晚里,到处都是酒精和毒品,女学生们毫不吝啬她们的女性特征。放纵的男学生们对哲学和自然科学已经毫无兴趣,相反他们用贪婪的目光看着姑娘们的身体,变得越来越兴奋。每一口酒,每一片药都在降低着他们的自控能力,最终睾丸素占了上风,他们就像动物一样冲向了姑娘们。"

这真的就是案件的全部经过吗?

尤莉亚·杜兰特在心里想着。她觉得,即使是在那种完全疯癫的状态下,无论是谁强奸了受害者,完事之后也不会把受害者的喉咙割开。一个强奸犯何必还要犯下杀人罪呢?在现行的法制体系下,已经为强奸犯准备了足够多的借口和托词,比如说,减少责任能力:罪犯认为,受害者和他单独离开,一起谈心,彼此增加好感,都是你情我愿的,甚至他会辩称,他当时错误地以为,受害者发出了挑逗的信号。把性侵案的受害者说成是同案犯,这种事情尤莉亚已经见得够多了。

"任何你情我愿的做爱方式都无法造成珍妮弗身上那些严重的伤痕,"她赞同黑尔默的客观性陈述,"这个姑娘可能被折磨了几个小时,然后就被杀害了。这没什么需要掩饰的。"

"的确是这样。"贝格尔用食指指着笔记的一处,评论道,"我在15分钟前,刚和博克教授通了电话,他再次确认了这残忍的暴行。我们可能要到周一才会知道细节情况。这个女孩子的阴道内部一定会有巨大的伤口。"

尤莉亚叹息着,黑尔默则问道:"酒精和毒品的化验结果出来了吗?"

"快速检测结果表明,她吸食了大麻,烈性酒精含量大概是千分之二。初步的检测结果说明她没有吸食可卡因,可是眼下还不能得出更加准确的结果,因为博克和西弗斯正把精力都集中在确认陌生的 DNA 上。"

"也就是说我们现在除了干等着,什么也做不了。"尤莉亚叹息道。

"看你怎么想了,"贝格尔说,"我们还可以进行几个审讯,对此我们一定要冷静客观。"

接着,贝格尔总结道,在扎比内·考夫曼和另外一名警官的劝说下,约翰·西蒙斯和他们一起去了医院。起初,这个身体强壮的美国人拒绝进行酒精和毒品测试。一开始他就想挣脱警察的束缚,力量之大,令人意想不到。他一边挣脱,一边大喊大叫,过了好一会儿,警官们才把他制伏。当警官们把珍妮弗遇害的消息告诉他时,刚才那头野性的公牛不见了,取而代之的是醒酒室里的低声哽咽。眼下关于西蒙斯的情况就是这些。

在离开医院前,尤莉亚已经通过电话把格雷戈尔·陶贝特这个名字通知了警局,并让户籍登记处做了调查。幸运的是,在市区里只有一个人叫这个名字。由于扎比内还没有回来,因此黑尔默又想到陶贝特那里去。这一次的路途并不远,因为陶贝特的住处就登记在弗里德贝格瞭望塔的学生公寓,距离警察局直线距离还不到两千米。尤莉亚担心,如果这个学生也处于和西蒙斯相类似的状态,恐怕这条线索暂时也不会有什么实质性的收获。

"听我说,同事们。"多丽丝·塞德尔挥动着一张黄色的便笺纸,走了过来。

"塞德尔女士,"贝格尔点了点头,示意她接着说。黑尔默和尤莉亚也看向了这位不仅漂亮窈窕,而且训练有素的女同事,关于这一点,是大家公认的。

"控制中心刚刚通知我,在京特斯堡公园发现了一名迷失方向的年轻女士。她深色皮肤,迄今为止只说了一些混乱的英语。随身没有携带证件,但是……"

"海伦娜·约翰逊,"尤莉亚和黑尔默几乎同时脱口而出。

"啊,是的,"引得塞德尔一愣,"我和你们想的一样,也觉得是她。警员已经叫了救护车并且还在现场。韦特劳大街,停车场南门。"

两名警官站了起来,贝格尔简单地向他们挥了挥手。尤莉亚·杜兰特再次望向了贝格尔的目光,一方面她想弄明白,他为什么看起来如此境况不佳;另一方面也想让他明白,她已经准备好了,再次全身心地投入到工作之中。

"现在你们走吧,"贝格尔眨了眨眼说道。他显然明白了她的意思,并且觉得,她迟早也能理解他,这只是时间问题。

一年的时间可不是短短几个星期的时光就能弥补的。

星期六 12 点 24 分

中午的太阳火辣辣地照射着这座城市,沥青马路上面的空气被烤得闪闪发亮。尤莉亚和黑尔默第二次等在了尼伯龙根大街最大的交通岗前,这次是开往博恩海姆方向。在不到三千米长的路程上,空调没有起任何作用,让人感受不到丝毫凉爽。尤莉亚难受地在皮椅上滑动着。

"你说,"她犹豫地打开了话匣子,黑尔默挑着眉毛望向了她。他比任何人都了解他的这位同事,这点尤莉亚是清楚的。

但是看起来他没有明白,她刚刚是什么意思。

"怎么了?"

"我现在几乎不相信自己会问你,因为我不想让你感到尴尬。"她回避着说道。对于过去四周的经历她不抱任何希望,是的,找不到任何有用的话题。

"不要紧张,"黑尔默低语道,这个时候他们又来到了交通灯前。好吧,尤莉亚想到了,然后她停了一下。

"以前,哦,我是说在上个夏天之前,"她开始说道,"那时你总会带着烟。"

"哦,现在不是那样了,对吧?"

黑尔默猛地启动了车子,然后他用力地摇了摇头。看起来他好像非常想用手敲击自己的头。

"你一定是想把我甩出去,"尤莉亚替自己争辩着。有一点她是完全清楚的,那就是在黑尔默面前提起这个话题会是多么困难,就好像是面对着酒精的威胁,或者是一群人的围攻。但是她知道,她时而出现的对于香烟的渴望是无法摆脱的,这也许会跟着她一辈子,这让她感到很不好意思。因为自从她回来之后,就没看到黑尔默抽烟,所以她不想破坏他似乎已经戒烟的习惯。但是她却没有预料到黑尔默的反应。

"在杂物箱里还有一些,你拿吧。也给我拿一根。"

尤莉亚惊讶地转过身。"现在吗? 我以为你已经戒烟了。"

"在生活中没有,"黑尔默一下笑了,然后他又恢复了严肃,补充道,"即使我有幸真的成为了纳丁那样的人。但让我十分惊讶的是,你居然没有抽烟……"

他们的目光相遇了,这样短暂的充满温情的时刻,尤莉亚和黑尔默已经很长时间没有经历过了。紧接着两个人都大声地笑了起来。这时保时捷突然拐了一个危险的弧线。

"小心啊,否则卷烟厂会在烟盒上打上新的广告:不认真抽烟会导致严重的交通事故。"

尤莉亚打着打火机,将那橘黄色的光芒对准烟的顶端,狠吸着过滤嘴,直至火光沙沙地从烟头中凸显出来。黑尔默也快速地点着了一根,为了快点到达目的地,在经过下一个十字路口时他灵活地操纵着汽车。刑事警察出现在保时捷车里,真是够虚荣的,她这样想道。不过在接到紧急电话时使用自己的车去案发现场,这在杀人案件侦破组的同事间已经流行起来了。这确实比失去宝贵的时间要好多了。

黑尔默踏上制动踏板,将保时捷向左拐入了一个安静的小区。慢慢地伴随着低沉的颤动,汽车缓缓地在石块路面上行驶了大约二百米。

"哎,你刚刚有没有仔细看贝格尔?"

黑尔默显得有些惊讶于这种跳跃思维。

"你是指那三天没刮的胡子和带褶的衬衫?"

"是的,没错。我觉得,他明显变老了。比起你们天天看到他来说,因为我隔了一年,再看到他的时候感觉特别明显。"

"不知道,也许吧。他这段时间一直充当我们的后盾,也许就是因为这个吧!"

"但愿如此。"

"他已经不年轻了,不知道他还会在这儿干多长时间。"

海伦娜·约翰逊蹲在公园的木凳上,因为时间的洗礼,凳子上的绿色油漆略显斑驳。尽管高大而枝叶繁茂的椴树投下了浓密的树影，但天气还是热得让人喘不过气来。尽管如此，这个年轻的女孩却盖着一条薄被，这应该是站在她身旁的急救员给她披上的，两名急救人员中的一位正在给病人戴上血压计绷带。急救医生的奥迪车堵在了公园门口，医生却不见踪影。

"突然乏力症，"尤莉亚听到其中一位急救员喃喃说道，另一位也说了些什么，以证明患者是"发热寒颤"。黑尔默一边走向那两个人，一边一个挨一个地解开了他的扣子，他的衬衫已经被汗水浸透了。尤莉亚坐到了女孩的身旁，小心地将头侧向她。海伦娜·约翰逊看起来不仅熬过夜，脸色也略显苍白。对于深色皮肤的人来说，这种症状是很有问题的。

"是海伦娜·约翰逊吗？"她轻柔地问道并且斟酌着，她的接触是否合适。她没有用手环抱住这个轻微颤抖的身体，无论如何她也不想再发生和阿德里亚娜·丽娃一样的事情。

"我很想帮你，"尤莉亚继续说道，"只是不知道怎么做。"

同时她向前弯了弯身体尝试着进行眼神交流。海伦娜·约翰逊呆视着，空洞的眼神好像已经穿过了眼前的女警官，没有任何的情感波动。但就在尤莉亚想要将头转回来的时候，一滴眼泪从女孩的眼中掉落，紧接着她就瘫倒了。在尤莉亚伸手去接住女孩时，两位急救人员也对面前的一切做出了反应。他们跳过来并一致认为，现在最好把担架取过来。

海伦娜·约翰逊呜咽着依然保持着蹲坐的姿态，一个身材高大的没有任何窈窕感可言的女孩，现在就像一个弱小的、无助的神经质患者一样躺在女警官的胳膊上，就好像认识她一样。和她的室友不同的是，她开始喋喋不休地嘟囔着，刚开始听不清，接着越来越大声并且用带着控诉的语调喊道："我们做了什么,上帝啊,我们做了什么?"她悲叹着。尤莉亚突然觉得眼前这个场景似曾相识,那一次,在教堂里的那些老妇人,她们也是这样为自己的错误祈祷着,甚至是控诉着自己的罪行。

"我们做了什么? 我们到底做了什么?"

星期六　14点28分

当监视器上的红灯突然闪亮的时候,亚历山大·贝尔特拉姆吓了一跳。从现在开始他有21阶楼梯的时间。他点了两下鼠标,关闭了平板显示器,然后就站了起来。在几乎伸手不见五指的黑暗中,他敏捷地寻找着出路。短短几秒钟他就熟练地穿过了一个80厘米见方的窗口,这个窗口隐藏在由深胡桃木所制成的复古衣柜的后墙上。一个活门被无缝地嵌在洞口上,亚历山大就这样关上了这个秘密通道。他随手将一件西服推到通道前面,之后就离开了衣柜。

在房间里明亮的日光下,他闭了一会儿眼睛,然后直起身将柜门从外面关上。接着他停了一下静静地窃听着。嗒,嗒,嗒。亚历山大心想他得更改一下自己的计算结果了。从木楼梯上传来的敏捷的脚步声来判断,这一定不是他的母亲。汉内洛蕾·贝尔特拉姆患有哮喘病,所以通常情况下她会在登到第11阶楼梯的时候休息一下,然后从那里勉强地喊道:"亚历山大。"这一声叫喊是希望她的儿子能够回应她,这样就省得她再往上爬台阶。有时,当然是心情好的时候,亚历山大是乐于看到自己的母亲感到这种轻松的。但今天是沃尔夫冈·贝尔特拉姆本人。就在那沉重的敲门声响起之前,亚历山大及时地坐到了白色皮质的懒人椅中,摆弄着早已准备好的笔记本电脑。

"亚历克斯?"门慢慢地开了。他父亲的坏习惯之一就是在敲完门后马上就走进屋里。在他用手指骨节有力地敲了一两下门板之后,就转动了门把手。妈妈是绝对不会这么做的。

"什么事?"年轻人打着哈欠说道,他看起来懒洋洋的。他用厌烦的眼神表达着对于入侵者的不欢迎。在星期六中午的这个时间,他的父母一般都会在花园里,每个月还会去一次附近的大市场。

"听着,"这位肥胖的六旬老人说道,他的语气有时会带着令人不舒服的军队训练语气。但是亚历山大没有当回事。他推算着然后确定,今天是这个月的第一个星期六,所以一定是要去大市场了。"我待在家里,你们去辛苦吧,"他闷闷不乐地说道。但是很显然他的父亲想说的是其他的事情。

"楼下来了个警察。"沃尔夫冈·贝尔特拉姆结束了他的第一句话。"他想和你谈谈。"

亚历山大紧缩了一下身体。"我吗?"他再也无法装作若其事了。

"是的,大概是关于昨晚的事情,"他的父亲点头答道,"我说,孩子,你没有惹上什么麻烦,对吧?"

这个声音突然不再严厉,他向前迈了一步,接近了他的孩子,目光里充满了关爱与担心。

"废话,"他的儿子反驳道,在这个时候亚历山大又恢复了平静。如果太过紧张,就会祸从口出,他平静地思考着。

"你要相信我,爸爸。"他张开双臂要求着面前的老男人。

"我就知道,不会有什么事的。"他的父亲用他那宽大的双臂迎向了儿子的怀抱。

"如果你没进到屋子里,我会很感谢的,"亚历山大开玩笑地说道,"告诉我,条子到底想知道什么?"

沃尔夫冈·贝尔特拉姆本已温和的脸马上又挂上了责备的神情,"不许无理。"

"好的,抱歉,"亚历山大马上改口道,"请不要再在我面前提这些公民的权利、规定和保卫方面的陈词滥调了,这个社会已经破败不堪了。警察要找我,他们想要知道什么?"

"我知道的也不是很准确。"老男人耸了耸肩。"楼下坐着个警察,直到现在他只是打听了我们昨天晚上在哪里,当然指的是我们所有人。然后他就马上问到了你。"

亚历山大·贝尔特拉姆心里很没谱。在父亲审视的目光下,他翻出了一条被压皱的牛仔裤,换下了身上穿的运动裤。上身的白色T恤还算清爽,至少他是这么觉得的。他感觉那个审视的目光似乎跟随着他的每一个动作。他毫不在意地穿上了一双浴室拖鞋,转身向门走去。

"我们现在下去,或者我在路上再套上一件礼服?"

这位退休的上将摇着头,随着他的儿子向楼下走去。

位于这座别墅一层的大厅很高,整体的色调是白色和旧玫瑰红色,这是这个空间唯一能够给人留下的印象。如果是请求者来到这里,他会马上意识到自己卑微的身份,即使是挑战者来到这儿也会深深地体会到这位对手的强大。略旧的银质十二分枝形灯架,上面带着水晶吊饰并装配着蜡烛形状的灯泡悬挂在这个空间的中央。大厅里有很多门。两扇门被锁上了,还有一扇门向外是通向入口的门廊,楼梯的对面有一扇两面都能开启的滑动拉门,穿过拉门可以通向宽敞的客厅。客厅里铺着昂贵的波斯地毯,带有红棕色的花纹,一组闪着皮质光泽的棕色长沙发和两把沙发椅摆在五米宽的凸肚窗前,可供人们在这个位置停留欣赏。一个古典的五斗橱,一个写字台还有左右两面的书墙填满了整个墙面,所有这一切使得这个空间被装饰得好像是皇家阅览室一样。

亚历山大很有目标地穿过客厅来到了大窗前,窗户是由三个立面组成的凸肚窗。就像这个房间里的其他地方一样,这里也是很凉爽的,即使如此还是可以看出来,这位公务员刚刚流了不少汗。他坐在沙发椅上望向窗外的大街,在他对面的长沙发上,汉内洛蕾·贝尔特拉姆时而紧张地滑动一下。亚历山大打量着眼前的这个男人,四十多岁,很时尚但是穿着很随便并且还嚼着口香糖。在亚历山大走近他的时候闻到了一种陌生的但却很浓重的香味,这应该是须后润肤露留下的味道。一位洒了香水的警察,他轻蔑地想道。警局今天把他们的男模特派来了吗?

"亚历山大·贝尔特拉姆?"这个男人站起身伸出了手。"彼得·库尔默,重案 11 组,谋杀案调查队。"

亚历山大点了点头并回应了他的问候。他得纠正一下他刚才的判断。不得不承认,这个库尔默散发着强烈的男性魅力,但他的风格与男模相比还是相差甚远的。

"我必须要向你指出,你有权要求只和我秘密交谈,"这个警官严肃地说道,并指向了放在面前白色编织盖布上的笔记簿,亚历山大快速地扫了一眼他的母亲,她那痛苦的表情仿佛是在说,让这个使人心烦意乱的拜访马上结束吧,而他的父亲则还没来得及坐下,他坚决地摇了摇头。

"不，您继续吧，您想从我这知道什么，我丝毫不会隐瞒。"

"好，"库尔默麻利地开始了询问，"那么请您告诉我，昨天的派对您是如何度过的？"

亚历山大挠了挠头。

"你们一般什么时候开始派对？晚饭时间的六点钟吗？"

"亚历克斯，"沃尔夫冈·贝尔特拉姆生气地小声说道，并用手戳了一下他的肩膀。

"好吧，对不起。但是一般我要告诉别人什么事情的时候，总要知道是关于什么方面的，这样我才能给出准确的答案。"

很显然眼前的这位花花公子决定要转换他的策略了。

"那么现在，贝尔特拉姆先生，"库尔默拖长了声音，接着他从笔记簿中抽出了一张照片，"请您说说关于这个人的事情。您认识她吗？"

亚历山大一惊，然后抓过了照片。

"哦，天哪，这是珍妮弗！"他大口地喘着气，几乎要喘不过来的样子。他认出了照片上那面无表情的珍妮弗·梅森。根据照片上的日期显示，拍摄时间距离现在不超过三小时。亚历山大猜想，照片应该是经过了处理，使得死者的面目显得不是那么苍白。那不锈钢的金属背景表明，照片应该是在法医处拍摄的。

"她……她发生了什么事情？我指的是，怎么了……是谁……"他结结巴巴地说道，这时他注意到，库尔默正满怀期待地注视着他。

汉内洛蕾·贝尔特拉姆一看到照片就意识到了那是一具尸体，然后她马上就拿起了哮喘喷雾，沃尔夫冈·贝尔特拉姆挤到了她的身旁，轻声地安慰着她。她狠吸了两下喷雾后充满疑惑地说道:"这和我们的儿子有什么关系?"

"这不是问题的关键,"库尔默澄清道,"根据我们的调查,你们的儿子参加了这个派对,所以我必须要询问他,在案发时他在什么地方?"

"我们什么都告诉你了……"她哽咽道。老贝尔特拉姆紧忙安慰道:"别担心,亲爱的,让警察进行他的工作吧,我们都知道,这和亚历山大没有关系。"

"那么现在请告诉我,昨天晚上的派对您是怎样度过的?"库尔默皱着眉头转向亚历山大。

"嗯,我是去了那个派对。珍妮弗的派对。嗯,是她和她的室友举行的。"

"除了您以外,还有谁去了那个派对?"

"您是指除了这三个女孩吗?"亚历山大询问道。

库尔默点点头。

"另外两个女孩怎么样了?"

"她们很好,一切正常。请您回答我的问题!"

"好的,我只是想知道这些。那个海伦娜找来了她的美国男友——约翰·西蒙斯,然后当然还有格雷戈尔在那儿。他是珍妮弗的男友,那个,至少他自己是这么认为的。我们一起学习。除此以外没有别人了,但是也许在我离开之后还会有其他人去。"

"您具体是什么时间离开的?"

"嗯,应该是十点左右的时候。"

从库尔默的目光中可以推断出,他觉得一个男孩这么早就离开他的周末派对,这一点是极其不寻常的。而且还是一个男女比例如此合适的派对。但是在库尔默继续表述他的问题之前，沃尔夫冈·贝尔特拉姆抽出了一张蓝边的印有浅绿色图案的小卡片。

"给您车票。22点19分的开往火车站的有轨电车，然后乘1路车去的赫希斯特。"他欢欣鼓舞地说道，然后将车票递给了警官。亚历山大疑惑地望向了他的父亲。

"你把它放在楼下的走廊里了。"他的父亲快速解释道。

这个男孩很满意地将身体向后靠去。他现在对他的父母充满了信任。

"您看，这个派对很无聊，这么少的人，而且还有一半的人让我无法忍受。海伦娜和约翰一直黏在一起，格雷戈尔围着珍妮弗转……呃，珍妮弗，"他哽咽着，"见鬼。"

接着他双手掩面，大声地抽泣着。

"警察先生，我们的儿子不到11点就到家了，然后整个晚上都待在家里，"他听出了父亲话语里的重点，"我那个时候还没有睡觉，在他回来的时候，我和妻子正坐在楼下看电视。亚历山大经过时和我们道了声晚安，然后就上楼了。他还说，这个聚会真没有意思，他很累，想马上睡觉。然后我就开启了报警器，它工作到今天早上，中间从没有中断过。"

"好的，"库尔默点了点头，并迅速地记录着。

"那么这个警报装置是适用于整座房子的吗？"

"就像堡垒一样，"这位上将骄傲地强调道，"您可以去查阅监控录像，看看它在这段时间是否有所记录。"

"嗯，好的，这个我们以后再说。"这位到目前为止唯一清醒的派对客人被排除在了目击者和嫌疑人之外，这明显让库尔默不太满意。

"珍妮弗到底发生了什么事?"亚历山大追问着。

"遭到了强暴,之后被杀害了。"库尔默简短地答道。

"哦,上帝啊,"汉内洛蕾·贝尔特拉姆喘着粗气。

上帝已经死了,他的儿子思索着。黑格尔和尼采早就说过了。

五分钟后审问结束了,库尔默拿出了他的名片,上面有他的电话号码。

"好的,我问完了,"说完他看向亚历山大,"我必须请求你,去一趟警局做一些鉴定测试。你应该知道,指纹什么的。"

"什么,为什么要鉴定?"贝尔特拉姆先生大声嚷道,他的妻子也惊愕地低下了下颌。

"亚历山大没做犯法的事。"她小声地指明,但还是能让人听到。

"这只是例行公事,要不然我也不会说'请求你'。"库尔默冷淡地反驳道,然后他把名片推给了亚历山大,"贝尔特拉姆先生,请您今天带着身份证到警局登记。此外如果能借这个机会给你进行一次毒品检测,也是对你很有帮助的。"

"哦,天哪,就不能不这样做吗?"贝尔特拉姆女士悲叹道。

库尔默向她的方向尽可能地弯下了身体,并将手平放在了桌子上,轻柔地说道:"您看,贝尔特拉姆女士,我们越快地将您的儿子排除在作案嫌疑人之外,我们就能越快地接近真正的凶手。"

"我非常希望这样,"老贝尔特拉姆生气地发着牢骚。"怎么说我也为这个国家服役了那么长时间。"

在库尔默离开这个房子后,贝尔特拉姆一家静坐在桌前。他的父母不必做儿子的工作,因为亚历山大自己决定,一会儿就进城去警察局走一趟。警察们必须严格按照要求来进行他们的工作,如果想要证明他们的儿子是无罪的,就必须对他进行鉴定。天知道在这个幽静的别墅小区内频繁地出现警察,是一件多么不寻常的事。如果那样的话,人们很快就会知道这件事了。邻居们会怎么想?

十分钟后亚历山大又坐在了自己的房间内,开着门静静地偷听着楼下传来的声音。

"你穿外套吗?"

"不了,天很热。"

"记着那些箱子!"

"我已经把它们装好了。"

"你带购物清单了吗?"

"是的,在我包里。"

他父母的对话就好像是一出仔细排练过很多次的舞台剧。

"再见,亚历山大,一会儿见!"

现在终于结束了,他摇着头想道。

走廊的门被关上了,紧接着,沉重的大门也关上了。

四百马力的 V8 发动机驱动着又大又重的切诺基,汽车轰鸣着向后倒出了车库。亚历山大·贝尔特拉姆起身关上了门,之后他穿过了顶楼的房间。这个房间的房顶是斜面的,房间里的几个适合年轻人款式的家具数量虽然不多,但是价格却很昂贵。古典衣柜的柜门在打开时发出了嘎吱嘎吱的声音,哪天给它上点儿油润滑一下,亚历山大这样想道。

　　柜子里的这件西服套装是精梳棉质地的,亚历山大·贝尔特拉姆最后一次穿它是在高中的毕业舞会上,那个舞会也是他很乐意回忆的时刻。他记得在宽敞的奢侈越野车的后座上,拉拉·克贝尔和他嬉闹着,她是他在那个年纪时的梦中情人。她扭捏着拒绝他的冲动要求,但是在当时那辆崭新的越野车的奢华内饰下,在她那彬彬有礼的追求者的锲而不舍的坚持下,当然还有大量酒精的作用下,她终于顺从了他。于是这个十九岁男孩放弃了最初的打算,他没有循序渐进地温柔地对待她,取而代之的是用一种短促而有力的动作就夺取了她的处女之身。身旁的那件黑色西服上衣出乎意料地充当了重要的角色,吸收了她破身后所滴下的血液,这同时也避免了浅色的皮座被弄脏。五年后这件上衣再一次充当了掩护品。当他经过这件上衣向洞口爬去时,亚历山大翻开了衣服的内里,将鼻子凑到了衣服的夹层上。他想象着,那就像铁一样的味道,拉拉全心全意委身于他的滋味,那纯洁的鲜血以及那放肆的情欲。一种强烈的冲动驱使亚历山大加快了脚步。他撞开了衣柜的后墙来到了这个只有一个入口的秘密藏匿处。

　　这个狭长的更衣室,就像别墅的平面图上描述的那样,宽两米、长三米,位于浴室和亚历山大的卧室之间。这个更衣室本来有两个入口,一个从浴室那边进入,另一个是从卧室那边进入。过去两个门都被砌上砖封死了,几年前一次偶然的机会,亚历山大发现了这两个屋子之间的洞穴。在他的父母去度假的四个礼拜中,他修建了一个入口并一天天地装修着这个秘密空间。一张平坦的桌子从一边墙延伸到另一边,上面放着21.5英寸的平板显示器,在显示器的前面,无线光学鼠标上闪耀着红色的 LED 灯光。亚历山大坐进他那把符合人体工程学的椅子,他带着自鸣得意的微笑想象着:如果他的父亲看到这把椅子会说什么,这是一把立在雪橇上的书桌椅,它带有舒适的靠背并且用护膝代替了扶手。这种坐姿可以让他轻易地叉开腿,舒服地抓住他的性器官,这个好处是他偶然间发现的。同时他用鼠标重新点开了显示器,调取了他刚刚匆匆停止的录像。亚历山大呻吟着刺激着自己的敏感部位,这一点没有人比他自己更了解了。刚才在经过衣柜的时候,他短暂地回想了一下他与拉拉第一次达到的高潮。但是当他打开屏幕的时候,他早已将那次冲动抛在了脑后。他期待着更加强烈的刺激,为此,他不需要再停留在对过去的幻想中。亚历山大·贝尔特拉姆攥紧了手,呻吟着,他没有推迟他的高潮,完全沉醉在性欲带给他的兴奋中,并且跟随着屏幕中的女孩的节奏晃动着上身——珍妮弗·梅森。

星期一

"大家都到齐了,那我们就开始吧。"贝格尔开始了原定于 14 点的会议。带着审视的目光,尤莉亚环视了一下出席者。库尔默和塞德尔坐在左边,靠近窗户。尽管这周以来,气温有所下降,但是办公楼里还是闷热得令人窒息。恰在此时,从外面吹进了一阵令人舒适的风。两人的边上是扎比内·考夫曼,再接着是黑尔默。在他们上司的办公桌前,座椅围成了半圆形。贝格尔坐在老板椅前。他今天的脸色显然要比两天前好了很多。"好了,"他用手掌敲击着桌面,然后看向了库尔默的方向,"您开始吧。"

库尔默用简短的几句话叙述了他拜访贝尔特拉姆一家的情况。尤莉亚仔细地倾听着他关于人物的描述,尝试着去勾勒出人物的形象,以及思考着不在场证明的可信度。最终她得出了和库尔默一样的结论,库尔默总结道:"这个小伙子也许参加了舞会,但是他与其他混蛋没什么关系。我把他送到了鉴定科,并且进行了毒品扫描。这件事情让他的母亲感到很意外。"一丝冷笑掠过他的唇边。"好吧，两小时之后他也坐在了这里，就像一只温顺的小绵羊，至少同事们是这么和我说的。"

"这种人整天待在家里，对外面的事又知道什么?"黑尔默小声抱怨着，尤莉亚强忍住笑。她觉得，其实除了工作，从表面上看，黑尔默和他刚刚贬低过的"这种人"又有什么两样。这些玩世不恭的有钱人，哪知道平常人的贫穷与苦难，只知道把业余时间都花费在高尔夫球场上。当一名一无所知的路人看到黑尔默穿着笔挺的 polo 衫，坐在擦得发亮的奢侈车里时，估计她这位土生土长的同事也会被当成是花花公子。

"好了，下面我们接着说其他四个人。"贝格尔说。

"请等一下。"尤莉亚·杜兰特举起了手，"谁能再告诉我一遍，我们到底是怎么发现贝尔特拉姆的?"

她感觉到，她错过了调查过程中的最关键的地方。通过这个问题，贝格尔才意识到，在结束了正常值班以后，尤莉亚在周日没有上班，直到周一午间会议时，她才又回到了工作之中。

"如果每次我们都要全体出动，我们还能去哪儿?"贝格尔粗野地说道，然后他稍微冷静了一下，补充道："每一次加班我都必须提供正当理由，审查中心对于每一个请求检查得都很仔细。"

虽然还不能完全消除这个疑虑，也就是贝格尔还不想给她施加百分之百的工作压力，但是尤莉亚对于这个解释还是满意的。现在她只对调查进展感兴趣，并且打算好好利用一下。

接着，塞德尔带来了最新进展："彼得和我去了格雷戈尔·陶贝特那儿。你可能已经听到了我们的无线电讯息，当我们在他的学生公寓里发现他的时候，他也大量地饮酒并吸食了毒品。"

"我们用尽全力去审问他。我们最想知道的是其他客人的名字,最终,他吐出了亚历山大·贝尔特拉姆这个名字。在我把陶贝特移交到其他同事手里的时候,彼得就去找贝尔特拉姆了。接着就是血液测试、毒品测试、醒酒——就像刚才那个美国佬经历的一样。"

"我们接下来做了什么?"贝格尔打断了她的话,"从这两个学生身上发现了什么吗?"

库尔默接着发言。他和塞德尔都上了两天班。

"我昨天中午审问了格雷戈尔·陶贝特。他再次确认,贝尔特拉姆参加了派对,但是他记不起来,贝尔特拉姆是什么时候离开的。他也叫不出其他人的名字。他承认,他吸了毒,因为他知道,否认这个是没有意义的。我们对他进行了毒品扫描,做了烈性酒测试。酒精含量是千分之二点六。"

"千分之二点六,在中午 12 点?"黑尔默真是无法相信,"他一定是用桶喝的!"

"这还不是全部,"库尔默附和道,"还有各种各样的毒品。陶贝特声称,他能回忆起来的事情远远不到午夜。"

"这正好与他之前说的相一致,他记不起来,贝尔特拉姆是什么时候离开的。"尤莉亚自言自语着,贝格尔也点了点头。

"接着我来讲一讲西蒙斯的情况,"塞德尔说道,"就像之前一样,约翰·西蒙斯还处于拘禁之中,这一次是因为他痛打了一名工作人员。此外西蒙斯拒绝做出任何陈述,并且要求见他的律师。"

"侦探剧看多了吧?"黑尔默嘟囔着。

"可能吧，"扎比内叹息着，她展开了一张薄薄的传真纸。"约翰·西蒙斯是美国人，他宣称在他与使馆代表取得联系前，他都有权保持沉默。"

"慢点儿，慢点儿，"贝格尔大声说道，盖过了现场所有声音，"我本以为他是个学生，怎么，他还是个美国士兵？"

"不，他不是士兵，或者说不再是了。他在大学注册入学，稍等……"扎比内翻着记事本，但是她找得并不快。"对不起，我没找到。他学的应该是信息学，和软件系统有关的，或者相似的学科。"

"这不重要，"塞德尔向前弯了一下身子，"作为在德国的学生，他的军队或者美国法律也不能保护他，不是吗？"

"是的，当然不能。"贝格尔挠了挠头。"但是他可以永远保持沉默。那个约翰逊怎么样了？她现在是西蒙斯的女朋友吧？"

"是的。"扎比内·考夫曼清了清嗓子。"昨天我去医院看了海伦娜·约翰逊。她的情况很稳定，应该很快就会出院了。由于保护现场痕迹部门要求她不能马上回到学生公寓，所以医生们决定，让她待到周三再出院。"

"医生们就这么决定了？"尤莉亚疑惑地问道。她想到了自己在医院度过的四天时间。当然了，当时医生们甚至非常愿意让她再待两三个礼拜，只是她自己坚持要出院。现在的情况可能确实有所不同吧。

"啊，是啊，不管怎么说，已经决定了。"扎比内承认道。"我和医生们说过，这个女孩子受到了极度惊吓，需要进行心理治疗，并且现在她也无法回家。此外，关于她是否经历了谋杀和强好,现在也不清楚。她在本地没有家人,男朋友也正在警察局里——到目前为止关于海伦娜的信息就是这些,不是吗?我们至少要等到周三才能得到进一步消息。"

尤莉亚笑了笑,觉得扎比内处理得还不错。暗地里,她不得不承认,扎比内·考夫曼的办事风格比她预想的还要更杜兰特些。

"那么约翰逊在公园里说的话是什么意思?"尤莉亚暗指这个女孩在公园里喊出的那句十分可疑的话,"我们到底做了什么?"在那时她一直重复着。

这个问题确实给大家留下了很大的想象空间,但是扎比内的回答却给众人泼了一盆冷水:"很抱歉,不知道。关于客人的名字,海伦娜·约翰逊一点也想不起来。她只是在不停地打听他男朋友的情况。"

"我真无法理解!"贝格尔脱口而出,并狠狠地砸了一下桌面。"这就是我们的精英团队?一共就六个年轻人,一半是未成年的孩子,一半是乌合之众。一个人死了,其他人却什么也不知道。这真让我恶心,你们都在想什么!"

现场一片寂静。

"他们全都吸食了大量的毒品和酒精,"塞德尔终于说道,她的口气听起来就像是道歉。她的搭档皱了皱眉,"这说明了什么?"

"我只是觉得,无论是谁觉得对此案负有一点责任的话,他都会表现得一反常态。比如酩酊大醉,暂时性失忆,你们都清楚我说的是什么。"

"那么约翰逊那时的喋喋不休又怎么解释?"尤莉亚插话

道,并且感到很遗憾的是,只有她和黑尔默经历了在京特斯堡公园里发生的事情。

"嗯,也许她觉得如果不是因为吸毒而浑身无力的话,那么她就可以阻止凶案的发生了。"扎比内说道,"此外,丽娃也是相类似的情况吧,不是吗?"

"停,停下来。"黑尔默挥了挥手。"我们已经在想象中迷失自我了。"接着他看向了他的老板,"西弗斯和博克有什么消息吗?"

"他们本来要发传真过来的。"贝格尔拿起了电话听筒。他眯着眼睛,手指在细长的快速拨号按键上搜索了起来,最终停在了"path."键上。短短几秒钟后,他的脸色明亮了起来,很显然法医部的人接了电话。

"你好,西弗斯女士,我是贝格尔,"他说,"我很想和你们进行免提通话。我们刚刚开会研究了梅森案件。"

安德烈亚·西弗斯看起来并不反对,"咔嚓"一声,很快听筒里传来了轻轻的沙沙的背景音。

"博克?总局的电话会议……"尤莉亚听到,她就坐在电话旁。现在西弗斯也把那个永远闷闷不乐的教授请了过来。这个信号至少表明,法医部已经准备好了,并且事实上他们也把全部精力都投入到了这一案件之中。

"大家好!"扩音器里传来了博克响亮的声音,"我认为,你们是在等结果吧!"

还没等大家打招呼,或者回答他的问题,他就接着说道:"就像之前猜测的那样,这是一起多次强奸案。在比较长的一段时间里,一个人或者几个人多次强奸了她,其间可能还使用了某些器具。我们对伤口进行了拍照存档。等我把数据传到那该死的电脑上，你们就可以下载数码照片了。"

尤莉亚看了看贝格尔，两个人忍不住相视一笑。可怜的西弗斯，她想。为了向她的上司解释新软件的功能，不知道她进行过多少次失败的并且备受怀疑的尝试。

"回到案件本身，"博克继续说道，"除了血液，我们在死者身上还发现了一些唾液、毛发，当然还有精液。可是只有阴道外面有精液，就在大腿或者屁股上。我们猜想是体外射精，但是这必须由你们自己来查明。所有的证物我们都进行了 DNA 扫描，最后我们得到了四组不同的 DNA。"

"四个人！"贝格尔不禁脱口而出。库尔默吹了一声口哨。

"谁？"尤莉亚迅速问道，她突然非常想抽烟。但是由于不久之前，贝格尔刚刚宣布他的办公室为无烟区——人们私下议论，这可能是来自于上面的压力，所以现在她只能紧张地咬着自己的指甲。

"其中两组 DNA 与这两个学生的 DNA 样本相符，嗯……"

"西蒙斯和陶贝特。"西弗斯迅速补充道。

"对，谢谢。请等一下。"

声音刷刷地响了一会儿，而电话的另一端大家都在静静地等待着。贝格尔办公室里的紧张气氛在不断上涨，尤莉亚都快向他的搭档黑尔默要一支雪茄烟了。终于，教授的声音又传了过来，打破了僵局："对不起，材料里有个错误。呃，眼下，西蒙斯和陶贝特只是与精液痕迹相符。我们从阴毛里无法提取出足够的物质，唾液也被受害者的汗水和细微的皮肤纤维给污染了。床单上也是多种物质的混合痕迹，一些新鲜的阴道分泌物和精液,我们都需要先把它们分离开来。到目前为止的结果表明,除了受害者的 DNA,至少还找到了另外一名女性的 DNA,甚至有可能是两名。"

"有一个问题,"尤莉亚把头伸向了电话的方向。

"啊,杜兰特女士,您又回来工作了?"

自从回到工作岗位以来,尤莉亚本人还没有和法医部取得过联系。上周六是她一年多来第一次遇见西弗斯。"是的,这是我这个年度的第一起谋杀案。"她带着讥讽的语气说道。"博克先生,您刚刚说到有新鲜的 DNA。那么按照您的意思,难道还有过去的 DNA?"

"当然,并且有很多。"

"那么您如何区分新发现的 DNA 和过去的 DNA?"

尤莉亚心里明白,刚才的问题使她陷入了困境。她在说话方式和语气方面犯下的微小错误,很可能导致这个神经过敏的教授感觉到,警察总局方面在质疑他的办案能力。但是恰恰是这个易怒的博克教授,却是眼下她最需要的人。事实上,在场的同事们也都觉得,那边那个病理学家一定会大发雷霆:扶正眼镜,挥动手臂,愤怒地自言自语。但是现实却是另外一种情形。

"您观察得很敏锐,杜兰特女士。"扩音器里,博克的声音很平静,甚至还有点友好。"我们还需要对痕迹进行分析,以避免错误的判断。谁能想到,学生公寓里的性生活竟会到了如此混乱的地步,也不知他们只是在派对那天晚上这么疯狂,还是自从到了公寓以来,天天如此。"

教授稍微停顿了一下,尤莉亚趁机说道:"我们再回头说说那个女性 DNA。"

"别着急啊,"博克喃喃地说道,"反正我也要接着说。受害者的 DNA 到处都是,我们提取了准确的对比样本。至于其中的阴道分泌物是一个人的,还是两个人的,我们还需要再分析。但是就像西弗斯女士刚才确认的那样,毛发样本和皮肤纤维来自于一名女性。"

是否已在另外两名室友身上提取了唾液样本,这是尤莉亚现在想到的问题。血液样本无疑已经被提取了,因为要进行毒品和酒精的快速测试。正在处理血液循环系统障碍和神经系统障碍的医生们一定有这些样本,可能还有药物组和糖尿病组的医生。由此推断,血液样本应该还没有离开实验室,这些姑娘的基因和指纹还没有测出来。

"请等一下,博克先生。"她大声说。然后她向前探了探身子,带着疑问的目光环视着在场的人:"请告诉我,是否有人取到了女学生们的血液或唾液样本。"

黑尔默和库尔默耸了耸肩,并摇了摇头。塞德尔也摇了摇头。相反,扎比内则点了点头,说道:"昨天我给法医部分别送去了一份丽娃和约翰逊的样本。我当场就向医生们出示了必要的手续,稍等……"她提高了嗓门,向博克说道:"您那里一定收到了两个对比样本,或者还没传到您的手里。一个是来自于圣·马库斯的海伦娜·约翰逊,另一个来自于事故救治医院的阿德里亚娜·丽娃。如果还没到的话,我再去跟进一下。"

背景里传来了西弗斯的声音:"收到了,但是还在归档整理之中。"

"她们中有一个是美国黑人?"

博克教授的问题让尤莉亚吓了一大跳。还没有进行血液样本的 DNA 序列测定,他是怎么知道的……

"是的,海伦娜·约翰逊,"黑尔默打断了她的思考。尤莉亚紧接着说道:"但是您是怎么知道的?"

"头发,杜兰特女士,还有珍妮弗·梅森指甲里的皮肤纤维。我想,您一定听说过人种标志吧。"

尤莉亚一时语塞。事实上她完全意识到了这种可能性,通过对一个人的基因进行分析几乎可以确定这个人的任何信息,肤色只是这方面的简单测试,虽然这类分析目前还颇受争议。而所谓的基因和指纹却无论如何也不会包含那么多信息,它只不过是在刑事案件中所使用的简单的 DNA 测试。这时,尤莉亚一下子明白了,其实这条信息与人种背景没什么关系。这条信息更重要的含义是,很显然在临死前的挣扎中,珍妮弗·梅森抓了一名案犯的皮肤和头发。而且从一切迹象来看,就是海伦娜·约翰逊,那个蹲在她的臂弯里完全六神无主的年轻女孩。尤莉亚心里很不是滋味。

10 分钟后,会议结束了,所有的与会者都得到了一件或几件工作,除了尤莉亚·杜兰特以外。

"请您再等一会儿。"贝格尔说。当她不知所措地站起身转向门口的时候,同事们早就离开了贝格尔的办公室,只有弗兰克·黑尔默还在屋里。他稍微留了一会儿,并且疑惑地看着贝格尔,可是后者向他挥了挥手,点了点头,敦促他离开:"我的意思是,只让杜兰特女士留下来,黑尔默先生,请您关上门。"

他指了指那把尤莉亚刚刚坐过的椅子,示意她坐下。"我想和你谈一会儿。"

带着一点点惊讶,尤莉亚把椅子向着贝格尔的办公桌挪近了一米,然后又坐了下来。不管怎么说,这个场景都显得有点不够真实,就好像一名女学生被叫到了校长那里,等着训话。尽管相对于其他同事,尤莉亚做出过较多的成绩,很少被单独训话,但是她对这样的情景也并不感到陌生。而且,她没有什么可以被指责的,贝格尔也真的没有让她感到害怕——对于这一点在很久以前她就有了充分的认识。但是恰恰就是这份信任使得房间里的气氛有点令人捉摸不透。

"那么,头儿,您想谈什么?"尤莉亚问道,并以此来掩饰她的疑惑不解。贝格尔不动声色,只是默默地看着他的指尖。终于他慢慢地合上了双手。

"我想听您说说,"他抬头注视着她,"您了解的情况。"

"怎么,您指这个案子?"

白费力气,尤莉亚从她上司的脸上看不出一点有帮助的信息。

"是的,我说的是这个案子,"他轻轻地点了点头,"您就讲讲吧。"

尤莉亚心里打着鼓。怎么突然这么说?她扪心自问。为了拖延时间,她跷起了二郎腿,解开了自己的外衣,贝格尔耐心地看着她的每一个动作。

她清了清嗓子说道:"我不知道,您还想听什么?我们已经仔细讨论过每一个细节了。"

"那么您就再讲讲您自己吧。"

"我自己?"

令人不安的情绪来了。现在她的头儿变成精神病医生了?众所周知,关于尤莉亚的精神状态在过去的十二个月里一直是个热门话题。于是她回击道："您就说吧,按照您的意思,我还应该再讲些什么? 我再也想不到什么了!"

贝格尔保持着镇静,但是他的回答显得很坚定:"我感兴趣的是,你觉得怎么样,杜兰特女士? 第一次到犯罪现场出外勤,再一次全力以赴,嗯?"

"原来如此,"尤莉亚生气地说道,"我就知道是这么回事。但是贝格尔先生,工作就是工作,它一直就在那里,不是吗?"

"您就和我谈谈吧。"

尤莉亚不确定,隐藏在这个问题背后的到底是怀疑还是同情。

"不,请您回到正题上来,"她要求,"我对任何猜谜游戏都没有兴趣。一个年轻姑娘正躺在停尸间里,她还在等着我们去抓到凶手。说不定还是好几个凶手。"

"这就算开始了吧,"贝格尔笑了笑,"您全力以赴了吧,是吧?"

"当然,警察的职责就是如此啊。"

"您看,杜兰特女士,这不就回到正题上了吗?"贝格尔又变得严肃起来,"不,我不能完全地同意您的意见。您必须知道,我是和您站在同一立场的。"

尤莉亚却不这么认为,但是她也说不出什么。贝格尔继续道:"对于这个案子,我有一种不好的感觉,这种感觉越来越具体,它将变成我们所有人的噩梦。"

"谁的噩梦?"

尤莉亚皱着眉头,交叉着双手,打量着她的上司,很显然他宁可兜圈子,也不愿意直截了当地说出他的意思。其实她早就预料到,他的目的何在,但是她觉得,她既没有心情也没有义务急着帮助贝格尔。如果他觉得,她无法胜任这个案件,那么他就应该直截了当地说出来。最终拿局长薪水的人是他,而不是她,因此他就应该采取平静的态度。

"杜兰特女士,我知道,您有多么厌恶内勤工作,"贝格尔冒着风险说道,"但是您必须也得理解我的立场。您知道吗,内部审查组是怎么责难我的,由于……去年的那件事情,嗯,您知道的。"他又变得吞吞吐吐起来。

尤莉亚看着贝格尔,心里想道,嗯,说吧,你就直言不讳地告诉我吧:杜兰特女士,您看,您被那个霍尔策拖进了地牢,并且还遭到了强暴,那么当您再遇到类似案件的时候,您就无法保持客观的态度了。

贝格尔紧闭着嘴,盯着尤莉亚,轻轻地补充道:"哎呀,该死的,其实我对此也无能为力。"

"我,啊……"尤莉亚挤出了一点声音。遭受了一次伤害,一生都无法摆脱。她真想跳起来,朝什么东西踹上两脚,也许是椅子,或者最好是连带着桌子。但是她还是控制住了自己,她的双手仍然交叉在一起,指尖抓得肋骨直疼,她咬住了自己的舌头。她现在什么都明白了。由于这个打击,在法兰克福重案11组的12年,也是她一生中最好的12年就要结束了。她以前取得的所有成绩一下子都失去了价值,对于总局高层的人来说,无论如何他们也会做出这样的结论:遭受过强暴的女性已经不再适合处理有关暴力犯罪的案件了。贝格尔攥紧了双拳,尤莉亚已经很长时间没看到过这个动作了。接着贝格尔拿出了一张传真纸,对此尤莉亚感到很熟悉。

"听着,杜兰特女士,客观情况我们谁也无法改变,你我都不行。但是您也应该知道,对您落井下石,我是无论如何也做不出来的。"

尤莉亚沉默无语了。

"好了,"贝格尔继续说道,"让我们客观地好好谈一谈。您外出一年多,并且有着很好的理由。您自己申请了休假,并且自己意识到,假期最多只能是一年。此外……"他浏览了一下手里的纸,"我看到,您进行了心理治疗。"

她默默地点了点头。

"这就已经有了一大堆好理由,可以向上面的人证明,您对您的心理问题没有置之不理。很不错,"贝格尔笑了笑,"可惜到目前为止,您还没有履行和我们的心理观察员之间的约会,是吧?"

不,该死,我没有。我也不会。我的人生到底还要被霍尔策主宰多长时间?

尤莉亚的声音有点发抖,尽管比较镇静,但是还是掩饰不了她的恼怒:"到底还需要让心理医生们对我进行多少次评估?"

尽管苏珊·汤姆林本人对心理治疗也有一定的经验,但是当尤莉亚在法国南部度过了三周时光以后,她还是向尤莉亚推荐了一名会说德语的讨人喜欢的心理学家。对于他的业务能力,苏珊还是很认可的。可是在第一次治疗过程中,尤莉亚就被尖锐的问题弄得忍无可忍,她感到自己仿佛赤裸裸地站在他的眼前,治疗就这样失败了。几周之后,她又尝试了一名女性心理学家。这一次是一位说英语的,而且比尤莉亚本人还要年轻漂亮许多的女孩。在苏珊的压力之下,也为了证明自己,尤莉亚至少进行了两次会谈,但是在会谈之前她就已经把自己封闭起来了。

第三次,也就是最终成功的那一次是在圣诞节时开始的。纳迪娅·祖特尔,年近60,来自于巴塞尔,成长在瑞士的德语区。她在那里上学,后来由于爱人的原因移居到了日内瓦。在富有的丈夫英年早逝了以后,这个法语说得和德语一样好的心里学家,把她的家搬到了法国里维埃拉地区。起初,她在那里度过了几年闲暇时光,之后她开了一家小诊所。在经历了两次失败的治疗之后,尤莉亚·杜兰特对于这一次的治疗也是充满质疑的。不过随着治疗的进行,她的信任却与日俱增。最终,她和一名她朋友圈子以外的陌生人一起,到离家很远的地方去参加周会,在那里她们一起谈论了那件发生在去年夏天里的令人痛苦不堪的事情:她被囚禁在隔音的地牢里,被精神错乱的男人强暴。绝望中的她感觉人们再也无法找到自己,就连上帝都远离了她。

这两个女人在五月的某一天互相告别,尤莉亚把祖特尔女士的建议牢牢地记在了心理,把所有不快的记忆都留在法国南部,更确切地说就是留在她那里,而不是苏珊那里。也许在将来,苏珊的别墅也会是一个无忧无虑的避难所。"如果有需要的话,任何时候您都可以再来我这儿。"尽管听起来这只是句客套话,但是尤莉亚心里明白,苏珊随时都欢迎她的再次到来。

"您听我说,头儿,我不想在这儿当着大伙的面,接受局里指派的心理医生给我做心理评估。不管怎样,大家到处都在讲我的闲话,这已经够倒霉的了。"

"胡说,杜兰特女士。"贝格尔拒绝道。但是也许他本人就看见过这样的事情:周围部门的同事们是怎样在她没注意的时候,偷偷地议论她。"她就是那个杜兰特,是吧?""就是她。在去年她被绑架了,还被强奸了。""天啊,她也真受得住。"

尤莉亚叹息着。但是现实就是这样,尤其是那些闲言碎语之声不绝于耳。

这次特殊的谈话使她大为震动,她说:"就直截了当地和您说吧,头儿,"尤其是,看起来早晚也要谈到这个话题。"按照您的想法,我该怎么办?我再也不需要任何治疗了,真的,我与过去没什么不同,并且当我全身心投入到案件中时,我就会有机会再一次走出办公室。外面是我的世界,这一点您也知道,而待在这里,我得到的只会是压抑。"

"这一切我都知道,"贝格尔笑了笑,"主要是因为这个案子的类型,所以上面才会这么严密地监督我。但是在您打断我的话之前,"他讲得很快,"我最想谈的不是关于霍尔策的事情,而是关于这个案子的所有参与者,全部的大学生,那个死去的加拿大女孩,她来自于意大利的和美国的室友,和另外一个美国佬。"贝格尔翻了翻白眼,大拇指指向了天花板,"您根本无法想象,上面的人是多么缺少勇气。"

对此,即使是尤莉亚·杜兰特也会有所了解。几乎没有比把一个美国嫌疑犯关押到德国联邦警局里更糟糕的事情了。即使在被占领期间,美国人的权利也会在一定程度上受到美国宪兵队的限制,但是现在德国人对他们却显得办法不多。很快就会出现大批乐于炒作的媒体和来自于美国的律师们。那些律师完全凌驾在德国的法律之上,无视它的存在。来自于其他国家的干预会使案件变得越来越复杂,越来越令人无法承受。她想起来,在去年秋天,在意大利的某个地方就发生过类似的事情。突然间,贝格尔把她从沉思中拉了回来。

"我们不能出现任何错误,这一点很重要,您明白了吧,杜兰特女士?"

"我非常明白,我刚才就想全身心地集中到调查上来。证据、嫌疑犯、不在场证明和动机——这对于我来说和原来没什么两样。"

"但是,有一部分已经变了,"贝格尔回答道,"可惜上面的指示是明确的:没有鉴定的话,我就不能在此案件中任命您为首席调查员。"

"该死!"尤莉亚愤怒地跳了起来,"我为什么要一再地忍受这件倒霉的事?哎呀,我会仔细调查,我会尽力使这种事情不再发生!"她踏着沉重的脚步穿过房间,停在墙壁前,就好像是要用尽全力撞上去一样。她没有用双手支撑身子,而是用上身倚住了墙面,她低下了头,用鼻子用力吸入新鲜空气,再把它们慢慢地从嘴里吐出。一遍,两遍,三遍,就像她学习的那样,事实上这样做也在一定程度上解除了她的肌肉痉挛。如果继续这样的话,我可能马上又会变成休假前的状态了,尤莉亚痛苦地想道。不知什么时候她听见身后的贝格尔拉开了一个抽屉,接着传出了纸张簌簌作响的声音。她又呼吸了三次,并且非常感激,头儿没有跟过来或者阻止她。在第三次呼吸之后,她慢慢地睁开了双眼,并且感觉到自己已经可以继续进行会谈了。在她还没有回到椅子之前,她突然有了一个强烈的想法。

　　尽管砌着厚厚的石壁，但是在经过一天阳光的炙烤之后，亚历山大的密室还是变得令人窒息。卧室中敞开着房门，使得空气可以穿过楼梯进入室内，与此相反，在这个黑暗的密室中却循环着污浊的空气。亚历山大不能使用那个小型的柜式空调，因为制冷压缩机会发出很响的嗡嗡声，所以他立即决定，今天换一种娱乐方式。有时真实世界中的异性也会吸引他，虽然这只是少数情况。在周末和新视频的强烈刺激之后，他在搜索引擎上有目的性地点击了几下鼠标，为自己安排了一个愉快的晚间活动。这之后，他放下电脑，走到了隐藏在架子后面的保险柜前，从厚厚的一捆钱中取出三张钞票。在旁边的记录本上记录下：300.00／9月8日。

　　当他爬出了衣柜重新站在卧室里的时候，他思量着是否应该冲个澡，看了眼时间后他觉得来不及了。他站在柜子旁边的一人高的镜子前，满意地观察着他那裸露的上身。他那浅肤色的，微微出汗的，未长体毛的胸部闪耀着光泽，这让他想起了珍妮弗的身体。

　　亚历山大·贝尔特拉姆是个不起眼的人，至少他做任何事都想给人留下这种印象。他身材高大，但不魁梧，留着普通的浅棕色短发，有着一双绿棕色的眼睛。鼻子、耳朵、肩膀宽度——他的所有这些因素，按照人们现在衡量别人长相的标准来看，都只能算是中等。但在他穿上了一件没有牌子的灰色 polo 衫，并且配上了一条深蓝色的二手牛仔裤之后，亚历山大马上就变成了一个富有吸引力的年轻人。与此相比另一件衬衫则会过分地强调出他那肌肉发达的上臂，那个纤瘦的有活力的年轻人就会立刻变成另外一个人。亚历山大不想把自己打扮成妇女偶像、花花公子或者田径运动员。他不想成为任何人。现在的他宁愿不要在一群学生中过于显眼,最好成为舞会中没有舞伴邀请、只好坐着看的男子,当人们在事后提及他的时候,永远都无法肯定地表述他当时是否在场。在上周末他也是采取了这样一种策略。亚历山大再次检查柜门是否关好,当他确定里外一致以后,就关上了灯,离开了房间。

"你又想出门吗?"汉内洛蕾·贝尔特拉姆担心地问道,她正在客厅里看着电视剧。亚历山大走到他的母亲身旁,斜身靠在了那个深色的防水皮质地的笨重沙发边。

"妈妈,今天是看电影的日子。"他略带埋怨地望着他的母亲,低声耳语道。她的头发闻起来很清香,应该是刚洗过,她的皮肤刚做过了面膜,她的那些不计其数的面膜装满了浴室柜,这只是其中一张面膜。"我每个周一都去,这你是知道的啊。"

贝尔特拉姆太太轻轻抚摩着他的肩膀,然后叹着气说道:"哦,我的意思是,因为那件在周六发生的讨厌的事情……现在社会上坏人很多。"

尽管时间在慢慢流逝,亚历山大此刻还是决定坐进那个扶手椅中。"你是对的,"他讨好地说道,"但是当时凭借着我敏锐的嗅觉,我早早地离开了那个聚会。所有人都很奇怪,当时的气氛真的很糟糕。女孩们完全变了样,那儿没有我认识的人。然后,然后他们就吸毒了。毒品真的是把所有的欢乐都终结了。"

这时他感到手臂被母亲紧紧地攥住了。他吓得差点蹦起来,但是当他望向她的目光,他立刻体会到,这是母亲下意识的一个动作,饱含着她对唯一一个孩子的担忧。亚历山大感动得几乎要完全听母亲的话了。

"亚历山大,我的孩子,答应我,你一定要和那些坏人保持距离。"

"当然,妈妈,"他点点头,"这对我来说一点都不难。"

"关于毒品,告诉我,你们校园里有毒品吗?"

亚历山大耸了耸肩,"不知道。嗯,我觉得,是有人在吸毒。但是大多都是极端分子,这些人完全沉浸在自己的世界里或者是活在另外一个世界中。"

"啊!这样还好。"贝尔特拉姆女士好像放心了些。

"啊!妈妈,我现在该走了。CinemaxX 里该没坐了。"

"哪里?我以为你会去这里的 Kinopolis。"

母亲开始慢慢紧张起来。确实按照常理来说,从利德巴赫出发,直接去家门口的美因 – 陶努斯中心的大型电影广场是比较正常的。但是亚历山大有着不同的理由来解释为什么他反而想要穿过城市,去比较远的奥芬巴赫。

"美因 – 陶努斯中心我天天都能去,"他辩解道,"除此以外能在那么大的影厅中看电影,是很值得的。""嗯,如果你这样认为的话。"汉内洛蕾·贝尔特拉姆不太相信儿子的话。

"那个,妈妈,我可以开 Z1 走吗?吉普对于停车场来说,体型有些大。"

"嗯,好。钥匙挂在小柜上。"

"看,"亚历山大一边站起来一边说道,他伸直了身体站在母亲面前,"我会有什么事?我不抽烟,从不多喝酒,开车时从不喝酒,我更不吸毒。我知道保护自己,不会去皇帝大街或者其他的一些什么地方,就是简单地看一场电影。之后也许会去趟墨西哥人那里,视情况而定吧。我没去过迪厅,没去过酒吧,也没在周末的时候和一群喝大了的年轻人开着花哨的车子。我只要我的星期一电影日。"

"去吧,我的孩子。"

他母亲的笑容看起来有些僵硬,但声音听起来却很温和。亚历山大努力着,去打消他那内心充满恐惧的母亲的担忧。

她相信了儿子的理智和成熟,而亚历山大也知道必须要向他的母亲扯什么样的谎,以便达到他的目的。

19点17分,亚历山大·贝尔特拉姆驾驶着宝马Z1出现在了CinemaxX的停车场内。尽管这辆敞篷跑车的体积相对较小,并且对于驾驶者来说没有了车盖的遮挡,在操作时视野会宽阔许多,但是亚历山大还是调整了三次,才倒进了狭窄的停车位中。熟练地停好车后,他一边紧张地看了看表一边锁上了车,在快速地套上了一件紧身的花色夏季夹克后,便急忙离开了停车场。电影院的前厅已经比较热闹了,但幸运的是没有像平常周末那样排起长队,而一般站在队伍里的都是些聒噪地冒着汗的连看哪场电影都没决定好的人,他们常常直到排到了售票口,却还是不知道自己到底想要看哪部电影。对此亚历山大每次都很疑惑不解,可以通过网络查询、电影海报和电影影评来获得信息的,他想道。售票员在面对这些人时,依然保持着招牌式的微笑,尽管事实上早已被上百个愚蠢问题弄得心烦不已。

"布拉德·皮特的爱情片?"

"哦,不,我更喜欢惊险电影。"

"电影屏幕有多大?"

"您也许喜欢布鲁斯·威利斯的新片。"

"我在网上已经看过了。"

"这儿有激光电影吗?"

"只要不是喜剧片就好。今天更愿意看动作片。"

在这个晚上亚历山大在某一刻很想成为警察,端着卡拉什尼科夫步枪一顿扫射,直到这里的每个人都闭上那该死的嘴。"那么,就看动作片了?""非常乐意。"

今天还算比较顺利,几分钟后亚历山大已经买好了票,是刚上映的《蝙蝠侠》,一部明显惩恶扬善的电影。然后他从正门离开了电影院并沿着柏林大街快速地前行,沿途经过了几座三五层楼高的老房子,墙面都用色彩鲜明的涂料进行了重新修缮,这应该是想让它们看起来具有时尚感。火车站的时钟指针刚好指向了 19 点 40 分,亚历山大走下了通往轻轨的台阶,1 分钟后,9 号线路轻轨离开了地下车站,开向了东火车站。19 点 48 分列车到了东火车站的地上车站,又过了 8 分钟,按照时刻表,它准时到达了哈瑙 – 施泰因海姆站。亚历山大在这里下了车,车上那发霉的味道让他无法再多忍受一站。在车厢的分隔间里一定有人放了没喝完的酒瓶,而酒瓶里的酒肯定流了一地,这闻起来有点像狗屎的味道,多亏有傍晚的微风吹拂着。亚历山大越过了轨道,跟随着 43 路有轨电车的轨道前行,直到岔路口,拐入了名为到美因桥的大街。还在车站时,亚历山大就已经认出了这座双高楼建筑,它是这个地区唯一明显的建筑。在久未修缮的楼前场地上跑着几个蓬头垢面的小孩,一辆黄色的没有前轮的链动车躺在了灰色的垃圾运输箱之间,旁边还停着一辆高度报废的汽车。混凝土路面上随处可见数不清的杂草和苔藓,它们争先恐后地从地面蔓延到了路灯旁,排水口同样是相当的肮脏。

几家当地的地下商店彼此紧挨着，只有一家日晒沙龙、一家小酒馆和一个小商店还在营业。附近游荡着一些不良少年，他们没有注意到亚历山大。也许他们觉得我太无聊了，亚历山大愤懑地想着。浅色的夹克、廉价的牛仔裤和一双没名的体操鞋，实在是无法被这些"品牌猪"纳入到狩猎对象中。亚历山大走进了位于右面靠后的高楼里。他站在 17 号门牌前的走廊中，电梯旁是一辆损坏的儿童车。电梯门的漆面看起来比钢铁的颜色要深些，门一下子就开了，速度非常快，让人觉得似乎并不安全。但是亚历山大不想过于紧张，于是他下定决心走进了电梯，坐到了9 楼。

门晃动了几下，然后就开了。在入口处站着一位深黄色头发的女人，25 岁左右的年纪，留着长长的光滑的头发，身材很好，长得比较漂亮。

"你好。"她向他微笑着说道。他马上看出来，她前面的牙齿长得不正，在门牙之间有一条细小的、越往下越尖细的缝隙。东欧妓女的一个典型标志：她们通常拥有完美无瑕的肌肤，大眼睛和丰满的嘴唇，但牙齿却很稀疏。如果你们戴牙套的话就不那么好认了，亚历山大这样想着，他的目光在她的身体上来回游移着。她穿着一件透明的丝质和服，里面穿着红色的蕾丝内衣，很显然她的个人广告没有骗人。

玛丽塔，23 岁，东欧人

深黄色头发，苗条，身高 163CM，胸围 90C

"你好，我是贡纳尔。"亚历山大带着冷淡的微笑撒了个谎，并且跺了跺脚。与此同时他思考着，是否在他之前已经有一个嫖客来过了。这是一个肮脏的世界，但是好像却没有影响到这儿的任何人。

"你能来太好了。我一直在等你。"玛丽塔也虚假地回应道。这听起来更像是她的标准问候语。她向屋里走了几步并停在一个衣帽架旁，"你可以把夹克挂在这里。"她向他示意着。她的声音听起来比想象的低沉，她的口音很纯正。

"谢谢。"

亚历山大关上了门，并沿着走廊望去。左右两边分别有两个屋子，前两个屋子都是锁上的，在尽头同样也有一个上了锁的门，也许是储物室或者客用卫生间。后两个屋子应该是卧室和浴室，也许还有个客厅。当他脱下夹克并将它挂到架子上的时候，他的钱包从其中一个衣兜内露了出来，他立刻拿住了它。他疑惑地看着玛丽塔，她看起来松了口气，因为他要谈生意了。

"先付 100 欧元，"她说道，并开始了她那段单调而又冗长的内容，"然后你就可以开始你的 90 分钟。你可以舔我和咬我，吻也是可以的，但是舌吻不行。我那里也有玩具。"

"谢谢，器具就不需要了！"亚历山大说道。介绍的就已经够多了，在五斗橱里的某处一定放着假阳具、玻璃珠和橡胶环，这些东西已经被几十个人用过，而事后充其量只会在洗碗机里清洗过，这让他觉得恶心。

"听着，"他说道，并从钱包里抽出两张钞票放到了衣帽架旁的窄架上，"如果你够好的话，你会从我这儿得到双份儿的报酬。如果不好，我就再把其中的一张拿走。""嗯，按照你说的来。"玛丽塔好像还没有完全反应过来，因为在这一句毫无兴奋情绪的回答之后,她才突然挂上了看似很真诚的笑容,并配上了带有喉音的嗓音。"那么,现在让我们来看看,怎样来满足你的一切要求,好吗?"她向亚历山大伸出手并诱惑地眨着眼睛。"来嘛。"她吐着气说道。她走到细长走廊的尽头,左拐进了那个宽敞的卧室。这个房间做了简单的装修,白色的墙面上挂着一些围巾和一幅油画,油画上画着一个巨大的亲吻嘴型。酒红色的地毯已被磨损,在靠近床的地方有几个被火烧漏的洞。一个圆形的酒吧桌,由一个镀铬的支柱支撑着,桌上放着两个玻璃瓶,一瓶占边波本威士忌和一瓶装好水的玻璃水瓶,在床的右边有一个比较宽的五斗橱,表面看起来好像刷的是白色钢琴漆。在五斗橱上放着一个紫红色的蜡烛和一个厚重的大理石烟灰缸,在它旁边是一个打火机和一包万宝路香烟。房间里有一股杏仁油和廉价香水的气味,除此以外还有人刚刚抽过烟。所有一切看起来算是一个较好的妓女房间,这种个人风格会欺骗嫖客的眼睛,让他们觉得不像是在妓女的旁边,而是在女朋友的身边。但是这些都是对于媾合的粉饰,在某个周末这里的嫖客很可能会一个接一个。亚历山大不抱任何希望。

"你想一起洗澡吗?"玛丽塔问道,她解开了和服,并把它放到了床上。"你可以给我擦身,或者我给你擦。"她走近亚历山大,伸向他的裤腰。她的手指滑到腰带扣的后面,然后就将腰带扯向她的方向。

"来吧。"她带着渴望的目光说道,但是亚历山大拒绝了。"等等,别这么着急! 我还有个事儿想和你商量。我们先坐下。"

"好,你是老板。"玛丽塔叹道,并坐到了床上。亚历山大站在她的面前,用审视的目光打量着她。她看起来很明显是东欧人。他无法确定,到底应该把镜头对准哪儿? 把镜头对准眼睛的部分或者下颌的位置吧,怎么说那也能拍到全貌!

"我说,你以前做这事儿时拍过电影吗?"他带着友好的目光问道,并轻柔地将头偏向一边。玛丽塔看起来被这个问题搞糊涂了,她轻微地一惊,然后就像木头一样直直地瞪着眼睛。

"什么,拍电影?"她脱口而出。很显然她对这个概念很难理解。

"嗯,比如说我们两个,在这里,而在床上有一个摄像机。"亚历山大解释着并强迫自己保持耐心。

"我从没做过这样的事。"

"我也是。只是一个很小的机器,在我外面的夹克里。我给你拿来看看?"

玛丽塔耸了耸肩回答道:"不知道。"她的声音听起来显得很犹豫。

"好吧,我这就把它拿来,好吗?"

亚历山大离开了卧室,快速找到了夹克。他从衣服内兜里拿出了一个大概有两个烟盒大的氯丁橡胶质地的小包。随后他返回了卧室,一边走,一边拉开了相机套的拉链,从中抽出了一个亮黑色的迷你摄像机。

"看,这是最新款,"他骄傲地大声说道,"那么也许你是第一个我用它来拍摄的对象。这对于我们两个来说都是新鲜的。"

至少亚历山大的话有一部分是真的。

"嗯……我不太清楚……"

"听着,这与第二张钞票没关系,"亚历山大接着又说道,"你不同意的话也可以得到第二张钞票。但是也许我可以再加一张。你觉得怎么样?"

　　玛丽塔在床单上来回滑动,看起来在考虑。300元1小时,和一个帅哥的一次普通的做爱,只不过他的唯一特殊要求是要把做爱过程拍下来。亚历山大很确定,她已经上钩了。但是女孩在深思熟虑之后,用力地摇了摇头,没有同意。

　　"不,请把它拿走吧!"她一边说着一边把手紧紧盖到了他那部昂贵的摄像机上。

　　"尊重你的决定。"亚历山大失望地评论道,随后他把机器装回到了套子里,放到了桌子上的饮料旁。

　　他脱掉了T恤,把它扔到了高脚凳上,然后迅速脱下鞋子。突然他感到玛丽塔的手轻柔地在他的背部自上而下移动着,然后她用她那富有吸引力的指甲向前移动着。

　　"怎么样,你喜欢吗?"她在他耳边叹着气。

　　他默许着她的动作,接着她用灵巧的双手熟练地解开了皮带和裤子。"好了,该你为我服务了。"玛丽塔抓着他的腰部要求道。她直起身,紧挨着他的身体来回摩擦着。

　　亚历山大紧跟着女孩往前移动了两大步,这时的玛丽塔已经伸展着躺在了床单上。

　　"来嘛,脱掉我的衣服,我等不及了。"即使是假装的,但玛丽塔的深呼吸还是极具性欲的。

　　亚历山大躺到了玛丽塔晃动的身体上。她的手艺很熟练,毫无疑问,人们一定会仔细分辨,她只是假装还是真的在享受。这确实是不错的反应,亚历山大想着并稍微放慢了动作。

"怎么了,先生?"她马上问道。

"这会是一部出色的电影。"他喘着气。他们的身体分开了不到 30 厘米。

"别想那个了,用力地对待我,现实的不是更好吗?"

亚历山大稍微抬高了上半身,中断了动作,死死地盯着她的脸。在她想问发生了什么之前,亚历山大用尽全力将一只手臂的肘部狠狠地砸向了她的太阳穴。由于受到猛烈撞击,玛丽塔的头部倒向了一边,伴随着一声惊慌的喘息。紧接着她慌乱地惊呼道:"这是……这是什么意思?"她呻吟着想从亚历山大的身下逃出,但是按住她肩膀的力量让她没有任何机会。

"肮脏的妓女,你让我感到恶心透顶。"他厌恶地说道。

玛丽塔不明白,为什么她会遇到这种事情?恐惧充斥在她的眼中,那是种不加掩饰的恐惧,她想喊叫,但是喉咙发不出声音,只有呼吸困难的呼噜声。亚历山大把她的前臂向前推去,身体压在了玛丽塔的喉咙处,用力勒住她。而在这时,他脑子里闪过了几个画面,一条尿湿的床单,令人厌恶至极的屎尿,一条皮带,伴随着疼痛。他尝试着集中精力,再次凝视着身下的这个反抗的身体,很快他再也感觉不到挣扎的力量。玛丽塔最后慌乱无力地滑动着手臂,她确定无疑地感受到,她的力量在慢慢地消失,亚历山大越来越用力地压住了她的咽喉,他撞击她的速度也越来越快。她没有任何求生的机会,哪怕是一点点。

当玛丽塔那双蓝绿色的眼睛逐渐暗淡时,她的身体无力地瘫倒了下去,亚历山大·贝尔特拉姆射精了,一种强烈的颤抖贯穿了他的全身。他清楚地预想到这一刻的感受。刚开始还是充满希望的光芒,紧接着绝望的焰火便会熊熊燃烧,所有的感受在这一刻集于一体。在异常短暂的幸福感之后,亚历山大马上被拽回到了现实之中,短短的几秒钟之后,灵魂就像被抽走了一样,徒留麻木的空虚。

一刻钟后他用和服包住了她的身体,把尸体放在了走廊里,你如果那时同意拍电影的话,他想着,也许我会经常光顾你。他最后一次环视着屋子,检查他是否忽视了什么。他用卫生包缠住了充满精液的避孕套,然后塞到了兜里,摄像机他也带好了,那几张钞票当然又回到了他的钱包里。为了不留下任何痕迹,亚历山大用衣袖裹住了手并关上了门。他擦去了屋内所有的痕迹,包括玛丽塔的,但是他肯定的是,这么麻烦其实并没有必要。警察能在妓女的房间里查什么呢?这个每天接待众多男人的地方,难道要调查所有人留下的痕迹吗?不,一定不会这样的。亚历山大从新闻里看到,哈瑙-施泰因海姆的这个地方是焦点地带,就在几周前,这里还发生了枪击杀人案。那个死去的妓女很可能被一个塞尔维亚皮条客黑了钱,这个拉皮条的和这里的几个女孩都有联系,虽然这个区域几年来都由白俄罗斯人所控制。这也就是个帮派斗争的附带伤害,亚历山大对此十分肯定。

在22点18分他坐上了开往奥芬巴赫的快速铁路,22点32分踏上了皮革博物馆的站台,他非常准时地安心地返回电影院,融入到大厅中欢欣雀跃地等着欣赏《蝙蝠侠》的人群中。

星期一　19点24分

泡泡浴散发着浓郁的薰衣草香气。尤莉亚·杜兰特慢慢地从浴缸里走了出来,身上还冒着热气,她用一条白色的大浴巾裹住了自己。在凉爽舒适的房间外面,气温还是高于25℃,可是她对此并不在意。因为,她觉得只要能洗澡就可以了。当尤莉亚还住在萨克森的时候,她就常常把自己泡在浴缸里。她现在住所里的浴室要比原来的大好几倍。为了装修这个大屋子,苏珊·汤姆林花了很多钱,当然这也是因为苏珊现在很有钱。但是金钱的背后也充满了悲痛,对于这一点无论是苏珊还是尤莉亚都想将其遗忘。不用怀疑,如果可能的话,苏珊在任何时候都愿意用她的全部财富,去阻止那件发生在1995年秋天的可怕事情:她的丈夫,一个人性严重扭曲的冷血杀手,当他把家庭弄得支离破碎后,苏珊一个人搬到了德国。这种悲痛是多少金钱也无法平复的。在经历了去年的悲惨事件后,尤莉亚·杜兰特对于这种悲痛也更加感同身受。也许正是因为这个原因她接受了这个礼物,这个全新的房子,这个她一直以来很喜欢的东西。闺蜜之间的礼物证明了她们的友谊已经超过了人世间的一切价值。12年,不,13年以来,没有人比苏珊更加照顾她,当然了,尤莉亚对于苏珊来说也是无法替代的。

她坐在浴缸边上,展开了毛巾,擦干了自己的胳膊和腿。

浴室的设计非常成功。尽管在浴室的一角放着一个巨大的浴缸,此外房内还有一组宽大的镜面浴室柜,一个加热毛巾架,一个淋浴间,但是却一点也不拥挤。相反,当人们望向门对面的镜子时,就仿佛置身于一个土耳其浴的大厅。两个不同样式的高大陶土盆中栽种着盆栽植物,下半截的墙面和地面上贴着浅黄色的瓷砖,房间里的风格由此显得更加独特。黑尔默称其为颓废,他是到目前为止,唯一来过尤莉亚新家的同事。

"嗯,不错,一个大浴缸,但是没有马桶。"他说。事实上,马桶在另外一个房间里。

"你刚才已经说过了,"她回答道,"我们俩到底谁开保时捷去上班?"

除此以外,在这个新住所里的第一个星期还是有点孤独。尤莉亚的父亲当然不可能马上就过来做客。在同事里,虽然彼得·库尔默、多丽丝·塞德尔和尤莉亚走得比较近,但是还没有达到可以互相到家里做客的程度。人往往就是这样,想找个伴儿的时候,却一个也找不到。尤莉亚笑着看了看表,如果我邀请库尔默过来吃晚餐的话,那么他就不得不面对和我今天的约定,到那时他的表情一定会很搞笑。大男子主义者永远就是大男子主义者,江山易改,本性难移,幸好他要留在他的塞德尔身边。今天晚上,在和三名女士碰面时,库尔默完全暴露了他内心里最深处的秘密,那就是艾丽娜·柯内留斯。尽管当时塞德尔内心很复杂,可她还是高兴地和艾丽娜说了再见。

在尤莉亚和她的上司进行了令人疲惫不堪的谈话以后,她向贝格尔提出了一个解决方案,尽管这不是一个常规办法,但也还算是两人之间的一种公平的妥协。工作章程里的任何条款都没有明确规定,心理受损的警员必须由警局内部的心理学家做鉴定。所规定的只是,必须由一名知名的心理学家或心理治疗医生来做这个鉴定,而艾丽娜·柯内留斯恰好满足这个条件。而且尤莉亚认为,和艾丽娜无论谈什么都要比和其他人强。毕竟没有人比艾丽娜更了解尤莉亚在 2007 年夏天所的遭遇了,因为霍尔策曾经当着尤莉亚的面,抓住了她。在艾丽娜被解救三个月之后,她的那家很受欢迎的小诊所又恢复营业了。在尤莉亚这次归来以后,这对朋友才又碰到了一起。这之后,她们又见了几次面,要么是在电影院,要么是在咖啡馆,有一次还去了美因－陶努斯市中心逛街,但是一直是在公众场合。她们之间有许多无法开口的话题,而且到目前为止,她们中也没有人敢于打破这个局面,被绑架的黑暗记忆给她们的关系带来了特殊的负担。

将近20点30分时,尤莉亚·杜兰特开车来到了艾丽娜居住的高楼前。她一直在想,怎样才能把事情办得顺利些。最好不拐弯抹角,她在心里说道,但是另外一个声音又响了起来,它警告道,不如开门见山地提出要求。第二种策略就是,最好拿贝格尔来当挡箭牌。

尤莉亚走到楼前,感觉到有几个人正在观察着自己。在三楼的阳台上,有三个穿着白色无袖细罗纹衬衣的男人正在烧烤。他们年纪都比她大,皮肤晒得黝黑,腹部和上臂都已经明显松弛了,这时好像正淫邪地盯着她。在入口左边的二楼上,有一位老妇人,她带着怨天尤人的表情,叉着手,弯着腰,坐在软垫上。软垫位于阳台边缘宽大的架子上,周围满是开着红白色花朵的天竺葵,它那无力下垂的嫩枝表明了它的主人今天还没有浇水。

当尤莉亚·杜兰特的手指在对讲门上向上搜索人名的时候,她想到了第一次来访时的情景。当时是七个德国名字,还有三个外国名字。至少差不多,她仔细想了想,不管怎么说这一点还没什么变化。更新过的居住注意事项表尺寸有所加大,外表也多了一层塑封膜,仍然挂在它的老地方——信箱的旁边。楼的外表受到了很好的保养,尤莉亚不由自主地笑了笑,因为她原来的多户住宅与这里的井井有条是那么的截然不同,即使是她自己,现在也无法想象当时是怎样在那里生活的。而苏珊那座木质老房子里的门廊,则总会让她回忆起那件可怕的事情。

其实一切都变了,女警官总结着,蜂鸣器响了起来,她打开了房门。尤莉亚一扫刚才的不适与疲惫不堪,精力充沛地走向了电梯门。这个狭小的令人窒息的空间,会让人联想到那个只有这里一半大,却比这里还要老旧很多的警察局电梯室,于是尤莉亚转向了楼梯的方向。尽管烟瘾会偶尔发作,但是从本质上讲,尤莉亚的身体状态还算不错。相反,经常在自由的海风里进行几千米的海边长跑,让她的身体得到了很好的锻炼。她想,如果我在楼梯里体力不支的话,我还可以接着坐电梯。不一会儿,她就看到了艾丽娜站在上面,开着门,正等着她。

"尤莉亚。"这个漂亮的女人微笑着,远远地就张开了双臂。"看到你真高兴!进来吧。"

她们真诚地拥抱在了一起,很快,尤莉亚想到了她们第一次相遇时的情景,那一次也是在这间屋子。从那时到现在差不多快两年半了,其间一度很长时间她们没有再见面,直到此刻她又回到了这里,就在今晚……尤莉亚又迅速地把这些想法从大脑里赶了出去,回到了现实中来。她松开了艾丽娜,这种可以忍受的身体接触就这样突然地发生了。她咧开嘴大笑了起来,以此来掩饰自己内心的紧张不安。

"你好,艾丽娜。希望刚才的电话没有让你措手不及。"

"你瞧,要是你再不来我这儿,我才要伤心呢。你快进来吧。"艾丽娜·柯内留斯催促着她的客人。她看着尤莉亚走过了自己,踏上了地毯。地毯又细又长,横穿过走廊,直到起居室。

"阳台还是沙发?"尤莉亚身后响起了艾丽娜的声音,"你选吧。"其实尤莉亚内心里很想去阳台,这样可以使她没有那种感觉,仿佛还在进行心理治疗:病人躺在沙发上,医生坐在病人的头旁,低声耳语,仿佛就是个木偶剧演员。无论怎样,病人都会变得浑身无力、昏昏欲睡,然后医生就会来操控她的思想。当然了,在祖特尔女士那里进行的治疗却完全是另外一种情形。

"啊,我们还是留在屋里吧。"尤莉亚迅速地做出了决定。尽管她俩身处四楼深处,但是她还是不想被三楼的那几个烧烤者注意到,她决定不在露天里谈论她的请求。

尤莉亚·杜兰特惊奇地发现起居室变了样子。当人们刚看到这个房间时,甚至会以为这里是新装修过的。尽管变化相对不大,但是还是产生了明显的效果。那组舒适的客厅沙发还是那么显眼,但是坐垫已经换了,颜色从原来的酒红色变成了现在的浅棕色。与此相应,墙面也变成了淡粉色。那个直到房顶的嵌入式书架还在原来的位置上,同样还有那个玻璃柜,里面依旧放着那些小摆件。尤莉亚觉得,这些小摆件可能多了一些,但是她对此并不确定。房间里最显著的变化就是,原来的圆形大理石茶几不见了,取而代之的是木制的深色长方形茶几。那两幅瓦西里·康定斯基的画也不见了,尤莉亚觉得这是明智的。其实这也许并不公正,因为每两个心理医生的诊所里,就会有一个挂着康定斯基的画。总而言之,艾丽娜起居室的色调,由原来的红色变成了现在的白色和棕色相间的颜色。

过了一会儿,尤莉亚评价道:"真漂亮,我很喜欢现在的改变,比以前亮了一些,是吧?"

"看不出来。"艾丽娜耸了耸肩。"也许只是灯光的原因。其实我早就想改成这种颜色了,所以当时我就想,那我还等什么?"

她的诊所运转得非常好，尤莉亚知道这一点。其实尤莉亚本人也有着这样的经验，周围环境的改变有助于忘记某些特定的生活片段。

"你说得对。"她笑着坐在了沙发中间。艾丽娜则坐在了沙发椅上。这把沙发椅不再是正对着沙发，而是放在了沙发的右前脚处。

由于心理学家和女警官对闲聊都没有什么兴趣，所以她们很快就谈到了工作这个话题。在她们上次见面的时候，尤莉亚·杜兰特还和艾丽娜说道，为期四周的内勤工作就要结束了，这使她松了口气。甚至在尤莉亚第一次周末值班的前一个晚上，她们还有一个约会，只不过由于加班的原因，尤莉亚又突然取消了它。因此艾丽娜·柯内留斯很自然地就谈到了工作的事，恰好尤莉亚也正想聊聊这个话题。艾丽娜从尤莉亚带来的箱子里拿出一瓶法国红酒，打开瓶塞，一边向桌子上的两只大肚高脚杯中倒酒，一边喃喃自语道："是周六吧，还是？直到现在才算真正地重新开始工作。"艾丽娜把酒瓶放回到桌子上，接着她把一杯酒推向了尤莉亚，自己则端起了另外一杯。"我们应该碰杯庆祝一下。"

尤莉亚·杜兰特也举起了酒杯，双唇紧闭地摇了摇头。"我宁愿不是这样。"她轻声说道。

"哦，这么糟糕？"艾丽娜尴尬地明白了，原则上讲，在尤莉亚回去工作之前，肯定是刚刚死了人。她迅速地把杯子放了回去，并向前弯下身子。"对不起，尤莉亚，我没有考虑到你的感受。其实我自己也知道，你的工作，不，甚至是我们俩的工作都来自于别人的痛苦。对不起，好点了吗？"

"没事了。"尤莉亚从杯中抿了一口酒并且意识到，现在几乎是提出她的要求的最好时机。"听我说，艾丽娜，我很想和你谈点事情。我需要你的帮助。"

她观察着对面的反应，但是却无法确认，看到的到底是吃惊还是好奇。但是无论怎样，那都不是怒火，情况还不错。

"这可真少见啊，"心理学家温柔地微笑着，接着也抿了一口酒，"我愿意。"

"真的？"

"当然，为什么不呢？"

"那好吧，因为你从来没有主动这样说过。"

艾丽娜又靠回了椅背，顺便跷起了腿。

"作为心理医生，你已经犯下了一个严重错误，那就是你把你的想法强加到了你的病人身上。尽管我经常有这样的想法，你过得并不好，但是我从不会强加给你什么。你知道吗，人类的心理有着自己的节奏。一个人只有自己确定，他需要得到别人帮助时，别人才能去帮助他。"

尤莉亚·杜兰特想起了以前案件中的几个片段，苏珊事件，或者是阿希姆·考夫曼事件。

"那么强制入院，进行治疗一定会失败，对吧？"她怀疑地问道。

"嗯，不过这么做也是因为没有其他办法了，"艾丽娜·柯内留斯点了点头，"但是我觉得，你的目的不是这个。"

"嗯，没错。"尤莉亚对目前的状况有点不满。听起来她朋友的语气突然发生了变化，有点像……辩解。但是她还是决定继续下去，于是她开始了案情叙述。寥寥数语就把发生在珍妮弗·梅森身上的残酷暴行讲了出来,此外她也提到了和阿德里亚娜以及海伦娜见面时的情形——当然她没有提到名字。"但是最糟糕的是,"她总结道,"对于我来说,作为首席调查员,我却得接受被别人当作是助手一样来对待!我的意思是,对于调查进展,我现在知道些什么?我必须待在家里,因为不是所有调查员都应该到外面去调查,这我也能理解。而其他人在这个时候都在进行着审讯盘问。然后在工作会议时,大家坐到了一起,我却不得不设法一个一个地从他们嘴里套出案情来。然后,当面对法医部的时候,我也不得不持续地发问,以便得到一些消息。当我知道了这些进展正准备开始的时候,贝格尔又强迫我留了下来,他向我吐露心迹,让我最好放弃这个案子。真该死!"她抽了抽鼻子,用手背迅速地擦去了眼角的一滴泪水,"我到底怎样才能再次站稳脚跟?"

艾丽娜慢慢地从椅子上站了起来,坐到了她朋友身边,把手温柔地搭在了她的肩膀上。沉默无语,尤莉亚把头紧紧地依偎在艾丽娜的臂弯里,她们就这样一直坐着。艾丽娜的皮肤散发着淡淡的香味,也许这只是润肤霜的味道,但是尤莉亚非常喜欢。过了许久,尤莉亚才感觉到从巨大的压力中解脱了出来,尽管不是永远,但是至少眼下是这样。她不禁深深地叹了口气。

"你还有比这更难过的回忆,不是吗?"

"是啊。"尤莉亚点了点头,毫无疑问,艾丽娜指的是她们遭到绑架的事。

"其实我也一样,"艾丽娜说道,"并且我经常梦到那个地牢,有时我仿佛觉得,脖子上那被扎的地方还在隐隐作痛。哎,这种事情没有亲身经历过,是永远也无法体会的。"

"你看,这也就是我不信任局里那些心理鉴定专家的原因,他们既不会感同身受,又比我们年长很多,有时还叫我们到他们家里去治疗。现在,同事们的闲话已经够叫我忍无可忍的了。"

"我很明白。"艾丽娜·柯内留斯把手收了回来并向前探了探身子。"我能帮你什么?根据我对你的了解,你应该已经有主意了吧。"

"嗯,好吧。"尤莉亚起初有点吞吞吐吐,最终她还是决定直截了当地说出请求,"他们并没有规定,我必须找谁做心理鉴定。"

"一定还有更好的选择!这种事情,医生和病人之间的私人关系对于治疗证明的可信度有着很大的影响,你知道吗?"

但是尤莉亚想到的只是事情好的一面。她想到的是,当她还在法国南部时,遇到的第一个心理医生的贪婪目光。也许在第一眼看来,那目光仿佛是同情,但是现在想来,这种回忆只会让人感到恶心。

"你想得可真好,偏偏这种事来找我。"艾丽娜发着火。在尤莉亚还没有来得及反应之前,她继续说道:"那么我们就必须认真地好好谈谈,对吧?一定有某种列表吧。"

尤莉亚点了点头。

"对,没错。贝格尔非常迅速地就同意了列表的全部内容,其实他只不过是想通过治疗,在表面上迎合一下上面的意思。由于我,他们给他施加了很大的压力。"

"那我们得好好算算。"艾丽娜迅速看了一下并默默地计算着,尤莉亚则焦急地等待着结果。

"好了,听好了,"艾丽娜说道,"我先给你写下共 25 次,每次45分钟……"

"见你的鬼!"尤莉亚不由自主地喊了出来,"嘘——让我把话说完!"艾丽娜严肃地说道。

"25次乘以45分钟,这样医院至少会同意其中的20次。这才足以保证创伤后治疗能够被顺利通过。而在这20次见面中,你必须至少完成一半,最好是15次,这样我就可以给你出具成功完成的证明。今天算作治疗预约,我推荐一周见两次面,过一段时间以后,我们甚至可以见一次面连着进行两次治疗。如果我没算错的话,七周后,治疗就可以结束了。"

"喔!"尤莉亚说道,并感动地吹着口哨。

"啊,等等,还有呢,"艾丽娜补充着列表,"根据广泛治疗协议,你仍然可以进行工作。但是最后还得由你的上司决定:什么时候把首席调查员的工作交给你。"

"明白。"

什么事情都不是轻而易举的,尤莉亚想道。她又一下子变得自信起来,她一定会克服这个困难的。

"谢谢你,"她转向她的朋友,并温柔地抚摩着她的肩膀。"说真的,我都无法形容,你到底帮了我多大一个忙!"

"谁让我们是朋友呢!"艾丽娜微笑着靠向了尤莉亚。很长一段时间,她们就这样静静地依偎在那里,享受着她们的亲近,倾听着音响中的乐曲,那轻柔的声音仿佛是从远处飘来的一样。

星期二

亚历山大带着轻松的心情,离开了那充满腐朽臭气的油腻铁皮车。他离开了警卫岗地铁站,选择了东面的出口,这个出口位于 C&A 大楼挡雨棚的下面。斑马线上的白色条纹已显斑驳,对于这一点几乎没有人注意到,亚历山大走过斑马线来到蔡尔大街的另一边,这里是法兰克福著名的购物区。他踱步向右走去,通过了库尔特－舒马赫大街的交通灯。这里是连接法兰克福北部和美因河岸另一边的萨克森豪森的重要交汇处,这条大街有六排道。每两排一组用作车辆行驶。三组车道分别由长长的、混凝土的人行道所分开,其中有两排车道是城际近途公交车道。除了公交车以外,在这个交通枢纽处还行驶着城际快车,它的轨道铺到了公交车道的沥青马路上。一个大大的黑色信息板上用橙色的亮光字体显示着活动灯光字幕,30 路公交车,开往巴特菲尔伯尔方向,30 分钟后开车。亚历山大加入了等候的队伍中,他们在玻璃挡雨棚边等待,这个波浪形的普勒克西玻璃顶棚由于鸟粪和天气的关系被弄得污迹斑斑、模糊不清。亚历山大下意识地避免接触到栏杆、墙壁和门把手。与陌生人的近距离接触也是让他十分厌恶的。人们永远不会知道，这些接触会传染哪些细菌和疾病。这个世界，特别是法兰克福，简直是个污秽的熔炉。

随着金属发出的刺耳的咯吱声，一辆青绿色的客车颤抖着停进了车站。车身上大面积的宣传贴纸十分引人注目，让人一眼就能看清法兰克福短途交通公司 TRAFFIQ 的字样，一个带着大号黄色亮光字体的显示器上，清晰地显示着公交车的路线、号码以及目的地。亚历山大选择了从中间的车门上车，它离连接两节车厢的灰色活动褶篷不远。让他感到轻松的是，大部分人好像在等其他线路的公交车或者城际快车，因为这台公交车很空。就好比学生们去上 10 点 15 的课，是非常舒适的。因为在这个时间段，人们不用着急，不必去忍受那些赶上班点的上班族和那些嘈杂的、不修边幅的学生。他选择了一个车门旁边的双人座，这个地方与汽车行驶的方向相反，因此这个地方最不可能有其他人来坐到他的身边。通常情况下亚历山大会站着，但是今天他比较确定他的判断。随着汽车开动时猛地一颤，亚历山大带着审视的目光快速地环视了一下周围的环境，紧接着他从旅行背包中抽出一份《图片报》。没有人注意到他。他是在下了地铁 2 号线以后，在地铁站的报摊上买了这份报纸。他迫不及待想要看清楚报纸的封面。当亚历山大·贝尔特拉姆摊开那薄薄的几页纸，开始阅读时，油墨的气味呛入了他的鼻子：

过度吸毒下的死亡挣扎！
一群暴徒集体将她奸杀！

一张模糊的照片,也许是她身份证上的照片,图下写着珍妮弗·梅森(21 岁),图片上的她带着浅浅的微笑和沉思的眼神。亚历山大瞪着眼睛浏览着标题下面微粗字体的文字,文中推测着这个加拿大女学生的死亡情况。报道将多次强奸比喻成了恶魔的祭祀屠杀。在第三版刊登了不清晰的案发现场屋内走廊的照片,旁边还有一张房屋外观的图片。下面的副标题写着:恐怖之屋,在这里珍妮弗祈求着活下去。

　　她没有祈求,亚历山大·贝尔特拉姆想着。她为什么会这样?是因为亚历山大在威士忌和伏特加中掺入了药酒,还有那些没有稀释的可卡因也帮了大忙,要知道它们的纯度可比大街上那些普通的可卡因混合品要高多了。珍妮弗完全是自己喝多的,没有任何人强迫她,即使这是她生命中第一次吸毒,亚历山大也没有祈求她那样做。那时他还利用他富有魅力的嗓音,有目的地劝说她防止使用迷奸药。

　　他快速浏览了其他报道,都没有提及玛丽塔的死亡,这也是他不想看到的。在汽车开出了 9 分钟后,亚历山大到达了目的地,扩音器里传出了女性的报站声:尼伯龙根广场。晚了两分钟,这不是广播告诉亚历山大的,而是他审慎地看了一眼手表。他的卡西欧手表通常会通过原子钟的无线系统自动调准时间,手表准确地显示着 09:48:13。精确是半个生命,亚历山大想着,仅仅是前一个晚上发生的事情就证明了他的座右铭。没有人,甚至是警察也只有做梦时才能想到,他会和一个妓女的死亡有关系。这个自负的花花公子没有慌张。他满意地将旅行背包甩到了右肩膀上,下了车。他敏捷地穿过了有四排车道的弗里德贝格公路,这条公路在任何时间都是川流不息的。这个城市交通最重要的南北交汇处,在取消了交警岗之后更换了两次名字,从库尔特－舒马赫大街到康拉德－阿登纳大街,最后改成了弗里德贝格公路,但是它一直很繁忙。持续不断地修建和修补工程,特别是临近尼伯龙根广场的施工一直给附近的居民和上班族带来烦恼。

亚历山大·贝尔特拉姆对这些并不感兴趣。他有目的地快速通过宽阔的人行横道,经过了彩色的广告柱和高等学校大门口的旧砂石柱子。在他经过 32 路公交车玻璃候车棚的时候,在拱顶的下面站着几个不良少年,他们抽着烟,大笑着往地上吐口水。亚历山大厌烦地撇着嘴角,鄙夷地想着:你们永远不会在这里学习的。当他绕过最后一栋旧楼时,他深吸一口气踏入了建筑群的宽阔庭院。比起他三年前第一次来到这儿,这里发生了一些改变。新的管理楼是一个笨重的混凝土立方体,正面装上了玻璃双开门,标志着这个建筑物具有新的核心地位,但是它与过去作为校园中心的石板瓦盖屋顶的那所建筑相比并没有明显的优势。2005 年秋天,当亚历山大站在这里时,这条连接着旧建筑的路延伸过来,将这个区域分成了两部分。那时克莱斯特大街从校园北面延伸过来,距离这里只有不到 60 米。蓝色和白色的旗帜在晨风的吹拂下翩翩飞舞,人们能在旗帜上认出 FH-FFM(美因河畔法兰克福高等学院)几个大字。亚历山大·贝尔特拉姆很喜欢来到这里。通过信息学和工程技术学的专业学习,不仅使他在同龄人中更加优秀,也为他和最现代化器材的接触和操作提供了条件。在这里完全不存在怀疑和监视,他可以做任何在家中网络所不能做的事情。亚历山大用了一个月的时间,自学了在学院中进行网络连接、系统安全防护和服务器的相关知识。他的很多同学都会自吹自擂,有人说通过学校系统能够"在黑客系统中畅游",有人说他们撕破了银行或政府数据库的安全防线,每每在这个时候他都保持沉默。在第一个学期开始的时候,这里的学生会将他们自以为拥有的零星知识与个人电脑的功效做一个比对。卡洛一直称亚历山大是"低端的书呆子"。卡洛是唯一一个和亚历山大关系比较近的人。每年有新生入校的时候,他都会做这样的比较。

严格遵照他的生活准则,不要表现得引人注目,亚历山大在第一个学期的时候尽量保持低调,几乎没有结识熟人,但相反地他已经分析了同学们的性格以及观察了这个校园。在下一个新的学年开始了几个月后,他发现了管理员在管理程序上的薄弱环节,趁着没有经验的新生大量拥入,在神不知鬼不觉的情况下,亚历山大获得了注册信息。

第一个适合的牺牲者是32岁的安德烈亚斯·洛迈尔,来自哈瑙,社会教育学专业第四研究领域的学生。亚历山大给自己创建了一个和洛迈尔几乎一样的邮箱地址,用它申请了一个新的访问代码,并且在数据中心多次为自己犯的错误道歉。没有人会怀疑。当每次有网络检测进行时,人们会高度警惕那些大量的非法色情交流的拜访者,这些人一般来自泰国、南美洲和俄罗斯联邦地区——这是由一个社会教育学学生估算出来的。但是对于亚历山大·贝尔特拉姆来说却可以利用这一点,达到自己的目的,他可以分析这个市场情况,并且等待着对此感兴趣的申请人。美国人特别愿意利用这一渠道,通过网络大量地寻求远东地区的色情交流;在德国来说,这种渠道由于对于儿童色情文学的严格监管而受到了很好的监察。亚历山大在家里根本无法登入类似的网站。

他溜达到食堂的圆形玻璃立柱面前,一个长得非常漂亮的金发女生,挎着包快速地经过了他的身旁,她的头发随着她的步伐在微微飘动。红色的学生会大楼前,一小群学生正在抽着烟,围绕着一个音乐装置聚集在一起,他们的脚旁懒洋洋地躺着两条狗。亚历山大很长时间没有去上第一节课了。因为对他来说晚上10点到12点之间太珍贵了:这是他能够赶上聊天室聊天的唯一机会,在聊天室里有大量想付钱的顾客,从洛杉矶到拉斯韦加斯,哪里都有。傍晚临睡前,他们会坐在显示器前,贪婪地等待着别人来满足他们的激情性欲。而亚历山大·贝尔特拉姆知道如何去给他们提供服务。

星期二　9点58分

尤莉亚·杜兰特气喘吁吁地赶到了警局,时间刚刚好。她这么急急忙忙是因为她昨晚睡得太晚,以至于今早没有听见闹铃的声音。在她离开家的时候,感到有点欣慰,天气终于凉爽了起来,天空万里无云,并且温度要比前一天的同一时间下降了5℃。在急速赶路以后,她感到血液在太阳穴里激烈地涌动着,宿醉真是让人难以忍受。

在艾丽娜那儿度过的这个晚上很美妙,简直棒极了,她们都问彼此为什么以前没有这样做?在谈话之后,尤莉亚喝了很多酒,她以前在任何一家公共酒吧都不曾喝过这么多酒。她们彼此紧紧地依偎在一起,一下子又找回了彼此信任的感觉,那些生活中的烦恼统统都被抛在了脑后。不知什么时候,艾丽娜才又站起身来,她把一张蝎子乐队的 CD 放入了音响,并打开了第二瓶酒。她们聊到了尤莉亚在法国的生活,聊到了苏珊的房子,聊到了去年在那里发生的点点滴滴。她们总是会长时间地沉默不语,艾丽娜甚至掉下了眼泪。尤莉亚想起了弗兰克·黑尔默在去年的发现:自从来到了法兰克福,这个富有吸引力的、令人有好感的女人一直没能融入社交圈子。除了尤莉亚·杜兰特之外,艾丽娜·柯内留斯几乎没有任何朋友。在尤莉亚失踪的这段时间里,她一定度过了许多绝望而又孤独的夜晚。

直到深夜,大概是接近两点半的时候,尤莉亚才起身告辞,坐上了回家的出租车。真胡扯,因为她发现,车才开了不到一千米,她就到家了。出租车收据上写着 3 点 42 分,下面的价格却很惊人。昂贵的快乐,不过对于尤莉亚来说,她已经有几周,甚至可以说有几个月没过得这么高兴了。她们没有睡在一起,那么深入的、温柔的身体接触不是这么轻易就能得来的,其实尤莉亚也看不出来,艾丽娜是否有这样的打算。她从不会采取主动,但是也许只是有所顾虑。也许她已经注意到,尤莉亚渴望亲近,但是她还没有做好沉溺于肉体之亲的准备。尤莉亚喝了一口酒,就这样一直坐着?是的,至少目前是,她继续想道,因为只要艾丽娜还是她的心理医生,就不能有更进一步的亲密接触。

在尤莉亚继续沉思之前,她被突然拉回到现实。"嘿,女同事大人,这么早就到了?"黑尔默开着玩笑,而尤莉亚则完全没有注意到他的到来。"我已经知道了,贝格尔把你调到布克斯特胡德去了。"尤莉亚勉强地笑了笑,"不完全是,弗兰克,但是让我们来谈谈这件事情吧。这真是个很长的故事。"

"好的,"黑尔默点了点头,并指向他的保时捷,"我们是马上出发,还是你上去一趟?"

"那么去哪儿呢?"尤莉亚问道,她再次感到了意外。自从她昨天下午离开警局以后,她对案情的进展毫无了解。

"啊,好吧,我觉得,在去看信息幕之前,我们还可以喝一杯。嗯,你一定会大吃一惊的!"

看样子,他们进展得很顺利,尤莉亚感到了一丝后悔。

信息幕,是同事之间的行话,其实指的就是会议室里那堵宽宽的水泥墙。它是活动挂图板和白色大型布告板的补充,信息幕上贴着数不清的案件调查记录和图画,大多数都是从长幅纸带卷上剪下来的,往往为了一个案件会准备很长的纸带卷。这个概念同样也有着它的特定历史背景,因为在过去,人们都是将调查信息直接贴在墙上的。

尤莉亚沉默不语地跟着她的同事走进了大楼,来到了电梯前。黑尔默按下了电梯按钮,友好地看着尤莉亚,听她说道:"听着,在我面对大家之前,你得先跟我说说案情的进展。"

"当然。"黑尔默点了点头,"昨天还顺利吧?"

"不顺利。贝格尔跟我说得一清二楚,如果我没有鉴定的话,就不能接手案子。"

叮的一声,电梯门打开了。

"请。"黑尔默做了一个谦让的手势,尤莉亚第一个走了进去。接着,黑尔默也走了进去,他一边按着电梯按钮,一边问道:"那么现在呢?""我觉得,我和他做了一笔很好的买卖。艾丽娜给他发去了一封传真,在传真里,她确认她会负责我的治疗。这应该可以让上面的那些头头感到满意了,至少贝格尔是这么认为的……当然,我也是。"

黑尔默惊讶地皱起眉头,仔细地打量着尤莉亚。

"你这不过是在自欺欺人,不是吗?"

"为什么?"尤莉亚回击道,"我从没这么想过。但是真没想到,你也觉得,我是个厚脸皮。"

"不,我可没那个意思。"黑尔默的语气有所缓和,但是尤莉亚的态度还是很冷淡。

"那你是什么意思?"

"嘿,不管怎么说这都是自欺欺人!"他失望地晃动着手臂说道,"你好好想一想,我们遇到了一件大案子,而你的特赦令恰好就来了,而且你还是我们资历最老的女警员,所以大家一定会觉得,我们的首席调查员为了处理这件案子,于是就在鉴定上动了手脚。"

"别担心,我不会去计较这些事情的。"尤莉亚平静了下来,"我在乎的只是我是否能被任命为首席调查员,带领大家一起调查。"

"你会的。"黑尔默点了点头,他又松弛了下来。

"啊,还有,"尤莉亚说道,恰好此时电梯停了,"让我想想,你刚刚跟我说,我们遇到了一件大案子。"

"是的,怎么了?"

尤莉亚带着责备的目光回答道:"我们遇到了一件大案子。"

接着她径直走向了会议室,屋里横向挂着四个纸带。尤莉亚靠近了纸带,上面写着四个名字和相应的要点。

阿德里亚娜·丽娃,22 岁

意大利人

和海伦娜以及珍妮弗一起住在学生公寓里

歌德大学,社会学,第二学期

在 2008 年 2 月份搬入珍妮弗的住处

根据自我陈述,不记得事发当晚午夜以后的事情

证实了亚历山大·贝尔特拉姆的陈述(很早就离开了派对)

DNA 痕迹(阴道分泌物)出现在受害者的床单上

自己的房间里有受害者的头发(地面上和沙发上)

最近进行过成功的性交

拨打了报警电话,之后处于休克状态,被送往事故救治医院

海伦娜·约翰逊,25 岁

双重国籍 德国(父亲)/美国(母亲)

从 2008 年夏季学期开始,和阿德里亚娜以及珍妮弗一起住在学生公寓里

歌德大学,日耳曼学,第四学期

大概从半年前开始和约翰保持着固定的恋人关系

在大学运动会上认识了阿德里亚娜

DNA 痕迹(皮肤纤维)出现在受害者的指甲缝里,根据自我陈述,这是由于头部按摩造成的

阴毛出现在受害者身上

身上布满抓痕,据说是由于和约翰性交时造成的

约翰拒绝对此做出陈述,但是他身上发现了 DNA 样本(阿德里亚娜的皮肤纤维)

事发第二天早上被人发现迷失在京特斯堡公园,已被送往人民医院进行治疗

约翰·西蒙斯,27 岁

美国公民

学生公寓,本 - 古里安 - 林大街 48 号

亚特兰蒂斯项目交换学生,交换两个学期

大概从半年前开始和海伦娜保持着固定的恋人关系

曾在美国军队服役,后中断,相关简历材料无法调阅

强烈的暴力倾向,参见待审拘留记录

要求见美国律师,此外保持沉默

已确认体内毒品含量极高,并且极可能经常吸食毒品;医生已排除由于外伤后,患压力综合征而服用毒品的可能性

精液出现在受害者的臀部上

格雷戈尔·陶贝特,23 岁,来自慕尼黑

弗里德贝格瞭望塔学生公寓

法兰克福高等学校,护理学,第三学期

和受害者的关系比较疏远,也许对受害者是单相思

精液出现在受害者的床单和大腿上

有规律的轻微毒品摄入(毒品检测已证实),但是否认了被检测出的大量毒品摄入

陈述:有人向他的饮料中加入了某种东西——第一次是可卡因,那东西差点要了他的命

对于受害者的悲惨遭遇没有陈述,不知道那天晚上谁和谁发生了什么。自称对于那一段没有记忆

"真是一群狡猾的混蛋，不是吗？"尤莉亚·杜兰特听到了她同事的声音。她在四张纸带前观察了很久。陈词中，互相一致或者有所补充的地方都已做了彩色标记。这是一种常见的方法，可以有针对性地过滤掉那些不确定的看法，以便在审讯中重新组织问题。最好的情况是，由此可以看出矛盾之处或者是显而易见的漏洞，并因此在被逼之下说出相应的动机和作案嫌疑人。尽管眼下尤莉亚不想让贝格尔知道，但是她不得不承认，这个案子使她极为震动。

　　"大家都知道，当我还是风纪警察时，经历过很多这样的案子。"昨晚她还和艾丽娜·柯内留斯说到过这个话题，"但是现在时代变了。这个年轻的、手无寸铁的女孩的遭遇……"

　　艾丽娜非常了解尤莉亚的想法，她说道："你并不需要特意去压抑你的感情。关于这一点，没有人能强迫你。"

　　也许贝格尔并不这么认为。当然了，尤莉亚·杜兰特也不可能马上就带着武器，冲向约翰和格雷戈尔。没有人能够逃脱法律的制裁，无论是罪犯还是知情人。现在的问题在于，所有人的描述里竟然没有任何矛盾的地方。

　　四张纸带上都用黄色胶带粘上了要点，上面写着四个人的酒精和毒品含量都非常高。太高了，就像安德烈亚·西弗斯标注的那样。如果他们真的是从 21 点就开始大量摄入酒精和毒品的话，那么后来格雷戈尔血液样本里的二者含量不可能还是那么高，而恰好他们强调，正是由于过度饮酒和吸毒，才导致了他们对午夜后发生的事情失去了记忆。因此约翰在卷宗上记下要点，很显然，大量摄入的时间一定是在晚些时候。此外，法医部也注意到,只有犯罪现场有高浓度可卡因的痕迹,他们已通知缉毒科进行复查。

"嘿,我要和你谈谈!"

尤莉亚转过身来,恰好看到了黑尔默那友好的目光。她说不出来,他是什么时候站到她身后的,但是她记得,他刚才跟她说过话。

"对不起,你刚才说什么了?"她困惑地眯起双眼。

黑尔默指向了她身后的纸带。"我说,他们真是一群狡猾的混蛋。对于可疑之处一律失去了记忆,他们所有人竟然全都如此。"

"是,我也注意到了。那些女孩怎么样了? 她们还在医院吗?"

"不在了。"黑尔默摇了摇头,"他们四个人现在都被关押在普罗伊格斯海姆,等候审问,阿德里亚娜·丽娃今早也被转了过去。她那儿还得再调查一下。因此一会儿你和我还要去她那儿一趟。"

"噢,不胜荣幸,"尤莉亚简练地答道,"我终于可以真正地参加调查了。"

"嘿,请不要这么夸张。现在我去拿一杯非常可口的咖啡,高品质自动售货机原装,你觉得怎么样? 你接着读剩下的信息? 之后我们就心平气和地上路,阿德里亚娜逃不出我们的手掌心的。"

"我没意见,"她点了点头,接着她又疑惑地抬起头,"其他人到底在干什么?"

"塞德尔去了安德烈亚·西弗斯和博克教授那里。他们还在研究那些痕迹,但是到目前为止还没有更多的发现。至于库尔默,"黑尔默略略地笑了起来,"和扎比内一起被派了出去。当他非常高兴地表示愿意为扎比内效劳时,他一定看到了,他的心上人眼里充满了蔑视和愤怒。"

"这个该死的,"尤莉亚幸灾乐祸地轻轻点着头,"那么今晚有人回家要遭殃了。有些事情是永远也不会改变的。"

"其实他只不过是在开玩笑,你也知道,他是什么样的人,"黑尔默为他的同事辩解道,"总愿意说大话,但是其实什么也不敢做。他完完全全地迷失在他的塞德尔身上。"

他转身离开了房间,一边走一边从后裤袋里掏出了钱包。尤莉亚则静静地待在原地,想起了彼得·库尔默来警局第一个月的情形。这个大男子主义者长得相当英俊,很快就俘获了广大女同事的心,但是这其中不包括尤莉亚。尤莉亚总是对他的追求很冷淡。而今天他恰好又想同时博得两名女同事的欢心,这种事情是尤莉亚永远也不想深陷其中的。她叹了一口气,但是令她高兴的是,房间里又只剩下她一个人了。她又钻研起满墙的案件记录来。

纸带卷的右边挂着一张招贴画。上面记录着受害者的个人信息,此外还有一张 A4 纸大小的放大照片,《图片报》也同样刊登了这幅照片,此外还有一些珍妮弗·梅森的在加拿大的家庭信息。哦,对了,家庭,到底是谁在照顾着这个家? 尤莉亚·杜兰特轻轻地叹了口气。这又是一个她不了解的信息。但是就目前的状况来说,打电话告诉她一无所知的父母,他们的女儿被强奸、虐待,最终被杀害,这决不是一个好差事。

在信息幕旁边的白板上用黑笔写着亚历山大·贝尔特拉姆这个名字,下面则是他的不在场证明。一份他的车票复印件,以及他父母的证词和住宅警报系统的录像,但是并没有附上照片。绿色标签上写着这个信息系学生是无嫌疑的。理由是他父母做出的案发时间不在场证明、车票以及住宅警报系统的记录。此外，在受害者周围也没有发现他的任何指纹。尽管在一个酒杯和两个酒瓶上，以及桌子上的烟灰缸附近找到了他的指纹，但是，这些东西都不在珍妮弗的房间里，而且他的毒品检测结果也是阴性的。

尤莉亚又回到另外四个人的要点前，她的目光若有所思地在两个纸带之间来回移动，恰在此时，黑尔默回来了。"咖啡。"他大声喊道并慢慢地走了过来。尤莉亚又看了一会儿，接着她坐到了旁边的椅子上。黑尔默端着两个还在冒着热气的棕色纸杯，走了过来，他把纸杯放到了桌子上。

"小心，很烫。"他提醒道，接着他坐到了尤莉亚对面。

"谢谢。"尤莉亚拿过一只杯子，小心地抿了一口，接着做了个鬼脸。

"这么难喝?"黑尔默笑了起来。

"没有，我是被惯坏了。"尤莉亚否认着，她有点气自己。苏珊·汤姆林给她留了一台高级全自动咖啡机，可到现在为止，她还一次也没用过。为了真正地重新开始生活，前几天尤莉亚买了很多咖啡豆。

"你都看完了吗?"

尤莉亚点了点头，接着又喝了一口咖啡。"你知道吗，今天我是步行来上班的。"她的车还留在艾丽娜那儿，但是黑尔默还不知道这一点。"无论怎样，"她迅速地补充道，"我在报亭看到，所有报纸的头版上都刊登了珍妮弗的照片，写着淫乱派对、黑色弥撒或者人祭之类的，所有报道都显得十分荒诞。"

"我在广播上听到了他们的报道，"黑尔默遗憾地说道，"但是既然现在消息已经走漏了,就只能等着媒体疯狂炒作和胡乱猜测了。"

"真该死,"尤莉亚狠狠地砸了桌面一下,"为什么就没有人能首先想到这是一次残忍的杀戮呢?一个年轻女孩忍受了几个小时的折磨,而她自己却无力反抗。她毫无戒心地面对着那些把他们当作朋友的人!"她的声音气得发抖,黑尔默握住了她的手,但是她却摆脱了。

"嘿,我和你的看法完全一样,"他安静地说道,"因此我们要竭尽所能,不让凶手逍遥法外,更不能让那个从美国来的混蛋律师破坏我们的计划。"

尤莉亚·杜兰特低声回应道:"是的,当然。"

黑尔默站了起来,迅速地走到了白板前,白板上挂着一张A3大小的案发地点房屋平面图。他打开了磁力夹子,取下图纸,又走了回来,把它摊开在桌面上。所有痕迹的发现地点都用铅笔画了叉,并由司法鉴定中心进行了检查和确认。图上也画出了家具的草图,此外还有珍妮弗的尸体和床铺的轮廓图,而DNA痕迹则用红点标了出来。

"星期六凌晨在比尔施泰因大街到底发生了什么?"黑尔默大声地问道,仿佛是在开大型会议。现在头脑风暴开始了。尤莉亚的手指在图纸上迅速移动,仔细地思考着每一个细节。终于她发现,除了极少数痕迹以外,其他所有记号都出现在珍妮弗的房间里。而且记号离床越近,就会变得越密集。检测部门已经确定,除了贝尔特拉姆以外,痕迹里包括了其他所有参加派对的人。而在这些痕迹中,大部分是新鲜的DNA,这表明,它们就是在案发当晚留下来的,也就是说除了贝尔特拉姆以外,在案发时间前后所有参加派对的人都曾出现在受害者的周围。慢慢，尤莉亚在脑中形成了一种判断。

"我现在来和你谈谈，我是怎么想的。"她慢慢地说道。

"阿德里亚娜和海伦娜把她们听话的室友灌醉了，直到她分不清东南西北，完完全全地失去了意识。而约翰很想同时和两名女孩一起做爱，于是在可卡因的作用下，他来到了珍妮弗的床上和她还有海伦娜一起寻欢作乐。不知什么时候，格雷戈尔也加入了他们——根据贝尔特拉姆的陈述，他非常渴望得到珍妮弗。只是不知道他是独自一人，还是当着其他人的面强奸了她。"

"那么阿德里亚娜·丽娃呢？"黑尔默插话道。

"嗯……暂时还想不到她到底在其中扮演了什么角色。但是我觉得，她假装无辜，只不过是在故弄玄虚罢了。据贝尔特拉姆所说，她不仅买来了所有酒水，还弄来了毒品。"黑尔默看上去还是不那么信服。

"是的，但是只有贝尔特拉姆这样说，再没有其他人。至于酒水，她本人已经承认了这一点，而我们的警官在附近的饮料商店也确认了这件事。但是到目前为止，其他事情都还无法确定。此外我们在床单上也发现了她的阴道分泌物……"

"但是博克教授说那也可能是过去留下的痕迹，"尤莉亚打断了他，"或者这些分泌物可能来自于另一次群交，因为它们和精液混在一起了。跟《图片报》的淫乱派对相比，这个理由其实还算靠谱了。你也知道，可卡因会产生增强性欲的效果，尤其是当这个人并不经常吸食的时候。让我们再仔细想一想，阿德里亚娜与其他人一起寻欢作乐，这与她第二天早上处于极度震惊的状态根本就没什么矛盾。至于海伦娜肯定也是如此。"

黑尔默的头从一边倒向了另一边,看来他正在仔细衡量着这些推测。

"对,好吧,但是这还是不能让我完全信服。因为如果他们全都吸食了那么多毒品和酒精的话,就像检测结果显示的那样,那么谁还能去割开珍妮弗的喉咙呢?并且最重要的是,他为什么要这么做呢?"

"我也在思考这个问题,"尤莉亚承认道,"这还只是初步判断。但是拿格雷戈尔来说,也许在他和珍妮弗做爱之后,他又袭击了珍妮弗,在那之后,他意识到珍妮弗永远不会放过自己。而在毒品的刺激下,他只会想到最简单的方式,那就是除掉她。我们不应该忽视,他们四个人都处于无法理性思考的状态。"

"为了掩盖罪行而杀人?我不知道。"

"是的,这听起来有点不合逻辑,但是这种事情确实经常出现。也许不一定就是格雷戈尔,但是你能准确地说出,在那种情况下,一个神志模糊的人到底在想些什么吗?"

黑尔默双手合十,放于头前,努力地思考着。接着他转向信息幕,目光在两名男性参与者之间来回移动,首先是格雷戈尔,接着是约翰。尤莉亚努力尝试领会她同事的意思,可惜并没有成功。最终,黑尔默又转了回来,目光里带点愤怒。"我明白了!我想到了。"

"哦,你快说吧!"尤莉亚不耐烦地催促道。

"就是这么回事,在珍妮弗床上发生的事,很可能它的顺序是恰好相反的。最开始是格雷戈尔,可能还有阿德里亚娜,这之后是其他人,对吧?"

"是的，也有可能是这样。"尤莉亚点了点头。

"好，你想象一下，约翰那大块头，走起路来就像只熊一样。起初他和自己的女友做爱，然后和珍妮弗，或者是同时与她们俩一起，这无所谓。不知是什么时候他突然意识到，身下的小姑娘毫无反应，这时他发现这根本不是什么自愿的做爱，而是明显的强奸。作为美国人，在这方面要比我们敏感一些，可卡因倒是没什么问题，但是强奸罪的判罚要比我们严厉得多。不管怎么说，很快约翰就清醒地意识到了，于是他迅速地抓起一把刀，割断了珍妮弗的脖子。"黑尔默疑惑地打量着尤莉亚，但是女警官并没有信服地点点头。

"至于动机，我想和格雷戈尔的情况是差不多的。"黑尔默结束了他的讲述。

"我觉得，罪犯的动机差不多就是一次冲动行为，"尤莉亚评价道，"罪犯感到了害怕，所以就杀了受害者。"

"是的，只不过格雷戈尔的样子真像个嬉皮士。"他抬起手臂，用食指指着信息幕。"他没有像约翰那样，进行过专业的军事训练，毕竟在军队里，约翰一直都在学习怎么杀人。"

"可能吧，"尤利亚说道，"但是其实格雷戈尔所忍受的痛苦应该更多一些吧。你自己想一想，当他看到约翰和珍妮弗在一起的时候，他会有一种什么样的感觉。而偏偏就是这个约翰，他原本已经有女朋友了。"

"是啊，但是他为什么不直接冲向约翰呢？"

"我先提个问题：你看到他俩的块头了吗？"尤莉亚指向了招贴画上的照片。"这真像是大卫与巨人歌利亚，对吧？"

"确实如此，"黑尔默会心地一笑，"无论我们怎样分析，有一点是可以肯定的,那就是珍妮弗·梅森是在2点20分以后的某个时间点被人杀害的。他们四人中的一人割开了她的喉咙,可以确定的是,两个小伙子中至少有一个残暴地强奸了她。"

"这点我同意。"尤莉亚说道,"那我们就去一趟监狱吧,把我们的想法和阿德里亚娜·丽娃谈一谈,你说呢?"

"是的,头儿,"黑尔默跳了起来,"从阿德里亚娜开始我们还有更多的好处。"

"为什么?"尤莉亚也站了起来,向剩下的咖啡里加了一块糖,一饮而尽,然后把两个杯子叠放在了一起。

"首先阿德里亚娜·丽娃看起来没有海伦娜·约翰逊那么顽抗,其次她也没有美国兵男友为她撑腰。另外据我们所知,她也没有一大堆黑手党律师在等着为她拼命,她只是来自于一个极其普通的家庭,尽管她的父亲正在来德国的路上,但是到目前为止她还没来什么熟人。"

"我真想哭。"尤莉亚简短地说道。这个美貌的女人——阿德里亚娜·丽娃竟然允许这么惨无人道的罪行发生在她的家里。尽管尤莉亚·杜兰特对德国的法律判决结果不是一直都感到满意,但是在这件案子上,她非常相信法律的正义。阿德里亚娜一定会受到相应的制裁,因为现在正值严打时期,对于犯罪行为放任不管也会和犯罪行为本身一样,将受到严厉的处罚。

最后,尤莉亚·杜兰特决定要冷酷无情、不带一丝怜悯地去处理这件案子。今后除了心理治疗以外,她要把所有时间都花在案子上,甚至是通宵达旦,一直到案件宣判。由于珍妮弗·梅森的死,阿德里亚娜·丽娃、海伦娜·约翰逊、格雷戈尔·陶贝特和约翰·西蒙斯必须受到最严厉的惩罚。

死亡曲调
TODESMELODIE

[两年后

星期一

　　尤莉亚·杜兰特的目光在这间熟悉的办公室里扫视着,在过去的几年里,她经常在这里吃饭,就和自己的办公室一样。房间里几乎没有什么私人家具,只有几个简单的书架,上面摆满了书。四面墙壁毫无装饰,除了必备的照片、挂历以外,只有一个无框玻璃相框,里面是一张总局办公大楼旧址的鸟瞰图,这张照片大概拍摄于上世纪 70 年代,当时警局还位于美因茨公路。朴实无华的大型办公桌右边是一株一人高的橡皮树,它那宽大的叶子无精打采,低垂而下,就像是在这里办公的人一样,都在忍受着这令人窒息的酷暑。办公桌是在法兰克福西区的时候留下来的最后一件家具,而那里已经闲置 8 年了。差不多两年前,在办公桌后面还有一张皮质沙发椅,只不过后来它为外科矫形椅挪出了位置。

　　时光一去不复返啊,想到这里,尤莉亚不仅莞尔一笑。为了在这炎炎夏日里,脖子上能凉爽一些,而不是整日忍受那湿漉漉的马尾,尤莉亚把头发扎了起来,脖子正好露了出来。她偏着头,耳朵和肩膀之间夹着听筒,手指则在摆弄着那长长的螺旋形电话线。而电话的另一端,这时又陷入了沉默。

"你知道吗?"那边终于传来了声音,这声音显得很疲惫,对方无可奈何地接着说道,"现在才四个星期,接下来还会出现更多的状况。"

尤莉亚一时语塞。两个星期以前,正值世界杯最紧张的阶段,贝格尔患上了严重的腰间盘突出,可怕的病魔使他整整三天无法活动。当尤莉亚到医院去看望她的上司的时候,高剂量的止疼药和严重的肌肉松弛使得他就像吸毒了一样。两年前,当尤莉亚从法国南部回来以后,贝格尔的背部就突然出现了问题,从此,病痛就一直折磨着他。贝格尔的体重在他生命里的绝大部分时间都要重于 100 公斤,而且他还整日顶着一个大肚子,其实对于这样的身材,人们早就料到,脊柱迟早会出现问题。不知再过四个星期,病情还会发生什么变化……

"哎呀,这么严重?"尤莉亚几乎控制不住她的烦闷。

"还好啦,"贝格尔显得有点玩世不恭,"毕竟人老了,不中用了。"

尤莉亚吓了一跳,她机警地察觉出,头儿的声音听起来似乎病得很严重。

"等一下,您的医生不是说,他已经在帮您恢复了,不是吗?"

"是的,您先冷静一下。"贝格尔的声音听起来又恢复了生气。"我还能活几年,我不会把我的矫形椅,原封不动地留给你们的,您看着吧。"

"好吧,那我也不想再听了。如果有什么新消息,您再通知我吧。"

"当然。"贝格尔答应道。短暂的停顿之后,他接着说道:"杜兰特女士?"

"啊?"

"请您别这么担心。我不会无缘无故地让您做我的代表的。如果有人能胜任这份工作的话,那只有您,知道吗?"

"借您吉言。"

"除此以外,不管怎么说,现在也是假期,那帮混小子应该还在南方的沙滩上度假呢。"贝格尔笑了笑,接着他又呻吟了一下,低声说道:"真该死,我一动也不能动。您看,杜兰特女士,我需要您坐在我的位子上。"

"好吧,头儿。您看,这么说话才像您。"

尤莉亚与头儿互道告别,接着她把椅子向前倾了倾,挂回了听筒。她叹着气,轻轻地按摩着自己的太阳穴,她从来没有想过,要接手贝格尔的办公室,她既不想要这令人讨厌的沙发椅——尽管贝格尔说它很舒服,也不想要政府机关里的那些条条框框。至少不是现在,也不是在未来的几年。尤莉亚是这样的一个人:她想在外面调查,想在犯罪现场研究,想审问嫌疑犯,这才是她为之奋斗的东西。尽管有些案件有时会很变态并且会消耗她大量的精力,但是她还是乐此不疲。她迅速地在心里计算了一下,结果发现贝格尔必须工作到 2014 年底,才能申请全额退休金。可是他的身体还能坚持到那个时候吗?眼下还要再等四个星期,也就是说,在 8 月中旬以前,贝格尔都不可能回来上班。在这以后,他还得进行医疗体操和一切必要的后续治疗,极有可能还得去度假疗养,这些又需要三个月的时间,尤莉亚粗略地计算着。啊,好吧,看起来,今年剩下的时光都得在这度过了,队员们一定会极为震动的。

恰在此时,门开了,弗兰克·黑尔默冲了进来。

"早上好。"他高声喊道,听起来心情很不错。"啊,现在你在这扎根了?"

这个混蛋,他为什么不敲门?

"你好,弗兰克。"尤莉亚勉强一笑,并向他点了点头。"好吧,我正想和你说这件事。我刚刚和贝格尔通了电话,在8月之前,他都回不来了。"

"唔,"黑尔默的脸上失去了笑容,接着他坐到了办公桌前两把椅子中的其中一把上。"那么现在呢?"

"你可以自己想一下。"尤莉亚敲了敲黑色垫板,下面是一张用得很旧的浅色桌布。"他任命我为他的临时代表,桌子上就是主席的批准文件。"

尤莉亚原来打算,在面对黑尔默之前,把所有说辞事先演练一遍,但是她发现,她的用词还算恰到好处。除此以外,她还能怎么说呢?她仔细地观察着这位多年的老朋友、老同事的每一个表情,试图猜出来,他到底是怎么想的,可是他的脸上毫无波澜。也许整个调查组早就知道,尤莉亚·杜兰特是贝格尔的优先考虑对象。毕竟她又不是第一次代表他。

"那么这次我又一语中的了,是吧?"黑尔默评论着,接着他挑衅性地补充道,"我刚刚就说了,你要在这扎根了。"

"是的,谢谢,我就是想再听一遍。"尤莉亚翻着白眼回答道。

"什么?"他带着无辜的表情张开了双臂。"难道我还得去买一瓶香槟酒或者我们还得举行一个庆祝会,或者什么?"

"什么也不用,"尤莉亚冷静地答道,"这只不过是形式上的一种安排,而贝格尔需要一个人在外面代表他,管理这里,而他恰好选择了我。就是这样,没什么可说的了。"

黑尔默的脸气得变了形。他猛地站起身来,朝无花果树走去,把手狠狠地插进了叶子间,将其中的一片狠狠地翻了过来。

"当然,站在你的立场上看,可能这听起来很简单,"他终于说了出来,"但我并不一定非要替你高兴,对吧?"

"你的意思是,这难道是我的错?"

"不知道。"他又坐回了椅子上,额头上挂满了汗珠,浑身发抖。尤莉亚紧张地思考着,她现在到底应该说什么,从眼前的情况来看,似乎对于这个问题根本就没有一个正确的答案。黑尔默年龄比她大,甚至在其他所有方面也要比她成熟。他的工作时间更长,有更丰富的生活经验,但是贝格尔还是愿意把黑尔默放在尤莉亚之后的位置上。其实对于这个问题,大家心里都清楚,只是在这之前,它并没有爆发出来而已。

"请听我说,"尤莉亚说道,"我既没有申请,也没有抢这个职位,这一点你应该很清楚。你还记得吧,两年前我想要回到室外工作,当时是多么困难,你忘了吗?"

"我记得,"黑尔默承认道,但是他仍然接着说道,"但是今日早已不同往昔了。至少到目前为止,我没有看出来,你对你的新岗位有什么不满。"

"够了,弗兰克!别在那夸夸其谈了!"尤莉亚一掌拍到了桌子上。"照你这么说,我在这只不过是光说不练?其实坐在这个位子上,我根本没感到有什么可以满意的!"

"妈的,"黑尔默抱怨道,"我最好还是什么也别说了。"他翘起了腿,把双手叉于胸前。尤莉亚想,还算好,他还没有完全失控,至少他还坐在这里。

"听着,"她的语气变得缓和起来,"我承认,在过去的几个月里,我的工作进展得不错。但这是我们共同的荣誉,你知道的,这是我们俩一起努力的结果!我从没有比你更出色的搭档,如果你愿意的话,我马上就想回到你的身边,而且这绝不只是因为你的汽车制冷更好。"说完后,她调皮地笑了笑。

很显然,即使是黑尔默也没有想好,该怎么回答。他只是笨拙地答道:"哎,这你可得好好想想。毕竟,扎比内也是个很不错的搭档,而且对于我的优点,她了解得一清二楚。"尤莉亚一时不知该说什么好。不管他是有意还是无意——但是尤莉亚自己心里很清楚,是的,黑尔默的这句话,让她感到非常生气。但是就在她要回击之前,那边传来了响亮的敲门声。

"请进!"尤莉亚生气地喊道。办公室的门开了,多丽丝·塞德尔走了进来。她的手里拿着一个棕色的硬质文件夹,就像往常一样,这个身材窈窕,训练有素的金发女郎还是显得那么精神焕发。看到她,根本就不会有人想到,其实她已经有四个月的身孕了。

"大家早上好。"塞德尔朝黑尔默浅浅一笑,接着她目光坚定地看向了尤莉亚。"我这儿有一个新消息,是关于施蒂格勒案件的,你有印象吗?"

她把案卷递给了尤莉亚,后者匆匆地浏览了一下文件。到目前为止,档案还不算多,只有四页,其中,第一页上贴着照片,并附有简介以及一些相关的个人信息,比如:地址、手机号码、寻人启事的传真件和寻人启事接待处的相关记录等。此外档案里还记录着其他几个要点。卡洛·施蒂格勒,28岁,歌德大学法律系学生,从马尔堡的菲利普大学转学而来。他刚刚读完第八学期,马上就要面对第一次国家考试。据他母亲所说,档案里的照片拍于三年前,照片里的男士戴着黑框眼镜,肩膀很宽,黑色的头发整齐地偏向一边。尤莉亚觉得,他看起来并不像25岁,而且据称,这个小男孩的模样至今也没有什么大的改变。至于兴趣爱好,他的母亲也不是很了解,其实她也不能经常见到她的儿子。在上周四,他们本来约定要一起去吃饭,但是卡洛却没有按时出现。在这以前,他还从来没有让她等过这么长时间或者干脆失约。24小时后,也就是7月16日,星期五,在16点25分时,位于贝尔根恩克海姆的第18派出所接到了寻人启事。

尤莉亚合上了文件夹,点了点头。"是的,现在我想起来了。当时是周五,而且马上就要下班了。有什么新消息吗?"

"当然。报警中心接到了一个电话,电话里说,我们能在东港那儿找到失踪者。"

"什么,一个电话?"尤莉亚怀疑地皱了皱眉头。

"嗯,好像是一个匿名电话什么的,具体我也不是很清楚。但可以肯定的是,电话是在今天很早的时候打进来的。因此第5派出所派出了一支搜查队,而他们在来电者所描述的位置上,发现了一座老旧厂房,在里面有一个密闭空间。队员们撬开了门,发现里面放着一个床垫子,上面有一个人,正是卡洛·施蒂格勒,已经死亡,死者生前遭受了严重的伤害。多亏他身上的证件,队员们才准确地辨别出了他的身份。"

"真可怕。"尤莉亚脱口而出,接着她站了起来,"我们现在就过去。"但是她又停了下来,叹了口气,然后坐了下来。她指了指弗兰克·黑尔默,后者一直一言不发地听着塞德尔的消息。"我的意思当然是说,弗兰克和扎比内马上动身过去。"接着她对黑尔默说道:"扎比内已经到了吗?"

"随时会到。"他站了起来。"我出去等她,然后在路上我会把一切都告诉她。"

"那你就拿着这些档案吧。"塞德尔微笑着把文件递给他。

"谢谢,幸运的是我听到了全过程。"他对塞德尔也是报以一笑,接着他们两人一起离开了办公室。

可是尤莉亚却笑不出来。她对自己很生气,她竟然在黑尔默和塞德尔面前如此冲动地跳了起来,而且她和黑尔默之间的事情,也还没有得到解决。

此外,库尔默现在还得到了一个吃力不讨好的工作,那就是把消息告诉小男孩的母亲。她是不是应该把这个工作强加给黑尔默和扎比内这组梦之队?

胸骨上的抽搐打断了尤莉亚阴暗的想法。不,请不要,她祈求道。她已经有几个月没有感觉到这种不适了。起初是心脏附近猛地一收,接着就是这种突然的、不受控制的刺痛感觉,就像是有一条铁索紧紧地缠住了她的胸腔。在差不多两年前,艾丽娜·柯内留斯就曾说过:"尽管你可以学着,尽量避免这种病情,但是你还是无法控制它。"

尤莉亚·杜兰特拿起了听筒,拨通了她朋友的电话。

星期一　9 点 33 分

扎比内·考夫曼看着黑尔默皱起的眉头,说道:"你最好还是走埃舍斯海姆公路。"在将近20分钟的时间里,他们只前行了5千米。

"废话!现在这个时候在这种大都市里,哪不堵!"黑尔默对于扎比内的不断干扰感到有点生气。此外还让他感到生气的是,她的判断总是不断失误,而且对于一切还都那么较真。事实上,尽管弗兰克·黑尔默自己不想承认,但是其实他主要还是在跟自己生气。保时捷里新装的导航系统和过去的一样简单无用,以至于人们还是得自己去面对法兰克福的交通早高峰。到了9点半,在支路上还出现了冲突,这也是夏季里经常发生的事情。然而,即使交通如此拥挤不堪,大大小小的建筑工地还是像雨后春笋般拔地而起。黑尔默突然间注意到,眼下,那条导航仪推荐的线路在所有选择中是最堵的,这条路经过 B4 和 B40 公路,以及哈布斯堡林荫大道和罗斯柴尔德林荫大道,最后从东面到达目的地。于是他在尼伯龙根广场的信号灯马上就要变红之前(同时他还得意扬扬地看了看他的乘客),转入了弗里德贝格公路的南行方向,这样他就成功地躲开了广场那里的一条条汽车长龙。不久,他们就可以在黑森纪念碑处改变前行方向了。

终于两人来到了哈瑙公路上,这里还算畅通,又过了一会儿,保时捷停在了位于松讷曼大街上的市场大厅隔离区前。现在这个宏伟的建筑四周都已竖起了建筑围挡,以防止路人接近。

看着塔吊那长长的黄色手臂和它身后宏伟的红砖大楼,黑尔默不禁脱口而出:"我的天。"这个 200 米宽的建筑群原有 15 个筒形穹顶,现如今还留有 12 个。在穹顶左右两端是两个配楼,它们比穹顶还要高出两层,从远处看,就像是瞭望塔一样。看着眼前的这个庞然大物,黑尔默甚至无法算出,它到底有多少扇窗户,到底是成百还是上千,它们就像一块块玻璃砖,嵌在了大楼的表面上。但是由于拆楼机已经连续工作数日,地上的玻璃碎片和金属支架早已堆积如山。施工是从本月开始的,黑尔默从他的妻子纳丁那里得到了这个消息,恰好他们不久前刚刚谈起过欧洲央行的这个建筑工程。按照计划,在这座著名的历史建筑物——市场大厅遗迹中间将建起一座新的高楼。预计在未来的几年里,这片漂亮的玻璃建筑群将逐步取代市场大厅在人们心中的地位,后者在近百年来,一直被人们亲切地叫作"咱们的商品转运站"。

一个非常瘦小的警员飞快地走向了停车场,那里几年前还可以找到上百个卡车停车位,而现在它的沥青屋顶早已被蒲公英、杂草和蓟叶弄得千疮百孔。他从里面打开了栅栏的锁链,并向里拉开了栅栏。黑尔默看到,前面的路上布满了金属碎片,路边还有一个小型警卫室和一个四开门柜子。

他正准备把车从入口开进去,这时那名警员的声音从摇下的车窗外传了进来:"真不错的公务车。"黑尔默只是笑了笑,却再没有其他反应。

"我们一直在等您。"这个陌生的同事说道。他必须弯下身子,以便让坐在车里的黑尔默能够看到他的脸。"现场施工是从6点半开始的,现在工人们还只是在上层进行作业。估计至少在8月以前,那里的施工都不会结束。目前工地被强制停工,他们的工头对此感到很不高兴。"

"可想而知。"黑尔默点了点头。"您只需要告诉我,案发地点的具体位置,然后您就可以去找工地负责人,告诉他们,除非必要的情况,否则我们不会耽误更多时间。但是今天他们都不准接近事发现场,也不准打听相关消息。"

"好的。您看到那边的施工车了吧?"

黑尔默伸直了脖子并眯起了双眼,然后点了点头,一辆蓝色的豪赫蒂夫建筑公司的施工车停在了左边配楼附近的瓦砾堆旁,那里还有一些其他的建筑设备。由于拆除工程还没有进行到这里,所以窗户都还没被卸下来。

"巡逻车就停在那后面,而且那里还有地方,您也可以把车停过去。接着我的同事会带您进去,痕迹保护部门也刚刚到达现场。我还得留在这儿等着运尸车并且留意其他车辆,因为通常状况下,这里是开放的,经常会有一些卡车开到这里。"

"好的,我知道了,谢谢。"黑尔默说道,接着他踩下了油门。尽管保时捷很结实,而且轮胎弹性很好,但是跑在这崎岖不平的路面上,还是让黑尔默他俩感到异常颠簸。

"我说,"扎比内·考夫曼扭头看向自己的同事,皱起眉头说道,"你是在练习巴黎 – 达喀尔拉力赛吗?"

黑尔默减慢了速度,接着小声抱怨道:"没多远,也不需要忍多久。"

当他们登上通往仓库的水泥台阶时,黑尔默小声地问着身边的警员:"当大家还在局里的时候,你就在这儿吗?"这名警员跟在黑尔默和扎比内的身后,他的形象与刚刚的那位同事截然不同:高大、魁梧、声音低沉。他向黑尔默和扎比内保证,在案发现场只有他碰了卡洛·施蒂格勒,他查看了他的颈部脉搏,以便确认这个躺在地上一动不动的人是否还活着。至于屋门,当然也是他撬开的。当时一名建筑工人非常友善地借给了他一把断线钳,他用它撬开了门。但是这名工人也因此没有离开,而是跟着他和另外一名警员一起进了地下室。恰恰是这份强烈的好奇心使得这名工人自己也遭到了惩罚:当他看到全身赤裸的还在流血的受害者时,他感到恶心不已,直接吐了出来。幸好他及时地走回到楼梯的角落里,歇息了片刻之后,他就带着他的断线钳离开了地下室。

"可惜我还没来过市场大厅,"扎比内说道,"但是在小的时候,倒是经常和我妈一起去小室内市场。"她叹息道,"那还是她另结新欢之前的事了。从那以后,我就只逛打折店了。"

"真的? 我也很长时间没来过这儿了。"黑尔默说道。

"那你去哪,也去打折店?"扎比内笑着问道。

"胡说,当然是去小室内市场。"

"嗯,你一直是个神秘的人,"她取笑道,"也许你只去美味店,或者,还有什么更好的地方,你们有一个男管家,他会替你们买好东西的。"

"啊,安静点。"黑尔默生气地说道,这时他们终于到了地下室入口。市场大厅的地下室里,一边是一条宽大的、连续的通道,另一边则是一排排的仓库。中间则是突出的混凝土横梁,就和地面上一样,几乎没有什么色彩。每一个仓库的门上都写着阿拉伯数字,数字都已退去了颜色。只有几扇门还是完好的,还有一些门早已不见踪影,而绝大部分的门都已经被撬了开来或者卸了下去。扎比内感到了一种压抑的气氛,腐烂的霉味和冰冷的空气构成了这种空闲工业建筑中的典型气味。

藏有卡洛·施蒂格勒尸体的房间位于另外一个区域,一路上,黑尔默一直在想,他们走到了什么位置,是还在市场大厅下面,还是已经到了配楼下面。最终,他确定,应该已经到了配楼下面。那名警员停了下来,并指了指前方。

"小心,我们到了。"

黑尔默听到房间里有声音,又看到有光闪了两下,也许是保护现场痕迹部门的高分辨率照相机,有了它,人们即使是在最微弱的光线下,也可以拍出高质量的照片。他急切地朝扎比内点了点头,然后跟着她一起走了进去。

这个空间有限的地下室大概是 7 米长,5 米宽,但是它的层高却很出人意料,至少有 3 米。屋顶有一个老式风扇,阳光从它那满是灰尘的叶片缝中漏了进来。风扇周围的玻璃浑浊不清,以至于人们无法辨认出,那里除了风扇,还有什么。天花板上有一个长方形的日光灯罩,里面的灯管已经黑了,而外面的毛玻璃也只剩下了碎片。气枪,黑尔默想,在他穿过地下室的时候,他就注意到,地上散落着彩色的气枪子弹,这表明,一定有人拿着气枪在这里练习过室内枪战。门右边的墙里嵌着一个木架子,由于潮湿的原因,木头已经有些变形。上面放着几页发黄的纸,旁边是几个压扁了的啤酒易拉罐,此外还有一个空馅饼盒,各种各样的药丸和一个用过的毒品注射器,以及几个空的塑料袋,黑尔默觉得,在这些物品中一定可以发现毒品。地面上到处都是翻坏了的报纸杂志,其中有一部分是色情杂志,但主要还是一些老杂志和日报。

一部小型的干电池收音机在那里轻声哼唱,听起来像是摇滚乐,黑尔默想道,恰好他自己不久前刚刚听过这种曲调。他从来没有想过,在案发现场还能听到广播。架子下面的地上放着一个翻倒的柜子,旁边是一把转椅,椅垫已经被坐坏了。地面上到处都是烟头，其间还有几个威士忌和伏特加酒瓶。保护现场痕迹部门的两名同事正小心翼翼地在房间里移动，以便不改变现场的任何痕迹，通过调查，也许这些痕迹将会提供出更多重要的线索。

"真该死，这里一定有 300 个烟头。"一个黑尔默不熟悉的女性声音说道。

"通过 DNA 检测，得出的初步结果是，这些烟头与死者都没有什么关系。"一个黑尔默同样不熟悉的男性声音叹息道。保护现场痕迹部门的两名同事都穿着典型的白色工作服，他们已经在现场放置了很多标记。又是一次闪光，这份短暂的光明在这个阴暗的空间里是那么的显眼。直到这时，黑尔默才第一次看到了死者。在嵌有木架子的墙壁对面是一张已经磨破了的大床垫——原来应该是白色的，但是现在已经变成了污浊的灰黄色，卡洛·施蒂格勒就躺在上面。全身赤裸，背部躺在垫子上，双手伸开，脚朝着房门的方向。他的衣服不见了，被子和枕头也都不见踪迹。尸体上面布满了大小不一、颜色不同的斑痕，有一些是擦伤，有一些则是肿胀的血块，这表明死者在生前遭到了残暴的殴打。黑尔默竭力控制住了怒火，因为他很熟悉这种伤痕，即使没有博克教授的分析，他也可以断定，眼前的这个小伙子一定遭受了连续数日的虐待。黑尔默的目光移到了受害者的脸上，这张年轻的脸上布满了对于残暴虐待的恐惧之情。直到几秒钟之后，黑尔默才发现了令他不寒而栗的根本原因，死者双眼圆睁，空洞的目光好像在直直地看着屋顶，但是里面的眼球却已不见踪迹。罪犯一定使用了某种外科工具，将眼球非常干净利落地从眼窝里挖了出来，现在眼眉下只剩下两个黑色的空洞。

"混蛋，真恶心。"黑尔默脱口而出，接着他把手放到了自己的嘴前，以便忍住呕吐。

"注意，"旁边声音又响了起来，接着又是一次闪光。保护现场痕迹部门的女同事双腿叉开站在了床垫旁，接着她向死者的方向弯下了腰。"我还要再照两三张照片，然后我就会离开。"她说道。

"这到底是什么歌？"扎比内·考夫曼疑惑地问道。她把头偏向一边，用力地听着。"我感觉有点熟悉……"她眯着眼睛补充道。

黑尔默自以为是地看着她说道："这都不知道？这是齐柏林飞艇乐队的歌——《天国的阶梯》，一首真正的经典之作。"

"啊，我不是这个意思，我知道是谁的歌。"扎比内挥了挥手，黑尔默则耸了耸肩。

"我只是想帮忙。"他回答道。

"我们可以把它关掉。"从屋子的另一端传来了那名男同事声音。"这已经是第三遍了。我不是说吉米·佩奇不好听，只是……"

"什么，第三遍？"扎比内·考夫曼果断地打断了他的话，这时黑尔默也显得有点困惑。

"我的意思是，这不是广播电台的节目吗？"他皱着眉头问道。那名男同事向后退了两步，接着他转动了收音机的按钮，直到音乐停了下来。

"不是，这首歌一直在这儿循环播放着，至少是从警员们发现这里时就是这样。我们已经记下了这个情况，但是我们一直没有去动它，因为我们听说，你们正在赶来的路上。"他解释道。

"嗯,好吧,谢谢。"黑尔默说道。他转头看向扎比内,后者看起来还沉浸在刚才的问题里。"我能帮忙吗?"

"不,我还是无法确定,这首歌哪里让我感到熟悉。"她有点绝望地说道,"这种气氛、这种音乐,还有死者的样子,"她接着自言自语道,"它们似乎想要告诉我什么。"

"要不我们先出去一下?"黑尔默问道,"在他们还没有完事之前,我们什么也做不了。"

"好的,我没意见。"

当他们回到了地下室通道的时候,黑尔默说道:"好了。"现在只有他们两个人了。"我们来谈谈吧。我们现在应该怎么办?你现在已经是调查员了,或者你觉得你还是风纪警察?到底有什么特殊的地方,我的意思是,你到底想起什么了?"

扎比内靠在了灰迹斑斑的墙上,墙上画着各种涂鸦。那边写着"BRAVE",也可能是"BRAZZ",这些扭曲的文字都是粉色的,外面还有一圈白色的边缘,并且有一个黑色的影子,在字的旁边,一个蓝色的异形头像显得格外引人注目。

"这对于我们来说,并不是一个常见的案件,"她想了一下,接着说道,"当然在风纪警察那里也不可能遇到这种情况。也许也有可能? 真是混蛋,谋杀案越来越多了。"

"我明白。"黑尔默干巴巴地说道。在一个刑事警察的职业生涯里,几乎每个月他都要扪心自问,他是不是已经对刑警生涯感到厌倦了。归根结底的问题就是,随着时间的推移,他是否能够忘记个别犯罪现场的那些细节。一方面,作为一名刑警,他不得不把他遇到的每一具尸体的所有细节都牢牢地记在大脑里,而与此同时,这一定也给他带来了巨大的心理煎熬;而另一方面,并不是每一个人,尤其是那些本不应该自杀的人,都值得警员们去牢记他们。

但是客观情况也确实如此,黑尔默沉思着,直到扎比内突然打断了他:"你明白什么?这个案件?你的意思是什么?"

"不,不!"他否认道,"不是这个案件。我只是想到了一些事情。"他耸了耸肩。"但是到底你想到了什么?被挖出的眼球?看起来凶手要么是一个精神病,要么是一个仪式杀手。"

扎比内摇了摇头,黑尔默继续尝试着,"地下室里的尸体,全身赤裸的死者,还是伴随着音乐杀人?"

他又想了一下,他是不是忘记了某种可能,但是很快他就意识到他没有遗漏什么。

"不,这些都不是,"扎比内自言自语道,"我们再从头来一遍。我们遇到了一个全身赤裸的男孩,他遭到了长时间的虐待,最后被凶手用刀杀死了。"

"也许死了更好。"

"什么?"扎比内的眼神又明亮了起来,好像突然想到了什么。

"我是说,也许对于死者来说,死亡也是一种解脱。"黑尔默解释道。

"哎呀,弗兰克,我想到了!"但是黑尔默却什么也没听懂。

"真搞不懂,你在讲什么?"他目瞪口呆地说道。

"你还记得梅森案件吗?两年前,在菲辛海姆那儿。"

"当然!"他回答道,但是接着他又摇了摇头。珍妮弗·梅森的谋杀案是他职业生涯中几个无法遗忘的重大案件之一,但是他实在想不出,它与眼下这个肮脏地下室里的案子有什么共同之处。

"对不起,我看不到它们之间有什么联系,"他说道,"而且梅森案件与齐柏林飞艇乐队或者被挖出的眼球也没有任何关系。当然,我们说的是同一个案子吧?"

"肯定是,我确定。"扎比内·考夫曼说道。她的呼吸变得急促起来,双手指尖也在不停地相互敲打。她真的很激动,看着她,当时的一些细节再次浮上了黑尔默的心头。那次他几乎和扎比内·考夫曼同时赶到了案发现场,随后,尤莉亚也赶了过来,那还是她恢复工作后第一次外出调查。当她到达现场的时候,安德烈亚·西弗斯已经完成了尸体初步分析。当时现场并没有音乐,而且之后也没有人提到音乐的事情,并且在他到达现场之前,阿德里亚娜·丽娃就已经在去医院的路上了。他摇了摇头:"对不起,我无论如何也想不起来,那跟音乐有什么关系。"

"好吧,没什么。"扎比内说道,但是她的声音听起来很失望。"我只是有这样一种直觉。当时那个女孩也被折磨了很长时间,最终也是她的死使她摆脱了这种折磨,但是这两个案子又有点不一样,真该死,我想不出来。"她摇着头。"但是不管怎么说,我们还是先回去,完成初步调查吧。"

当他们再次接近案发地下室的时候,梅森案件的事发现场一直在黑尔默的脑海里不断闪现。

"你们好,扎比内,弗兰克!"一个友好的熟悉的声音欢迎着他俩。安德烈亚·西弗斯站在门前,身上穿着和平常一样的工作服,右手拿着笨重的法医工具箱。

"早上好,安德烈亚。"

"真希望这里能再亮点，"西弗斯说道，接着她把工具箱放到了床垫旁。"要是有人能为我照亮的话，我将不胜感激。"

　　黑尔默向前迈了一大步。"没问题，你带着灯吧？"

　　"当然，这边请。"

　　啪嗒一声，锁开了，西弗斯一下子就把 LED 灯从箱子里取了出来，这盏灯是她的最新装备，配有强力的蓄电池，里面的 24 个纯白发光二级管可以照亮很大的范围。黑尔默感到很诧异，他觉得这盏灯看上去太简单了，因此当他轻轻按下开关，房间一下子被明亮的光线照亮了以后，他着实被吓了一跳。

　　"哇，"他说道，"现在不用再解剖死者了，直接用它透视就行了。"

　　"可惜还不行。"西弗斯熟练地检查着尸体上的斑痕，接着她又照了照眼窝。"真精确。"她嘟囔道，此时黑尔默非常感激她，因为她没有在这一时刻，说出令他反胃的话语。

　　"凶手至少也应该给他留点过河钱。"西弗斯接着说道。黑尔默高兴得太早了。他疑惑地瞅了瞅女法医。

　　"怎么？什么？"

　　"哦，别这样，你上历史课时没认真听讲吧？两个硬币：渡过冥河时付给艄公的船费，埃及祭祀死者的习俗。"

　　"嗯。是啊，本应该对死者做点什么的。你现在要继续检查吗？"

　　"是的，我已经开始做了。让我们来看一看，接下来我们应该解剖哪里。"西弗斯挑衅地翻了翻眼皮，以嘲笑的口吻说道。她拿起了探针体温计，以便查明肝脏的温度。她触摸着死者右边的胸腔，直到碰到了肋骨，接着她把尖尖的金属探针放到了那里。黑尔默把头偏向了一旁,尽管这一过程他已看到过很多次,但是自从几年前,在检查一具尸体的直肠时,恰好碰到了大量粪便以后,他就非常注意避免看到这些细节了。几秒钟之后,探测器鸣叫了几声。

"29.35℃。"西弗斯说道,接着她闭上了眼睛,心算了起来。在这种环境里,人体死亡以后,肝脏体温每小时会降低1℃,超过5小时以后,可能误差会略大一些,因此可以大概断定,受害者的死亡时间是午夜2点左右。黑尔默得出了这样的判断。

"现在刚过10点,"西弗斯看了看手表说道,"因此我们可以断定,受害者最早死于两点半,最晚是三点。可惜眼下,在这里还无法做出更加准确的判断。"

"没问题,"扎比内·考夫曼说道,"您能不能告诉我们,除了那处割伤以外,死者还有其他严重伤痕吗?"

那处割伤。黑尔默突然间有点发抖。这不就是两个案子之间的联系吗?而且并不勉强。我们刚才是多么愚蠢啊!

"我们先来看看生殖器区域,"他请求道。接着他清了清嗓子,补充道,"前面还有后面,请。"

"没问题。"西弗斯点了点头,接着她在包里翻了起来。

"你这是干什么?"扎比内说道,而黑尔默则把她拉到了一旁,他指了指床垫。这时,在那儿,安德烈亚·西弗斯准备开始进行直肠检查。

"我想让她检查一下,是否发生过性行为,你明白了吗?"黑尔默向他的同伴轻声耳语道,"因为如果我们真的查到了性行为,那么你所说的联系,也就确实成立了。"

"你怎么会这么想?"

"你再看看现场,好好想一想。"黑尔默不耐烦地低声说道。

"躺在床上的尸体,全身赤裸,毫无反抗之力,被人割开了脖子。房间里到处都是烈性酒的空瓶子,还有这些药丸,当我们进一步调查之后,在其中一定还会发现一样或几样毒品,并且案犯和受害者肯定也都吸食了大量毒品。现在这两个案子就有很多共同之处了。其实即使没有你的提示,我也会马上弄清楚的。"

"但是关于音乐的事情你却什么也没说。"扎比内说道。

"这无所谓,"黑尔默回答道,"反正这些到现在都还只是一些想法。但是至少我们要记住这个事情。"

"你肯定会的,"安德烈亚·西弗斯从三米外的地方插话道,"不是我想偷听,但是我必须明确地跟你们说,这个年轻的男孩的确遭到了性虐待,而且必须承认,这还绝不止一次。"

星期一   11 点 13 分

尤莉亚·杜兰特坐在桌边,百无聊赖地转动着她的圆珠笔。工作进展缓慢,这让人觉得这个城市的犯罪分子好像都放假去了。唯一让人感兴趣的是卡洛·施蒂格勒谋杀案,如果不进行大量地、公开地、长时间地调查,对于凶手是谁这个问题,就很难获得答案。而更让尤莉亚感到无法忍受的是,至少她自己是这样感觉的,黑尔默和扎比内又被派去案发现场了,他们可以亲自进行实地调查。就好像事情还不够糟糕一样,她的这个疲惫的脑袋还要给她提供这种不好的情绪。她决定,今天还没有结束的讨论明天要马上继续下去。如果贝格尔真的长时间都不能工作的话——其实没有理由去怀疑这点,那么尤莉亚·杜兰特就非常需要她的老朋友弗兰克·黑尔默站在自己这一边。如果他反对自己,那么尤莉亚会感到很心痛,这是让她无论如何都不能忍受的。一想到这里,她胸口那压抑的紧绷感就又出现了,关于这种感觉,尤莉亚最近已经和艾丽娜提过不止一次了。

不到两年前,应该是在她的第一次或第二次治疗时,心理学家艾丽娜·柯内留斯就给她下了一个打击性的结论。

"尤莉亚,你以前听说过焦虑症吗?"

看着女警官不理解的眼神,艾丽娜站起身,走到壁架前,从架子上抽出了一本绿白色的厚书。她拿着那本 ICD – 10(《医学辞典》)回来,那是一本大约 900 页的用于疾病分类的厚本工具书。尤莉亚当然知道这本书,她多次看到过,医生们使用着这些不祥的编码,大概 J20·9 就意味着患者得的是支气管炎。艾丽娜翻了几页,翻到了第五章,题目为:

心理障碍和行为障碍

艾丽娜将翻开的书推到尤莉亚面前并说道:"给你,读一读 F41 所代表的病情。"

尤莉亚·杜兰特已经脱了鞋,舒服地倚在了沙发里,她抬起手接过那本重重的书,将它放在了自己弯曲的大腿上。她尽量保持着没有偏见的中肯态度,怎么说也是她的朋友艾丽娜·柯内留斯,而不是近三年中指派给她,提供治疗服务的江湖庸医。她快速地浏览着简短的段落,但紧接着又看了一遍,这一次她显得认真多了。这一段说的是恐慌症,它会反复发作并会在没有任何预兆的情况下发病。"它最为显著的症状有,"书上白纸黑字这样写道,"突然出现的心跳加速、胸口疼痛、窒息感、眩晕和疏离感。"除此以外这种恐慌症有可能会导致死亡或者让人精神错乱。

"天哪!"她轻声叹道,并将书合上,放回到了桌子上面。

"如果让我来描述你发病时的症状,"她听到艾丽娜在身后说道,"在这一段文字中可以让你找到相同之处,不是吗?"

"嗯,是,"尤莉亚结结巴巴地说道,"有一些是吧,至少我是这样认为的。"事实上她甚至感觉,作者就好像是看着她来描述这一症状似的。

"这是一个不错的开始。"艾丽娜笑了笑,然后又坐回尤莉亚脚边的座位上。

"为什么?"

"你知道,尤莉亚,几乎所有的事情都有解决的办法。只要先弄清楚问题。针对恐惧人们可以做些什么呢?这不是个新课题,但是我们必须首先承认你患有恐慌神经紊乱症。"

"恐慌神经紊乱,""惊恐病症发作,"尤莉亚叹息道。她确定无疑地了解这些概念,祖特尔女士已经提醒过她,但是她那时根本不想听。

"哎呀,艾丽娜,这就不可能是惊吓过度所留下的后遗症吗?"她现在必须要准确地知道这一点,因为她所读到的内容让她感到极度不安。迄今为止唯一让尤莉亚·杜兰特不能接受的就是,她会受控于一种来自于她自身之外的力量。"我认为,"她继续说道,"这一切有关惊恐病症发作和困扰引发恐惧的说辞,大多是小题大做,不是吗?说得我就像是精疲力竭的人或者是无用的废才一样。对于45岁以上的人来说,这就意味着要提前退休了,不会有其他什么了。"

"即便如此，"艾丽娜轻柔地反对道，"不能否认的是，你也属于书中叙述的那一类患者，不是吗？"

尤莉亚恼怒地皱着眉头，"谢谢啊。"她不赞同地从嘴唇间呼出气息。

艾丽娜保持着冷静："我想说的是，有很多原因能够导致压力的产生，进而引起疾病。四十多岁这个年龄确实和高发病率有关系，因为人们往往会将定量的工作强加到这一逐渐衰竭的年龄层上。这个人多点，那个人少点。但是对于你，不，对于我们所经历过的事情，却不是可以轻易忽略掉的因素。"

艾丽娜停顿了一下，在这个间隙，尤莉亚扪心自问，艾丽娜是否后悔将自己和她混为一谈。艾丽娜也经历了绑架，这对她来说一定同样是场噩梦。她的心中一定留有什么糟糕的东西，那是让人无法忘记的痛苦回忆。但是尤莉亚判断艾丽娜不会和她一样，相反据她所知，霍尔策只是绑架了她，为了折磨尤莉亚。如果他也强奸了她，那么尤莉亚现在将更加愧疚地生活。谁知道呢，也许他真的那样做了，在黑尔默和扎比内没有及时赶到的情况下……

但是艾丽娜在长时间的沉默之后接着说道："每四到五个联邦公民中就有一人忍受着惊恐病的困扰，这是调查结果显示的，还有超过百分之十的公民患有恐慌神经紊乱症。也许概率会更大，也可能只涉及到一小部分人。你的理论，其实也是一个很好的借口。事实上，"这位心理学家总结道，"太多的医生太晚或者根本就没有意识到这个问题的严重性，而患者自然也羞于表达，他们感觉到心脏疼痛与呼吸困难或者觉得应该接受心理治疗。但其实对此确实有很好的治疗方法。"

"你是说,你能帮我找到治疗的方法?"尤莉亚满怀希望地坐起身,双腿从沙发上滑下。

"不,不是这么简单的。但是我们已经找到了正确的开端,我答应你,会找到的。"

在这个晚上,尤莉亚·杜兰特带着非常复杂的心情开车回家。在她将标致车停在埃舍斯海姆公路和阿迪克斯林荫大道的十字路口处等待时,她一边思忖着"百分之十的公民",一边数着经过的车灯。

八,九,十,又一个。如果艾丽娜·柯内留斯是对的,那么会有很多人都是如此。

并且你是其中一个。这位女警官必须接受这种观念,不管现在这件事是否合她的心意。

在此期间尤莉亚·杜兰特当然取得了进步,而且是很大的进步,就如艾丽娜一直向她保证的那样。这种方法叫作理性思考,每当她预感到哪怕一点点恐惧的征兆时,她就会使用这一方法。你是健康的,尤莉亚要唤起她的记忆,你不可以有任何的精神错乱或者心肌梗塞,或者呼吸停止,或者昏厥,你什么事也没有。

这个女警官紧闭着双眼,通过鼻腔做了几次深呼吸,直到胸口的抽搐慢慢消失。

与此同时,黑尔默开着他的保时捷沿着哈布斯堡林荫大道,遵照着导航仪中发出的友好声音行驶着。与来时的路况相反,现在的交通非常畅通。他用嘴唇滚动着快要吸完的香烟过滤嘴,再次狠吸了一口,然后将烟头弹出了窗外,接着他马上感受到他的女同伴投来的责备目光。

"你不要有侥幸的心理,亲爱的,已经有人因为违反这项条例被罚了款。"

"那也比被纳丁数烟灰缸里的烟头强。"黑尔默回复道。而他立刻为自己所说的话感到后悔,他恨不得咬住自己的舌头。但是已经太晚了,扎比内已经换上了厌烦的、疑惑的眼神。

"哦,是吗? 说说看,难道把你的玩具拿走,还要送你台宝马不成?"

愚蠢的女人,黑尔默想道。"瞎说。"他说道,并且觉得与他的同事讨论他和他妻子的协定,没有一丁点儿乐趣。但是这也比让扎比内继续推测要好很多,他这样想道。"听着,我是打算要戒烟的。完全戒掉。但是这对我来说不是那么轻而易举的事情,我觉得,如果我的一生中都充满着烟熏火燎,天知道那会是多么悲惨的事情。"

"嗨,"扎比内·考夫曼拒绝着说道,"你不必为任何事情辩解,好吗? 我只是开了个玩笑。"

"尽管如此,"黑尔默坚持道,"我还是不希望,所有人都等在那里,盯着我每一次吸烟的举动,然后从他们的眼神里,我读到了:'哎呀,这个黑尔默,早就该戒烟了。'"

扎比内用拇指和食指在嘴唇前做了一个动作,就好像拉上拉链一样。"我保持缄默。"

"好的,谢谢。"黑尔默微笑道。他加快了车速,成功驶过了刚跳到黄色交通灯的岔路口,向贝格尔大街驶去。然后他有了个主意。"你说,我们刚才提到了小室内市场。我已经很长时间没去过那了,纳丁对那里提不起兴趣,但如果你还想去一趟的话……"

他必须要专心注意交通，所以他只是快速地看了一眼扎比内的脸，她还是一直友好地向他微笑着，但却是以一种尴尬的、冷淡的方式。在她还没回答之前他就看出了答案。

"对不起，弗兰克，我觉得这不是个好主意。"她拒绝道，声音听起来就像是她比他还要不好意思。黑尔默忽然感觉自己极其愚蠢，就好像中学男生在做着微不足道的尝试，以此给班花留下一点印象。

"你是知道的，我向来是个独来独往的家伙，但不管怎么说谢谢你的提议。"他听到他的女同事继续说道。我是应该知道的啊，他思忖着，有些失望但是一点也不伤心。扎比内·考夫曼已经在杀人案侦破组工作三年了，几乎没有人了解她更多的情况，除了她住在海登海姆的一间小房子内，不养宠物，没有孩子，开着一台金属绿色的福特福克斯 1 系。她喜欢出门与大自然接触，这也许是一个证据，说明她喜欢自己一个人做事情，没有任何关于她朋友的细节。她没有结婚，也没戴婚戒，人事部的记录显示，她登记的扎比内是她的婚前姓氏。黑尔默还是觉得很不好意思，因为他想都没想她的问题，至少没有意识到他所了解的内容，这时扎比内说出了她的下一句话。

"你说，当然这和我毫无关系，你和尤莉亚就没有什么好转的机会了吗？"

"怎么，什么？"黑尔默做了个手势。但是扎比内的声音里既没有嘲弄的意味也不带伪装的天真。听起来这确实只是一个非常简单的问题。

"那么，听着，我非常了解你们之间的情况。"扎比内转过头，"你们现在就像猫和狗，她说什么，你就会给出反对意见或者其他的一些观点。你不认为，你们应该恢复以前的关系，解除误会吗？"

这可不仅仅是小室内市场里的甜品小吃能够解决的问题，黑尔默后悔地想道。"啊，得了。这是一个错误的话题，好吗？"

扎比内·考夫曼笑着挥了挥手。"没问题。那么我们之间就存在不能谈的话题喽。"

黑尔默只是点了点头，没有心情去欢笑。

尤莉亚·杜兰特若有所思地点了点头，之后她仔细地倾听了扎比内和黑尔默的报告。她一直想找个机会，逃离贝格尔这间单调的办公室，于是她便要求她的同事们，一起到会议室里开会。那里刚刚举行过一个会议，还摆着五张桌子，以便能舒服地坐下当时的 12 个人。尤莉亚坐在中间，黑尔默和扎比内坐在了她的左边，在他们的对面，也就是尤莉亚的右边，坐着多丽丝·塞德尔和彼得·库尔默，他们才到单位。

"谢谢你们的信息，我想，对于案情，我们都有了很好的初步了解。"尤莉亚评价着刚刚结束的报告。接着她疑惑地瞅了瞅黑尔默，后者到现在为止，对于案情还没有发表任何观点。

"没有问题，"黑尔默说道，"至少也不是关于犯罪现场的问题。但是我还是觉得这个匿名电话非常可疑。"

"当然，"尤莉亚确认道，"多丽丝，关于这个电话，你有什么新发现吗？"

塞德尔摇了摇头。"报警电话被录了下来，现在还在司法鉴定中心那里进行分析。等结果出来了，他们会通知我们，我也会高度关注这个事情的进展，但是这还需要些时间。现在他们最多只能跟我说：那是一个经过电子合成的声音。"

"嗯，调度中心的值班人员已经注明了这一点。"尤莉亚想了想，接着她在她的文件夹里找出一份记录。"这是那名同事的原话：'声音听起来显得非常细弱无力。'"

"现在，人们很容易就可以把自己的声音弄得如此失真。"库尔默断定道。

"我觉得更重要的是，"扎比内接着说道，"这很可能是一个有计划的电话，对吧？我的意思是，如果一个人真的想匿名的话，那么他应该去电话亭或者干脆不打电话。但是现实的情况却是，在受害者死亡后，这个人在比较短的时间内就打来了报警电话，而且声音还经过处理，并且他还说出了所有细节，以便我们能够迅速找到尸体，看起来这显然是经过精心策划的。"

"我们甚至不能排除这种可能性，电话就是凶手自己打来的。"塞德尔推断道，库尔默也点了点头。"或者至少可以说，这个打电话的人也参与到了案件之中。"他说道。

尤莉亚用眼角的余光观察到，黑尔默和扎比内很有深意地对视了一眼。于是她眯起了双眼，怀疑地打量着两人，她说："还有什么吗？"

黑尔默清了清嗓子，但是扎比内抢先说了。

"也许有可能，只是我们还不确定，"她说道，"请等一下。"她站了起来，并拿起了立在地上的展示箱。她从这个装有彩纸、磁铁、薄薄的宽刀片和胶布的箱子里，取出了一张淡黄色的纸和一只黑色油性笔。她迅速地勾画出了犯罪现场的草图，长方形的屋子、门、架子、翻倒的柜子、椅子和床垫。最后她又画上了死者的位置以及大概的身体姿态和其他几样东西。

尤莉亚·杜兰特观察着扎比内的每一个动作。她对于所描绘的场景感到似曾相识，但是当她想到大多数房间的平面图都很相像的时候，她就不再感到惊讶了。又一个地下室，又一具尸体，又是一次谋杀，她想道，但是这一次我却只能坐在桌子的这一边来进行调查。

"接下来，"扎比内·考夫曼打断了会场里的一片寂静，而其他同事的眼睛也都没有从平面图上离开。"在犯罪现场我们遇到了几个令我们一时无法判断的情况。弗兰克，"她看了看她的同事，询问道，"你能把他们写在白板上吗？"

黑尔默站了起来，走到了白板前，拿起了一支黑色的马克笔："开始吧！"

接着他按照扎比内·考夫曼的口授写下了记录：

受害者：男性，大学生（法兰克福大学，法学）

身体状态：全身赤裸，遭虐待，遭性侵犯

死因：被人割断了颈部动脉

案发现场：空的威士忌和伏特加酒瓶，各种各样的软硬毒品（到目前为止发现了大麻、忘我丸），录音机里不断重复播放着齐柏林飞艇乐队的《天国的阶梯》

扎比内稍微停顿了一下,看了看白板。接着她轻叹了一声,说道:"干得好,弗兰克,接着再在身体状态那一栏里,补充上,被挖出了眼球。"

黑尔默加上了这个要点,然后又回到了大家中间。

会议室里死一样的寂静,"那么,接下来呢?"最后还是尤莉亚打破了沉默。

"我来说?"黑尔默和扎比内低声耳语着,后者点了点头。"请,非常愿意。"

他看了看在场的人,捋了捋下巴上今早没刮的胡子,摆出一副若有所思的样子。"同事们,即使草图上可能有一两点与案发现场有出入的地方,但是当你们看到它的时候,你们是不是感到似曾相识?"

现场一片沉寂。

"嗨,弗兰克,"尤莉亚不耐烦地催促道,"别搞什么猜谜游戏,好吗? 我们这又不是《谁是百万富翁》。"

"你看,尤莉亚,我这么做是因为我不想先说出我的任何判断,"黑尔默为自己辩解道,"因为眼下这只是初步判断,我们还需要和大家一起进行检验。"

"我没意见。"内心里,尤莉亚也在问自己,这会不会又变成了一场权力游戏。

"好了,再说一遍,"黑尔默重复着,"我说的是共同点。注意,不是连环杀手,只是一个相近的定位。我再给你们一个关键提示。"他调皮地微笑着说出了这句半截话,但是马上又变得严肃起来,"那就是你们根本不需要回忆太久远的事情。"

尤莉亚的目光掠过了一张张依然沉默的脸。扎比内紧张地抽了抽鼻子,塞德尔和库尔默匆匆地窃窃私语了几句,但是声音很轻,以至于尤莉亚什么也听不清。她没有正确地理解黑尔默话里的含义,她只是去尝试回忆与此相类似的杀人案件。但是在她的记忆里,最近好像没有被性虐待的男孩,也没有被挖出的眼球。

"好了,就到这吧,"她粗暴地挥了挥手,结束了这个猜谜游戏。"把档案放到桌子上,请!"

黑尔默的脸色变得阴沉起来,接着他朝扎比内点了点头,敦促着她。

"好吧,那我就给大家省点时间,"她说道,"一个在法兰克福学习的大学生,过着极其放纵的荒淫生活,到处都是酒精和毒品,被人发现全身赤裸、遭到了性侵犯,并被人割开了喉咙,你们想到梅森案了吗?"

尤莉亚尖叫着喘着粗气,塞德尔睁大了眼睛,而库尔默的下巴也掉了下来,但是,先等一下……真是这样吗?

"慢点儿,慢着。"尤莉亚皱着眉头打断了现场的窃窃私语。她用尽全力地回忆着那个令她一点也不愉快的案子。珍妮弗·梅森,2008年秋天。当时就是因为那个案子,贝格尔差点把她排除在外。但尽管如此,最后她还是成功了:四名嫌疑犯,最终都被认定有罪,并且每个人都被判处了最高刑罚。

"为什么世界上的所有案件都要和那个案子扯上关系?当时是一个年轻而又窈窕的加拿大女孩,而现在却是一个快到30岁的小伙子。那个女孩是在自己的公寓里遇害的,而这个案子的案发地点却是一个地下室。梅森的案件是一时冲动所造成的,而这个案子显然是经过精心策划的。不是还有个报警电话吗？我可以继续了吗？"

"不，你说的我都明白，"扎比内为自己辩解道，"但是这是一段模糊的记忆，非常模糊，直到今早它又突然出现在案发现场，并再也挥之不去。"

"对不起，我听不懂你在说什么。"尤莉亚反驳道，"我觉得这方面我们完全可以不必考虑，我们有四名被正式判刑的囚犯，对于这个案子，这已经够了。此外，还有眼睛的事，不管怎么说，当我们发现珍妮弗·梅森的时候，她的眼睛还在。我无论如何也看不出来，它们之间有什么联系。无聊，真的是无聊透了！"

黑尔默和扎比内都叉着手坐在那里，领教着他们上司的全盘否定。他们面无表情，但是在内心深处都感到很气愤，尤其是非常了解尤莉亚的黑尔默。而尤莉亚则在内心挣扎了一番之后，和解地说道："我很确定，你们就像我一样，几乎无法忘记梅森案件。这一点毫无疑问，当时是我们三个人一起调查的案发现场。但是当我们在调查新案件的时候，不应该再把我们的焦点放到老案子身上。"

"哦，好啊，我们的焦点，"黑尔默脱口而出，"你现在只不过坐在探长办公室里，办案只靠自己的直觉，不是吗？"

"对此我不想回答。"尤莉亚冷冰冰地说道。

"我退出。"黑尔默站了起来，他走到了这个大型会议室里最远的角落。他无视禁烟令的规定，点燃了一支烟，透过厚厚的玻璃，出神地向下看着院子。尤莉亚看了看他，很快她又把目光收了回来。她在心里想道，现在还不能放弃，无论如何她也得坚持下去，即使是这个新角色从没有让她感到这么讨厌。这时恰恰是扎比内·考夫曼挽救了她，打破了这个尴尬的局面。

"有一个弗兰克没有提到的细节,那就是现场的音乐声。"她吐露道。

"音乐?"尤莉亚·杜兰特不得不再一次把她的全部注意力集中到案件上来,她想起了白板上的要点。《天国的阶梯》,齐柏林飞艇乐队的最佳作品之一,尤莉亚其实比较偏爱这种硬式摇滚。比如:枪炮与玫瑰乐队和布莱恩·亚当斯,但是那种情歌,即使是滚石乐队的一些歌曲,她却不怎么喜欢。她只了解齐柏林飞艇乐队的几支歌曲,但是每一个狂热的流行音乐迷,甚至是普通的流行音乐爱好者都知道这个著名的大红乐队。"好吧,这首歌到底有什么问题?"

"我确信,它能把两个案子联系起来。"扎比内·考夫曼解释道,这时她紧张地用手挠着头。"但是,"她补充道,"我还不知道,怎样联系。"

"好吧,那会是什么样的联系?"库尔默说道,早在几分钟前,他就已经紧锁着眉头,思考了起来。

"如果两年前有什么音乐的话,一定会记录在案的。"塞德尔也猜测道。而尤莉亚·杜兰特则看着扎比内·考夫曼,后者正咬着自己的指甲,很显然她已经深入考虑过这个问题了,但是眼下还没有找到答案。扎比内·考夫曼,才刚刚30岁,已经做出了令人瞩目的成绩,是风纪警察局推荐过来的警员中表现最好的。此外人们总在私底下说,她有着众人皆知的过目不忘的本领,就像是照相机一样,但是尤莉亚本人并不相信这种天赋。可事实上,扎比内·考夫曼已经在一些原本走进死胡同的案件中,证实了她对于微小细节的惊人洞察力。她应该得到这次机会。

"可惜我真的什么也想不到,"尤莉亚这样说,"不过你可以再详细地复查一遍。"

扎比内的脸上马上露出了笑容。"谢谢,我马上去做!"她鼓了鼓掌,接着她转向了黑尔默。"弗兰克,你听到了吗?"

他把他的烟扔到了一个空咖啡杯里:"收到。"

扎比内·考夫曼最后一次看了看大家,尤其是尤莉亚,她说:"听着,我知道你们是怎么想的,真的。现在你们觉得我说的一切可能很疯狂,对于这一点,我一点也不生气,但是在此我要当着你们的面,把手放在《圣经》上,向上帝发誓,这首该死的歌曲在梅森案件的案发现场也曾经播放过!"

到此,会议也结束了。

两小时以后,尤莉亚·杜兰特取来了两只私人咖啡杯,在自动咖啡机处,她用其中的一个接满了咖啡,而另外一个则被她放到了贝格尔的架子上。恰在此时,多丽丝·塞德尔从开着的门外走了进来。

"您现在有空吗?"她问道。尤莉亚点了点头,她的同事轻轻地叹息着坐了下来,就好像是如释重负一样。

"哈,身体虚弱的第一征兆?"尤莉亚笑着说道。

"啊,其实不是,"塞德尔回答道,"是这鬼天气让我变成这样的,太热了。但是我能怎么办,在我还没变回正常体重,告别这两条粗腿前,秋天就到了。现在我只能在这忍受不能外出调查的痛苦。"

"我理解,"尤莉亚也叹了口气,"相信我,对于这一点,我非常理解。"

她想,也许贝格尔本人也会派遣塞德尔参加这次调查吧。

"和我说说,你已经怀孕多长时间了?"

"16 个星期。护士小姐对于我的状况很满意,但是她说,由于我已经 37 岁了,所以我属于高龄高危产妇,必须小心,不过现在小家伙在里面非常好。"带着深情的目光,她抚摩着肚子,而尤莉亚也极力想看出她的身形有什么变化。事实上,直到上周塞德尔才说出,她的体重已经增加了两千克,就像她自己说的那样,重量分配得很好,这种细微的变化根本无法让人察觉出来。浅色的薄薄的亚麻裤,白色的短外套,无论如何不会让人联想到她怀孕了。

"你的身材看起来非常棒,"尤莉亚说道,"你还需要工作到什么时候?"

"好像是到十月中旬。"塞德尔说道。

"这么早?"

"是啊,根据《孕产妇保护法》是从 11 月 10 号开始休假,我还有几天的加班休假以及 15 天的年假。加在一起的话,准确地说,10 月 15 号将是我最后一天工作。"

"我会想念你的,相信我,但是我真替你们感到高兴。"

"谢谢,"塞德尔说道,她看上去甚至显得有点尴尬。"彼得也完全疯了,当然了,在这里也许他不能表现出来。但是我觉得他马上就要按耐不住了,相信我,他很快就会把小孩的鞋挂到他的汽车反光镜上。"

两个人都笑了起来,接着塞德尔又变得严肃了起来。"好了,我有一些重要的事情要和你说。请检查一下你的电子邮箱。"

尤莉亚·杜兰特晃了晃无线鼠标,以便打断屏保程序,接着她打开了电子邮箱。有一封内部群发邮件,是发给所有部门负责人的,还有一封是无聊的夏季节日邀请函,以及一封转发自塞德尔地址的邮件,主题是:声音分析——塞德尔探员。

这封邮件的原始邮件是由一个收件人转发给另外一个人的,而那个人给这个收件人回了信,最后这个收件人把回信又发给了多丽丝·塞德尔。当尤莉亚浏览起信件的时候,她发现,塞德尔已经非常友好地把内容进行了缩减。

亲爱的多丽丝:

因为录音的问题,我们无法取得进展,所以我已经向同事请教了如何进行计算机取证。随信附上我和同事的来往信件以及一份新的声音文件,以便进行对比。

顺祝!

罗尔夫

你好!

随信附上刚才在电话里提到的声音文件。

问题是,是否能够了解打电话者的细节,以及报警电话是从哪里打来的。猜测是:他想到了会被录音,因此是在电话亭里打来的。

谢谢你!

罗尔夫：

你好！

我们已经在各种频率范围里分析了录音文件，结果都没有出现任何背景声音，因此，电话不可能是在公共电话亭里打来的，而且也不可能是在汽车里用手机打来的，除非汽车是在一个非常空旷的环境里。

声音已经严重失真。在变频之后，无论是男性还是女性都可以得到这种声音，因此无法推测出打电话者的性别，年龄也同样无从知晓。通过一些传统手段，基本不需要什么高科技技术就可以达到这样的效果。但是我必须要指出的是，其实还有一种非常简单的方法就可以达到这种效果："从到语音"。

在任何地方都可以得到这种软件，有的甚至只需要在搜索引擎上点击几下鼠标就可以。根据这种软件的介绍，通过它，人们可以把输入计算机的词语进行语言还原，得到相对自然的声音。但是在大多数情况下，计算机声音听起来显得不是很像人声。不过，现在那些昂贵的"从到语音"软件却可以得到自然的声音了。

如果我们再有什么发现，我会通知你。

良好的祝愿！

施雷克

又及：我把录音文件里的句子输入了电脑，并用一个免费软件进行了朗读，而且只进行了最小的修改，一共只用了不到十分钟的时间。我把它也放在了附件里。

在回形针的后面,有两个附件,其中的一个叫作"录音－原始.wav,另一个叫作朗读－示例.wav。尤莉亚双击了第一个文件,屏幕上出现了一个新的窗口。播放软件里的波形图让尤莉亚联想到了心电图,可是她并没有等来预期的声音。

声音文件在短短 13 秒后就停止了播放,可是仍然没有声音,她缺乏自信地说道:"嗨,多丽丝,我需要你的帮助。"

"电脑问题吗?"塞德尔笑着说,她站了起来,走到了桌子后面,来到了尤莉亚身边。"那么你最好和我们亲爱的施雷克先生保持好关系。"她开着玩笑说道。

"啊,你别说了,"尤莉亚皱着眉头说道,"我真高兴,家里的电脑我用得还算顺手。"

她想起了内斯特罗伊案件。那大概是四年前的事了,当时有一段时间,她疯狂地迷恋上了个人电脑。当然了,在办室里每个人肯定都要和电脑打交道,但是在家里呢?为此,她还请教过单位的电脑专家施雷克。很快尤莉亚·杜兰特几乎也变成了一名电脑专家,至少对于她自己来说是这样。自己的笔记本电脑,通过网络来调查研究,第一个在 Quelle 网络商店在线订购商品——但是让贝格尔办公室里的喇叭发出声音,对于她来说,还真是一个难以解决的问题。她一边猜测着到底是哪出了问题,一边仔细地注视着多丽丝·塞德尔,后者正在灵活地使用快捷键来操作电脑。

"有请,现在你可以再试一遍。"塞德尔高兴地说道。

在尤莉亚点击了一下鼠标之后,出现了一个沙哑的软弱无力的声音，有一点像老版本的唐老鸭配音。

"卡洛·施蒂格勒在市场大厅东面配楼的地下室里。你们不需要急着赶过去，他早就死了。"

咔嚓一声，接着是令人压抑的寂静。尤莉亚·杜兰特再次点击了一下播放键，又放了一遍录音。她感到不寒而栗，在罪犯杀完人以后，他还能平静地用简短而又客观的句子指出，一个连续数日下落不明的人死在了一座废弃建筑物的地下室里，而对于受害者来说，他其实没有什么明显的理由来遭受这种不幸。

"他早就死了，"塞德尔轻轻地重复着，"真残酷！"

"是啊。"尤莉亚赞成道，接着她点击了第二个文件。很清楚，几乎没有失真，中间只夹杂着一些轻微的沙沙声，这一次听起来是一个男性的声音，有点像眼下那种无聊的科学广播。语速和音域与第一段录音有些相似，只是有几处发音与原来的录音有明显的区别。"市场大厅"中的字母"S"的发音显得比较重，和字母"O"之间有一个停顿，有点像欧洲七叶树的发音。接下来的单词"东面"中的短元音，听起来有点像两个"E"。反之，第三句的发音则非常准确和清楚，即使元音变音也是一样。

"真厉害。"尤莉亚·杜兰特低声道，而多丽丝·塞德尔则显得不那么惊讶。

"其实语音合成也不是什么新鲜事物了，"她解释道，"例如，我们的电话就可以朗读短信。当我们输入一个缩写，或者打错词的时候，总会发生一些有趣的事情。但是我觉得，当人们使用专业软件来进行还原的时候，那么无论在什么地方，他都可以弄到比较自然的声音，对吧？"

"至少报警电话是这样,哪里可以弄到这种软件?"尤莉亚问道。

"差不多到处都有,"塞德尔说道,"我会再问问我们的计算机专家,但是我估计,人们可以毫不费劲地并且合法地从网上得到这种软件。"

星期一　19点20分

黑尔默停好了他的保时捷,下了车。他伸了个懒腰,放松着他那疲惫痉挛的身体。调查梅森案件的档案,并没有取得任何有价值的结果。他在18点下了班,这个时间很准确,因为他在发动车子的时候还听到了交通广播台播放的最后一条报道。对于莱茵－美因地区来说,虽然现在已经是下班时间了,但是在这个时间并没有什么地方是值得去的。尽管如此,黑尔默还是决定开车转一转,抽几支烟,听听音乐,缓解一下他紧绷的大脑。他驶离了法兰克福,向西北方向开去,沿途经过了西北中心和新大学园,然后是下乌泽尔工业区,横穿过上乌泽尔和艾希矮林隧道,在隧道出口的后面,455号火车划出了一道长长的弧线,拐向通往费尔德贝格的支线轨道上。黑尔默决定向着盘山路开去,沿着联邦公路经过克龙贝格,欧宝动物园和柯尼施泰因,在那里他第一次完整地驶过了三排道的盘陀路,接着拐向了霍夫海姆方向,这条路能让他穿过哈特斯海姆开往目的地奥克黑福特。现在已经很晚了,大部分十字路口处的交通高峰已经过去了,所以他没有等待很长时间就通过了路口。黑尔默也很想驱散那些令他沮丧的情绪,虽然已经尝试放松了一个多小时,但是他的脑海中还是萦绕着所有关于工作的事情。

纳丁用一个吻迎接了他,她的吻中含有调味品的香味,弗兰克·黑尔默猜测烤箱里一定有一张烤饼,但是他丝毫没有饥饿感。

"你看起来好像度过了非常劳累的一天。"他的妻子担心地说道,接着她拥抱了他,而他也用力地回抱着妻子。

"你无法想象有多累。"他唉声叹气地说道。

"我也感觉到了。"纳丁叹着气并开始扭来扭去。

"哦,对不起!"黑尔默微笑着并放松了下来。

"至少我现在知道了,如果有条蟒蛇缠在一个人身上的话,他会是什么感觉。"纳丁笑着说道。几周前他们一起去了动物园,那是自从他们有孩子以来,第一次单独相处。在观看了异域动物馆中的蟒蛇之后,纳丁突然非常想买一个水晶球,但是弗兰克·黑尔默却一点也不感兴趣。

"那么,希望这可以治好你害怕的心理。"他干巴巴地回答道。"如果我在吃饭前游几圈泳,对你来说没关系吧?我感觉这能舒缓一下我的后背。"

"没问题。我把吃的放在烤箱里保温。你尽管去吧。"

黑尔默走下了一层,脱去了衣服,跳进了游泳池那舒适的凉水中。尽管天气是令人窒息的闷热,就好像在这个地区笼罩了一层热浪,但是这里的空气非常清新,没有湿热的感觉和发霉的气味,就好像是冬日里清凉的空气。这都要归功于那组非常昂贵的空调系统。

黑尔默马上开始了自由泳的动作,并且用他最大的力气来回游着。十分钟后他喘着粗气走出了被他搅乱的水面,他的心脏快速地跳动着,太阳穴也颤动着,于是他休息了一会儿,直到感觉再次吸足了氧气。他又走向了沙袋,他拿出了挂在衣柜里的红色皮质拳击手套。黑尔默像发疯似的粗暴地击打着沙袋,那沉闷有力的拳头一轮接着一轮,伴随着他蹦蹦跳跳的动作,有几次他甚至差点滑倒在光滑的瓷砖上。当他第二次精疲力竭的时候,他倒向了皮沙袋,双眼紧闭地搂住了它。他没有哭泣,但当他的血液循环渐渐平静的时候,他发誓,自己必须要做出改变。

在弗兰克·黑尔默回家的四十五分钟以后,他已经洗完了澡并换上了一套家居服,带着通红的面庞坐在了饭桌前,纳丁仔细地观察了他一会儿,然后说道:"我的天啊,有人应该享受吃饭的待遇了。"她切开了涂有奶酪的酥脆烤饼,露出了里面的西兰花和土豆,然后她用抹刀挑起一份烤饼放到了黑尔默的盘子上。在桌边只有他们两个人,这让黑尔默感到很舒适。

"你尝尝吧。但是我要得到一个真实的评价,你听到了吗?这只是学徒厨房中一道简单的菜谱,不要问我,为什么恰好是今天把它找出来了。"纳丁高兴地说个不停。然后,在望了一眼她那沉默不语的丈夫之后,她小声地补充道:"你想说点什么吗?"

"是的,我想是的。"黑尔默回答道,然后他将整个事情从头到尾叙述了一遍,关于贝格尔的休息以及他的决定,由尤莉亚来代替他领导工作,还有黑尔默感到很失望,他甚至一点都没有被考虑到。纳丁一直没有发问,甚至当黑尔默用叉子将烤饼放入嘴里而停止叙述时,她也没有插话。

"另外,"他最后说道,"到目前为止,在这个问题上,我和尤莉亚都没有办法取得任何一方面的意见统一。就这样,今天真是糟透了。对了,我还没来得及说,我们今天接到消息,又发生了一起严重的杀人案件。"

"现在你已经说了,但你们的事情好像是因为所有内部琐事累积在一起所造成的,是吗?"

"当然,我可不会一味地去驳斥别人的观点,打断别人的话语。"

"怎么,你的意思是,尤莉亚是这样的?"

"不知道。也许她被冲昏了头脑,就是因为探长的位置,我觉得,权力也是一种刺激,不是吗?"

"但现在的情况是,我们一直谈论的是我们的朋友尤莉亚。与其说她是被权力冲昏了头脑,不如说是因为她无法应付眼前的情况吗?"

"还有一个原因是……"黑尔默想继续说,但是他的话被纳丁打断了。"还有一个原因是因为,她现在需要一个同伴,在我看来是一个能够帮助她的同盟者,能帮助她一起承担这份责任。你想想,她现在还能有谁呢?"

"但她为什么没有跟我说?"

"也许她不好意思开口,谁知道呢,她确实从来没有给过我这种感觉,她会主动向别人请求帮助。那么说实话,平心而论,你有没有暗示过她,她可以随时向你求助呢?"

"嗯,好像没有过。"黑尔默将一大块食物塞进了嘴里。

"你看,有多长时间我们三个人没有坐在这里聊一个晚上了? 有多长时间你没再跟我提起过,在那些令人沮丧的调查之中,与尤莉亚一起工作是多么的有趣?"她马上自己回答了自己的问题:"我来告诉你,太长时间了。你们要谈谈心来消除误会,要心平气和的,然后你平静地邀请她到家里来做客。"

"最好再配上这个香肠西兰花糊。"黑尔默一边说着一边偷偷地张望了一眼桌面。事实上他感觉这种混合食物非常美味,他在说话时又给自己添了一份。

纳丁笑着,并轻柔地踢了一下他的小腿。"你将这种所谓的糊状食物吃得这么干净!那么尤莉亚一定也会喜欢吃的。"

当然,黑尔默想道,然后他拿起他的玻璃杯,喝了一大口可乐。她也许从来没有自己做过烤饼。这又多了一个邀请她来家里相聚的理由,也许纳丁真的是正确的,尤莉亚只是需要一个适当的暗示。然后他又想起了关于小室内市场的事情。

"你不会忌妒吧,我是说,谁也不会天天都能从自己的妻子那里得到人际关系方面的好建议,特别是和漂亮女同事的关系。"

"如果因为我让你与你的工作伙伴合不来,而致使我在过去的十五年中拖着患有胃溃疡的身体到处看着你,这岂不是更加糟糕?"

很好的回答,黑尔默想道。"你知道,在这段时间我同时有两个搭档。"他说道。

"啊,对,扎比内,是的。但是很少听你说起关于她的事情。"

"她确实也对我三缄其口,虽然我也尝试过去了解她。"

"那么就顺其自然吧,"纳丁提醒道,"也许你真的应该把注意力放到尤莉亚身上。经过这么多事情后,你们共同经历的风雨对她来说一定是十分重要的,不是吗?"

"是吧,也许你是对的。"黑尔默想了想并微笑地说道。

星期二

"好的,我们开始吧!"尤莉亚·杜兰特看了看在场的人,扎比内·考夫曼的手里拿着几张纸,多丽丝·塞德尔和彼得·库尔默坐在了一起,后者在偷偷看着前者那还没有显怀的肚子。接下来是弗兰克·黑尔默,他最后一个走进了贝格尔的办公室,脸上带着一丝歉意,一言不发地从人堆中间挤了进去,坐在了无花果树旁。

"在马上就要和法医部通话之前,大家先看一下这些资料,包括经过计算机取证的报警电话录音。对于这个电话,现在有两种可能性:要么是计算机合成的声音,要么确实是人声,只是伪装得非常好,以至于我们无法辨认,无论是性别还是年龄。这又是一条死胡同。"

在她还没有说完后半句话时,电话铃就响了。尤莉亚·杜兰特看了看来电显示屏,恰好是法医部的来电,于是她便按下了免提键。

"早上好,这里是尤莉亚。我们已经都在这儿了。"

"早上好。"电话里传来了安德烈亚·西弗斯那迷人的声音。"哦,那我马上就开始。死亡原因很明显,大家也都看到了,受害者是由于被人割断了颈部动脉而死的。此外在受害者的身体里还发现了大量的酒精和毒品,剂量足以致命。"

"嗯……在现场确实散落着一些酒瓶、药丸和小口袋。"尤莉亚回答道,"只是在这些东西上都没有找到受害者的指纹,保护现场痕迹部门的报告就在这儿。"

"准确地说,"黑尔默补充道,"这些东西上没有任何指纹,也许是被擦去了。"

"很可能是,"西弗斯接着说道,"无论在市场大厅下面举行了怎样的派对,受害者也肯定不是自愿参加的。"

"为什么?"

"首先,在这个可怜的小伙子的手腕和脚腕上,都发现了被捆绑过的痕迹,极有可能是电缆。此外,自从上周五开始,他就没有再吃过任何东西,胃里和消化道里什么也没有。我们还发现了一种物质,从他颚部的伤痕和颧骨处的血肿可以确认,就在他被杀害前,最多是四个小时前,他被灌入了大约一升的高浓度烈性酒。罪犯用食指和拇指用力地拉住了他的脸颊,直到他张开了嘴巴,接着罪犯把酒瓶塞了进去,这样他就只能被迫地喝酒,否则就会窒息而死。"

"真恐怖。"多丽丝·塞德尔脱口而出。

"是啊。我真想测一下受害者血液里的酒精浓度,但是却并不容易。我们从腹股沟处采集了血样,但是测得的数值却只有2.1。这就表明,酒精也许还没有完全在血液里循环起来。如果罪犯没有把眼球拿走的话,我就能知道更准确的数值了。"

"这是为什么?"库尔默感到很好奇。"它们不是玻璃的吗,还是?"

"胡说八道,"塞德尔斥责他道,"你不能读点专业书籍吗?"

"我会的。"库尔默辩解道,接着他偷偷地笑了笑。

"还有有关小孩的事,新生儿检查,接种疫苗……"

"够了!"尤莉亚·杜兰特愤怒地打断了两人。"好了,安德烈亚,你想说什么?"

"尸体里的酒精浓度是这样一回事,"她解释道,"其实大概你们所有人都知道,好吧,几乎是所有人。"库尔默摆出了一副受气的面孔。

"不管怎么说,"女法医接着说道,"人们可以测定眼睛里液体的相关数值,而那里与血液循环不同,在人死后,那里的生命机能基本上不会受到影响。这么低的酒精含量说明,在被灌入了大量酒精之后不久,受害者就死了。但是我们也没有别的办法,我们只能根据现有的血检结果,小心地展开假设了。"

"好的,那么毒品呢?"

"他没有吸食大麻,当然了,确实有人弄来了大麻,不过那种小药丸,他服用了不少,我指的是,忘我丸,足够他兴奋几个小时的了。"

"看样子,凶手是故意让他保持清醒的,"扎比内·考夫曼自言自语道,"清醒同时伴着顺从。"

"我也是这样认为的,"安德烈亚·西弗斯回答道,"直肠的伤痕说明了这一点,我认为,他的肛门曾被一种或多种比较粗的东西插入过,至少是酒瓶脖那么粗的东西,或者是更粗的东西。伤痕很明显,里面也和表面一样,括约肌处的伤口甚至是比较轻的了。此外我还发现,死者的阴茎异常肿大。"

"阴茎?"黑尔默插嘴道。

"啊,是的。龟头肿了起来,也许它遭到了击打。我觉得,死者的阴茎可能勃起了很长时间,上面的伤痕看起来像是长时间绷紧后造成的。"

"是性狂喜。"库尔默断言道,接着他好像马上就要说出一些恶毒的评论,但是他还是平静了下来,补充道:"不,严肃地说,你们也都知道,这本来是一个场景的名称,后来人们用它来指代万艾可和摇头丸的混合物。安德烈亚,你可以查一下,看看是否能证明这种可能性。在几年前,这种东西曾经轰动一时,因为有很多青年人在服用了这种东西后,突发了心肌梗塞。"

"好的,没问题。详细的毒理学报告还没有出来,我会仔细核对的。谢谢你的提示。"

"好的,安德烈亚,还有什么吗?"尤莉亚·杜兰特问道。

"我想没有了。如果还有什么的话,我会再打电话的。"

当尤莉亚与女法医互道告别以后,库尔默就幸灾乐祸地朝塞德尔说道:"你们谈吧,我就不说了,反正我也没看过专业性的文章。"

"来一场关于谋杀动机的头脑风暴?"尤莉亚朝着大家问道,"现在我们知道,凶手让受害者在意识清醒的情况下,受尽了折磨,这是为什么?"

"他们互相认识。"塞德尔说道。

"他们之间有仇。"扎比内补充道。

"心理严重扭曲变态的暴力狂,至少是虐待狂。"尤莉亚强调道。

"什么,难道就这么简单?"黑尔默想了一下,说道。

"那还有什么?"尤莉亚问道。

"只是我自己的一些感觉。也有可能是对同性恋的憎恨,我指的是肛门的伤痕。暴虐狂通常都有着无法抑制的变态性欲。"

"那样的话,好像这与梅森案件就没什么联系了,不是吗?"多丽丝·塞德尔小心翼翼地把头转向了扎比内·考夫曼。

"不一定,"后者否认道,"但是在我确认过犯罪现场照片以后,我倒是非常愿意排除这种可能性。"

"还有谁能给大家提供一些线索?"尤莉亚问道,并以此来隐藏自己的疑虑。

"我给几个同事打过电话,"扎比内说道,"并把整个场景又在脑子里过了一遍,可惜直到现在我还不能证明我的猜测,但是至少有几个人说,在珍妮弗的死亡现场好像也听到过音乐。"

"当时不是在开派对吗?"库尔默问道。

"是的,但是当我们到了现场以后,已经没有音乐了,"黑尔默否认道。"但是扎比内记得很清楚,她当时站在了一个还在工作的音响旁。"

"是这样的,谢谢,"扎比内接着说道。"我马上还要给一个同事打电话,这个人我一直还没联系到,等我找到他了,就可以查阅犯罪现场照片了。"她叹了一口气接着说道,"如果什么也没查到,那么就是记忆力跟我开了一个大玩笑,到时候我请大家吃饭。"

"我们还得去一趟施蒂格勒夫人那里。"黑尔默叹息道。

"我可不想去。"

"啊,你们一定能办好这件事的。"库尔默鼓励道。

"你们也知道,由于受到了这么大的打击,她现在很容易发怒。但是,当然了,她也很想抓到凶手。"

"好的,那接下来,"尤莉亚·杜兰特看了看她的手表。"已经过十点半了。多丽丝,你去司法鉴定中心那里,查查受害者的个人物品,尤其是他房间里的笔记本电脑,以及他的手机通话记录,可惜他的手机现在找不到了。彼得,你还得再去一趟受害者的母亲那里,对她来说,一张熟悉的面孔可能会好点。扎比内和弗兰克,再给你们点时间,你们还需要多少时间来完成你们的调查工作?如果彼得那儿有什么消息的话,学校里和受害者的朋友那里也必须有人去调查一下。"

"两个小时,"黑尔默看了看扎比内,说道,后者点了点头。"好的,可以。如果我们到中午还没有进展的话,我们这里就可以放弃了。不过到目前为止,还没有线索能明确地表明,这两起案子之间没有联系。"她微笑着补充道。

"让我们拭目以待吧,"尤莉亚把手叉在脑后说道,"那么,大家行动起来吧。"

彼得·库尔默和多丽丝·塞德尔站起身来,离开了办公室,扎比内·考夫曼也跟着他们走了出去。尤莉亚·杜兰特看了看弗兰克·黑尔默,后者似乎并不急着离开办公室,他甚至还没有从椅子上站起来。

"弗兰克,在你走之前,请稍等一下,"她说道,"我还想和你谈谈。"

"好的,"他点了点头。"我也有件事想和你谈一下,那你先说吧。"

"是关于工作的事情吗?"尤莉亚有点不知所措地问道。

"可以这么说。"他简短地答道。

尤莉亚决定不再回避下去。黑尔默似乎也有想谈谈的意思,但是她还是得克服严重的心理障碍,来迈出第一步。

"弗兰克,"她躲避着黑尔默的目光,犹豫不决地说道,"我现在还不知道,应该怎么说,但是你知道其实我心里并不好受。"

"为什么?"黑尔默问道,他的声音听起来就像是什么都不知道一样。于是,尤莉亚决定采取直截了当和以攻为守的谈话策略。

"哎,弗兰克,我们一直在恶语相向,这让我感觉糟透了。所有事情当中最让我感到痛苦的就是这件事。"

她偷偷地看了对方一眼,但是他的反应恰恰是她最不期待的那一种:他显得有些吃惊,睁大了双眼,接着又拍了一下大腿,莫名其妙地咯咯笑了起来。

"这不可能是真的,"他喘着粗气说道,"没有人会相信的。"

"为什么? 我是认真的,没有半点玩笑。"

"哦,就在刚才,你不还在夸夸其谈吗!"黑尔默回应道。"你觉得我为什么会留在这儿? 就在昨晚,我还被纳丁大骂了一顿,因为我和她说,在我们办公室里有一个可怕的女人,有时我会觉得,她总是在想尽一切办法来伤害我。"

好吧,尤莉亚想道,他的本意可能并不是这样的。"你和纳丁说了?"她重复道。

"当然。在我昨晚把沙袋打得像牛排一样平的时候,她就质问我了。我昨天很失意。妈的,你知道吗? 难道我过得就好吗？"

"我真不知道。至少在分配任务的时候我真没注意到。"

"你当时看起来也并不差，"黑尔默马上回答道，"这几天我只想着那些不愉快的事情，其实人应该活在当下，过去的就让它过去吧，我们应该向前看。哎呀，这听起来真不像我们这个年龄应该说的话。"

"我们不要再旧事重提了，弗兰克！更重要的是，我们应该考虑一下，接下来我们应该怎么办？"

"今天进展得很顺利，不是吗？"他又变得刻薄起来，"没有人高声怒骂，也没有人一跃而起，我担心，你会慢慢适应这个位置。"

"弗兰克，不管我们还是不是搭档，但是如果没有你的帮助，我在这儿是撑不下去的。你知道，我和贝格尔也经常争吵、互相斥责，这其实也是工作的一部分。但是我并不会这么做，我也不想这么做。我只不过还得在这个位子上待上几个星期，我需要一个搭档，来帮我解决那些让我措手不及的事情。我可以指望你吗？"

弗兰克·黑尔默站了起来，向前弯下身子，越过了办公桌，他拉起了他这位多年老友的手，他们曾一起经历过那么多的风风雨雨。

"当然，尤莉亚，"他低声说道，"我会照顾你的，我保证。"

"那么，你现在就出去吧，快点！"她说道，接着她迅速地扭过头，擦去了眼角的泪水。"我们已经没有时间再到处诉苦了。"

亚历山大·贝尔特拉姆若有所思地望着博恩海姆的楼房房顶，目光游弋于那些建于 20 世纪七十年代的样子较为丑陋的建筑。还有五分钟，当他将目光转回到工作岗位上，看着电脑屏幕右下方任务栏上的数字时间显示时，他这样想道。这间 iTeX24 电脑设计公司的办公室位于尼伯龙根广场壳牌大厦的十九层，对面是大学园区。这个单调的六十平米大的空间主要被分成了三部分，另外还带有一个被分隔出来的咖啡厨房。一间用作老板办公室，另外两间一共有四个工作岗位，分别配备了四台电脑，电脑连入了外部服务器。简单、实用的办公室布置，相比之下电脑的硬件就显得现代化多了。地面上铺着磨损的绿色地毯，也许是由化纤所制成，墙面是单调的白色，靠墙根的部分满是黑色和灰色的斑痕。透过朝东的玻璃立面至少能够看到令人舒服的日光，虽说南面天际线的景象一定是更让人印象深刻的。一个裸女日历挂在了厨房里，很隐蔽，来往的顾客都不会看到它。这个办公室里的客流量比较规律，因为顾客们不会经常跑到这里来打扰他们。

除了亚历山大，还有三个人在这里工作，都是男性，除了老板以外，年龄都没超过 30 岁。老板叫霍尔格·伯尔讷，身高190 厘米，深色头发，身体健壮并且形象极为帅气，他在一月份举办了盛大的生日庆典，据说相当奢侈。严格说来，他绝非那种人们印象中的 IT 男类型。iTeX24 主要为各类网站提供网页托管、网站制作和维护等相关服务，往往都是一些无聊的电脑屏幕前的工作，在人们眼中这种工作会是一些长得脑袋比较大的，戴着眼镜的,并且头发稀疏的人来做,绝不会是像伯尔讷这种男模一样的人。与他的同事不同,亚历山大虽然得到了老板生日宴会的邀请,却没有参加,同时他对于其他的集体活动也没有表现过任何兴趣。这份工作只不过是另一种煎熬,就像以前的大学学习,亚历山大在 2009 年的夏天就已经毕业了。

11 点 58 分,差不多了,他想。接着他们所有人都会去吃饭的,那么他就至少会有半个小时的独处时间。不被任何人打扰。

"一会儿见,亚历克斯!"这时他听到了老板的声音,亚历山大吓了一跳。他不喜欢他的名字,特别是简称形式。这会勾起他太多的回忆,回想到那位上将对他那简短而又有威慑力的命令语气。但是那都已经过去了,他提醒着自己。

"好的,我们一会儿见,"他回答道,"祝您有个好胃口。"

然后他打开了面包盒。

"别把面包屑掉到我的键盘里哦!"伯尔讷笑着离开了办公室,两名同事跟在了他后面。在 12 点 20 分亚历山大进入了一个绰号为 V1d0c 的聊天室。像往常一样,他使用了无线网络,大量的无线网络存在于这座大厦。大部分的无线局域网都会进行简单的密码加密,其中有几个却完全没有设置密码。今天他选择了名字是 wlanbox7170 的无线局域网,而上周四他用的是 das_schwarze _netz。人们有时会很有创意地来命名他们的家庭网络,但这种编码序列却是极其业余的。

在聊天室里,亚历山大一下子就认出了三个人。另外两个人 phoen1xxx 和 liL－Gal 没有和他讲话,也许他们是换了名字的用户。在聊天室中重新给自己起名字的现象是很常见的,人们原则上会保留自己名字的一部分。亚历山大·贝尔特拉姆直到几周前还叫作 V1Px。他们进行了简短的聊天,用着简单的英语,这点亚历山大是无法避免的,他现在的名字 dth－gambler,用的也不是母语。在几分钟内,大家都说了一些基本的东西,12点 40 分,亚历山大离开了聊天室。他又研究了一会儿,想着他想要搜索的内容,他同时打开了一个新的窗口,在搜索引擎上键入了搜索关键词"业余妓女"。然后他有目的地跳过了第一个显示画面,向下滚动着鼠标,选择了一个特定的网页。他确定了搜索半径在 10 千米以内,年龄在 18 到 23 之间,然后他点击着不同的名字,太可惜了,没有提供头发颜色的选项,亚历山大这样想道,在他看来,大多数的女性都是金色的头发。所以今天他想找一个不一样的,她的头发应该是深褐色的,并且很长很滑。干净清爽的欧洲人,最好有一双明亮的眼睛。大多数在这里的女性虽然卖弄着她们的胸部和大腿,但是不仅头发颜色没有说明,而且衣服尺寸和性爱癖好方面也介绍得很少。最终他找到了一位符合他期望的对象,然后记下了她的手机号码。这位被选择者的名字是维维安_88。贝尔特拉姆看了看表,他的同事随时都会回来。但是现在还为时过早,他要等到下午才能联系这个新的牺牲品。

　　同一时间黑尔默对着作案现场的照片冥思苦想,而扎比内则在继续尝试着与巡逻队官员马尔库斯·黑塞取得联系,她记得在珍妮弗·梅森的房间里见过他。他是她想要询问的最后一个人了,司法鉴定中心的同事和其他组的成员,她都已经询问过了,就连多丽丝·塞德尔她都联系过了,塞德尔在较晚的时候去过案发现场。而黑尔默在昨天曾经考虑过,尝试和那四个罪犯取得联系,问问他们关于音乐的事情,但是很快他们就否决了这一提议。这四个杀人犯怎么可能突然就帮助警察呢，他们一直保持着沉默并提出上诉申请。但每一次都因为他们没有任何记忆而构成证据不足，最后法庭驳回了他们的上诉，维持原判。扎比内也觉得这似乎不是什么好办法。但在当时的调查中，有一点让她记忆犹新，就是关于阿德里亚娜·丽娃。在那时是她打出的紧急电话，如果她当时在场，那么她就一定知道，现场是否播放了什么音乐。但是阿德里亚娜在上诉被驳回之后，就申请了更换监狱，她想回到她的祖国，而这项申请在经过了正常的来来回回的工作程序之后，得到了批准。她现在在意大利南部的某个牢房里勉强维系着她艰难的生活，所以想要从她那里得到什么是不那么容易的。

"哦，天哪，这真让人烦躁。"她轻声叹息道，这已经是她的第八次电话了，而电话那头依然是盲音。就在她再一次拨通的时候，线路咔嚓地响了起来。

"黑塞？"

"啊，黑塞先生，谢天谢地终于联系上您了！我是扎比内·考夫曼，重案11组，我想问问您关于梅森的案件。"

"啊，是的，您好。我已经收到了简讯，对不起，我现在才和您联系。在加班补休的时间里，我都会把我的手机关机。但是伯约恩，就是弗里奇先生，他告诉了我这件事。"

伯约恩·弗里奇是无线巡逻队的另一位队员，这两个人同属于第七区。黑塞很努力地回答着扎比内的问题。另外她没有回避，使用一种较为性感的声音表述着一个无助的女人关于工作的问题，为什么不这样做呢？她这样想道。让男人们很迫切地想来帮助一个软弱的异性，这不失为一个好办法。而且在她看来,两人在以后再次见面的可能性是极低的。

"您知道,我为什么要联系您,对吧?"

"大概吧。为了保险起见,您再准确地给我叙述一遍吧。"

"我现在想尝试再现那个案件。于是我想了解一下,当时在案发现场是否有音乐播放过。您的同事说,您是第一个到达案发现场的。您还能想起当时的情形吗?"

"嗯。"他沉默了。

"听着。我们昨天早上去了一个案发现场,在那里有一个音乐播放器在播放着音乐。当时没有别人,很显然,一定是司法鉴定中心的同事将播放器调小了音量。"

"这确实是很长时间以前的事情了。"黑塞这样说道并拖长了语音。扎比内·考夫曼感觉到他有些不知所措。于是她决定采取另一策略。"哦,这真是糟透了,"她在电话里嘀咕道,"您真的是我能够找到答案的最后机会了。我的意思不是想在别人面前炫耀什么,但是我真的没有其他人可以问了,您是唯一一个能够帮助我的人,您知道吗?我一个小时后就得坐到探长办公室里,当我一想到要遭到严厉的斥责,我就感觉腹部隐隐作痛。"在电话那头传来了有些犹豫的轻咳声,于是她继续努力道。"这真是个愚蠢的主意,居然提起音乐。我这真是自找麻烦。"

"好吧,听着,"对方突然接起了话题,"我不会告诉您是谁关掉或者调小了音乐,但当我们进入案发现场的时候,确实有音乐声。是某种单调刺耳的吟唱,非常令人心烦,因为那个装置就放在床边。"

好的!那个装置。扎比内想起来了,当时她还被迫在这个装置旁站了一小会儿，因为保护现场痕迹部门的同事将她围住了。但是那时候真的有音乐，她兴奋地思考着，但是黑塞拽回了她的思绪。

"我可不是要检举谁，既不是我也不会是其他任何人。我可以向您保证一点：现场没有任何证据被破坏或者出现其他类似的情况，我们没改变过案发现场的任何东西！是这样吧？"

"是的，谢谢，您帮了我大忙。"

"怎么样？"当扎比内高兴地挂掉电话时，黑尔默不耐烦地问道。

"全中，"她说道，"我需要珍妮弗房间的所有照片，特别是那些带有床旁边家具的照片。"

星期二　11点25分

彼得·库尔默最后决定，单独一个人去法兰克福东部。很显然，他要面对的并不是一次轻松的家访。黑尔加·施蒂格勒的可怜遭遇让他感到很不适应。他自己马上就要当父亲了，可他现在却要开着车，去拜访一位母亲，告诉她，她唯一的儿子死了。这真残酷，库尔默想道，没有人想要亲手埋葬自己的孩子。就算卡洛没有死得那么惨的话，这也够让他的母亲彻底绝望的了，真是件糟糕透顶的事。施蒂格勒夫人，这位身材矮小，胖胖的寡妇，年近六十，是一名普普通通的售货员。现在她身旁没有一个人能够帮助她，最多就是邻居，但是很快他们就会失去这种兴趣，而施蒂格勒夫人又会再次陷入悲伤之中。每天等她忙完了工作，闲下来的时候，丧子之痛就会不断地折磨着她，而当大家向她投来怜悯的目光时，她又会感到悲痛难忍。

至少库尔默觉得，想要在里德瓦尔德的老旧工人区里长时间地保守一个秘密，是根本不可能的，那里的房子又密又多，而且隔音也不好。很快人们就会谴责起卡洛·施蒂格勒，甚至会怪罪于他，他为什么要结交那样的朋友？毕竟没有人能够强迫他人成为同性恋。

库尔默的车驶过了谢弗勒大街的巨大拱门，这座雄伟的红色建筑是前往工人区的主要通道。窗外的景色一下子从刚才的单调乏味变得郁郁葱葱起来。尽管烈日炎炎，但是在梧桐树那笔直粗壮的树干上，硕大墨绿的树冠依然显得那么生机勃勃。接着库尔默看到了数不清的木质百叶窗，一个接着一个，都是一个模样，这就是工人居住区的典型特征。在林荫大道的尽头，他向左转驶上了赖夫艾森大街，接着又向右转，来到了卡尔·马克思大街。又是一排和之前一样的房子，不过这种简单的风格倒也有着独特的魅力。没有一座高于三层的建筑物，没有横向的来往车辆，不少孩子正在人行道上玩耍。五颜六色的俱乐部海报上写满了各种活动：街头庆祝活动、儿童节日、教会节日、体育活动，以及所有那些经常在大城市中举办的热闹活动。也许我该换一个角度来看待这个问题，库尔默想道。五年前在这里生活真是一种煎熬，就算在一年前对他来说也是无法想象的。但是现在……

他右转了两次之后，来到了莫茨大街，街道的一边是居民区，而另一边则是一片小树林，没错，在城市中竟然还能看到树林。库尔默把车停在了暗处，并锁上了车门。他仔细地辨认着方向，但是每座房子看起来都一模一样，黄色的外墙，白色的百叶窗,灰白色的门廊。垃圾桶整齐地立在路边,每家每户都有四个,分别是黑色、棕色、绿色和黄色。在仔细观察以后,他所能发现的唯一区别就是庭院的不同。眼前是一个旋转式晾衣绳,旁边是一个秋千,还有一家门前种着英国草,那边还有儿童泳池和沙箱。而黑尔加·施蒂格勒的门前则种了一棵苹果树,还有一个水泥花坛,里面长着玫瑰花和香草。

施蒂格勒夫人打开了屋门,"你好,库尔默先生。"她问候道。很显然,她刚刚哭泣过,她还穿着那件前一天穿过的连衫围裙,只不过稍微整理了一下。

"请,进屋吧。我休了两天假,您知道吗? 甚至这一周我都不用上班了。但是我在这又能干什么?"她叹了口气,"我总感觉房顶要塌下来了。"

她迅速地扭过头,走向了楼梯。库尔默跟在她的后面,走进了小小的厨房。屋里飘着菜汤的味道,在用了很久的灶台上,汤锅正冒着热气,饭桌上摆着一只汤碗。和上一次一样,库尔默又坐在了角落里。

"一起吃点吧。"施蒂格勒夫人说道,她掀开了锅盖,轻轻地搅拌了一下。"已经好了,我做了很多。"她又搅拌了几下,锅里传出了轻微的金属摩擦声,接着又传出了咝咝声。彼得·库尔默回想起了自己的童年时光,那时,每周六他都会去奶奶家,坐在厨房里,闻着那满屋的香气。

"好,"他不确定地说道,"非常感谢。"为什么不呢?

他们默默无语地坐在那里喝着牛肉面条汤,里面还漂着几片香草,就是庭院里种的那种。

"真好喝,"库尔默喝了几口说道,"我已经很长时间没有喝过这么好喝的汤了。"

"啊,您太客气了,不过就是点家常便饭。肉汤、一点香草、蔬菜,如果喜欢的话,还可以放点肉骨头,您也可以自己做的。"施蒂格勒夫人笑着说道。

"哦,好的,我会试试的。"库尔默回答道,他正想把话题转到案件上来,却听到施蒂格勒夫人说道:"您有爱人吧,她也会做汤吧,是吧?"

"是的,我有一个生活伴侣。"他突然有了一丝担忧。

"你们有孩子吗?"

终于还是说到了这个话题。"不!"他快速地回答道,接着又喝了一口汤,他并不想在施蒂格勒夫人面前提及他就快要当父亲了。

黑尔加·施蒂格勒没有再问什么,她的眼神变得忧郁起来,接着她又拿出了一块满是褶皱的棉布手帕:"哎,库尔默先生,一切都完了。"她啜泣了一下,"对不起,"她擤了下鼻涕。"没关系,"他从裤兜里拿出了一包纸巾。"给您,用这个吧,别忍着。我的同事把名片留给您了吗?"

黑尔加·施蒂格勒点了点头。一滴眼泪从她的脸颊上流了下来,她取出了一张纸巾,拭去了泪水。"谢谢。"她轻轻地说道。

"您可以打电话,任何时候,您一定要想着。"库尔默说道。他沉默了一会儿,接着又平心静气地说道:"我可以再看一下卡洛的房间吗?"

她又点了点头。

"还有,如果可以的话,我还需要他的朋友和同学的信息。

在我去他房间里看看的时候,您能给我列个单子吗?"

"哦,他也没几个朋友,"黑尔加·施蒂格勒自言自语道,"实际上只有一个人。但是我想,我知道的也并不多。"

"您能描述一下这个人吗?"

"那好吧,一个小伙子,差不多和卡洛一样大,个头一样高,短发,肤色和您差不多,棕色的眼睛,我再想不起来什么了。"

"好啦,已经不少了!"库尔默笑着说道,尽管事实上,这种描述根本没什么用。除了年龄以外,基本上每两三个人中就会有一个人有这样的特征,包括他自己。

"您也可以再想一下,"他说着站了起来,把盘子放进了水槽里。"我这就下去,我记得路,再次感谢您的盛情款待。等我回来,我非常愿意帮您洗碗。"

他来到了地下室,卡洛·施蒂格勒把这里布置成了办公室的模样。里面比较凉爽,但是有发霉的气味,阳光自然也无法照射进来。库尔默觉得,这里的工作环境并不舒适,但是现实条件就是如此。他毫不费力地找到了书架,从里面拿出了几本专业书籍,大部分是法律书籍以及对于一些判决的评论文章,他翻看着文件夹和剪报收藏册,这种收藏册在大学里很常见。没有什么能够看出主人特点的东西,旁边还有几本笔记,学校派对的传单,以及一份商家的海报和一块白板,上面贴着几张便条,下面还写着一个人的联系方式。库尔默又向旁边看去,他的目光落在了那台小小的电视机上,它立在沙发床的一角,旁边是立体声音响和 CD、DVD 架。他看了看,大概有 200 多张光盘,有当前流行的电影,还有希区柯克的经典影片和塞尔吉奥·莱奥内的西部片。CD 则混放在了一起,有不少硬摇滚的碟,大部分只是刻录盘,在一个 CD 盒里还有几张小样,比如"最好的埃尔顿·约翰"和"最好的谁人乐队"。但是库尔默没有找到齐柏林飞艇乐队的碟。他失望地离开了地下室,又回到了厨房,施蒂格勒夫人刚刚收拾完桌子。

"都收拾完了,"她笑了笑,"但是我还可以煮点咖啡。"

"不了,谢谢。"库尔默摇了摇头。"施蒂格勒夫人,我一会儿就要走了,我还想问几个问题,可以吗?"他把记事本放到了桌子上,其实那里还没有完全干。

"可以。"

"关于您儿子的朋友,您又想到什么了吗?"

"没有,其实本来我也不知道什么。他的话并不多,但是还算友好。无论在什么天气,他都戴着灰色的低顶圆帽,您知道吗? 就是杜登赫费尔扮演海因茨·贝克尔时戴的那种,还有在他扮演博多·巴赫时也戴过。"

"是的,我知道,"库尔默笑了笑。"他有车吗?"

"不知道。我想不起来了。"

"您能描述一下他的声音吗?"

"不算热情,比较正常,对不起,其实他一共只和我说过四个词。'你好,施蒂格勒夫人。'接着他就马上去了地下室,不知什么时候,又说了'再见,施蒂格勒夫人。'就说了这些。"

"嗯,我明白了。"他喃喃地回答了一句,其实他真想回避下一个问题。"您知道,他们在地下室里都干什么了吗?"

"不知道,很抱歉。"

"我的意思是,请您不要错误地理解我的问题,施蒂格勒夫人,但是您是怎么看待他们的关系的? 他们是同学吗,还是他们有什么共同爱好,还是……其他什么?"

"什么? 您的意思不会是……不,绝对不可能!"黑尔加·施蒂格勒愤怒地回答道,"我的卡洛根本不是那样的人!那肯定不是我的卡洛。"她强调着,紧接着泪水又从她的眼眶中流了下来。

"对不起,请原谅我,施蒂格勒夫人,我不该做这种假设的。"彼得·库尔默感到很抱歉。"只是我们必须考虑所有的可能性,以便排除错误的方向。"

"那么您可以排除这种可能性了,"黑尔加·施蒂格勒呜咽道,"库尔默先生,如果没有什么事了,请让我一个人待一会儿。"

星期二　13 点 10 分

"尤莉亚,你快坐好。"黑尔默满面笑容地看着她,并指了指贝格尔的老板椅。"你一定会大吃一惊的,我保证。"

"快告诉我吧,别吊我胃口。"尤莉亚指了指手头的案卷,催促道,她走到了办公桌后面,坐到了舒服的椅子上。无法否认的是,这种外科矫形设计对于脊柱确实很有帮助。

"好了,我坐下了。"她说。

扎比内·考夫曼向前弯下身子,把两张照片放到了桌面上。在其中的一张里,尤莉亚看到了一位女性的左前臂、白色的床单、一段床沿以及一个木架的一部分。而在另一张照片里,整个架子都露了出来,但是床却基本看不到了。两张照片里都有一个银色的 CD 播放器,它的显示屏上正闪着蓝光,由此不难推断出,音乐正在播放。"梅森案件。"尤莉亚低声说道,而且她知道,接下来无论扎比内还有黑尔默和她说什么,她都不会高兴的。

"注意啦,"扎比内欢欣鼓舞地说道,"我给另外一名同事打了电话,法兰克福巡逻队的马尔库斯·黑塞。开始时他有点吞吞吐吐,但是最终我还是让他回忆了起来,在案发现场确实有音乐的声音。我没有再追问其他问题,对于他来说,那也是段痛苦的回忆,但是他承认,确实有人把音量调小了。"

"有人?"尤莉亚重复道。

"是的,这应该没什么。库尔默不也说过,在派对上播放音乐是很正常的事吗?肯定是有人在调查中关掉了音乐。如果有人死在了迪斯科舞厅,为了进行现场调查,人们也会关掉音响和镭射灯的。"

"好了,说下去。"尤莉亚不耐烦地说道。

"在两幅照片里,人们都可以看到 CD 机。你看,显示屏很明显,对吧?"

"是的。"

"这是数码照片,起初我们还担心,毕竟有时候它们的颗粒感很严重,但是这两张的分辨率都很高,在计算机取证时,我们可以毫不费劲地把细节放大出来。"

扎比内·考夫曼又拿出了两张照片,尤莉亚眯起眼睛,看起了第一张。

"照片质量很一般,因为这都是快速打印的照片,我们没有时间再进行进一步的处理。但是如果有需要的话,我们可以随时得到这些照片的原文件。"扎比内解释道。

"A、Y、T、O 和 H。"尤莉亚念了出来。蓝色的液晶屏几乎布满了整张照片,液晶屏上一共可以显示七个字母,有点像口袋计算器,尽管这些灰色字母不是特别清晰,但是人们依然可以辨认出来。在 Y 和 T 之间还有一个空格,O 和 H 之间也有一个。

黑尔默在办公桌上摊开了一张纸,上面用大号字体写着歌名"STAIRWAY TO HEAVEN"(《天国的阶梯》),黑尔默把它框了起来。

"喔,你注意到了吗?"他问道。

"嗯,看样子恰好是《天国的阶梯》这个歌名中间的几个字母。"尤莉亚的目光已经转到了第二张照片上。照片里,字母 N 和 S 之间有一个空格,接着是 T、A、I 和 R。她一时不知说什么好。

"那么,你看出来了吗?"扎比内问道,"我还没有查遍所有歌名,但是我觉得,根据这两张连续拍摄的照片,这一点从时间参数上可以得到确认,其他歌曲的可能性已经被大大缩小了,是吧?"

"哇哦。"事实上,尤莉亚·杜兰特感到很高兴。有一点可以确定的是:在两个案发现场都播放过同一首歌曲,关于两起谋杀案件之间的其他共同点,她似乎也看到了新的希望。

星期二　18 点 10 分

尤莉亚·杜兰特步行离开了警察局。现在这种炎热的天气并不适合慢跑,因此她平时也无法得到锻炼。于是每天早晨她都会从家里步行经过霍尔茨豪森公园来到警局上班,晚上再沿原路返回,她觉得,这也算是个不错的锻炼方式。这段路大概需要走 12 分钟,尤莉亚的最高纪录是 9 分钟。通常在回家的时候,她都会花费更多的时间,有时她会到美丽的绿化带旁走走,有时又会在七叶树下漫步或者干脆去逛逛各种小店。在路上,尤莉亚会尽量避免去饮料亭。在霍尔茨豪森大街上有一个半圆形的杂货亭,那里除了出售各种甜点和报纸杂志外,还有香烟和啤酒。在法兰克福这种大城市里随处可见这种饮料亭,人们一般习惯称它为"水屋",这是有历史传统的。尤莉亚听当地人说,在过去,法兰克福的自来水水质很差,人们只能把它煮熟以后才能食用。后来在工业革命期间,就出现了 700 多个这样的饮料亭,至今仍留有 300 多个。当然这种地方并不出售红酒,法国红酒就更谈不上了,而在苏珊·汤姆林那儿的时候,尤莉亚·杜兰特就已经彻底爱上了那种味道。人们并不愿意改掉老习惯,在这样炎热的夏天里,劳累了一天之后,喝上几瓶冰镇啤酒,哪怕只有一瓶,也是件很惬意的事情。可惜现在尤莉亚手里只有一支烟。姑娘,你已经 46 岁了,尤莉亚一直这样告诫自己,你应该多关心关心自己了。

尤莉亚进了家门,今晚她并没有在饮料亭前停留。她看了看信箱,又是一大堆广告,她感到有点生气,因为她已经把收信地址改到萨克森豪森了。除了一家绿色能源供应商的彩页广告,几份填错地址的广告和一张她早已结清的账单以外,就再也没有其他什么了。尤莉亚登上了楼梯,打开了房门,走进了她那华丽的住所。她基本上没有改变原来的装修风格,因为苏珊的风格其实和她非常相近。再说,她永远也不会为了一组客厅沙发就花掉 3000 欧元。一张简单的海报,上面是洪德特瓦瑟为

1972 年慕尼黑奥运会所作的彩色油画,尤莉亚倒是很喜欢这幅画,但是对于价值 15 欧元的普通海报和价格要贵上百倍的限量版丝网海报的区别,她就完全无从知晓了。而那台美国冰箱在她看来是物有所值的,尤其是它可以根据需要制造冰块这一功能,长久以来一直深受尤莉亚的喜欢。

她迅速脱下鞋子,解开上衣,享受着房间里的凉爽与舒适。看到了吗? 你根本不需要冰镇啤酒,她对自己说道,她用拇指拔去了一瓶红酒的瓶塞,这瓶酒还是她上周末打开的。与此同时她注意到,电话机的红色显示器上提示着一共有三个未接来电,但是来电者却没有留下任何电话录音。这种情况只可能是一个人,她笑了笑。接着她从冰箱里拿出了黄油,把它们涂到了两大片面包上,又把色拉米香肠夹到了中间。这时她又抱怨了起来,现在就马上吃饭吗? 在饭桌上还放着香烟,要不要先享受一会儿。不,她放弃了这个念头。接着她又走回了起居室,打开了笔记本电脑。在电脑登入操作系统的时候,她尽情地咬了一大口面包。

十分钟后,尤莉亚消灭了面包,电子邮箱里并没有什么重要信件,除了让人无法忍受的广告,还是广告,此外还有一封提醒邮件,是关于枪炮与玫瑰乐队两个月后的伦敦演唱会的。46了,尤莉亚又想到了自己的岁数,还是别去凑这个热闹了。她抿了一口酒,接着拨通了父亲的号码。

还没等传来第二声等待铃音,那边就接通了电话,但是尤莉亚父亲的声音听起来显得有些疲惫。

“尤莉亚。”

“嗨,老爸,是我。”

"哎呀,你终于回电话了,要不然我就要打你的手机了。"

"我早就想给你打电话了,哎,都是工作,你知道的,警察必须随时做好准备,照顾那些'迷途的羔羊'。"

尤莉亚的父亲住在慕尼黑郊区,是一名退休的神父,但是同事们仍然视他为精神领袖,有时他也会作为教堂的代表外出工作,比如去看望病人或者外出访问。

"你的比喻很有趣,我的孩子,警察和神父,我们都在为迷途的羔羊指引方向,那么今晚,我们终于可以好好谈一谈了。"

"老爸,今晚还不行,等你来我这儿的时候吧,我们再详谈,好吗?"

"这个我们到时候再说吧,我担心,恐怕我们现在就要说再见了。"

在圣诞节的时候,尤莉亚去看望了她的父亲,并在那里度过了非常美妙的几天。在那段时间,无论是老鳏夫还是尤莉亚都把痛苦的孤独感抛在了脑后,享受着家庭的温暖。而尤莉亚的父亲已经有很长时间没来过法兰克福了,用他的话来说,他不想旅行,而尤莉亚却一再坚持,邀请他来参观她的新房子。在两年前他最后一次来法兰克福时,苏珊刚把房间钥匙交给尤莉亚。

"哎呀,老爸,你现在就说吧,你是不是又想逃避?"尤莉亚失望地喊道,"这次到底行不行? 你又要代表教堂去哪个无名小镇吗?"

电话的另一端默不作声,既没有笑声也没有说话声。

"海因里希神父,你还记得吗?"他的声音听起来有一些沙哑,"他的状况看起来很不好,原来只是胆囊癌,可是现在已经扩散了,全身到处都是,恐怕他再也走不出医院了。"

良久,"哦,对不起!"尤莉亚同情地低声耳语道。她认识海因里希神父,他比父亲要年轻一些,但是好像也有70多岁了。

"没关系,你原来也不知道这件事。但是你的声音听起来有点憔悴,和我说说怎么了,让我这个当爸的,也帮你分担分担。"

"啊,我们遇到了一起谋杀案,凶手非常残忍。今天下午扎比内和弗兰克发现了重要线索,那就是这个案子和另外一件案子有关系。"

"这件案子让你感到很棘手?"

"是,我想是的。但是关于这件案子你肯定不想听的。"

"老爸就给你留下这样的印象吗?"

"不,我不是这个意思。好吧,其实我自己都没搞清楚这到底是怎么回事。起初我根本无法相信,一号案件也会被牵连其中,那还是我恢复工作以后第一次外出调查,而二号案件,也就是今天的案子,你知道吗?我差点阻止了正在进行的调查。因为原来我无论如何也看不出这两个案子之间有什么联系,而这也使得我和弗兰克的关系受到了严重的影响。"

"如果我没记错的话,其实很长一段时间以来,你们的关系就潜伏着危机。"

"是的,你说得对。也许这是这个案子带给我唯一的好处,由于这个案子我和弗兰克得以冰释前嫌,是啊,你瞧,这都多长时间了。"

"向我保证,别再那么轻易地闹别扭了,"尤利亚的父亲提醒道,"有时候人们需要花费一些时间才能找到美好的事物,而一旦发现了它,就应该坚持它,并学会珍惜它。"

"是啊,确实如此,我会的,"尤莉亚向他保证道,"是我自作自受,哎,经验方面的不足让我吃了大亏。"

"你一定要学会做出正确的选择,而且要学会把弱点变成优势。好好学学弗兰克·黑尔默。你一定要记住,你并不是一个人,好吗?"

"你说,你也不问问我,我上一次做睡前祷告是什么时候?"

"我想,我知道答案。"这位退休的老神父心平气和地说道。尤莉亚已经很长时间没有进行祷告了,因为她觉得,绝望地呼唤上帝以寻求帮助,其实什么用也没有。她的父亲没有说出答案,但是很显然他也不会得出不同的结论。而他自己,却一直为尤莉亚祈祷,使她免遭世间的苦难,比如说死亡,而且不只为她一个人,还有艾丽娜·柯内留斯。关于祷告这个话题,其实杜兰特先生和他的女儿在法国就已经深入地讨论过了。

"老爸,其实我的内心从来没有变过。我每天都在尝试做一个好人,一个对外面的世界有点用的人。为了实现这个目标,我只有在工作中,全力以赴,任劳任怨,哪怕是处于现在这个吃力不讨好的位置。"

"是的,世界是一个美好的地方,值得你为她奋斗,"杜兰特先生说道,"对了,我记得你和我说过多丽丝怀孕了,她现在怎么样了?"

"挺好的,不过她的腹部还不怎么明显。对了,不等你问我了——他俩还没结婚。也不是库尔默的原因,这个疯狂喜欢小孩的家伙倒也没逃避结婚,但是让他套上婚姻的枷锁,确实是有点难为他了。"

"我又不是第一次听到非婚生子。"尤莉亚的父亲笑了笑。"老爸是岁数比较大了,但是我并不固执。你一定要记住这一点。"

"但是不管怎么说,这个孩子的到来对于他们来说都是最幸福快乐的。"尤莉亚说道。她沉默了一会儿,接着又轻声说道:"哎,可惜我们都没经历过这样的生活。对不起,老爸,在这方面,作为女儿,我做的太不好。"

她知道,父亲是多么想抱上外孙子,随着年华老去,自己已经无法生育的时候,父亲有多么伤心,毕竟小孩也不会自己蹦出来。

"哎呀,我的生活已经够丰富啦。听你的口气,你好像有点忌妒他们呀?"

"我不知道。我的意思是,他们和我干着一样的工作,曾经甚至还水火不容,但是不知什么时候,他们就好上了,还成了局里的梦幻情侣,甚至现在还有了孩子。而在这方面显然我很失败,我已经失去了一个伴侣。"

"亲爱的尤莉亚,这我可帮不了你。但是关于忌妒这个话题,就在前几天我刚好听到一个很好的布道。你肯定知道,它是人类的七种原罪之一,在有些人看来,它甚至是七宗罪中最严重的罪行,因为历史上那些最肮脏、卑鄙、下流、可耻的事情都是由于忌妒而产生的。其实不单单是我们基督徒这么认为,在这方面,所有伟大预言者的看法几乎都是如此。如果多丽丝的幸福让你困扰,并使你怀疑,你自己原来所选择的生活道路是否正确,那么你只能努力地调整自我,以寻求解决的办法。孩子,和多丽丝他们一起奋斗吧,你会感到很快乐的,带上黑尔默一起,当你这么做了,未来之路将是一片坦途。和这么多伙伴一起前行,你再也不会受到任何伤害。"

尤莉亚喝光了杯里的酒,若有所思地看着瓶中剩下的红酒,只剩下最后一点儿了。微小的黑色颗粒在里面打转,尤莉亚觉得这可能是酒石。这东西能喝吗?是品质优良的体现,还是应该把它倒掉?她想自己上网查找答案,而不想和苏珊通电话,因为她无论如何也不想和苏珊聊起她的近况。其实在苏珊看来,也许这根本不算什么问题。如果老爸不来的话,我原本可以……这时候尤莉亚才想起,她的父亲还在电话的另一端等着她。她回想起了他的谆谆教诲,不只是他刚才说的话,而是全部。它们听起来是那么简单,却又那么富有哲理,尽管对于大多数人来说,将这些话付诸实践可能会很困难。

"那么你就好好陪着海因里希神父吧,请代我向他问好,有什么消息一定要告诉我,我……我会为他祷告的,是的,我会为他祈祷。"

"你真可爱,我会转告他的。明天我就会陪他去做一个重要检查。还有一件事,"杜兰特先生的声音听起来又再次充满了活力,"推迟又不是取消,我向你保证,我会尽快到你那做客的!"

"你保证?"

"我保证。"

当他们互相告别的时候,尤莉亚突然间感到鼻子酸酸的。尽管他们随时都可以打电话,但是有时尤莉亚会非常想念她的父亲,而今晚恰好就是这样的夜晚。

星期二　19点52分

当亚历山大·贝尔特拉姆启动他的大切诺基时,他高兴地想道,今晚会是一个特别的夜晚。但同时也有一个小问题在困扰着他,今天他没有完美的不在场证明,因为他的父母此时正徘徊在冰岛的某个地方。那里有着迷人的气候,舒服的海风以及偶尔才会达到17℃的温度,这是他的母亲汉内洛蕾·贝尔特拉姆几天前告诉他的。那里的一切吸引着他的父母,在每年夏天他们都会到这个位于欧洲最北部的国度,待上两到三个礼拜。此外还有那个不好骗过的家用报警装置以及周围那些昏昏欲睡的邻居,不过他们大部分也去度假了,即使没有,他们也是宁可在花园里打瞌睡,也不会去注意大街上的情况的,这点对他来说是很有用的。那么还会有谁去注意他的行踪呢?

在 16 点亚历山大·贝尔特拉姆与他的同事告别,与往常一样是友好的但却是冷淡的。他的老板早已经走了,据说是外出开会去了。亚历山大是不会关心这些事情的,除非他接到新任务,并需要对其进行编辑加工。否则他是不会对 iTeX24 公司的老板产生丝毫兴趣的,因为他的经济来源早已不是依靠这家公司了。

iTeX24,一家小公司的愚蠢名字,这家公司的老板总是梦想着有朝一日能够和其他大公司合并。但是谁会注意到这种名字呢?这可不关他的事。

在 16 点 12 分,他乘坐着豪华的全景电梯来到了楼下,然后亚历山大找出了事先保存好的维维安_88 的电话。由于大多数妓女在广告里都要求,不会接通那些无显示的号码,于是亚历山大首先按下了按键组合＊31#,解除了他手机的来电识别加密系统。

"你好,我是维维安。"一个清亮的声音说道,太年轻了,没有任何内涵的女高音,亚历山大感到很后悔。但是外貌至少会和描述是一样的,并且她操着没有口音的语言,这点在妓女这个圈子内并不常见。

"你好,我是莱昂纳德。"他友好地回答道,在这之前他环顾了一下楼前,眼光掠过了咖啡屋前的报刊摊以及一家复印店的陈列橱窗。在附近有一张电影宣传海报吸引了他的目光,《盗梦空间》,是莱昂纳多·迪卡普里奥的新电影。好吧,这个名字至少要好于贡纳尔和过于简单的保罗,亚历山大这样思考道,这时响起了维维安喋喋不休的话语,然后他确定了见面的时间和地点,这真是个尖锐的声音,他继续思索道,他恨不得咬她一口,但这只能在见面后才可以操作,毕竟对于她的唠叨,他不用付二百欧元。

真是难以置信,亚历山大·贝尔特拉姆心想,两年前我用同样的价格还可以得到三个小时的时间。而现在他必须要满足于两个小时的时间,如果要加一小时还要再多付一百欧元。贪得无厌的小妓女!

但仔细想想这一切对他来说都不是重要的。

在 20 点 30 分,亚历山大将吉普车停在了一幢简陋的大厦门前,这幢大楼位于金海姆地区赖蒙德大街 100 号。一阵清新的微风吹过,让人觉得十分惬意柔和。这条大街还算空旷,一些年轻人在草坪上闲荡,两个上了年纪的女人拿着装得满满的袋子从对面的阿尔迪停车场悠闲地走出,散步踱向她们的目的地。在楼上的某间房内,一个生气的妈妈正在训斥着她大哭的孩子。典型的贫民窟,亚历山大蔑视地想道,真希望切诺基在离开这里后可以换上四个新轮子。但是仔细观察一下这个地区,也不是整个地区都是简陋的，只有这幢大厦还保留着灰棕色的单调色调，并且有十八层楼高，大楼中的阳台都是统一的混凝土表面的落后设计，使得每家住户都无法看到别家。在这幢大厦里会有多少个女人正准备好提供各种各样的服务？在亚历山大·贝尔特拉姆看来至少有十个，他以前多次碰到这个区域的联系地址。但是由于这个地方离一些配备警力的建筑比较近，所以一直以来他都很犹豫。隔壁就是伊朗大使馆，还有，向南不远处有联邦银行，最重要的，警察总局离这儿只有不到五分钟的车程。

　　亚历山大锁好了车子，背上旅行背包，沿着大街向西北方向走去。同时他注意到，与这幢大厦相比，住在对面街的人们的生活是多么的高雅，在那里没有一台生锈的车子，相反都是一些较新型的精致的中档车，偶尔还会有一辆梅赛德斯。在这条街的尽头，另一幢大厦的玻璃幕墙赫然出现在眼前，亚历山大·贝尔特拉姆没有再往前走，他从 100 号大楼和另一座相对较矮的建筑物之间走了进去，在他的面前几百米之外的地方是"金海姆芦笋"，这是人们对这座细长的电视塔的俗称。

　　在经过楼宇对讲装置的时候，亚历山大看到上面的名字要么已经模糊不清，要么是不好发音的，所以这迫使他直接走进了半开着的大门里。四楼，我可以走上去，他这样决定着，几分钟后他站在了一个房门前。亚历山大按下门铃，一阵温柔的铃声响起，然后是必要的透过门镜的窥视，这说明有人在门后，而这几乎是一种例行公事，不仅仅对于屋内的年轻女人来说。

　　"你好，莱昂纳德。"维维安低声说道，她有着性感的睫毛。在他回复她的问候之前，他快速地审视着面前的女人是否与外形描述相符，果然是符合的：浅绿色的眼睛带有精致的睫毛，长长的棕色头发，很光滑，搭在了她的肩头。细腻、柔软的褐色皮肤以及乳白色的睡衣，下面是一对自然浮动的大乳房，它上面的乳头已经凸显了出来。

"你好，维维安。"亚历山大回答道并且友好地点点头。

他跟着她走进屋内，在左边有一个上了锁的门，一直向里走，通过走廊之后就是客厅，带有通往阳台的通道，在客厅的左边又有一个门，门是虚掩着的，右边有一个上着锁的门。转过拐角会看到一个敞开的门，它通往浴室。

"这里很漂亮。"亚历山大恭维道，这时维维安来到墙架前，并打开了一个架门。

"你想喝点什么，亲爱的?"她问道并拿出两个玻璃杯，两个杯子碰撞着发出咯咯的声音。这使得亚历山大脖梗儿的汗毛都竖了起来。

"住口!"他大声说道，吓得女孩猛地转过身来。"我既不是你的亲爱的，也不是你的小熊或者甜心什么的。难道我没有名字吗?"

维维安换上了不愉快的表情并小声回答道："对不起，那好吧，莱昂纳德，我不想惹你不高兴。"

"没关系。"

"我们再从头开始好吗?"她的目光明亮了起来，让人不容忽视的是，她尝试着用她那虔诚的学生妹表情来勾引他。

"那当然。要不然就太可惜了。但是我们不应该先谈谈交易吗?"

"请坐。沙发上，或者你喜欢的地方。你想了解的情况，我的意思是，都写在我的介绍里了。"

"你认为,我会有什么偏好呢?"亚历山大挑衅地问道,他坐到了红白条纹沙发上的两个心形靠垫之间。这个沙发嘎嘎作响,很可能是多次使用后的磨损现象,但是坐起来很舒服。在每个周末,维维安一定都会在这里为一个或多个嫖客提供服务,这足以引起他的厌恶,但在这个节骨眼上,亚历山大又忘记了这个感觉。

"嗯,我不知道。"维维安不确定地考虑道,"也许是女朋友式的做爱或者西班牙式的,我也不知道如何形容。"

"我们还在谈交易的事情。"亚历山大冷淡地回应着。

"那么你就直接告诉我,你是否有特殊的要求。"她叹息着说道,并将手抽了回来。"你一定知道价目表。一百欧元一小时,从付账起开始计时,每加一小时多收一百欧元。超过三小时我要休息一下,但愿你看到了这一点,不过今天倒是无所谓。总之,在事先约定以后……"

"怎么,你还有什么要求吗?"

"也许吧。不过你要事先和我说明。"

"好的。那么我这里有三张钞票,为了使我们能够快活到午夜。"亚历山大从裤兜里掏出一捆钱卷,解开了橡胶带子,从中抽出三百欧元。他没有忽略这个妓女那贪婪的目光,她正望着那笔更大的数目。"那么,有没有兴趣得到更多呢?"他问道,并挑起眉毛晃动着诱人的钞票。

"视情况而定。"维维安怀疑地说道。

"什么情况呢?"他追问着。

"那么,你是知道的,我不太能接受太病态的事情,你看,我已经25岁了,真的没有兴趣……"

"那么你是在个人描述中撒谎了？"

"怎么？"

"我是在 18 到 21 这个年龄段中筛选出你的。"

"啊,这是一定的……"维维安结结巴巴地说道。

"解释一下!"亚历山大要求着。

"嗯,因为登记的时候只可以选择这一年龄段,"她快速地回答道,"而不是写出生年份,你知道吗？"

很好的反击,亚历山大赞许地想道,即使这很可能也是假话。

"那好吧!"他微笑着说道,"我不会要求你做一些反常的事情,我或许还应该打个电话咨询一下,但是我在这方面没有什么好的经验。我随时准备好给你双份的报酬,是的,价格还是可以商量的。"

"那么你究竟有什么特殊的要求呢？"

"我想要你,或者更好地说,我们俩拍个电影。"亚历山大解释道。在维维安还没能反应过来,他迅速补充道:"就是用一个小型的家用摄像机,没什么特别的,我们的脸在上面是几乎无法被识别出来的。事后我会拿给你看,如果你不喜欢的话,我们可以剪辑或者删除它。"

她的热情不高,至少从她的面部表情可以看出来,当她皱着眉头轻声说道,"我也不是很准确地知道"时,则再次证明了他的判断。

为什么在所有的妓女论坛里不设置一个喜好的类别呢？难道拍摄一下就这么让人不习惯吗？值得强调的是,这些所谓高档的妓女就算不问,她们也是会做的,那么为什么要这样做戏呢？亚历山大已经做好准备,用另一种方法处理这件事情,这时维维安继续说道:"你能保证,我可以看回放并且我有决定权,是吗?"

"当然了。"他快速地答道并挂上了一副最值得信赖的笑容,这是他快速完成的面部动作。"是义不容辞的。"

"还有钱我可以提前得到吗?"

"好的。就好像一种押金,是吧?"一点都不蠢,小妓女。他把钱卷拿出,又抽出了几张钞票。"给你另外三张钞票。"亚历山大做了一个表演式的停顿,然后慢慢地将钱卷收了起来。接着他起身走到饮料柜前,顺着肩头他漫不经心地望向她,并说道:"如果我喜欢这段录像的话,这个夜晚对我来说750欧元都是值得的。"

他仔细观察着这些饮品,柜子里有一般品牌的伏特加和威士忌、一瓶草药烧酒、一瓶松子酒和一瓶二次蒸馏的谷物烧酒。在厨房里很可能还有草莓香槟、白清酒、可乐和饮料混合的饮品。

"你的饮品存货很全啊!"他这样评价道,维维安正在接近他,很明显是受到了一个晚上将收获高额回报的鼓舞,像她这种妓女什么时候会再有这样的机会,只是张开一两次腿就可以收到750欧元的回报。她在他面前懒洋洋地使出浑身解数勾引他,事实上他已经感受到了她在他脖梗上的呼吸,以及她的双手正在抚摩着他的胸部和裆部。

"来吧,我们到那边做些舒服的事情。"她低声耳语道。

"好的,我再为我们弄一杯喝的。弄什么好呢?你家里有柠檬或者这一类的东西吗?有的话,你会得到一杯我做的酸威士忌。"

"在厨房里有甜柠檬。你用它甚至都可以制作凯匹林纳鸡尾酒。我也可以……"

"不,我喜欢自己来。你就等在卧室里吧,我会慢慢进入状态的。"

没有反对的话语。这让亚历山大·贝尔特拉姆很喜欢:人们要服从于权威,否则的话就会受到制裁。他从小就深知这一点。他走进厨房,不一会儿就找到了两个甜柠檬。他切开了一个,同时他牢记,在这个厨房的范围内他用手所触摸过的地方。只是多给了一些钱,她就让我到处走,当他将刀子放到水槽里时,他这样想道。对于他来说,任何时候都不会让别人在无人监管的情况下在他家里随便翻找的,而对于这些妓女,如果价钱合适,你就可以做任何事。

他在其中一杯饮品中放入了一茶勺的氟硝安定,那是一种浅蓝色的粉末儿,它那奇怪的味道会消失于柠檬的酸味中。在医药生产中,早已在这种受到严格控制的麻醉药中添加了颜色和苦味的成分,但它仍然是能够让人完全昏迷的最有效的药剂之一。

半小时之后,亚历山大·贝尔特拉姆将他那装满精液的避孕套拿下,他小心地将它放入一个小号的密封塑料袋中,然后他用 T 恤衫擦去了额头和脖颈儿上的汗水。他细心地注意着镜头的角度,对准摄像机的聚焦,那台摄像机静静地架设在三脚架上,对着双人床的乳白色绸缎床单拍摄着,维维安躺在床的中心,头被放在枕头上,以便人们能够清楚地看见她的面庞。她的嘴角挂着扭曲诡异的笑容,这既不是由于兴奋造成的,也不是因为对于大量金钱的欢喜,同样也不是性欲高潮所致的欢愉与幸福的表情。维维安会微笑着,完全是因为镇静剂发挥的药效。

在药物的作用下，她先是变得无所顾忌，然后开始过分热情地用她那柔软的舌头舔着亚历山大的腰部，接着她就完全委身于他了，他的每一次冲击都在下意识地保持着良好的拍摄角度，这是一次完全自愿的性行为，和这么一位褐色皮肤、褐色头发的美丽女人，这也是他应该得到的报酬，他这样想着。

那么现在工作开始了。亚历山大跪在地上，从他的旅行背包中抽出一根红色的撬棍和一块薄薄的黑色篷布，他把篷布打开，铺在了地毯上。在他旁边，维维安平静地呼吸着，这是镇静剂的副作用。他思考了一下，是否需要用变焦镜头拍摄，但是随后他决定，这个摄像头对于接下来的拍摄同样是可以达到最佳效果的。过去两年的技术变革，数码摄像机的变焦倍数被提高了好几倍。亚历山大检查了一下显示屏，然后慢慢地移动到了维维安身边。她那具有诱惑力的宽宽的骨盆，柔软的、自然的胸部保持着松弛的状态，凌乱的褐色头发环绕着她的头散落在枕头上，这一切正是他想要的。同时还有睁开的双眼，一双大眼睛是特别重要的。虹膜中的绿色光芒不会在镜头中显示出来，同时摄像机也不会泄露出，她只是处于一种醒着的熟睡状态。

亚历山大·贝尔特拉姆举起撬棍，保持了一会儿这一威胁性的姿势，然后他用力地但是并没有用尽全力地向着这位年轻女孩的头部砸去。砰的一声，额头瞬间崩裂开来，血从双眼之间流下，流过鼻子，顺着脸颊流向了枕头。维维安大口地喘着气，除此以外她的身体几乎没怎么动弹。亚历山大·贝尔特拉姆离开了画面，将撬棍放在了摊开的篷布上，然后打开了一个新的避孕套。

这个晚上现在才真正开始。

星期三

看着眼前这些从卡洛·施蒂格勒的地下室里带回来的材料,彼得·库尔默呻吟了一声,他精疲力尽地耷拉着脑袋。已经将近两个小时了,可惜基本上没有什么收获。在带回来的卡片和笔记本上,他发现了几个电话号码,试着拨打了一下,其中一个是一家比萨店的语音电话,还有一个是一家电脑公司的语音电话,最后一个则是一家色情光盘出租公司的语音电话,这家公司就在法兰克福的红灯区。库尔默觉得,也许这会是个切入点,但是在工作日这种商店一般在午后才会开门。他还有时间。然后他又给电脑部打了电话,卡洛·施蒂格勒的电脑里文件很少,除了讲演稿、两份没有完成的家庭作业以及一些国际判决的相关材料外,其他什么也没有。

"电脑里安装的软件——一个功能强大的绘图软件和最新的 Office 办公系统都是正版的。"电脑专家施雷克说道,"其他软件也是如此。他甚至还安装了正版的操作系统。"

"也许德国的法律还有希望。"库尔默笑着说道。他原本是多么希望笔记本里能有些有用的线索,可惜只是白费力气。电脑里没有安装邮件客户端,也许卡洛只是通过一个或几个免费的电子邮箱和他的联系人保持联系的。或者他是从学校的电脑进入邮件客户端的,黑尔默和扎比内正在去那里的路上。不管怎么说,库尔默又有了一点希望,但愿那边能有什么线索。

"嗨,我最亲爱的,什么事让你不开心啦?"塞德尔的声音轻轻地传入了他的耳中。他感觉到,她的手轻轻地放到了自己的肩膀上。

"嗨,你也来啦?"他回过头,笑着回答道。

"是啊,我说,你不待在凉爽的家里,跑到这儿感受办公室的气氛来啦!"她笑道。办公室里空气很浑浊,早上 8 点在库尔默来到警局的时候,他就注意到了这点。

"是啊,亲爱的。"他表示赞同地擦了擦额头。"哪怕是就这么坐着,也让人汗如雨下。"

塞德尔走到了库尔默身旁,观察着桌上的文件。库尔默看着她的肚子,含情脉脉地抚摩着他认为是脐带的地方。

"我的儿子今天都干什么了?"他温柔地问道。

"那是我们的小公主。"塞德尔干脆地回答道。"很安静,一切都很好。"

他们非常了解,同事们经常拿新生儿的性别来打赌,而至于他们自己,其实男孩、女孩他们都不在乎。尽管护士们强烈推荐塞德尔去做羊水穿刺检查,但是她还是拒绝了,因此只有等到下一次常规超声波检查时,也就是四周后,才能知道胎儿的性别。

"很安静,今天上午我这里的情况也可以这么形容,"库尔默叹息道,"这几个电话,都是语音电话,依我看,除了我们再没有别人一大早就开始上班了。"

"手机呢?"

"一样没什么收获。他使用的是预付费号码,因此想要找到他的详细通话记录,真是件很困难的事情,而且我们到现在也还没找到他的手机。"

"也许在美因河东港附近的某个地方。"塞德尔猜测道。

"我也这么觉得,但是恐怕我们又是一无所获。卡洛真是一个乖孩子。我的意思是,谁会在 28 岁的时候,还住在妈妈家的地下室里,不是吗?"

"也许他并不像我们想象的那样简单,"塞德尔说道,"毕竟时代不同了。"她若有所思地望着远方。库尔默则在心里猜测着她在想什么。

说完了话,塞德尔走向了自己的办公桌。彼得·库尔默打开了搜索引擎,输入了刚才发现的电脑公司和色情光盘出租公司的地址,至于那家比萨店,他认为不会有什么收获。他觉得,与其坐在这里等着光盘出租公司开门,还不如去城里走走。他登入了邮箱,打开了一封来自于电脑部的邮件,里面附有一张经过清晰化处理的卡洛·施蒂格勒的照片。他把照片打印了出来,为了安全起见,他一共打了两份,接着他注销了登录账户。

十分钟后,库尔默把车停在了施波尔大街上的一个小区停车场里,对面是一个书店。从 10 点至 16 点,外来车辆允许停放在这个停车场里,运气真好,库尔默在心里想道。他沿着施波尔大街,在十字路口处穿过了马路,走上了诺登特大街,经过了一家小酒馆、一家折扣店和一个几乎空着的自行车停车场。路上行人并不多,主要是一些带着孩子的母亲和几位老人,他们要么是在散步,要么是想赶在午间的热浪前,完成采购。库尔默离前方的玻璃建筑越来越近了,几个年轻人正面带笑容,在那里抽着烟。库尔默觉得,他们很有可能是学生。这就是BCN,尼伯龙根广场办公中心,它的对面就是法兰克福高等学校,因此这里也成了学生们的实习中心。

库尔默走进了这座玻璃大楼,登上了楼梯,接着走进了电梯。他从裤兜里拿出了一张便条。19层,他的眉头不禁皱了起来,接着他按下了相应的按钮,电梯一下子动了起来。

"您要咖啡吗?"

"不,谢谢。"

彼得·库尔默毫不费力就找到了 iTeX24 公司。老板办公室里的温度被调节得非常舒适,一座室内喷泉在潺潺地喷着水,旁边一株大叶植物营造着一种特殊气氛,库尔默以前从未见过这种植物。书架上,一堆文件的中间摆着几座足球奖杯。两边的墙上各挂着一幅萨尔瓦多·达利的油画,一幅画着被燃烧的长颈鹿;另一幅画上,有两只老虎正在跃过一个裸女。考尔巴赫,主人这样介绍着自己,他显然有着古怪的品位。两人面对面地坐了下来,考尔巴赫拿起了咖啡壶,给自己倒了一杯咖啡,库尔默接着也给自己倒了一杯。

"我猜,您的公司运转得很不错吧?"

"是啊,在这方面我确实没什么可抱怨的。可是您知道,我们到底是做什么的吗?也许没人能说清楚,电脑到底是怎么一回事,但是现在所有人都要依赖于它。网络、服务器,乃至电脑本身。于是我就把我的爱好付诸实践,开了这家公司。对了,您对什么感兴趣？非常愿意为您效劳。"

"没什么，非常感谢。"库尔默拒绝道。他觉得，他无论如何也忍受不了考尔巴赫这种人。像他这样 30 多岁，极度自恋又狂妄自大的人，是库尔默一直都非常讨厌的。也许这是因为，他觉得和这种人比起来，他自己明显要年长很多，但是收入却要少很多，他的职业生涯也明显要暗淡许多。又或许是因为，面对着这个年轻的充满活力的小伙子，库尔默感到了一点中年危机。片刻，库尔默又打消了失望，至少在别人眼里，他过得也还不错，而且他自己觉得，他的经济状况并不差。更何况，其实大家从小就知道，想要成为一名真正对社会有用的人、一名真正的成功人士，单单靠一株异国风采的植物和两幅风水画，可是远远不够的。哦，对了，好像只有那些拉皮条的才会这样布置房间……

"就像我开始时说的那样，"库尔默接着说道，"我们正在调查一起谋杀案。"他把卡洛·施蒂格勒的照片放在了桌面上。"我们在死者的家里发现了您的联系方式，准确地说，是在他的办公室里。"

他观察着对面的反应，等待着可能出现的抽搐、皱眉，由于惊慌失措而出现的瞳孔放大或者一些相类似的表情。可是对面没有出现任何不正常的表情，考尔巴赫的脸上除了同情、好奇和关心以外，再无其他。

"真是件可怕的事情，"他说，"对了，刚才您说，这个年轻人叫什么名字？"

"施蒂格勒，卡洛·施蒂格勒，住在里德瓦尔德。"

"哦，在俱乐部那儿。"考尔巴赫笑了笑，库尔默马上意识到了他指的是什么。两年前，工人们经过了几周的忙碌，把原来的体育俱乐部变成了现在的体育中心。

"您也去那儿玩吗?"库尔默想知道答案。

"去年去过,但是今年就中断了,"他伤心地回答道,"膝盖受伤。"

"哦,真可惜。但是我本来说的是街道的另一边,在莫茨大街的居民区。"

"我会再查查的,"考尔巴赫说,"其实我们的大部分客户我都认识,但是这张脸,"他指了指照片,"我在这里从来没有见过。"

"您的同事呢?"

"我马上问问。"他按下了一个快速拨号键,几秒后,他对着话筒说道,"你们到我的办公室来一趟,一个短会,马上过来,谢谢。"

不到 30 秒,办公室的门开了,一个二十五六岁的年轻人走了进来,身材矮小,戴着眼镜,长着雀斑,顶着一头蓬乱的红棕色头发,穿着蓝色衬衫、布料裤子和旅游鞋。真是典型的计算机男,库尔默在心里说道。紧接着又进来了一个年轻人,年龄也是二十五六岁,个子比前面的那个人要高一些,身材细长,黑色的头发和眼睛。

"托马斯、迈克,这是库尔默探员,"考尔巴赫向他们介绍着客人,"他有几个问题想问一下。亚历克斯也来了吗?"

"他还没来。"黑色头发的年轻人回答道。

"嗯,好吧。"考尔巴赫皱起了眉头,"就差他没来了。库尔默先生,这是托马斯·佩特森和凯米夏埃尔·迈克·豪斯曼。"

"你们好,彼得·库尔默,来自于重案 11 组。我来这儿的目的是关于这个人的。"库尔默站了起来,把照片举到了他俩面前。"卡洛·施蒂格勒。你们认识吗?"

摇头,耸肩,两个人否认着,他们的表情和他们的老板一模一样。又是一个死胡同。

"谢谢,好了,那我没什么问题了,你们可以继续工作了,也许我还会再来一趟,到时还需要你们的帮助。"

"好的。"黑色头发的迈克含糊不清地说道,托马斯则点了点头。

"等等,"考尔巴赫说,"亚历克斯到底干什么去了?他那倒是有很多客户。"

迈克的眼神变得黯淡起来,"他早就该到了,本来我们今天还要一起完善 PENI 数据库的,"他小声抱怨着,"我可不想独自一人去完成它。"

"他请病假了吗?"

"没有,至少没和我请。"

"哦,这可真够奇怪的,"考尔巴赫感到很诧异,"你们联系他了吗?"

"是的,但是只是留言信箱。"托马斯无可奈何地耸了耸肩。

"你们知道他现在的住址吗?"库尔默插话道,"如果我的理解没有错的话,那么受害者仍有可能是你们的客户。"

"是的,也许这是唯一的答案,能够解释为什么我们的联系方式会出现在受害者那里。而且这张名片也不是个人的联系方式,而是公司的办公电话,也可能是卡洛对我们的服务感兴趣,留下了这张名片,而直到死去,他都还没和我们取得联系。"

"我们会调查清楚的,"库尔默笑了笑,"请告诉我他的住址,还有他的全名。"

"没问题,"考尔巴赫回答道,"他住在下利德巴赫,名叫亚历山大·贝尔特拉姆。"

贝尔特拉姆。

库尔默打了一个寒战。他想起了那次豪华别墅之旅,无懈可击的不在场证明,他的脑子里再次出现了当时的所有景象。那时他们很快就确定了四名嫌疑人,但是现在看来,事实也许是另外一种情况。第二起谋杀案中又出现了贝尔特拉姆的名字,看来,这是这起案件中第一条有价值的线索。

他起身告辞,迅速地离开了办公室,身后,考尔巴赫的声音里充满了惊讶:"等等! 还没给您,他的详细住址呢……"

可是库尔默早就知道了,他应该去哪儿。

星期三　11点18分

尤莉亚·杜兰特皱着眉头倾听着库尔默的报告,后者简要地汇报了他的壳牌大厦之旅,他的声音很激动,甚至有一些颤抖,尤其是当他提到亚历山大·贝尔特拉姆的名字时,他认为,现在很有必要去一趟贝尔特拉姆的家里。

"慢着,别着急。"尤莉亚用手指挠了挠额头,"我还没有完全搞明白。你在卡洛·施蒂格勒的文件里找到了一张电脑公司的名片,对吗? 但是我们还不知道,这是否和亚历山大·贝尔特拉姆有关系。"

"至少这和电脑公司的其他同事没有关系,"库尔默回答道,"其他的可能性其实并不多。"

"这我也同意,真是个很大的意外,本来这两人之间并没有什么联系。但是只有当我们调查清楚了,我才能向检察官汇报。你还没去那家色情商店吗?"

"色情光盘出租商店。"库尔默笑着纠正道,但是尤莉亚·杜兰特什么也没说。她一直觉得,色情工业是一个残酷的行业,一方面,这个行业一直处于繁荣时期,但是另一方面,在行业内部又存在着非常激烈的竞争。色情演员也是一个合法的行当。许多从事色情行业的欧洲女性都希望,只拍摄色情电影而不用从事日常的卖淫活动。但是当一名女性在拍摄中同时与两名或三名男性做爱时,还是一件比较受侮辱的事情。尤莉亚·杜兰特在心里总结道,在这里工作看样子还是要比以前在风纪警察那里强一些的。接着她又转向了库尔默。

"对于我来说,那就是一家色情商店。"

"还得等 1 小时 45 分钟,他们才开门,"库尔默说,"我其实完全有时间,顺便去贝尔特拉姆的别墅一趟。"

"原则上,这没什么问题,但是我想你和其他人一起去,"尤莉亚回答道,"就在你来电话之前,弗兰克和扎比内刚来过电话,学校那边已经完事了,他们也可以马上赶过去。我告诉他们,你们可以在贝尔特拉姆的别墅那儿会合。"

"好的,我没问题。"库尔默表示同意。

"对了,彼得?"

"嗯?"

"请不要擅自行动,我相信你!"

1 小时 15 分钟后,库尔默从凯尔克海姆百年大厅下道口离开了 A66 高速公路。他穿过了高速公路下方的通道,驶向了利德巴赫。他沿着道路前行,路边是一个巨大的露天泳池,北面就是法兰克福的富人区。篱雀路、歌鸫路、夜莺路——到处都是美轮美奂的房子,富丽堂皇的别墅,此外还有一座漂亮的网球场。路上绿树成荫,来往车辆并不多。库尔默一下子想起了施蒂格勒夫人居住的地方——里德瓦尔德的工人居住区,真是鲜明的对比,但是那儿却要显得生机勃勃一些。一排排的梧桐树笔直地站在道路两边,但是树龄明显要比里德瓦尔德的小很多。库尔默把车停在了一棵树下面。他从容不迫地贴着墙边前行,墙面上布满了常青藤,围墙有齐肩高,环绕着整个庭院,中间有一扇巨大的金属门,没有任何把手,只能通过汽车上的红外传感器才能打开院门,或者只有通过视频对讲装置和里面取得联系后,才能开门。很显然,富人区的人们都特别注意保护他们的财产和隐私。彼得·库尔默还清楚地记得,当时,在沃尔夫冈·贝尔特拉姆——一位受人尊敬的国防军退休上将,表扬他们家的警报系统时,是多么的骄傲。

又走过了一个院子,库尔默来到了贝尔特拉姆的别墅门前,一辆刚刚清洗过的宝马车在阳光下正散发着夺目的光芒,才看了第二眼,库尔默就认了出来,这是黑尔默的车子。

"哈哈,毕竟是来当官们住的地方啊,你都没开保时捷过来!"库尔默笑着喊道。

"我们刚从学校那边过来。"黑尔默说,他从车里走了出来,回手关上了车门,接着说道,"这其实是因为我觉得局里的公务车比较显眼。"

扎比内·考夫曼也从车里走了下来,她朝库尔默笑了笑。

"彼得,你好。这么快又见面了,你本来不是要去红灯区那儿吗?"

"那边现在还没开门呢。此外我也非常想再来这儿一趟,我非常着急,想知道他会怎么说。"

黑尔默拍了拍库尔默的肩膀。

"那我们现在进去吧。尤莉亚警告我们说,在你不在场的情况下,无论如何我们也不能进去。"

"你们已经等了很长时间了吧?"

"嗯,有一会儿了。"

扎比内补充道:"确实够长的了,他的领居们迟早会注意到我们,另外我们发现,这段时间里,贝尔特拉姆的别墅里什么动静都没有。"

"难道富人们都出门了吗?"库尔默笑着说道。

"我们马上就会知道了。"

他们打开了狭窄的院门,那是一个用了很长时间,但是刚刚粉刷过的铁栅栏,下边的两条铰链同样也饱经了岁月的风霜,但是很显然,主人在平时非常注意上油保养,以至于开门时,几乎没有发出任何声响。路边的柱子是由天然的石头修砌而成,陶努斯石英岩,黄底透着红色,柱子中间是不算高的篱笆墙。库尔默觉得,看上去别墅里的景色要比刚才沿途经过的风光吸引人多了。他走在前面,观察着路旁。灌木丛中,几棵高大的云杉笔直挺拔,野草顺着别墅的侧墙攀爬而上。库尔默觉得,和他第一次也就是 2008 年的 9 月来这儿的时候相比,没有什么太大的变化。他登上了楼梯,回过头来看了看扎比内和黑尔默,并把食指放在了嘴前,示意他们不要出声。门上有一块白色的金属板,里面嵌有密码输入器、刷卡器和一个摄像头，下面是一个镀银的仿古门把手，他按下了把手上的门铃——一个镀银的小按钮。他全神贯注地倾听着房间里的动静，扎比内伸长了脖子，望着全景玻璃窗，而黑尔默则注视着其他的窗户。半分钟后，三个人的目光又交汇到了一起。

库尔默摇了摇头。什么声音也没有。

库尔默又按了一下门铃，接着他使劲地敲起门来。

"屋里没人！"

黑尔默和库尔默吃惊地扭回头，扎比内也把头转向了陌生声音传来的方向。一位65岁左右的老妇人，实际年龄也许要大很多，涂了很多的化妆品，穿着讲究的衣服，头发也刚刚染过。内心里，库尔默很瞧不起这种人，刚过11点，也许她只是去取信，却要穿着这么漂亮的衣服，要是可能的话，她都能穿着浴袍就出门了。

"谢谢您的信息。"库尔默点了点头，他尽量使自己显得客气些。他快速地走下楼梯，朝老夫人走去。她还站在院门处，很显然她并不准备踏入贝尔特拉姆的院子。库尔默拿出了他的证件，放在了左手里，他向老妇人伸出了右手，后者几乎和他一样高大。

"彼得·库尔默探员，刑事警察。那两位是我的同事。"

"我猜就是。当我看到他们时，他们还在车子里，那时我就猜到了，"她挖苦地说，"当然，我可没整天观察着街上的动静。"她又迅速补充道。

"哦，您当然没有，"库尔默迅速地确认道，"不过另一方面，如果所有的人都能如此警惕的话，我们会感到很高兴。但是我想知道,您是怎么马上就想到警察了呢?"

"啊,这可不关我的事,"女邻居回答道,她的脸抽搐了一下,"小贝尔特拉姆也太粗心大意了,要不我怎么会知道。不管怎样,我的吕迪格尔在他这么大的时候都已经……"

"对不起,打断您,"库尔默插话道,"您刚才说,粗心,是什么意思?"

"啊,您也知道,现在的年轻人,"她的神情显得非常鄙夷。"整天就知道待在自己的房间里,一点家务也不做,但是一到晚上,他们就来了精神,出去玩个通宵,直到第二天早上才回来。要是他的父母知道的话……"

"他的父母呢?"库尔默小心翼翼地问道。他还记得,贝尔特拉姆夫人一直在忍受着哮喘的折磨,但是像贝尔特拉姆夫妇这么大的年龄,应该不会有什么大的问题。

"他们在冰岛。您知道的,迷人的气候。对我来说,那其实也没什么,尤其是在盛夏的时候……"

老夫人又开始没完没了地谈论起她的上一次旅行、荒废的园子、他的儿子吕迪格尔和社会的堕落,库尔默只能在那里一直保持微笑,他真想早点结束这无聊透顶的谈话。

"再次感谢您对我们的帮助。"他微笑地注视着不知所措的老妇人,后者的一句话正说了一半,库尔默再次向她伸出了手臂。"您能告诉我们,您的名字吗? 这只是为了案件,您明白的。"

"嗯,当然,克拉拉·冯·迪特恩,住在斜对面。"

她用食指指了指那边的一座笨重的房子,很显然那是座比较新的房子,装饰物比较少,在面向街道的一面,大部分都是狭长的玻璃,从远处看来,就像是一个个炮弹眼。真是个不错的观察掩体,库尔默在心里想道,一点也不舒适,孤零零的,让人有种不寒而栗的感觉。它与贝尔特拉姆那富丽堂皇的别墅比起来,库尔默会毫不犹豫地选择后者,塞德尔一定也会这么觉得。

"给您我的名片,如果您遇到了不平常的事情,请您给我打电话。或者如果亚历山大·贝尔特拉姆回来的话。"

"好的,谢谢。"克拉拉·冯·迪特恩回答道。接着她又带着挖苦的表情说道:"但是我不可能整天坐在那儿,帮你们盯着这里。"

"当然不用,"库尔默补充道,"也没人强迫您那么做。"

尽管我不能打赌,但是你一定会盯着街上的。

门铃又响了起来,还是没有人,黑尔默和扎比内绕着房子走了起来,库尔默则在试着给尤莉亚打电话。该死,又错了,他不禁骂了一句,接着他取消了正在拨出的电话。现在如果人们想给尤莉亚打电话的话,必须拨向贝格尔的办公室,一个小时前,他刚刚打错了一次。

再来一次,这次他选择了"贝格尔办公室"这个号码,三次等待铃音之后,电话里传来了尤莉亚的声音。"尤莉亚?"

"你好,是我,彼得。"

"嗨。怎么样?"

"贝尔特拉姆的别墅里没有人。他的父母出去旅游了,没有发现亚历山大。据说在晚上他都会出去寻欢作乐,至少住在他别墅对面的一个老太婆是这么认为的。"

"嗯,好的。"尤莉亚自言自语地说道,她想了一会儿,接着说:"那么眼下我们也做不了什么了。"

"你说什么?"彼得·库尔默几乎无法相信自己的耳朵。"给我们派个开锁匠,我们要把这座房子搜个遍!"

"慢点儿,别着急,"尤莉亚拒绝道,"你说,出于什么样的理由,我能做出这样的决定呢?"

"不管怎么说,我们现在正在寻找一个在逃的嫌疑犯,难道这还不够吗?"

"那么,你到底怀疑小贝尔特拉姆犯了什么罪呢?你可别跟我说是因为他杀害了施蒂格勒!"

"但是我们必须排查所有的可能性啊!"库尔默生气地说道,与此同时,他深深地感到,真不该给尤莉亚打电话。她真不适合当领导。

"彼得,我非常理解你现在的心情,你现在非常想进去搜查,相信我,如果我处在你的位置的话,我也会这么做的。但是除非贝尔特拉姆失踪了24小时,否则我们什么也做不了。"

在内心里彼得·库尔默也明白,尤莉亚是对的。眼下,除了那一条模糊的线索外,再没有其他任何证据。而这条线索又非常偶然,很显然,市民们在城市里的每个角落都有可能收到iTeX24公司的名片。但是在此时此刻,库尔默是多么需要一个解释,接着他语气生硬地结束了通话。

"再见。"他后悔地说道。

"现在怎么办?"扎比内·考夫曼无法相信地问道,黑尔默也疑惑地皱起了眉头。

"我们没有搜查证,至少眼下还没有。"

"让我想想。"扎比内愤怒地说道。她的表情变得很严肃,接着她抬起了食指,以一种说教的口吻说道:"根据现行的法律,现在还没有足够的理由申请一张搜查证。"

库尔默冷笑着,扎比内模仿起尤莉亚的表情和手势来,真是惟妙惟肖,但是很快,黑尔默就碰了她一下。"够了! 毕竟到最后,我们不是需要承担后果的那个人。"

"这又不是你那时候了,"扎比内回击道,"你知道我指的是什么。"

就连彼得·库尔默都知道,她指的是尤莉亚被绑架的事。那次,在没有搜查令的情况下,黑尔默和扎比内就冲入了艾丽娜·柯内留斯的诊所。

"我们会得到搜查证的,"他安慰地说道,"只是不是现在。"

黄色背景下的红色字母吸引着库尔默的注意,EROS VIDEOTHEK(色情光盘出租店),这个名称在库尔默看来虽然不是什么有创意的名字,但是却十分显眼。市面上的其他光盘出租店都试图给自己设计出一种家庭友好型形象,远离那种油腻肮脏的环境,而它们只对成年人开放的特性,使它们被严格控制在隔离区域。这是《青少年保护法》所规定的。但是在火车站附近的区域,这种必要性就不存在了。来色情光盘出租店的人绝不是为了迪士尼电影或者某部畅销大片。

在入口的左右两边分别有一个橱窗,上面粘着黄色的薄膜纸,上下的边框处都用红心进行了装饰。左边的橱窗里用红色的字母粘出了标语——"出租 DVD 光盘,每天最低 50 欧分,同时进行批发和零售"。在右边则写出了提示语"我们展示",下面是一些知名的德国色情片生产商,其中库尔默至少认识6个。

从朝外敞开的门望向店内,一张画报映入眼帘,画报上一个只穿着内裤的丰满女孩正冲着他微笑,这是今年的新星,从广告语中可以得知这一点,在女孩的手里拿着她最近主演的电影的封面,下面还写着"在这里马上就可以得到"。库尔默穿过了彩色的珠帘走向屋内。屋里的空气很闷热,闻起来有种吸尽的香烟味道,一台尼古丁黄的电风扇在屋顶缓慢地转动着,但很显然没有起到任何明显的作用。房间里,三面都摆着带有DVD封面的架子,包括有窗户的那面墙,而在中间还有三排一人高的架子,每排架子的两面都塞满了DVD封面。库尔默想尝试着大概估算一下,在这个大约35平米的店铺内一共有多少张DVD,但这好像是难以估量的。外面摆着的这些难道没有2 500张电影DVD吗?在架子之间,入口的斜对面有一个三米宽的柜台,入口处有一扇插着门栓的木门,门后应该是存储区域,毫无疑问,在这里存放着与外面封面相对应的DVD光盘。大多数光盘出租店都是这样的,顾客们必须将带有电影号码的标签交上来,然后他可以得到一张带有店铺商标的封皮和电影光盘。在柜台旁还有一扇门,这扇上了锁的门上写着"禁止入内"。从收银机旁的一台小电视中传出罕见的音乐声和喊叫声。

"你好。"营业员嗫嚅地说道,他打开了一罐能量饮料,同时发出了咝咝声。"是这儿的老顾客吗?"

库尔默估计他大概30岁,梳着长长的未加修饰的发束,深棕色的头发,胡子有三天没有刮过了,身上穿着一件黑色背心,戴着一条银质的粗项链,裸露的上臂刺着文身。在右耳上挂着一个银骷髅头,左眼上深色的眉毛被一条疤痕穿过。即使库尔默不再看他一眼,他也相信自己能够描述出这个人剩下的身体特征。一个华丽的杰克丹尼或者哈雷戴维斯皮带扣,洗白的、破碎的蓝牛仔裤再加上一双沉重的马靴。他走到了柜台前,友好地点了点头。

"不,我还不是顾客。"

"想要租借的话,需要留下你的证件,"对面的人回答道,"或者押100欧元。"

"出示证件是应该的。"库尔默笑了笑并抽出了他的工作证。营业员睁大了眼睛,不过他马上就恢复了平静。

"我应该想到的。"他发牢骚地说道。

"为什么?"库尔默疑惑地加重了语气。

"哦,因为没有人会在中午的时间来这里,更不可能是一个看起来打扮干净的人。"

"怎么,因为我不是矮小敦实或者没有啤酒肚?我想,这些都是谣言。做色情产业销售行业的人总会这样认为。"

"反正一直都是这样的。"

"你这里从来没有来过那些来自于高档办公室的或者类似层次的顾客吗?"

"有,但是他们要到晚上才会来这里看一看。"

"那么年轻人呢?学生有来过吗?"

"现在是审讯问话时间吗?"

很显然这个男人有些不耐烦了,他拿出了一个烟草袋子,取出了过滤嘴和纸,然后开始从容不迫地卷起了烟。

"当然不会是出于我的个人兴趣而问你的。"库尔默说。他拿出了卡洛·施蒂格勒的照片,放到了无光泽的柜台台面上,在台面上到处都是圆形的、黏糊糊的印记。在他的营业岁月中,也许不少能量饮料和罐装啤酒的液体痕迹都留在了这里,库尔默这样猜想着。

"我们在寻找关于这个年轻人的信息,一个学生,也许是这里的顾客。"

他一直观察着对面的人,希望会看到他有点不寻常的反应,一下颤动、一个眨眼,但是对方的目光还是很厌烦的。唯一的反应就是耸了一下肩。

"也许是吧,不知道。"

"您可以在顾客名单中检查一下吗?"

"可以。"

"好的,那么请您输入:卡洛·施蒂格勒。卡洛是 C 开头,施蒂格勒和施蒂格利茨(金翅雀)很像。"

但是库尔默在心中怀疑,面前的这个油腻的家伙是否真的知道有这样一种鸟存在。也许他只会想到在下利德巴赫有一个施蒂格利茨大街或者一个迪斯特尔芬克广场,他自娱自乐地想道,与此同时,库尔默也在倾听着缓慢的打字声。

"这里没有施蒂格勒。"

"妈的。"库尔默脱口而出,但是他又想到了一点。

"那么贝尔特拉姆呢?亚历山大·贝尔特拉姆。"

又是令人无法忍受的长时间打字,然后最终,"不,也没有。"

"好吧,同样谢谢你。"库尔默说道,然后把照片收了起来。"这里还有其他职员吗?"

"我有个临时工在这里上白班，"这个男人点头答道，"她生病了。其他时间都是我一个人，否则不值得。"

库尔默明白了过来。"啊，这样啊，那么您是这里的老板喽？"

"是的，这个店铺是我的。"

"那么我对您的身份判断错误了，"库尔默承认道，"我以为你是这里的雇员。"

他犹豫了一下，本想再说点什么，可是没有继续下去。"您能告诉我您助手的名字吗？我也想问她几个问题。"

"好，我找一下，稍等。"

"还有您的名字也告诉我一下。"

"在外面写着呢，您刚才都干什么了？在注意女孩的胸部吗？"

库尔默回忆着。在某个记录里一定提到了这间店铺所有人的名字，下面写着电话号码，但是他没有注意到。

"如果我要是知道的话……"他开始有些激动。

"卢卡斯·万德拉舍克。人们都叫我卢克。"

"好的，万德拉舍克先生，那么现在只剩下您职员的信息。她跟您请病假了吗？"

"跟我说了。"

说这句话时卢克将一张写有他助手通信地址的便笺纸推到了柜台上，库尔默只看了一眼就发现"大街"那个单词中只写了一个"s"。埃费林·克劳泽，他读道。地址是在博恩海姆，同时他也注意到了电话号码。

"谢谢，"库尔默说道，"您可以把您的电视声开大点了。您在看什么?"

"《死亡面目》。"

库尔默想起来了,他知道这部电影,它拍摄于20世纪70年代末,这部臭名昭著的电影中充斥着真实的暴力和死亡场景,它让人产生恐惧厌恶的心理,一直被许多国家列在禁映目录里,甚至是被明令禁止的。

"知道了。这么说,你这里也有重口味电影,对吗?"

万德拉舍克没有任何表情,只是盯着库尔默看。这位警官看不出,他是否是在思考着一个答案,但是终于对面的人用一个耸肩做出了回应,然后就又凝视着电视机了。

"也不能整天都放一些做爱的东西。那样总有一天你会变傻的,而这部电影就不一样了。"

当然,库尔默心想着并忍住了讽刺的笑容,无论如何你都不应该冒这样的风险。

星期三　15点47分

会议室的地面光洁明亮,在屋子中间,桌子被整齐地摆成了一个巨大的六角形。好像在前一天的晚上,这里刚举行了一个重要会议,肯定是有人想给其他人留下深刻的印象。房间里有一个电动幕布,4米宽,3米高,平时不用时可以很方便地卷回幕布盒里。几米外是一个投影仪。通过预埋好的连接线,人们在远处就可以很方便地操作投影仪和幕布。当尤莉亚第一次巡视新的办公大楼时,她评价道,这真是巨大的浪费,不过她很快就意识到,这套装置其实很有价值。他们移走了一张桌子,把剩下的桌子向一起推了推。五个人都坐了下来，座位次序就像是之前有人精心策划过一样，塞德尔坐在了尤莉亚的右边，她的对面是库尔默，库尔默的左边是扎比内，而黑尔默则坐在了尤莉亚的左边。一开始，黑尔默和扎比内简短地介绍了他们的学校之行，尽管在那里他们找到了卡洛·施蒂格勒的教授，但是他们没有打听到任何有用的消息。接着他们谈起了 iTeX24 公司，推测着卡洛·施蒂格勒和亚历山大·贝尔特拉姆到底能有什么联系。塞德尔拿出了一张白纸，在上面分了两栏，在其中一个写下了卡洛·施蒂格勒，另一个则是亚历山大·贝尔特拉姆。接着她在名字下面又写下了以下信息：

28 岁

大学，法学

里德瓦尔德（原来住在马尔堡）

和母亲（丧偶，社会关系简单）住在一起

26 岁

高等学校，计算机科学

就职于 iTeX24 公司，从事虚拟主机和软件研发工作（尼伯龙根广场，法兰克福高等学校对面）

和父母住在一起（家庭富裕，母亲身体有病）

"内容少得可怜，不是吗？"她问道，"除了年龄和性别以外，我们几乎什么都不知道。"

"顶多还能加上一条，卡洛的母亲现在很脆弱，"黑尔默冷笑道，"也许我们应该求助于艾丽娜。"

"还是讲点实际的吧，"尤莉亚笑了笑，她用肘关节碰了碰他。"也许我们应该先仔细地从头到尾排查一遍，然后看看我们能够想到什么。"

"好的，谁来记录？"黑尔默问道。

"我来。"塞德尔说道，她向前探出了身子，严肃地看了黑尔默一眼。

"好了，"尤莉亚·杜兰特讲道，"下面我们来具体谈一谈这起谋杀案。卡洛·施蒂格勒比贝尔特拉姆的年纪要大一些，但是他还在念大学。当然，这跟他所学的专业有很大的关系，一般来说，法学学位都需要攻读比较长的时间。他搬到了他母亲那里，因此他从马尔堡转学来到了法兰克福。具体是什么时候？"

"等一下。"扎比内仔细地翻阅着档案材料。"啊，在这儿。他是在 2008 年夏季学期转过来的，最晚应该是在 2008 年 3 月份。"

"对了，"黑尔默自言自语道，"那段时间丽娃和梅森也在法兰克福。"

"是的。据卡洛的母亲说，他来到了法兰克福以后，就全身心地投入到了学习之中，材料中没有任何可疑之处，没有女朋友，而且他的母亲也强烈否定他是一个同性恋，至少目前还看不出他惨遭毒手的原因。"

"一定还有什么问题，我们没有注意到。"库尔默陷入了沉思。

尤莉亚点了点头。"但是不管怎么说，这些和贝尔特拉姆都没什么关系。如果我没记错的话，梅森案件中，他好像也没有什么疑点。"

库尔默嘟囔了一句，耸了耸肩，接着点头道："至少现在看起来是这样。"

"难道是亚历山大暗地里设计了一切，致使他们犯下罪行吗?"尤莉亚冥思苦想后说道。

"不知道。"塞德尔晃了晃脑袋，"但是我觉得这种可能性不大。你看，西蒙斯和陶贝特一直声称他们什么都不知道，他们把一切都归咎于失忆。典型的囚徒困境，你们知道，大多数情况下，两名嫌疑犯都会守口如瓶，以获得最轻的量刑。"

"照你这么说，陶贝特还真是慷慨啊?"黑尔默笑了笑。"其实他应该明白，如果当时指认西蒙斯的话，他才会获得最大利益。"

"也许只有当他百分之百确定约翰逊会继续保持沉默的时候，他才敢那么做。"塞德尔答道，她向前探了探身子，以便能够看到黑尔默。

"停，我们不是在这做哲学推理，"尤莉亚打断了他们，"事实上，法官判处他们两人最高刑罚，根据的是客观证据而不是他们自己的陈述或者其他什么。我觉得，在案件判罚上，我们和法院还从未取得过如此高度的一致。"

"海伦娜·约翰逊的刑期也不短，"库尔默补充道，"两个女孩也遭到了严厉的惩罚，12 年和 8 年，如果我没记错的话。"

"是的，"尤莉亚点了点头，"另外一个意大利女孩，她叫丽娃，对吧? 在宣判的时候，她的反应还特别强烈，现在也快服刑两年了。你们说，难道不应该把他们都关进去吗?"

本来尤莉亚还想再说点什么，但是她发现，扎比内和彼得的脸上都显得很尴尬,而弗兰克和多丽丝则紧闭着双唇,意志显得十分消沉。

"好吧,大家这是怎么了?"她不由自主地说道,她再也无法忍受这种吞吞吐吐、死气沉沉的局面了。"你们的样子就像是,我在逼着你们,谈论吃人狂魔'汉尼拔'似的。"

在和同事们进行了短暂的目光交流之后,黑尔默轻轻地说:"对不起,尤莉亚,看样子你显然还不知道,但是阿德里亚娜·丽娃已经死了。"

尤莉亚·杜兰特感到一股凉意从脚面直冲头顶。

"该死!"她咒骂道,她极力地想要恢复平静,最终,她终于成功了。她问道:"什么时候,怎么死的?"

"自杀!"扎比内避开了尤莉亚的目光,低声说道,"时间不长,就在世界杯开始之前,我甚至不确定,贝格尔知不知道这件事。弗兰克昨天告诉我的,在此之前我也不知道这件事。人们在阿德里亚娜·丽娃的牢房里发现了她的尸体,上吊,她把牢房里的床竖了起来,然后用衣服自尽了。典型的自杀。"她耸着肩补充道。

"混蛋,牢房里怎么能允许发生这样的事!"尤莉亚咒骂道。

"不是每个监狱都像我们这里那么安全,"库尔默说,"我的意思是,那是意大利南部,炎热的夏天,老旧的牢房……"

"等等,意大利?"尤莉亚打断道,可是她自己马上又想了起来。"啊,没问题了。"她示意着。阿德里亚娜·丽娃提出了许多申请,其中有一条就是,她想要在自己的家乡服刑。在今年初,法院批准了这项申请,这是尤莉亚·杜兰特所听到的关于梅森案件的最后讯息,反正后续的事情已经不归她管了。她曾无数次努力,试图把那段糟糕的记忆从脑子里抹掉,但是梅森案件就像一把达摩克利斯之剑一样,一直高悬在她的头顶,令她无法忘却。

"这又是何苦呢!"她无可奈何地叹了口气,"让我们继续研究案情吧。"

所有人的目光又回到了写有卡洛·施蒂格勒和亚历山大·贝尔特拉姆信息的纸上来。

"好了,看看我们还能发现什么?"尤莉亚接着说道。"卡洛住在城市的一端,社区居民构成单一,而贝尔特拉姆则住在别墅区,在城市的另一端。两人中一个在高等学校读书,另一个在综合型大学上学。接着来看看电脑设备。卡洛·施蒂格勒的家里有一个简单的网络接口,眼下几乎每个人家里都有这样的接口,他的家里并没有任何特殊接口,什么都没有,那么一个电脑公司对他来说又有什么用呢?"尤莉亚心想,你总不会笨到连开机关机都不会吧,接着她微微一笑。"他为什么要在家里留下这张该死的名片?"

"也许只是投放的广告?"扎比内建议道,"毕竟他家里有一份比萨店的传单,有时候人们非常愿意在他们的商品里附上附近商店的广告。"

"该死!"库尔默砸了一下桌面,"我之前怎么没想到这种可能性?"

他举起了传单,仔细地看着背面。穆里比萨:在你身边就可以加盟的比萨连锁店。下面是一只扎着围裙、戴着厨师帽咧嘴大笑的驴子。它现在有三家连锁店,一家在城东,哈瑙公路,第二家在主火车站附近,最后一家在弗里德贝格公路,就在法兰克福高等学校和尼伯龙根广场办公中心附近。

"早上的时候你检查号码了吗?"塞德尔问道。

"当然,"库尔默回答道,"三个号码中的第一个是位于哈瑙的总店,就那儿还有语音回答。"

"嗯……这么说这条线索也没有什么价值了,不是吗?"扎比内皱着眉头说道,"在城东有一家连锁店,卡洛肯定是在那里得到了传单。也许就在里德瓦尔德附近,但是谁能想到,人们会在那里为一家城北的公司发广告啊!"

"完全想不到,"库尔默附和道,"混蛋。"

"事情还没到绝望的时候,"尤莉亚说道,"就算希望渺茫,至少我们也要核实一下。会后,给火车站附近的分店打电话,问出他们的具体地址,并且带上施蒂格勒的照片去各个分店,打探一下。"

"我其实路过火车站那里的分店,"库尔默插话道,"它离那家色情商店不远,就在边上。"

"色情商店?"尤莉亚·杜兰特扬起眉头问道,"我记得那个号码,它和那家比萨店的号码差得很远啊。"

她微笑地看着库尔默,示意他继续说下去。

"嗯,好吧,"他轻声说道,"你说得没错,他们的号码的确差得很远。那家色情商店是一个又脏又烂的小商店,真是无法想象,怎么会有人有那样的品位。"

"接着说啊!"黑尔默的眼睛里充满了好奇,"既然你都已经调查了,就仔细说说。"

"啊,"库尔默挥了挥手,"里面真是什么都有。从外面来看,除了真人大小的纸板色情女王以外,那里一点也不引人注目。但是一旦走了进去，就会看到各式各样的色情光盘，骑马人，不听话的女学生，等等。"他突然哈哈一笑，"啊，当然，那里也有误入歧途的修女，弗雷德·希区柯克奇异系列：群鸟，穿过夜猫的床……"

"嗨，彼得，够了，说正事。"塞德尔打断了她的生活伴侣。接着她又马上微微一笑，态度缓和地说道："这又不是你们男人的聚会。"黑尔默咯咯地笑出了声，扎比内也咧开了嘴，就连尤莉亚也控制不住笑意。"你都听到了，彼得，"她说，"回家等着跪搓衣板吧。"

"也许今晚你只能在客厅沙发睡了。"黑尔默接着说道。

"啊，别打断我！"库尔默回击道，他挥了挥手，但是很快他也忍不住笑了起来。"你们说得对，我少数服从多数。在店里，我穿过了货架，实际上，后面还有更刺激的，很快我又看到了一批光盘，你们肯定都没亲眼见过那些东西，甚至还有各种角色扮演做爱、性虐待，哎，可以说，各式各样的做爱场面，那里都有。"

塞德尔无力地叹了口气，扎比内也呻吟了一声。

"还不止这些，"库尔默抬起手接着说道，"我想说，色情行业真是一个不错的行业，人们从店里的光碟数量就可以看出这一点。那个唯利是图的店主，穿着一身皮装，就像街上的那些机车党一样，最后又给我展示了一些特殊的光盘。

"呵呵，看样子他对你印象不错啊，"黑尔默戏弄着库尔默，"你是不是之前忘记和他说，你是刑警了？"

"不，我说了。"库尔默回答道，他挠了挠耳朵。"相反，当我和他说起我是个警察时，我觉得他对这个问题一点也不关心。他说，他整天待在那里很无聊，没什么意思，说实话，我甚至相信他的话。此外他还非常痛快地写下了助手的联系方式，一个来自于博恩海姆的女人。我马上就给她打了电话，结果发现她和她的老板一样反应迟钝。如果你们问我，我只能说，她的老板太无聊了，根本藏不住话。"他笑着补充道，接着他用食指敲了敲前额。"我觉得他的脑子也有点不正常，如果我可以这样说的话。其实一个人整天待在地下室里，以非法的色情电影作为消遣，能变成那样一点也不奇怪。"

"抱歉打断你，"尤莉亚·杜兰特说，"不过我们还是言归正传吧！"

"这不是因为那家比萨店和色情商店挨着嘛，"黑尔默马上说道，"其实如果让我选的话，比萨是我的最爱了，"他看了看手表，接着说道，"如果现在让我过去的话，我倒是非常想尝一尝色拉米火腿蘑菇比萨，看看他们家手艺怎么样。"

"我没问题。"尤莉亚起身说道。

"也许你可以顺道去一趟尼伯龙根广场。"她朝扎比内说道，后者点了点头。

"很好，那么我们去城东，"塞德尔说，"我要菠菜、戈尔贡佐拉奶酪和凤尾鱼比萨。"

"讨厌！"库尔默脱口而出，接着他就看到了塞德尔那蔑视和愤怒的目光，他又马上后悔起来，于是便轻轻地抚摩着她的胳膊，请求原谅。

"条款一：女人怀孕的直接结果就是食欲大增。"黑尔默笑着说道，扎比内也点了点头。

尤莉亚·杜兰特合上了记录本，五个人一起离开了会议室。突然她又想到了什么。

"同事们，还有一件事。"尤莉亚大声说道，所有人都停了下来，转过身子，专注地看着她。"我已经发出了一个关于亚历山大·贝尔特拉姆的公告。截止到明早9点，他就已经失踪24个小时了，到那时，我们就可以正式地寻找他了。"

"真大胆，"库尔默说道，"但是今早快到11点时，我才到他的公司。"

"但是他本来应该在9点半就上班的，"尤莉亚带着无辜的表情解释道，"而且在此之前，他的邻居在他家附近也没有看到他。这样的话，大概就是9点，不是吗？"

"这样的话，我们也可以说是8点，或者干脆说是午夜。"黑尔默说，但是库尔默眯着眼睛摇了摇头。"不，我们不应该把自己搞得那么紧张，对吧？"

"对，"尤莉亚点了点头，"在全力搜寻的同时，我们也得等待上面的批准，以便我们可以进入他的别墅，我会联系一家住宅警报安装公司。扎比内、彼得，你们明天接手这件事？"

"当然。"扎比内回答道。

"非常乐意。"库尔默确认道。

星期三　22点04分

"该死的，这个肮脏的小母狗。"霍尔格·克勒曼咒骂道，并愤怒地将他的手机扔到了副驾驶的座位上。他讨厌被替代，特别是在这种情况下，在这个特别重要的时间内。这位45岁的中年男子，额头挂着汗珠，带着悔恨的表情在他的车载电脑上键入了新的目的地。

克勒曼是鲁尔区一家大公司的外勤工作人员——这家公司经营着机械设备的连接部件，单独组件，以及一些零部件，对于外行人来说是很难进行简单描述的，其实反正也没有人对此感兴趣，而他也早已放弃了把工作描述成一种光鲜亮丽的工种的念头。他开的是公司的汽车，里面装有空调，170马力，停在大街上看起来很高档，后备箱里放有两件换洗的衬衫和一些样品箱。除此以外还有必备的旅行袋，足够几天用的内衣以及旅行必需的东西。霍尔格·克勒曼是从法兰克福的一个大工地过来的，他的下一个目的地在东部，在哈勒附近的某个地方，要求明天早上到达，在同一天他还要动身前往慕尼黑。幸运的是他的旅途只局限于共和国境内，他在周四晚上或者在周五就可以返回格尔森基尔欣，在存放好车子后，他就可以和埃莱娜以及孩子们共度一个长长的周末了。"预计到达时间是1点56分。"车载电脑里传出了声音。

该死，真糟糕，现在没时间了，克勒曼这样想道并短暂考虑了一下，他是否应该下车再返回楼上。但是他否定了这一想法。当他启动A5的时候，从这个时间开始，两个小时以后就可以到达诺德豪森。在那里，有经济条件的旅游者，即使是在工作日的午夜也是受到欢迎的，想到这里，他不想再浪费一分一秒了。

时间飞逝，时间就是金钱，联邦雇主协会是这样叙述的，霍尔格·克勒曼想起了这句话。

好吧，真不走运，维维安，他这样想着并踩下了油门。

星期四

尤莉亚·杜兰特只睡了一小会儿,就起来了,她感觉浑身无力。天气预报真是非常准确,昨晚一场特大暴雨从城市的天空中倾盆而下,等她到家的时候,全身早就湿透了。至少天气能凉爽一些了,她在心里想道。尤莉亚懒洋洋地坐在沙发上,点燃了一支香烟,打开了一罐冰镇啤酒,终于可以享受片刻的悠闲了。尤莉亚按着遥控器,漫无目的地看了两个半小时的纪录片和脱口秀,她在心里觉得,对于有些节目来说,这种巨大的平面电视机还真是有些浪费。之后,她走到了电脑旁,打开了邮箱,可惜还是没有苏珊的来信,要不给她打个电话?尤莉亚看了看时间,最终她还是放弃了这个念头。今天还是算了吧,白天经历的事情已经够多了,还是明天再说吧。

接近午夜的时候,尤莉亚又喝了一罐啤酒,但是她不准备再吸第二支烟了。她躺在床上,又是孤独一人,就像平常一样,但是在内心深处,她又想不出,眼下能和谁来分享这张孤独的大床。

这时她想到了艾丽娜，她的闺蜜，一位有耐心的心理学家。两年前，在一个极其特殊的情况下，她甚至做过一段尤莉亚的心理医生。当然，她们的关系远远不止好朋友这么简单，但是，她们永远不可能睡在一起。其实尤莉亚的性生活少得可怜，用一只手就能数得过来。上一次是在几周前，还是尤莉亚采取的主动。当时她的心里很压抑，贝格尔由于腰间盘突出反复发作，情绪变得越来越反复无常，这极大地影响了办公室里的工作气氛。而在此时此刻，尤莉亚生命里最重要的人却依然远在天边，她的父亲还在慕尼黑，苏珊也在法国。那时在办公室里，当她看到黑尔默和扎比内坐在一起，欢声笑语的时候，她甚至觉得他们就像热恋的学生情侣，让人忌妒，而塞德尔怀孕的消息又接踵而来，这让她的心头愈发地感到难受。总而言之，当时她真是精疲力尽了，她感到异常孤独，她再也撑不下去了，就像她的人生之旅即将走到尽头。

　　以前在萨克森豪森的时候，这根本不是什么问题，她穿着紧身上装，凸显着自己的曲线，来到了街边的一家小酒吧，她准备在这里为自己好好地挑选一个小伙子，然后在第二天早上，她就可以和昨夜的温存挥手再见了，不留一丝回忆。但是她对于男人的渴望，却遭到了托马斯·霍尔策的沉重打击。当他被关在监狱里的时候，尤莉亚曾无数次希望，将他过去的所作所为，悉数奉还，以报复他的强暴、折磨、蹂躏和摧残。尤莉亚甚至觉得，他就该得到这样的惩罚，但是法律并不允许她这么做。由于那次共同的特殊经历，所以当她想要在肉体上寻找一些安全感的话，还有谁比艾丽娜更合适的呢？但是尤莉亚·杜兰特从没有和她的好朋友发生过那种亲密的关系，在内心深处，她自己也不确定,她是否真的准备好了进行同性之爱,她真的想和艾丽娜做爱吗?

收音机里的闹钟怎么还没响——她把闹铃声设置成了摇滚音乐,尤莉亚看了一下时间,离六点零五还早着呢——尤莉亚把闹铃时间设置得非常精确,以便不被局里来的消息叫醒,尤莉亚爬了起来,洗了一个很长时间的澡,之后又喝了一大杯咖啡,把两片小面包再次推进了烤箱。在化妆的时候,尤莉亚从镜子里仔细地观察着另一个自己:亲爱的,你真的是精疲力尽了,她不禁对自己说道。嘴角和眼睛两边又添了几道细小的皱纹,她必须多敷几次面膜了。总而言之尤莉亚觉得自己看起来要比她的实际年龄——47 岁老得多,她知道年龄始终是她无法逃避的话题,而且仅仅过了一夜,她仿佛又老了 10 岁。其实关于这个问题,苏珊觉得尤莉亚总是在小题大做。尤莉亚从出生开始,就形成了这样的性格。"你真应该好好学学艾曼纽·贝阿。"当时苏珊这样对她说,但是尤莉亚只是皱了皱眉头,那时她还不知道这名法国女演员是谁,直到有一次,她偷偷上网查了她的相关经历。尤莉亚觉得,艾曼纽·贝阿是一个非常漂亮的法国女人,她自己怎么能够和这个女演员相提并论?

"那可不一定。"苏珊这样说道。

"好吧。"尤莉亚不怎么信服地回答道。

之后她发现了海伦·亨特,后者同样也出生于 1963 年,尤莉亚对于这个女明星倒不是很了解,但是在心里,她总是会和亨特比较容貌,尽管作为明星,后者一定进行了整容,平时还有专业的保养,但是尤莉亚觉得和她比较起来,自己还是有希望的。

将近七点的时候,尤莉亚已经准备好了一切,甚至她还吸了一支烟。她决定,今天开车去上班,因为她发现天上还是乌云密布,她可不想再次成为落汤鸡。15 分钟后,她把标致车停在了警察局的停车场里,接着又听了一会儿妮娜的歌,她微笑了一下,在心里想道:这位 1960 年出生的人,她这 50 年是多么辉煌。

尤莉亚·杜兰特锁上了车门,朝着入口的方向走去,这时她的手机响了起来。她手忙脚乱地在包里翻找起手机,直到将它拿在了手里,她连屏幕都没来得及看,直接就接通了电话。

"尤莉亚?"

"我是黑尔默,嗯,打扰到你了吗?"

"没有,完全没有。包里东西太多了,手机不好找。什么事?"

"恐怕你得快点了,亲爱的头儿,又一个受害者,是我们的邻居。"

"好的,我几分钟后就会到你那里。"

"谁信啊?"黑尔默笑了笑,"不过你最好能半个小时内到局里。"

"如果我是你的话,我一定不会拿这件事来打赌。"尤莉亚笑着说道,接着她挂断了电话。

几分钟以后,当黑尔默在办公桌前看到了他的女同事时,他简直无法相信自己的眼睛,"天啊,你是从床上直接飞过来的吗?"

"差不多吧。其实我早上 5 点就起床了。现在有时间了,快给我讲讲细节。你刚才说'我们的邻居'是什么意思?"

"赖蒙德大街 100 号,你想起来了吗?"黑尔默说,"在金海姆地区的那座高楼,就在街角。"

尤莉亚·杜兰特稍作思考。金海姆,她首先想到了法兰克福电视塔——金海姆芦笋,其实准确地说,它已经不再属于金海姆地区了。接着她又想到了尼达公园,一个非常不错的城市近郊休养之地,当尤莉亚想看到一些有别于霍尔茨豪森公园和格林贝格公园的景色时,她就会去那里慢跑。此外金海姆还有一大片居民区,那里以前曾是美军基地。现在有许多年轻人住在那里。这几年,城市的管理者们一直在宣传那里的良好居住环境,可是实际上,那里充斥着各种少年社团、毒品买卖,以及各式各样的轻微犯罪活动。

"你在想什么?"黑尔默打断了尤莉亚的沉思。

"在五楼发现一名女子的尸体,20多岁,看起来惨不忍睹。巡逻队已经把犯罪现场保护了起来。此外,报警者并没有报上名字,但是他的声音被录了下来。"

"嗯,这么说又是一个匿名电话指引我们找到了尸体?"尤莉亚打断了黑尔默。"我有一种不祥的预感。"

"我也是,"黑尔默嘟囔道,"不过,我们现在应该出发了。我刚才打了很长时间电话,才找到了保护现场痕迹部门和法医部的人。说真的,我也不想这样,本来我还计划和纳丁一起度过一个自在的、没有压力的上午。"他打了一个大哈欠,伸了伸懒腰,脊椎也跟着响了几下。

"现在你可以和尤莉亚一起度过一个令人兴奋的早上了。"尤莉亚挖苦道,接着她的头转向了电梯方向。"我们走?"

"我怎么能错过这样的机会!"黑尔默笑了笑,他跳了起来,拿起了放在椅子扶手上的亚麻褶皱西服。

"我来开车。"尤莉亚带着命令的口吻说道,她走进了电梯,黑尔默跟着也走进了电梯。

"你看,院子里停着一辆舒适的宝马车,而我却不得不去挤你那个小玩具!"他抗议着。

"怎么了,不愿意?"尤莉亚接着挖苦道,"以前没开过宝马,好不容易有机会,难道这几天你还想一直待在里面啊?"

"你就笑话我吧,我算是看出来了,"黑尔默诉苦道,"等我也因为腰间盘问题倒下去的时候,看你怎么办!"

"是啊,我这种小车还真是容不下你这个大人物啊,你还是上大车吧!"尤莉亚说道,"为了上车,我还得用起重机把你吊上去,不过我的小车可不用!"

黑尔默一时不知怎么回答,他笑着抬起头,看了看他的同事,后者还在注视着他,但是她眼里并没有恶意,相反却是一种令他很熟悉的感觉。

"哎呀,尤莉亚,"他轻声说道,"除了也许即将面对一个惨不忍睹的案发现场以外,能和你再次出任务让我感到很高兴。"

"那你觉得,我一夜都没休息好,现在又这么兴高采烈是为什么?"尤莉亚想了一下说道。在她继续说下去之前,高大、强壮的黑尔默突然向她靠了过来,无声地将她抱在了怀里,黑尔默很用力,差点让她昏了过去。

她深深地吸了一口气:"呼,现在好多了。"这时电梯门叮的一声,两个人迅速放开了彼此。

尤莉亚走在了以前的搭档的前面,后者无忧无虑地吹着口哨,她感到很高兴,她想,也许今天并不是一个糟糕的日子。黑尔默不加反抗地就走过了他的宝马车,坐在了标致车的副驾驶位置上,尤莉亚锁上了车门。

楼门开着，并没有锁，楼梯里照明很差，有一股发霉的味道，但是楼梯并没有损坏也不算太脏。相反，这比尤莉亚原来的预想要强多了。她什么也没说，用目光示意着黑尔默上楼。走在老旧的楼梯上，尤莉亚在心里暗自问自己，这些年来，在办案时，她都已经走过多少个这样的木制房屋了。几乎法兰克福所有的，她在心里开着玩笑，但是还是有许多新的木制房屋不断地出现在她的眼前。

黑尔默的表情似乎在说，看起来真糟糕。随着不断向上，尤莉亚内心的不安在不断上升。相反黑尔默倒是显得很放松，他一言不发地走在前面，并不着急。尤莉亚在心里想，也许他已经完全适应了这种黑暗中的前行，所以他才会这么不慌不忙。

五楼到了，他们经过了一段走廊，走廊两边各有三个房门。一位身着制服的警员正站在前面等着他们。在斜对面，一扇半开着的门前，另外一位警员正在和一名女士轻声地说着什么，后者的头发上别着几个发卡，她好奇地向尤莉亚这边望了望。

尤莉亚走过了黑尔默，她朝门口的警员和女士点了点头，出示了证件，接着她向最里面的房门走去。很快，她就看到了门上的门镜，以及完好无损的屋门，她在心里盘算着，看来，受害者是自愿让杀人犯进入屋内的。或者有可能，他是在走廊里遇到了受害者？好吧，让我们等着瞧吧。

"早上好，他叫黑尔默，我是尤莉亚，来自于重案 11 组。"她和另外一名警官打着招呼，后者友好地朝她点了点头。她用拇指指了指虚掩着的房门。"已经有人进去了吗?"

"三名来自于保护现场痕迹部门的同事和法医部的西弗斯博士。"对方回答道,尤莉亚不由自主地微微一笑。听到这个答案,其实尤莉亚一点也不惊讶,安德烈亚·西弗斯,当她要鉴定一具尸体时,总会第一时间赶到现场。

"啊,谁来了?"屋里的人说道,"我原以为,你现在只在办公室里掌控全局呢。"

西弗斯的语气一如既往的友好,今天甚至显得有些高兴。除了在几个电话会议里进行过交谈以外,她和尤莉亚已经有很长一段时间没有联系了。尤莉亚跟着声音进了门厅,女病理学家正在那里向安全帽里塞最后一撮头发。

"早上好,亲爱的安德烈亚!"尤莉亚说,她的语气听起来特别客气,"看起来,你也是刚到现场?"

"是的,你也看到了,我还在换衣服!"西弗斯确认道。接着她的头转向了卧室,"不穿好的话,普拉策克是不会让我上战场的。"

"战场?"

"我希望,我们没有白忙,"安德烈亚点了点头,她的手指指了指自己,接着又指了指脚面,然后又指了指头上。事实上,她现在穿着整套的保护现场痕迹部门的制服,此外又戴上了鞋套、手套和头套。

"我们也需要这么做吗?"

黑尔默跟在尤莉亚的后面也走了进来,他微笑地向西弗斯点了点头,并用疑惑的目光看着眼前的两位女士。卧室里走出来一个男人,尤莉亚觉得那可能是普拉策克,不过,她马上又觉得应该是另外一个人。这时,普拉策克戴着口罩走了过来,他朝探员们挥了挥手。

"大家早上好。请穿上鞋套,当然还要戴上手套,请你们理解,这都是为了保护现场,禁止触碰现场的物品,大家只能在规定的安全范围内走动。"

"好的,放心,我们不会破坏现场的任何痕迹的。"黑尔默的语气有点抱怨。

"当然。"普拉策克一脸严肃地耸了耸肩。"看看这个。"他从兜里掏出了一张身份证。"也许你们会感兴趣。"

"谢谢。"尤莉亚说着接过了身份证。珍妮·斯科齐,生于1987年5月23号,德绍人。才是我的一半年纪,尤莉亚的心里有点酸楚。此外照片里的女孩长得也很漂亮,她的眼神平和而又深邃,眼神里带着笑意。这时普拉策克的声音打断了尤莉亚的思考。

"在进去之前,还要提醒你们一下,"他干巴巴地说道,"如果想吐的话,请回到走廊里!"

这时,尤莉亚和黑尔默还在普拉策克他们带来的箱子旁,他们正在箱子里挑选着一次性工作服,而安德烈亚·西弗斯已经走进了卧室。

"我的上帝啊!"里面传来了她惊愕的呼喊。"这里简直就像食人连环杀人魔杰夫瑞·达莫来过一样。"

听到这里,尤莉亚·杜兰特真想停下脚步,但是她还是急忙向卧室走去。

"我一点也不明白,怎么了,安德烈亚,让我……"尤莉亚看到了卧室里的景象,一时说不出话来。

屋内血迹斑斑，床上和床边到处都是被肢解的尸体，胳膊和大腿都被卸了下来。

尤莉亚的脸色变得很苍白，险些跌倒在地，她带着求助的目光看着黑尔默，后者的状态显然也不是很好。尤莉亚感到了强烈的呕吐感，但是她还是努力试着使自己平静下来。过了一会儿，她感到这种感觉终于慢慢减弱了，她又鼓足了勇气，看了一眼案发现场。尤莉亚控制着她的呼吸，一次，两次，完全地平静下来。

"怎么会有人做出这样的事情？"她惊慌地低声说道。

"真是只残暴的变态猪！"黑尔默接着说道。而安德烈亚·西弗斯什么也没说，她还蹲在被肢解的尸体中间。接着她站了起来，身后一个工作人员走近了尸体，他举起相机，将这恐怖的画面拍了下来。

"现在我来测体温，"西弗斯说，"根据目前的状况，我准备对肝脏进行测量，不过首先我必须要说一句，我要把碎块清洗一下，然后再把它们放在一起，我的意思是，眼下存在任何可能性，我必须要核对一下，看看肝脏是否缺少什么，你们知道，说不定凶手是一个食人者，或者……"

"谢谢，我已经好点了，"尤莉亚·杜兰特示意道，"你就放心地做你的工作吧，我想，我们已经看够了。"

黑尔默刚刚和普拉策克低声耳语了几句，他也确认地点了点头。"是的，我们准备出去了。我的上帝。真受不了。他们会把全部过程都拍下来，我们也没必要一直在这看着。"

"那我们再去房间里的其他地方看看。"尤莉亚软弱无力地说。

他们在客厅里进行了搜查,找到了一部关着的手机,他们把手机放在了证物袋里,当然,他们必须先把它送到物证组,笔记本电脑也是如此。屋内并没有固定电话,厨房和客厅都被打扫得干干净净,看起来整个房子就像是刚刚进行过大扫除一样。

"你想到了什么?"黑尔默轻声地问着尤莉亚,后者正站在一个酒柜前。

"我觉得,我真想喝一杯。"尤莉亚紧咬着双唇脱口而出。傻瓜,她在心里咒骂着自己,但是黑尔默看起来并没有被她的话所触动。她意识到,她真不该说出刚才那句话,几乎没有人比尤莉亚更清楚,由于酗酒黑尔默曾经差点失去一切。一个好朋友,尤其是像尤莉亚这么近的关系,真不该说出这样的话。

"听着,弗兰克,我不是那个意思……"她满怀愧疚地说道,但是黑尔默只是轻轻地拍了拍她的胳膊,然后打开了酒柜门。

"没事,尤莉亚,那件事早就过去了,"他说,"我也经常听到这样的话,但是我并不计较,请相信我,"他叹息着,"眼下的情况的确很糟,真不知道该说什么好。"

安德烈亚·西弗斯急急忙忙地走了过来。"好了,我已经做完了初步检查。"

她把头套拿了下来,又脱下了工作服,袖子和上衣染上了几处血迹,最后她又摘掉了手套。

"眼下在这里,传统的尸检项目根本没法做,"她说,"等普拉策克的人把尸体碎块装好,并给我送回去,我就可以在解剖台上进行剩下的检查了。目前得到的结果是:这个女孩至少已经死亡了 24 个小时,可惜现在我还不能说出更准确的时间。受害者的头颅必须进行彻底清洗,因此现在我也无法提供脸部宝丽莱快照。如果你们着急的话,我回去马上就做,不管怎么说,这个案件肯定会被优先考虑,博克教授一定会支持我的。"

"是的,这的确很重要,"黑尔默点了点头。"到目前为止,我们在房间里没有找到任何照片,当然这还需要同事们再仔细复查一遍,这背后一定有什么原因。优先处理这件事会对我们很有帮助,而身份证上的照片其实用处并不大。"

"好的,我会把她从头到脚都拼好的,"西弗斯带着调侃的语气说道,"一块一块的,如果有必要的话。"

"安德烈亚!"黑尔默带着责备的目光说道,但是很快他自己也笑了一下。他摘下了手套和鞋套,尤莉亚也跟着做了同样的事情。这时,她突然想到了西弗斯之前说过的一句话,她又喊住了女法医。"安德烈亚,等一下,在我进卧室之前,你提到了一个名字。你能再重复一遍吗?"

西弗斯皱了一下眉头。终于她的目光又变得明亮了起来。"啊,我刚才提到了杰夫瑞·达莫,对吧?对不起,这只是病理学家之间的一个小笑话。当我们看到了一次血腥的杀戮,我们总会拿出那个臭名昭著的连环杀手来比较一下。嗯,一块块的尸体碎块让我一下子想到了杰夫瑞·达莫。如果你现在还不知道我说的是谁的话,那你回去真该好好补补课了。"

尤莉亚·杜兰特当然知道西弗斯说的是谁。臭名昭著的变态杀手杰夫瑞·达莫,被世人称作密尔沃基怪物,他一生杀了20多个人,他将受害者肢解、焚烧或者扔到硫酸池中处理掉,手段极其残忍。后来,在上世纪90年代中期他被人杀死在狱中。尤莉亚那时刚被调到法兰克福刑警科,所以她清楚地记得这件事情。

"嗯……你简直就是犯罪现场记录器啊!"尤莉亚的声音里带着一点讽刺。"无论什么时候,只要出现了一具尸体,你都会想到一个相类似的连环杀手。"

"哦,但是你也不能否认,大多数连环杀手都会从过去获得灵感。就在几年前,我们不还……"

"当然,这点我也同意,"尤莉亚承认道,"但是对于系列案件来说,首先我们不能只找到一具尸体;第二,我觉得我们不应该在隔音如此不好的房间里,大肆谈论连环杀手。"

"好的,明白。"西弗斯把手指放于唇前,笑了笑。"从现在开始,我会和我们的当事人一样,保持沉默。"

"你能再谈谈那把撬棍和弯锯吗?"黑尔默问道,"真够特别的,是那个杂种特意留在现场的吗,还是?"

"不知道,"西弗斯耸了耸肩,"但是对于我来说,它们并不是什么专业的精密工具。"

"凶手可以使用这种锯把别人的大腿割下来吗?"尤莉亚感兴趣地问道。

"如果不加上高浓度强酸的话,是不可能的。但是我们在现场确实发现了这种物质。所以这是有可能的,而且锯条也足够锋利。现场的碎块太多,因此还要等上一段时间,直到我在实验室里完成分析,具体报告才能出来。令我担忧的是,"她接着说道,"是另外的事情。其实人们在任何地方都可以买到这些小工具——撬棍和弯锯以及防护服,为了避免强酸的腐蚀。我的意思是,你看看我们的工作服,在建材市场,在画廊都可以搞到这种东西。当然,从这些地方买来的衣服并不算是医疗级,但是只要使用者足够小心,那么它也完全可以应付强酸。只要不到

10 欧元就可以买到这种服装。撬棍和弯锯也差不多只需要花这点钱。我想和你们说的是,说不定有一个人正在做手工,突然间他突发奇想,不想再做手工了,而是想要肢解一个女人,于是他就带着手头的工具以及风镜和洗涤剂冲上了 A611 高速公路,直奔这里而来了。"

"哎呀,你这个例子也显得太牵强附会了,"黑尔默质疑道,"但是原则上我明白了,关于作案工具这条线索,基本上没什么用。除非我们能找到一个符合所有物品的收款收据。"

"但是即使在建材市场里面找到了收款收据,那上面也没有凶手的指纹。"尤莉亚说道。

"当然。但是我们还可以问问收银员和市场里的人,也许他们会记得什么。"

"好吧,但愿有点用,那就派巡警们去查查吧!"尤莉亚叹息道,其实在心里,她连最微小的希望都没抱。

当两个人到了楼外,尤莉亚问黑尔默:"你知道现在我想干什么吧?"两个人刚才决定,到楼外呼吸些新鲜空气,以便缓解压抑的心情。此外他们也不想打扰普拉策克的队伍,他们现在正在处理其他房间。

黑尔默点了点头,表示同意,接着他从兜里拿出了一包皱皱巴巴的香烟。"哦,你好!"

一位年轻女士从他们的身边挤了过去,很显然,她的心情并不好,因为无论是她推着的婴儿车里的宝宝,还是手里拉着的四岁大的儿子,都在大声地哭喊。黑尔默看了看尤莉亚,两个人都叼着烟微微一笑,尤莉亚猜到了他在想什么。他们一言不发地目送着这位年轻母亲向远处走去,直到她消失在街角,但是他们仍能听到孩子们的吵闹声。

"你觉得,明年这个时候,他们两个人中谁会来干这种事情?"尤莉亚问。

"肯定是彼得。"黑尔默说。

"为什么这么说?"

"你再想想他们两个人,谁说得算,就明白了,是吧?"

"我不知道。说不定到时候多丽丝母性本能爆发,在接下来的三四年里,整天都陪着孩子,那时我们再想见到她会很困难,除非我们过去看孩子。"

"当然。那彼得可不行,他总是愿意到处跑。"

"多丽丝也不想,"尤莉亚接着说道,"但是毕竟这是她的第一个孩子,到时候她肯定是事无巨细的。另外还有一点,一个固定的生活伴侣,我的意思是说这么稳定的关系,现如今已经不多见了。此外,多丽丝的年纪也大了,他们的物质基础也很牢靠,这是人们无法忽视的。"

"想一想就很滑稽,"黑尔默坚持着自己的观点,"彼得·库尔默,一个传统的大男子主义者,在蔡尔大街上,满头大汗地、手忙脚乱地给他大喊大叫的女儿换尿布。"他咯咯地笑了起来。

"你真讨厌。"尤莉亚说着也笑了起来。她四下找寻着烟灰缸,但是身边只有一个刷着红色油漆的瘪了的垃圾桶,里面的塑料袋里装满了垃圾,都已经溢了出来。尤莉亚把烟头扔在了地上,并踩灭了它。

"你还有烟吗?"她轻声问道。

"还要?"黑尔默说道,接着他吸完了最后一口烟。"超量了吧?"

"我没数,最近几天都没数。"尤莉亚承认道。

"我这包烟从厨房里拿出来都快两个星期了,今天才快抽完。让我看看,还有几根?"

黑尔默从烟盒里拿出了两支烟,尤莉亚看到,里面只剩下最后一支了。

尤莉亚点燃了一支烟,深吸了一口,又缓缓吐出,她叹息道:

"相反有些人,在这种时刻总是不停地向嘴里塞巧克力或者糖果。但是说实话,看到了刚才那种场面,你还吃得进去东西吗?"

"当然不能。但是即使这样,烟也不是一个好的替代品,相信我。"黑尔默拍了拍自己的屁股。"像我们这种年纪每吃一克甜品,都会长 10 倍分量。"

"我知道,谢谢你!"尤莉亚简短地回答道。

"好吧,我们换个话题,"黑尔默有些让步地说道。"我们现在干什么?"

"你回家吧,休息一会儿,最好睡一觉,接下来还需要你呢。我会在局里等安德烈亚的结果,给施雷克打电话,让他尽全力检查一下手机和电脑。"

"别忘了还有录音。"

"你说报警电话?"她皱着眉头问道,"他们会在控制中心那儿查的,从哪打的,他们都会查的。"

"你记着就好了,我只是提醒一下,"黑尔默回答道,"又是一个匿名电话,报案者当然不会说出名字,可是……"

尤莉亚很敏感。"你的意思是不是说,它和之前的匿名电话有联系？"

"其实不是，"黑尔默否认道，"不，如果你这样问的话，我想说，它们之间还真看不出有什么联系。我只是很好奇，为什么有人发现了一具尸体之后，却要匿名报警。我的意思是，举个例子，如果是邻居发现的话，他用不着匿名啊。"

"我们会知道答案的。"尤莉亚·杜兰特说。

星期四　9 点 25 分

用了一张特殊的密码卡，一位当地保安公司的工作人员就解除了别墅的警报系统。他在几分钟前才到，上气不接下气地、闷闷不乐地说了声抱歉。扎比内·考夫曼和彼得·库尔默已经在夜莺路等得不耐烦了。库尔默深知，难以避免的，这会引起附近那位警惕的女邻居的注意，但是到现在为止她还没有露面。准确地说，其实她并不会让他感到特别生气。

"那么，你们可以进去了。"这个保安嘟囔着说道，他是一个年轻人，不到 30 岁，深色短发，他的肩膀很宽厚，长得矮而结实。他穿了一套制服，一双深蓝色的运动鞋，裤子要短上几公分，在他的马甲上有他们公司的刺绣商标，十分惹人注意，一个绣在前胸上，第二个是以大写字母的形式绣在了后背上。

"如果人们去不了警察局，那么他们就会去保安公司，在那儿他们会得到一套时髦的装备，这会让他们觉得，自己就像 FBI 似的。"当这个年轻男子刚从他的车里下来的时候，库尔默就这样对他的女同事小声说道。

"谢谢，"库尔默对他说道，"那么之后该怎么重新把门锁上呢?"

"这取决于你们需要多长时间。"这个保安回答道,并且带着一副满不在乎的表情。

"好问题,"库尔默说道,"那么请您在外面等几分钟,我们一旦检查清楚之后,就通知您。"

"嗯。"这个保安难受地走下楼梯,坐在了最下面的台阶上,然后啪的一声打着了汽油打火机,给自己点燃了一支烟。

"那么我们?"库尔默问道并推开了门。

"女士优先。"扎比内回答道并从他的身旁挤进了进去。

"注意啊!"库尔默说道。毕竟他是这一组的男士,而且他以前来过这幢房子。但是扎比内已经站在大厅里惊叹了。

"哇!"她轻声感叹道,她的同事这时已来到了她的身后。"好漂亮的家啊。"

"我觉得有点摆阔了。"

按照安全记录的显示,警报系统自从周二就没有再解除过,警报器被安装在门上边的架子上,上面清楚地显示着 19 点 48 分的启动时间。能够进入这间屋子的,除了亚历山大·贝尔特拉姆就只有他的父母和一家清洁公司,他们都有各自专用的密码以供使用,以确保可以掌握他们每个人进入房屋的情况。因为他的父母现在正停留在欧洲的另一边,而保洁人员按照计划要下周才会再来,所以毫无疑问的是,亚历山大·贝尔特拉姆一个人离开了房子并且锁上了它。同样几乎可以肯定的是,不会有人在房间里等着他们,尽管如此库尔默还是提醒自己要小心。

"我们有顺序地一起行动吧!"库尔默提议道,扎比内没有反对。

这里很凉爽舒适，但是空气闻起来有点不新鲜。也许是因为楼下不通风的缘故吧，库尔默猜测。他想了起来，亚历山大·贝尔特拉姆的房间是在这个房子的上层，位于房顶下面的一整层。

很显然楼下自从 2008 年以来没有什么改变，他们一个挨一个地打开了房门，只有楼梯下面通往地下室的一扇门被锁上了。库尔默询问性地朝楼上点了点头，扎比内表示同意，然后他们就顺着楼梯向楼上走去。他们没有注意到那个小型传感器，亚历山大将它隐藏得太好了——毕竟他不只要隐瞒他那善良的母亲，还要防范他那位警惕的将军的敏锐眼神。而那些粗心大意的清扫人员有时甚至就站在这个传感器的前面。

"这里没有人。"在她把头伸进贝尔特拉姆的卧室里时，扎比内这样确定道。库尔默则到浴室里看了一下，也得出了一样的结论，于是他们犹豫不定地站在楼上的楼梯平台上。

"我建议，我们从这里开始。"扎比内询问性地看向了她的同事。"毕竟这里是他的地盘，不是吗？"

"当然。"在两年前库尔默就已经对此感到很惊讶，一个像亚历山大·贝尔特拉姆这样的男孩居然还一直住在家里。房间不小，这是当然的，但毕竟还不是一个配备齐全的公寓。在母亲那儿吃饭，还有设置好一整晚都保持工作的警报装置的父亲，嗯，我不知道，要是我在 18 岁的时候，这简直能让我疯掉。

"我们必须要通知一下那个保安，"他简短地补充道，"我马上就下楼。"

"好的，那么我再设法了解一下这里的情况。"

库尔默小心翼翼地走下木质楼梯，打过地板蜡的木质地板闪闪发亮,他穿过入口的区域,眯着眼睛来到了日光下。屋里本来就不太明亮,但是直到现在他才意识到,这个别墅里是多么的昏暗。库尔默伸长了脖子,想要在那辆停在路边的车子里找到保安的身影,但是他没有发现任何踪迹。他离开了这个地点,向右走去,在那边他注意到了街道另一边有一个移动的人影。哦,不,请不要现在出现,他在心里乞求道。看来与克拉拉·冯·迪特恩再次进行谈话似乎是他现在不得不做的事了。

由于保安公司在汽车的车窗上贴了薄膜,所以直到最后一刻库尔默才从后视镜里看到,方向盘后确实还坐着一个人。然后他也闻到了烟草的味道,那是从其他摇下的车窗里传出来的。他走近了那辆黑色的奥迪载人运货两用车,那个保安无聊地冲着他眯起了眼睛。"怎么了?"

"我们还需要一段时间,"库尔默解释道,"最好是这样,如果我们完事儿的话,可以给你打电话。"他思考了一下。"或者我们可以自己将那个装置复原吗?"

"能。"这个保安说道。又是经典的一字句,就在库尔默被气得刚想发作的时候,那个男人又继续说道:"你们可以用密码完成这件事。这是另一种解密方式,你知道吗,在大家没有密码卡的时候,就可以用这一方法。毕竟这装置原本就是电子的。"

"是的,这能够帮助我们。"库尔默点了点头,坏笑着提高了嘴角。现在你触动他了,他是这方面的专家,他想道。有时候需要一种正确的引导,才可以促使别人提供服务。

保安在一张黄色便签纸上潦草地写下了四个数字,9－1－7－3。

"给你。一串经典数字。"他奸笑道。

"怎么说?"

"哦,你仔细想一想那个密码输入器。9－1－7－3是键盘四角的四个数字。当人们按顺序输入它们的时候,这会形成一个符号×,而8－2－4－6是相对的密码,他们形成了加号,人们大多会设置这样的密码,你无法想象有多少系统都使用这样的符号。"

"至少这让人很容易记住。"库尔默赞许地微笑着,在这方面,他不得不承认,他还从未发觉,"×"和"＋"的深层含义有可能还代表着"关"和"开"。

"当然,"保安点了点头,"但是如果每个人都使用这种密码,那真是人们可以做的最愚蠢的事情了。所以这个系统才会比较贵一些,因为它编制了最好的程序数据。我认为,锁门密码应该还是没变,但是其他密码应该早就让老贝尔特拉姆改过了。"

"那个老战士,对吗?"库尔默这样评价道。

"是的,他在这方面有着丰富的经验。"

他们道了别,然后库尔默返回了别墅。

在楼上,扎比内·考夫曼站在一个深色的五斗橱前,她俯身看向了五斗橱的抽屉,这是一件殖民风格的老式家具,毫无疑问这绝不是现在那些在网上可以轻易买到的廉价仿品。下面的双开门后放了几件T恤衫、一件连帽运动衫和两条蓝色牛仔裤,位于柜门上面的抽屉内放有内衣,在一侧是每双都卷好的袜子,从白色的网球袜到深色的羊毛袜依次摆放,在右侧则放置了运动短裤和内裤。一个整齐的年轻人,扎比内在心中这样评价道。像袜子的摆放一样,T恤衫和内裤也进行了细心的分类。但是他家一定有家政人员，也许是别人替这个年轻人做了这些事情也说不定。不过对于她来说最关心的，不是在一个装满干净内衣的五斗橱中寻找线索，而是发现任何一个能够透露消失的亚历山大·贝尔特拉姆现在人在何处的信息。她轻轻地关上了抽屉，鼓励着自己继续搜索。她不抱希望地查看了底层，那里除了一个粗糙的钉子以外，没有发现任何东西。

"好吧继续。"她轻声地叹息道，然后转向了衣柜。那是一个非常精美的庞然大物，这让女警官眯起了眼睛，挠了挠下巴，深思熟虑了起来。不知怎么，在楼上的这一切看起来是如此的不相称，这里几乎没有什么个人物品，好吧，在床旁边有两本书，但是除此以外这个房间看起来更像是一个居住多年的酒店客房。墙上的日历还是 2009 年的，上面已经没有了纸张，唯一一张泛红的照片，很显然是一张贝尔特拉姆夫妇和他们大约 15 岁大的儿子的合照，床铺被整理得很整齐，在床边附近既没有鞋也没有衣物。扎比内想起来，刚刚在浴室的时候，除了看到了一块银色手表以外，其他的部分也是那样的一尘不染。

沉重的柜门发出了吱嘎的响声，不过这声音比扎比内预想的要小多了。这个衣柜很巨大，应该是大上个世纪的产物，她这样推测道，并且闻起来有少许樟脑球的味道。衣架的左侧悬挂着几件非常干净的西服上衣，在旁边的隔层里放着手套、围脖、围巾和两顶米色的棒球帽。右侧挂着一件大衣和一件浅色夹克，除此以外在中间还有一套深色的西服三件套，看起来既优雅又昂贵。扎比内甚至有了这样一种感觉，现在是身处一家男装店而不是在一个年轻人的卧室里。她刚想关上柜门的时候，听到了一个声响。就在这时传来了库尔默的声音，穿透了整个房子。

"扎比内？我回来了！"

十五分钟后，库尔默关上了亚历山大·贝尔特拉姆卧室的电灯。他和他的女同事已经搜查了所有东西，他们把床垫抬起来过，查看过柜子的下方和镜子的后面，甚至将全家福照片从相框里取了出来。在浴室柜里也检查过是否有药品，除此以外他们捏着鼻子查看了垃圾桶，但是在那里除了一个空牙膏管、几个一次性刮胡刀和用过的卫生棉之外，没有什么不寻常的东西。

"好吧，我们出发去楼下。"库尔默叹息道并用相应的手势示意他的女同事优先去楼梯那儿。正在这时他听到了一个声响。

"嘘！"他低声说道并举起了手。扎比内停止了动作并疑惑地望向他，他伸长了脖子仔细倾听着。什么也没有。

"我发誓，刚刚有个声音。"库尔默皱着眉头解释道。

"好像听到哨声？"他的同事眼光发亮地问道。

"是的，没错。只是刚刚的声音非常短。你也听到了吗？"

"之前有听到过，我也不太确定。"她摇了摇头。"就在你再次上楼之前，紧连着，但是从那以后我就再没听到过。"

"嗯，奇怪。"库尔默若有所思地转动着眼睛。"我们两个人都出现幻听的情况应该不会发生，你说呢？"

"不会，不可能我们两个人都大脑不正常吧。"扎比内轻拍了一下额头，然后她又理性地说道："但是没有人知道，在这幢房子里哪里安装了什么设备？热水器，定时钟或者，最糟糕的是，那个报警装置又恢复了运作。"

"没有，要恢复的话还需要一个密码。"库尔默回答道。

"但是我们分析一下。假设在这里的任何地方有嘤嘤声，或者口哨声，或者鸣叫声……但是最不可能的就是这间房间，不是吗？"

"最好这里是没有，但是哪里可能有呢？"扎比内疑惑地问道。

"呃，在浴室里，也许你提到的热水器是有可能的。"库尔默总结道。

"好，那我们检查一下吧。"

他们急忙来到浴室，蹑手蹑脚地，希望能够再次听到那个声音。扎比内查看着镜柜，也检查了柜子后面是否有东西。库尔默的目光一直在天花板上游移。最后在浴盆的上方，斜面天花板的下方他发现有一个通道门，是很专业地由瓷砖铺砌而成，如果不注意看的话是几乎无法发现的。他估计尺寸有 60 厘米高和 40 厘米宽，六块长方形的瓷砖构成了两排。在其中一块瓷砖上有一个洞口，他将手指插了进去，又拔了出来。扎比内早已站在了他身旁，目光越过他的肩头好奇地探视着。随着咔嚓一声，磁铁的关闭装置脱落了。库尔默很失望，因为在通道门的后面，除了大量的蜘蛛网以外，只有一个关闭水阀和几条被隔离的管道。

"妈的！"库尔默失望地脱口而出，然后他望向了身后的女同事。扎比内紧压着嘴唇耸了耸肩膀，两个人都放弃地叹了口气，接着库尔默再次把那个小门关上了。

恰恰在这个时候，两位警员突然被吓了一跳。那个声音又响起了，是沉闷的唧的一声，只响了一下，可是十分清楚。

"哈!"库尔默叫道并跳了起来。

"这绝不是幻听!"扎比内判断道。

"不在这个房间里,听起来声音很沉闷!"库尔默思索后说道。

"那么在隔壁?但是是从哪里发出来的呢?我们刚刚明明更清楚地听到了。"

"不知道,我们出去找找看!"

他们换到了亚历山大的卧室里,在房间的中央静静地站着,警惕地倾听着,没有开灯。

"它一定有某种时间间隔。"扎比内低声说道。

"它不会是一种一次性的信号,因为它响了很多次了,但如果是间隔几分钟响一次的规则声音的话,我们应该早就发现了。理论上不会有人将发声装置解除,所以如果我们在这里等待足够长的时间的话,也许就会有机会了。"

"我在这儿没有挪动过一毫米的位置。"库尔默回答道。

在他看来,他太希望这会是手机信号的声音,它敦促着手机主人,赶紧给他的手机电池充电。

唧!

"那里,在柜子里!"扎比内喊道,库尔默打开了灯,然后她跳到了衣柜前。

"声音听起来和在浴室里听到的一样闷。"他嘟囔着说道,"也许有部手机在哪个衣兜里。"

他们一起一件接一件地检查起衣服来,扎比内首先拿出了西服上衣,然后是夹克,库尔默搜查着每个衣兜,然后将检查过的东西都堆放在了床上。

"最后的机会。"在他的女同事将大衣递给他的时候,她这样宣布道。但是在他将手伸到衣兜里之前,唧的一声再次响起。

"在那里面。"扎比内脱口而出,她兴奋地指着空荡荡的柜子。"我现在就爬进去,柜子里虽然什么也没有了,但我们可不是门外汉!"于是她弯下身,而库尔默紧张地注视着她,同时他也没有忽略掉,扎比内展示出来的姣好臀部。集中精力,他斥责着自己。他的女同事将手伸到了衣柜里的木板上,然后她将上身又向里面挪了挪,紧接着她又伸出了另一只手在木板上来回拨弄着。"你需要一个手电筒。"库尔默听到她这样咒骂着,然后她手机的大尺寸显示屏亮了起来,接着整个衣柜的内部被笼罩在了蓝色的微光中。"好吧,这个勉强还够用。"

"要不要我再回车里一趟?"

"不,不用了。"她喘息着,"木板和房间里其他部分一样干净……等等,"扎比内的声音变得有些激动。

"这是什么?"库尔默从他女同事臀部的旁边挤了进来,试图要一看究竟。扎比内转向他,用手指了指后墙。

"看这里。"她用食指的骨节敲打着那块深色的,不平整的木板。声音听起来很沉闷,但是并没有特别奇怪的地方。

"你指的是什么?"

"你等一下。"

扎比内继续敲打着,并持续转换着敲打的位置。这时库尔默终于辨别出了声响上的不一样。一个荒唐的念头一闪而过,正在这时,一声再次响起的唧声将两位警官吓了一跳,扎比内快速抬起的头差一点撞到了库尔默的膝盖上。这个声音听起来明显近得多也清晰得多,但尽管如此,好像还是有一段距离。就在彼得·库尔默绞尽脑汁思考着,在衣柜墙的后面隐藏着一个秘密空间是多么令人意想不到时,扎比内·考夫曼已经撞开了通往亚历山大·贝尔特拉姆密室的暗窗。

星期四　11 点 40 分

所有人都聚在了贝格尔的办公室里,除了弗兰克·黑尔默,尤莉亚不顾后者的反对,让他回家休息了。

当尤莉亚把车子停在了警局停车场里的时候,黑尔默说道:"晚些时候你可以打电话。"尤莉亚接着说道:"我会给你发电子邮件的,但是明早之前别再回局里了!"

其实很长一段时间以来,黑尔默一直感觉到很累,只不过他从来不曾抱怨。

"好的,我明白,毕竟你是头儿。"

接着黑尔默关上了副驾驶车门,离开了尤莉亚的小型车,他没精打采地走向了他的宝马车。这大概是 20 分钟前的事了。

尤莉亚看了看表,她决定至少应该等到 12 点再联系安德烈亚·西弗斯,不过即使这样,也许给她的时间还是太短了。当这位坚强的女法医把受害者的尸体碎块带到法医部的时候,博克教授一定会大喊出来。尤莉亚甚至觉得,也许西弗斯正边吃着午餐,边做着调查,不,她又转念想道,即使是西弗斯也是有底线的。尤莉亚心里很清楚,这种极端职业更需要缓解工作压力。尽管人们对于法医总是很不理解,不是冷嘲热讽,就是觉得他们麻木不仁。但是西弗斯工作起来总是很认真,而且她也取得了很好的成绩。她觉得与尸体打交道很正常,尤莉亚对于她的某些古怪行为也感到很适应,而对于博克教授那种变化无常的冲动性格,其实尤莉亚也早就妥协了。

"好了,还有一点,"尤莉亚接着说道,"匿名电话是从案发地点打来的。同样是一名年轻女性,也许是受害者的朋友,可能出于某种原因,她不想透露姓名。在录音里,她的声音听起来非常担心,着急,关于报警电话的分析目前就这么多。我们会到现场去查一查,是谁打的电话。我知道,大家心里很难过,凶手非常残忍,而且很病态,但是现在无论如何我们也得坚持下去。"尤莉亚·杜兰特的目光环视着在场的人。彼得搂着多丽丝,后者的脸色很苍白,一动不动地坐在椅子上。扎比内坐在那里呆呆地出神,也许她正在想象案发现场的样子。会场一片寂静,过了一会儿,彼得·库尔默终于打破了沉默,他说:"哎,我们真是很长时间没经历过这么血腥的杀戮了。"

"是啊!"多丽丝含糊不清地说着。尤莉亚觉得,一定是怀孕让她变得这么敏感。其实多丽丝·塞德尔以前一点也不多愁善感,在她的职业生涯中,还没有什么事能够让她惊慌失措,但是现在她表现得就像一个害怕的小姑娘,无助、震惊,感觉身边充满了危险,而不久后,她那更加柔弱,更加无助的孩子就要来到这个可怕的世界上,面对一切。

"要不你回家吧?"尤莉亚坦率地问道,"没问题的,我们在这儿顶着,如果有什么需要的话,我会随时寻求帮助的。"

"不,已经好多了,谢谢!"塞德尔笑了笑,"我现在想听听,彼得和扎比内发现了什么。"

"我也想听听!"尤莉亚·杜兰特重复道,她看向了彼得和扎比内,催促道:"快点,说吧!"

听着扎比内和库尔默的汇报,尤莉亚感到很吃惊。

当扎比内说道,她是怎样发现密室的隐蔽入口时,尤莉亚笑着说道:"你们这真是一次不折不扣的'破门而入'啊。"

"是啊。除了幸运以外,我再也想不到用什么词来形容这次调查了。当我们再次检查房间的时候,我们发现,只有空调的蜂鸣音显得比较可疑。"

"等等,你们能再给我讲讲是怎么回事吗?"塞德尔请求道。

"当然,听好了,"库尔默迅速地说道,"密室里根本没有窗户,或者相类似的东西,屋内很闷热,只有一个一直在嗡嗡响的小型立式空调,它的排气管接入了一个老旧的烟囱井。我又仔细想了想,其实这个装置除了可以制冷,还可以除湿。而当它的水箱满了以后,这个机器就会自动关闭,从而失去调节空气的作用,并且每隔几分钟,它都会发出蜂鸣声,直到人们把水箱清空为止。当时虽然鼓风机一直在工作,但是房间里很热,这说明空调已经失去了制冷效果,水箱一定已经满了很长时间了,所以它就会发出蜂鸣声。明白了吗?"

"是的,谢谢。"塞德尔点了点头。"你们真是走运啊。"

"是的,的确是这样,"扎比内紧接着说,"不过有一点可以确定,尽管贝尔特拉姆一直装出一副妈妈的乖乖仔形象,但是我想说的是,其实他一定做了不少坏事。"

"好的,好的。"尤莉亚试图止住同事们的滔滔不绝,"尽管你们刚才的叙述中提到了一点密室的情况,但是我想我们应该接着具体说说了。你们发现了密室,里面有一个空调,还有一台高配置的电脑,然后呢?"

"准确地说是一个带有两块显示屏的电脑,"库尔默补充道，"此外还有一台多功能视频装置，一台崭新的笔记本电脑，看起来还没有用过，甚至还有一个小保险箱，当然是锁着的。不过一名保安已经打开了它，保护现场痕迹部门正在整理所有的物品，估计他们很快就会上报。"

"你们中有人打开电脑了吗？"尤莉亚问道。

"没有，当然我们尝试过，但是在进入系统之前，需要输入验证密码。"

"该死的主板保护。"扎比内皱着眉头说道。

"好在还有摄像机。"库尔默笑了笑。

"摄像机还和电脑连在一起，USB数据线还插在电脑上。这表明，使用者曾经把存储卡或者摄像机内存里的数据传到了电脑上。通常人们会通过剪切的方式来删除原来的数据，或者在传输以后，人们也会删除原数据，这样摄像机内存里或者存储卡里就没有数据了。但是事实上，只要这些存储空间没有被新的数据占满，那么原来被删除的数据就还是很有可能恢复的。"

"正是由于这个原因，摄像机已经被送到电脑部了。"扎比内笑着补充道。

"很好，那么不久以后我们就可以得到结果了。"尤莉亚点了点头。"在那以前我非常想听听，你们的比萨店之行。"

"味道很不错，"库尔默马上说道，"事实上，到目前为止，还没有什么联系。我们把施蒂格勒的照片留在了店里，让他们给昨晚那些没有上班的员工看一看。"

尤莉亚若有所思地点了点头。今天早上她从黑尔默那里也听到了类似的话，当然还有很多关于比萨的细节……

"这与弗兰克在火车站区域的经历差不多。"她告诉其他人，"也没有什么结果。只剩下弗里德贝格的分店了。"所有人都带着满怀期待的目光看着扎比内，但是她也摇了摇头。

"对不起，伙计们，看样子我们不能指望这条线索了。我也觉得这家店味道不错，我推荐大份的金枪鱼沙拉。"

"一定要加上调味汁、鸡蛋和番茄。"库尔默笑着嘟囔着，多丽丝·塞德尔用胳膊肘儿碰了碰他。

"嘿!"尤莉亚大声地说道，今天到目前为止她还没有这样激动过，就好像心情不太好一样。她感到很疲惫，血液在太阳穴里激烈地涌动着，但是对于今天的进展她还是有点期待的。

"对不起，我们言归正传，"扎比内马上道歉道，"我同样也出示了照片，没有反应，我接着又问他们，是否给那家电脑公司送过比萨。他们的老板，或者说是一位至少看起来像是老板的人——因为他在那里管理着其他员工，想了起来，他们确实曾经给尼伯龙根广场办公中心的 19 层送过货。但是他们并没有跟 iTeX24 公司合作过。"

"至少有点联系了，"尤莉亚说，"亚历山大·贝尔特拉姆，你也问了吗?"

"本来很难有什么消息，因为午班送货的人已经下班了，而且我也没有照片。但是那个负责人给送货的人打了电话，后者告诉我，每次送给电脑公司的比萨至少都是两人份的，价格都超过了 25 欧。在付账的时候，他们总是会使用学生折扣，这是穆里比萨推出的一个优惠活动。"

"iTeX24 公司的员工里还有学生吗?"库尔默疑虑地问道。

"据我所知，没有了，"尤莉亚回答道，"但是谁知道呢，也许他们只是为了骗取优惠。"

"不可能，"扎比内摇着头说道，"无论是大学还是高等专业学校的学生都有一个小型芯片卡，里面存有学校的标志、照片，以及本学期的短途交通车票等信息。据那个送货员说，每一次都是他亲自检查的。"

　　"讲得不错，你很了解啊。"尤莉亚赞许地点了点头。"既然电脑公司的四名员工中没有学生，那么他们就还需要一个学生。是不是卡洛·施蒂格勒，我们很快就会知道了。我建议，我们马上就去查。"

　　"没问题，"扎比内回答道，"那个送货员今天下午从 13 点开始会在店里。"

　　"请等一等，不用这么着急。"库尔默若有所思地举起了手。"我还在想那个芯片卡。这种卡已经使用多长时间了？"

　　"啊，一直都在用。"扎比内说道，"怎么了？"

　　"我就是觉得，"库尔默皱着眉头说道，"贝尔特拉姆的不在场证明不就是一张有轨电车车票吗？"

　　"真该死，是的！"尤莉亚脱口而出，她重重地拍了一下桌面。"那时候他还在上学，他还是高等学校的注册学生。哎呀，他当时完全不用再买票，就可以坐电车的。"

　　"这已经论证完了。"库尔默大笑着用拉丁语说道。尤莉亚·杜兰特不由自主地皱了皱眉头，倒不是因为这句拉丁语名言本身，而是因为她想知道，她的同事彼得·库尔默是从哪里知道这句名言的。尤莉亚敢拿任何东西来打赌，在他办公桌里的那一大堆专业书里面，一定至少有一本《高卢英雄传》。但是也说不定，幸好这事跟她没什么关系。

　　尤莉亚强行把自己的思绪拉回到案件之中。"这已经被证明了。"尤莉亚说出了这句拉丁语的意思,事实上,指向亚历山大·贝尔特拉姆的线索已经越来越明显了。

"根据现在我们掌握的所有情况:贝尔特拉姆骗过住宅警报系统的概率有多大?"尤莉亚接着问道。

"据一名门卫说,这很难,"库尔默回答说,"但是还是有办法的,像贝尔特拉姆这样的信息系学生,一定会找到的。"

"我也这么觉得。"扎比内附和道,但是在她继续说下去之前,电话铃就响了。屏幕上显示着电脑部——施雷克。就像预料的一样,尤莉亚在心里想道。她微微一笑:"我们刚才说什么来着?"说着她按下了免提键。

"您好,施雷克先生。您的来电正是时候,我们所有人都在这儿,正在研究关于电脑犯罪的事。此外我们也在期待着您的消息。"

施雷克清了清嗓子。"啊,好的,大家好。您说的是关于摄像机的事吧?"

"是的。我的同事告诉我们说,您会优先处理这个证物。"

"是的,你们很快就给我们提供了好几台笔记本电脑,"施雷克说道,"那是一个小型的16G SD卡,不错的小东西。"

"一个什么?"

"一个安全数码卡,"施雷克耐心地解释道,"16GB存储卡,卡的存取速度大于4MB/s,非常适合存储大量的高清晰度视频材料。可惜啊,可惜,"他叹了一口气,"这张存储卡的所有者很认真地删除了上面的数据。"

"什么意思?"

"他现在很可能把数据传输到了电脑上,或者是他的同事那里，因为 USB 数据线还插在电脑上。在一般情况下，为了下次使用，使用者会删除存储卡里的数据。如果他想要保证数据安全，也就是不想让其他人把已删除的数据恢复的话，那么他会使用格式化的方法。"

"现在的情况就是这样？"

"看起来差不多是这种情况。尽管使用者很显然没有使用专业的卸载软件，比如 Kill - SSD，但是我还是无法恢复那些被删除的视频文件，或者……"

"一点可能也没有吗？"尤莉亚沮丧地打断了他。

"您再耐心点，"施雷克说道，"现在我已经恢复了几秒的数据，这对你们也会有些帮助的，但是要想彻底恢复被删除的视频文件，还需要更多的时间。"

希望又闪现在了尤莉亚·杜兰特的眼前。"可能性大吗？"

"我觉得可以。"

"那样的话就好极了。还有一件事情：您觉得，一个人想要私自操纵由计算机控制的家庭警报系统，而不被其他人发现，这种可能性大吗？"

"嗯……这个人有电脑使用经验吗？"

"是的，而且还不少。高等专业学校的信息系毕业生，现在就职于一家计算机公司。您桌子上的一半东西都是属于他的，包括摄像机。"

"如果是这样的话，"施雷克说道，"那么他应该不费吹灰之力，就可以突破家庭警报系统。我觉得，大多数的防卫系统一直都被给予了过高的评价，其实当人们了解了它们的工作原理以后，就可以在网上找到一条可行的破解之法。"

"谢谢,您真是个天才!"

"还有件和案子完全没有关系的事,"扩音器里传出了叹息声,"下次您可以过来坐坐,您也知道,我们又不咬人。"

尽管尤莉亚·杜兰特有她自己的理由,不去司法鉴定中心的电脑部,内斯特罗伊案件……但是毕竟现在已经过去那么长时间了,而且案子也变了。

"只要您能恢复数据,我就会亲自去电脑部,"尤莉亚真诚地许诺道,"您现在完全可以把它看成是一种奖励。"

施雷克先生笑了起来,听得出来,他心里很高兴,电话里还传来了不断的键盘敲击声,他说:"好的,您可一定要信守诺言,我会尽快。对了,您有一封电子邮件。"接着,他便说了再见。

尤莉亚盯着自己的电脑屏幕,呆坐了差不多有两分钟。多丽丝、彼得和扎比内都好奇地围了过来,兴奋地等待着她打开邮件。尤莉亚点击了两下鼠标,打开了邮件。里面除了签名以外,没有任何文字内容,窗口里只有一个回形针符号,这表明邮件里还带有附件。尤莉亚接着双击了鼠标,屏幕上出现了一个播放程序界面。起初只有一些黑色和粉色的方框,在经过了短暂的颤动和干扰之后,屏幕上终于出现了正常的画面,这时尤莉亚才看出了一些细节。很显然这是一些定格影像。屏幕中间是一张宽床,尤莉亚觉得应该有160厘米宽,深色的金属床框,栅栏式床头。很破旧,或者是经过做旧处理,关于这一点,尤莉亚无法从照片中判断出来,但是更重要的是照片中的人,这个人被人用手铐锁在了床头的栏杆上。这是一个年轻的女孩,肯定还不到25岁。她躺在白色的床单上,全身赤裸,手腕被绑在床头上,两条大腿拼命地夹在一起,至少尤莉亚是这样认为的。女孩的动作看上去很慢,表情很恍惚,除此之外,尤莉亚无法再看出什么,因为图像很不连贯,而且紧接着,播放界面又变成了一片黑色。

"这到底是什么?"库尔默轻声说道。

"11秒,充满了恐怖的画面,"扎比内说道,"尤莉亚,再放一遍。你点一下那个双箭头符号,它就会不再停止,一直循环播放了。"

尤莉亚把光标移到了相应的按钮上,接着他们又再次观看了这段让人窒息的画面。在第三次播放的时候,尤莉亚按下了暂停键,时间轴停在了00:08的位置上。女孩的脸看起来有一点模糊,但是尽管如此,大家仍然能看到她恐惧的表情。

"可以把这幅图片放大吗?"尤莉亚不确定地问道。

"可以的,但是那样的话,图片的清晰度会变差。让我来?"

尤莉亚把座位让给了热心的扎比内,在心里,这已经不是她第一次赞赏后者的计算机能力了。在熟练地操作了几下之后,扎比内在视频中的恰当位置,截取了一张图片,并在另外一个窗口中打开了它,之后她把女孩的上身和头部放大到整个屏幕。深色的长发中间是一张洁白的脸,丰满的嘴唇,柔软的鼻子,大大的眼睛,总之是一个非常美丽的姑娘。事实上,她的眼神充满了恐惧。

这是一张尤莉亚·杜兰特从来没有见过的脸。"要是真能这么简单就好了。"她惋惜地说道。还在第一遍播放视频的时候,她就希望里面记录的会是那个昨天下午发现的被肢解的女孩,即使不是,她也希望至少是一张她熟悉的面孔,或者是莱茵-美因一带失踪的年轻女性。结果,可惜都不是。

"你们怎们看?"尤莉亚向身边的人问道。

但是她看到的只有缓缓地摇头,于是她抓起了电话。

"嘿,施雷克先生,还是我,尤莉亚。您能通过这段影像做一个画像吗?是的,对,参照一下数据库。要头像,脖子以上部位。谢谢,您真好。"

随后,她又转向已经回到原来座位上的同事们,说道:"好了,10分钟以后我们会拿到可用的画像,我会马上把它传给失踪人口登记处和联邦刑事警察局。"

"是的,我们要仔细地考虑一下,"库尔默说,"包括绑架、赎金要求以及其他种种可能性,我们一定要保持冷静。"

"我们一定要认真、仔细、冷静地分析每一种假设,"尤莉亚赞成道,"施雷克的照片一会儿才能传过来,我们先把思路统一一下,我们一起到信息幕前总结一下吧。"

大伙来到了会议室,站在了白板前。尤莉亚拿起了一支粗头马克笔。

"我们先把想到的写下来,然后再慢慢改。我们总是可以不断更正。"

她在白板的三个边角依次写下了亚历山大·贝尔特拉姆、卡洛·施蒂格勒、珍妮·斯科齐,接着,在略微迟疑了一下之后,又写下了珍妮弗·梅森。

"好了。我们现在都掌握了什么情况?"她陷入了沉思。"我们推测,贝尔特拉姆和施蒂格勒彼此认识。"她在两个名字之间画了一条线。

"而贝尔特拉姆和梅森确实认识。"扎比内补充道。尤莉亚又画下了一条连线。

"在施蒂格勒和梅森的死亡现场都播放着《天国的阶梯》,"尤莉亚想了一下,接着她拿起了一支蓝色的马克笔,在两个名字之间画上了连线，并写下了相应的文字。

"那安德烈亚说的呢？"库尔默说，显然他指的是女法医提到达莫的事。

"不知道，这有什么关系吗？"她摇了摇头。

"其实这一点在施蒂格勒案件中也是如此吧？"库尔默坚持着自己的看法。"我的意思是，如果我们把齐柏林飞艇乐队的歌曲都记下的话……"

"好吧，我们把这一点也写下吧！"尤莉亚说。

"贝尔特拉姆的摄像机里原来很有可能有一段暴力录像，"扎比内·考夫曼继续说道，"而且他还有一间配有高科技装置的密室。并且录像里，女孩的年龄和梅森以及斯科齐也差不多。"

"线索越来越明显了。"这次尤莉亚决定用虚线，白板上又多了两条线。

所有人都若有所思地看着白板。

"共同的基础还是贝尔特拉姆，"多丽丝·塞德尔总结道，"大多数的联系都指向他。"

"尽管是通过录像。"扎比内·考夫曼补充道。

"但是这还只是我们的一种假设，"尤莉亚考虑了一下说道，"也许我们应该首先把视频录像排除在外，当然，如果这是确凿无误的证据，那就更好了。"

"也许我们应该把所有情况联系起来，"扎比内·考夫曼说道，"我刚刚正好想到了密室里的景象。大家好好想一想，我们可能正在和一场虐杀电影打交道。"

"虐杀电影？"尤莉亚·杜兰特皱起了眉头。

"是的，当我想到光盘出租公司的时候，恰好想到了这一点。视频录像里的场景、贝尔特拉姆的设备,当然还有音乐,"扎比内解释道,"你们中有人知道,这里的'虐杀'指的是什么吗?"

她拿起了一张黄色的椭圆形硬纸板,在上面用大写字母潦草地写下了这个单词,接着又画上了一个问号,然后她用磁铁把硬纸板固定在了白板中间。她转过头,疑惑地注视着在场的人。此时,尤莉亚·杜兰特已经沉浸在自己的回忆之中,虐杀……

"虐杀电影不就是一种杀戮电影吗?"她自言自语道。

"差不多吧,"扎比内说道,"我们坐下来吧,我给大伙儿说说。"

探员们又围着一张大桌子坐了下来,恰好每人坐了一边。

"虐杀的字面意思翻译过来就是'杀戮',"扎比内继续说道,"实际上它是一种口语中的行话。虐杀电影,通常它真正指的是,那些记录真实杀人过程的电影。至少在 20 世纪 70 年代就已经出现了这种电影,但是那时候还没有因特网,而且那时候的媒体对于这种东西也有着明显的限制。你们还记得那部关于阿布格莱布监狱的影片吗?"

"那不是美国人的监狱吗?"库尔默思考了一下,然后说道。

"在伊拉克,我记得。"尤莉亚点了点头。"是五六年前的事了吧。"

"是的,我说的就是这个,"扎比内确认道,"自从手机有了视频功能,并且几乎每部手机都安装了摄像头以后,大量的暴力视频就像潮水一样涌现了出来。一方面,这种视频一旦被公布,就会是轰动性的丑闻事件。另一方面,在此期间,电视中的新闻报道和影片里也开始出现越来越多的暴力景象。当然了,虐杀电影不仅仅只有刑讯、暴力和死亡。"

"那么处决萨达姆的录像是不是也算是一种虐杀电影?"塞德尔突然插话说道。

"好例子,"扎比内低声说道,"《死亡面目》肯定也属于这类电影。"接着她坚决地继续说道,"这些视频和我们手头案件的最大区别就在于它们几乎没有什么性爱元素。这一点很重要,因此现在网络上充斥着大量的暴力视频。"

"的确如此,真糟糕。"库尔默证实道,"多丽丝,你还记得那个叫作'开心掌掴'的游戏吗?就在放假前又出现了几起这样的意外。天哪,还都是些孩子,14岁,12岁,有的甚至更小!"

"是啊!这些孩子为什么会这样做,真是叫人无法理解。"塞德尔附和道。尤莉亚·杜兰特也想起了这件事情。这种对别的学生过分施暴的学生会被叫作"开心掌掴者",大多数还只是年纪较小的中学生,他们用手机拍摄了施暴的过程,然后在网上炫耀。现在这种事情就发生在这里——法兰克福,就在家门前,不再只是在洛杉矶,或者是远在大不列颠的某个地方。扎比内·考夫曼清了清嗓子。

"好了,大家说完了吧,那么我来接着解释'虐杀'。一部虐杀色情电影通常需要一个受害者,起初她并不知道将要发生什么,所以刚开始时,她甚至是自愿的。做爱工具有很多种,比如脚镣、手铐,或者一些相近的东西。当然这是一种作案者的本能需要,起初只是温柔地做爱,但是突然,作案者就会占据主动,处于控制地位。这时才到了关键时刻,非常重口味的情欲场面,这时受害者才吃惊地发现,她将会受到攻击并且只能听任对方的摆布。"

"天哪,"塞德尔抱怨道,"我想我再也无法忍受下去了。"

"真不好意思,可惜接下来还有,"扎比内说,"受害者的脸上会呈现不知所措的神情,甚至是惊慌失措,接下来就是声嘶力竭的求助声。作案者的偏爱决定着受害者会遭到什么样的摧残,而且这还取决于,这段视频是仅供作案者自娱自乐,还是在他臭味相投的朋友圈里传阅,因为不同的观看者,对于痛苦和折磨的偏好也是不一样的,比如对于私处的刑罚或者变态的性虐。在这种类型的虐杀里,性爱是一个主要因素,因为虐杀者会通过在性爱上的主导和控制来满足他们的欲望。"

"是不是还有喜欢观看虐杀电影的顾客?"库尔默问道。

"当然。"扎比内确认道。

尤莉亚·杜兰特揉了揉太阳穴。她的头脑里突然出现了几张图片,那是一段回忆,可是眼下她根本不愿想起那个场景。一座建于拿破仑时期的古老监狱,陡峭的已被踏烂的石阶,在一个令人窒息的穹顶下面是一间间狭小的牢房。配有非常现代化的安全系统、声音识别、视频监控……尤莉亚强迫着自己,回到现实中来。

"那么接下来等待受害者的就是死亡。"她快速地说道。

"是的,"扎比内确认道,"我看了几段这样的视频,当然其中也有一些是假的,但是有一个确实是真的:不知是 5 分钟,还是 10 分钟,这个无所谓,接下来都会出现一个场景,那就是受害者突然意识到,她会被杀死。那时的眼神、那种恐惧、那种惊慌失措的表情——根本没有人可以演出来。在这些所谓的爱好者眼里,记录着一个人直面死亡时候的视频录像,是最紧张刺激的。在有人提出抗议以前,那些人甚至把处决死刑犯都排除在虐杀电影之外,或者在非洲某处的大屠杀也几乎不被算作是这种类型。他们对此的解释竟然是:在危机地区或者是在死囚牢里的人,他们早就已经知道了死亡的结果。而在卧室里,通过浪漫的前戏使对方麻痹,却是一种最极致的震撼。"

会议室里陷入一片寂静。尤莉亚深信,她的每一位同事都有着自己的原始恐惧。扎比内·考夫曼的报告带来的绝不仅仅是情感波动。但是有一点可以确定的是:尤莉亚·杜兰特深深地感到,以前还从没有什么场景让她印象如此深刻。

"妈的。"不知过了多久,她低声嘟囔了一句。"这帮人渣是多么残酷,自己刚刚拍摄了施暴和杀害他人的过程,但是在结尾的时候他们却要摆出另外一副面孔。"

"不是有电影剪辑吗?"库尔默带着疑问的目光看着扎比内。后者确认了他的想法,她继续说道:

"一种就是这样的方法,另外一种就要取决于作案者,如果他足够专业的话,他就不会在镜头前过多地展示自己。不要忘记,一部虐杀电影的真正明星其实是牺牲者。"

"好吧,我想,关于这个话题我们已经掌握足够的信息了,"尤莉亚说,"非常感谢,扎比内。"她友好地朝她的同事笑了笑,接着她把目光转向了库尔默,然后是塞德尔,接着她用命令的语气说道:"你们心里到底是怎么想的,都说出来吧。亚历山大·贝尔特拉姆拍摄虐杀电影的可能性到底有多大?"

在场的人都显得很紧张,大家迅速地交换着眼神,但是看起来谁也不想第一个发言。最终还是扎比内·考夫曼张开了口。

"我想我还是先别说了,"她说,"因为这个情况原来就是我提出的,所以我的看法可能并不客观。"

"本来就没有完全的客观性,"尤莉亚打断道,"如果我们只是独立地分析案情,而不加入自己的经历和经验,那么我们永远也无法做出完整的分析。"

"除非我们雇用一个自闭症患者来分析案情。"库尔默开着玩笑，但是他马上又安慰性地摆了摆手，"我只是开玩笑，别生气。好了，开始吧，扎比内，我都等不及了。"

"好吧，如果你们想听我的真实想法，那么我就说了。我认为贝尔特拉姆拍摄虐杀电影的可能性不止90%，我现在甚至觉得，这其实是唯一的可能性。把之前单独的三个甚至是四个案子联系起来，就会得出这样的结论。"

"你的态度很鲜明。"尤莉亚评价道，本来她的看法要谨慎得多，也许是一半对一半，但是最终扎比内的结论还是占了上风，其实她非常想接受扎比内这种态度明确的看法，但是接着她又冷静了下来。

"我的期望值不会有那么高，不过那是我的事了。"她笑了笑，"我想我们还应该仔细想一下，是否还有疑点，但是我希望，如果有疑点的话，很快就能被排除。你们的看法呢，彼得、多丽丝？""70%的可能性，"库尔默马上回答道，"接下来，施雷克带来的文件就会把仅存的疑点都排除掉。"

"但是他已经给我们送来一段视频文件了，"塞德尔思考了一下，"而且非常明确。只要没有其他线索的话，"她继续说道，"那么我觉得可能性至少占到了80%。"

尤莉亚·杜兰特慢慢地站了起来，她又看了下表。"好了，接下来，我们首先要把这个问题弄清楚。同时，我们也会得到通过视频文件加工而来的画像。我建议让侦查队员们带着照片行动起来。我想，离施雷克给我们带来完整的视频文件，还有一段时间。扎比内，请你在这段时间去一趟风纪警察组，在那里专门查一下虐杀电影，你也可以带上一名同事。"

尤莉亚揉了揉太阳穴，接着轻声说道："我会回家待一会儿,我的脑袋快要炸开了,我必须休息一两个小时,天知道,如果行动真正开始了,我什么时候才能再休息。"

"希望很快,"塞德尔嘟囔道,"在他抓住下一个女孩子前。"

带着一点提醒的语气,尤莉亚·杜兰特大声地向众人告别。

"好了,我马上就要走了,但是我要提醒大家,如果有任何新的情况,请马上让我知道。"

星期四　17点13分

尤莉亚·杜兰特睁开眼睛,等到她的目光看到时间的时候已经是17点15分了,不错,她在心里这样想道。她觉得自己得到了休息,但是脖子还是隐隐作痛,因为是躺在长沙发上打瞌睡,所以无法采取让背部舒服的睡眠姿势。这个沙发很雅致并且一定极其昂贵,但毫无疑问它不属于那种让人感觉舒适的睡椅。尤莉亚寻找着她的手机,最后她在后背和臀部之间摸到了它,手机已经热了,很显然她躺在手机旁睡了一觉。显示屏是黑的。糟糕,一定是无意中关机了。于是她重新开启了手机,键入了字母PIN,同时她没精打采地向厨房走去。她那干渴的嘴唇特别希望喝到一杯可乐,冰镇的,最好是罐装的。带着极大的希望,她打开冰箱,终于发现了一罐,她感到自己的运气真好。她将铝制拉环向后拉去,然后在冰箱的蔬菜层中拿出了一个切开的柠檬,紧接着她对着易拉罐口挤了两滴柠檬汁。咖啡因配上维生素C——预防头痛的灵丹妙药。有一半的南美人都坚信这一配方,说明这种搭配应该是不会错的。尤莉亚关上了冰箱门,享受地将易拉罐送到了嘴边,这个时候,她的手机振动了起来,伴随着强劲的声响,一条短信到达了。

语音信息:一条新语音消息,接收时间 7 月 22 日,16 点 31 分,尤莉亚在屏幕上读到这样的显示。45 分钟之前收到的,她闷闷不乐地想着,他们为什么不试一下座机呢?

她按下了选择键进入了语音信箱。一个不熟悉的声音,来自于一名叫作克劳斯·霍赫格雷贝的探员,同样属于重案 11 组,但是是在慕尼黑工作。女警官入迷地倾听着令人感到愉快的礼貌话语,很显然对方带有巴伐利亚口音。这位探员最后以这句话结束了来电:"请给我回电话,尽快,随时都能联系到我。"然后还有他的分机号码和一句干巴巴的告别套话。随时都能联系到——这让尤莉亚觉得,在他的话语中有一丝指责,对于她的疏忽,对方似乎感到有点生气。她马上将这种不舒服的想法丢到了一边,记下了电话号码然后快速地打了过去。

"霍赫格雷贝。"在四声等待信号之后,接电话的探员自报道。

"尤莉亚·杜兰特,法兰克福刑事警察科,"女警官回答道,"您想要找我?"

"啊,杜兰特女士!"他的声音听起来还是非常友好的,一点也没有指责的意味,比录音里的声音要友好得多。"我想,您已经听到了我的留言,那么我们就可以省去自我介绍了。"

"是的。"尤莉亚肯定道,其实,她非常想闲聊一些关于慕尼黑那边的事情,哪怕只是一两句话。

"事情是这样的:联邦刑事调查局通知我们说,您那里很可能有线索,是关于一个没有结束的案件。"

"很有可能,"尤莉亚回答道,"你们的办事效率真让我印象深刻。今天中午我们才整理好这些资料。但是请您跟我讲一下,我们的那位失踪的女孩怎么会恰好和慕尼黑刑警科扯上关系呢?"

霍赫格雷贝清了清嗓子。"我可以先请求您,给我透露一些细节吗?您是怎么得到这些影像的?您所提供的附带材料,恕我直言,有些少得可怜。"

"少得可怜?"尤莉亚气呼呼地说道,"这些图片是从一台被精心删除过的摄像机中提取出来的,当然是通过搜查屋子得到的这台摄像机。如果我们知道得更多的话,我们也就能写出更详细的信息了!"

"请您原谅。我不是那个意思。您可以想象,我的同事还有我在得知我们案子里的女孩,出现在法兰克福的一台摄像机中时,是多么的惊讶,这其中显然还有大量无法解答的问题。"

"是的,可惜我们这边没有更多的资料了,"尤莉亚感叹道,"我们正在通缉一个失踪的人,他被怀疑和一宗正在调查的谋杀案有关。我们在一桩旧案子里就已经认识他了,我们想要查证一下他当时的不在场证明以及与死者可能存在的关系,但是这名男子现在已经失踪了。所以我们设法进入了他的房子,准确地说是他父母的房子,在那里发现了一个秘密的被隔开的屋子,屋子里有大量昂贵的设备,而那台刚才提到的摄像机就在其中。在存储卡中,到目前为止我们只能还原出一小段录像,于是我们提取了那些你们看到的照片,想要确定那位年轻女孩的身份。我们必须在全国范围内搜查她,因为在我们的地区案件中没有找到与她相符的面孔。"

"谢谢,听到您的解释,我就已经获得很多信息了。"

"您客气了,那么现在轮到您了,"尤莉亚话锋一转,"我想知道这个女孩的名字,希望您能告诉我,她现在是健康的。"

"很遗憾,"话筒里的声音很小,"娜塔莉亚·埃伯特早在半年前就死亡了。"

这位女警官在谈话期间缓慢地迈着步伐在客厅里踱来踱去,她突然感到膝盖发软,随后无力地倒在了沙发上。

"不,见鬼,这一切不是真的。"她惊愕地喘息着。

"对不起,您要相信,我也很想告诉您其他答案。"霍赫格雷贝的声音听起来既温暖又充满关心,但是这位抒发同情心的、极其陌生的同事,特别是他还处于 300 千米以外的地方,又能帮上什么忙呢?尤莉亚再一次感到她的喉咙中好像有个硬丸儿卡在里面,撂下电话后,她眼中含泪,目光呆滞地停顿了几分钟。当她再次恢复理智的时候,"我得马上离开这里,"她做出了这个决定。

二十分钟后,这位女警官坐在了贝格尔的办公室里,当她再次启动她的个人电脑时,她观察着电脑的显示器。然后她调取了邮件,关闭了呼叫转移,接着思考着此时除了她自己以外还会有谁仍然待在警察总局里。塞德尔和库尔默在 17 点时已经下班了,扎比内·考夫曼已经在路上了。一张留言条提醒了她,到现在为止,法医部和电脑部都没有提供新的消息。可以肯定的是,西弗斯和施雷克在分析出有用的数据之前一定都在加班。这张便笺是出自库尔默的手笔,他在最后一句话上还添加了笑脸符号,好像是很确定,尤莉亚同样也会加班一样。在最下面他还附加了留言:如果需要我,给我打电话!

但是尤莉亚的想法不太一样。她选择了拨打法医部的电话,像往常一样,她希望会是西弗斯直接接听电话。尽管她非常珍惜与古怪的博克教授发生过的充满智慧的激烈争论,特别是在争论的时候她能够很好地反驳他,但是在今天她实在想避免与人发生冲突。

"西弗斯?"

"你好,安德烈亚,尤莉亚。"

"啊,你在这里啊。我都想报告你失踪了呢!"安德烈亚挖苦道,"否则你不会让我做三份工作而不在事后给我打个电话的。"

"不是没有原因的,"尤莉亚回答道,"你是知道的。第一个二十四小时是最重要的。"

"我们现在所有的工作也是关乎于此的。"女法医回答道。"这个年轻人从星期二的午夜就已经死亡了,准确的时间现在很难确定,据推测大概在午夜时分到第二天清晨之前。尸体已经腐烂,这是由于进行了多块肢解,加之夏季的高温。如果你觉得可以的话,我认为死亡时间是周三早上,2 点钟,上下不超过两个半小时。"

"对我来说这个时间可以了,"尤莉亚叹气道,"反正我们的作案嫌疑人正在潜逃,所以确定准确的作案时间是次要的。我现在更感兴趣的是死亡原因以及作案过程,如果有可能的话。"

"在有前提条件的情况下,你可以得到想知道的信息。因为我现在还不能证明我的观点是完美无缺的,我还缺少 DNA 化验结果和不同的痕迹比对。但是有一点需要注意一下:死者在死亡前就已经摄入了镇定剂——K·O 滴液,很可能是掺入了饮料中。因为没有任何迹象表明她曾吸食过毒品。死亡原因不是那根易断的撬棍的敲击,这只会导致死者的深度昏迷。依我看,是凶手在切割她时,失血过多造成的。最有可能是因为死者被切断了大动脉,但是由于头颅已经和身体分离了,所以这一点就不好证明了。但是床单上的大量血迹是可以说明的。""麻醉""强奸""颈部大动脉",尤莉亚重复着这些支离破碎的词,这一切对她来说出奇的熟悉。

"对了,还有头上的那根钉子,"西弗斯强调道,"对此我必须要纠正一下很像杰夫瑞·达莫案件的评论,在这里我想卖一个小关子,彼得·库尔默刚刚打来电话提到了这一观点,我不得不马上就否定了他的这一判断。"

"好吧,那么这不是一个模仿作案的凶手喽。"尤莉亚懊悔地说道。"不,确实不像,"西弗斯回答道,"作案模式与达莫不太相符。头发深褐、皮肤黝黑的女孩,被迷奸,然后再在她的头上钉入一根钉子……怎么样,听起来像……这一个一个的特征好似泰德·邦迪再现一样。"

尤莉亚努力地思考了一段时间。

泰德·邦迪,一个年轻的男学生,能言善辩并颇具吸引力,在美国至少谋杀了四十到五十名女性。媒体曾将他描述为"友好先生",但是他的行为却没有丝毫友好可言。他的目标群体——年轻的深色头发的女性,邦迪通常会与受害者相处融洽,以个人魅力吸引她们,使受害者完全为他倾倒,然后将受害人迷昏,随后对其进行强奸。之后的某一时刻他开始肢解受害人,接着又重新奸污尸体。女警官一阵战栗,但是泰德·邦迪在二十年前就已经死亡了,在电椅上终结了他罪恶的一生。

"嗯,"尤莉亚最后说道,"连环杀手还有待商榷,我们只能确定有一名受害者与这种作案模式相符。那么梅森和施蒂格勒呢？还要将男性受害者包括在内,上两起案子与这起案子的画面是完全不同的,不是吗?"

"当然,我完全没有那个意思,"安德烈亚·西弗斯辩解道,"我只是想要修改我们的第一判断——觉得与达莫案件相像这种想法,然后清楚地表达我的观点,怎么说这个案子还是与邦迪的案件更相像些吧。你知道吗,尤莉亚,"然后她叹道,"我对连环杀人犯情有独钟,这可能是我的职业病吧。我每天都看到经历着枪伤、刀伤或者在毒品中迷失的灵魂,他们明明才二十出头却有着六十岁的体格,所以凭我的经验,我感觉这又将是一个轰动的大案子。"

尤莉亚·杜兰特努力去理解,但是她无法完全理解对方的意思,"其实,完全没有犯罪事件似乎是一种奢望,总的来说,我不太愿意坐在办公室里,无聊地打发时间。但是在这个案子中……我认为,在看到这个被如此虐杀的女人之后,我感到厌恶至极,如果这个年轻的女孩能够继续幸福地活下去,该有多好啊。"

"如果那样的话,我不知道她会不会幸福。"

"怎么?"

"现在有一些证据,值得强调的是,到目前为止只是从各种迹象表明,这个年轻女孩是个卖淫女。"

"什么迹象?"

"嗯,除去房间,你是知道的,周围的环境和物品,这个年轻女孩的各种迹象表明,她经常进行性交。有些特征不可能都是一个晚上形成的结果,现在这只是我的个人评价,我会有针对性地对此进行检查。可惜在现在这种情况下并不是特别简单。"

下一个电话,尤莉亚·杜兰特再次打给了慕尼黑刑警科的霍赫格雷贝。

"我料想到,我们会再次通电话的,"从听筒里传出了这样的话语,"您已经查看案卷了吗?"

"正坐在它的面前。"尤莉亚回答道并点击着鼠标翻阅着邮件的附件。娜塔莉亚·埃伯特的案子很显然受到了当局的深入调查,这点她很赞许地确定着。只是有太多杀害女孩的犯罪事件被视为无法侦破的案件,进而被束之高阁,这种情况经常会发生。人们总是认为,她们是帮派斗争的牺牲品,也许是在与东欧女孩交易的过程中发生的,所以她们的身份从来没能得到确认。娜塔莉亚·埃伯特不属于这一类女孩,很明显,她已经在不同的网上论坛中提供了自己的信息。从扎比内·考夫曼那里得知,这种卖淫形式在近几年很盛行,在标签"妓女"或"业余妓女"下,女人们出售自己的身体完全是合法的。这已经不是秘密,她们中的很多人有一个皮条客,一个所谓的保护者,这个人同时也会抽取她们收入中的大量份额,但是也有不少的妓女只为自己的账户工作,并自己承担风险。娜塔莉亚·埃伯特就付出了自己年轻的生命,她刚刚满23岁。

"这些女孩的问题在于,没有任何关于她们的记录,哪怕是电子版的,"霍赫格雷贝解释道,"交流都是通过网络平台发生的,在这里虽然能找到这些女孩的信息,但是关于拜访者的信息却没有。对我们来说最好的情况是,在第一次登陆的时候设置一个表格系统,这样至少可以知道登陆者的 IP 地址。"

尤莉亚快速地思考着"IP",它能让人在互联网上对电脑进行识别。施雷克先生曾经非常清楚明白地给她解释过它。

"可惜一些潜在的嫖客会利用相应的软件将他们的地址隐藏,或者直接去网吧,"霍赫格雷贝补充道,"娜塔莉亚的电脑里也没有任何有用的信息。通常情况下人们会直接通过手机联系。这个时候还有一个公认的规则,就是不能使用隐去号码的手机打电话。但您是知道的,有一次性付费手机,在今天人们可以非常简单地就搞到一部二手手机来做这样的事情。"

　　"详尽至极。"尤莉亚评论道,她非常尊重对方,因为霍赫格雷贝非常有耐心地,详细地报告了调查的情况。这时,电话线路上又响起了来电音,尤莉亚·杜兰特紧张地查看着电话键盘,但是她不确定怎样才能接上这个插入的电话。

　　"请您等一下,"她快速地说道,"是电脑部打来的,我必须要接了。我现在暂停一下您的连线,一会儿马上给您回过去,可以吗?"

　　"不用着急。"霍赫格雷贝笑着说道,这时尤莉亚·杜兰特感到特别尴尬,因为她对于技术上的问题十分缺少天赋。另一方面她意识到,这里是贝格尔的地盘,而不是她自己的位置。直到她找到了正确的按键接起了施雷克先生的电话,她的羞愧才退去。

　　"我正想联系您呢,"尤莉亚快速地说道,"我还有几点内容,很想与您探讨一下。"

　　"只要不是我不感兴趣的话题就行,"对方干巴巴地回答道,"但是也许我应该先将我的初步检查结果说一下。"

　　"是的,当然,对不起。您有什么结果了?"

　　"我查了一下女孩的手机,"施雷克开始说道,"最后一通电话是昨晚打入的。她虽然没有语音信箱,但是联系过的号码还是都被记录了下来，因为都是以发短信的形式。其中一个电话号码是个座机电话，来自于一个房子，在那里有人一整天多次打电话给她，然后还有一个是移动号码，在下午和傍晚时分打过三次。还有文本消息，但都是比较早的日期了。地址您可以查看邮件。"

"谢谢，您真好，但是这些只是在某些条件下才会对我有用，"尤莉亚回答道，"死亡时间已经确定为星期二午夜到星期三之间，所以我还需要其余的那些号码。"

"您能够得到的。我们反正已经开始检测了，我是从后往前仔细查看的，直到有人告诉我，够了，可以了，我再停止检测。对于这部手机而言，检查到上个月应该是没有什么问题的。"

"让我们集中精力从这个星期开始，"尤莉亚回答道，"我们要重点调查那个与她最经常联系的嫖客。您也检查她的笔记本电脑了吗？"

"一部分。在硬盘上没有什么个人数据，至少没有什么有明显意义的信息，可惜也没有邮件客户端或者……"

"没有什么？"

"没有邮件客户端。尤莉亚女士，不要让我头昏脑涨了！我越来越觉得，我以前应该坚持让您参加个电脑培训班的。"

"施雷克先生，有个慕尼黑重案 11 组的探员正在另一条线上等着我，我现在真的没有兴趣讨论这个话题，"尤莉亚激烈地抵抗着对方的话语，"您能给我简单解释一下，这个客户端是用来做什么的吗？"

"好的。"施雷克听起来有些失望，"您每天都会使用它，它是一种简单的，容易掌握的程序，用这个程序您可以在电脑上收取和储存您的邮件。交流、联系人、日期,所有的这些都可以被一个很好的客户端进行管理。"

"那么我们的受害人没有这个程序,是吗?"

"没有,估计她是登陆上线的,从上网过程可以推断出来,她使用了两个免费邮箱。我们还必须等一等登录数据,我碰运气地尝试了几次,但是没有成功。"

"那么现在轮到了最重要的,也是我一直关注的,摄像机的调查进展情况。有什么新进展吗?"

"还没有,"他叹气道,"虽然有了一串新数据,多了六秒钟,但是我还是无法修复图像。这需要一些时间,我会同时进行这项工作。"

"好的,如果有新进展请您随时通知我。"尤莉亚结束了对话。接着她转回到一线,果然霍赫格雷贝还保持着电话的连线状态。

"感谢您的耐心等待。"尤莉亚友好地说道。

"没问题。不管怎么说都是值得的。"

尤莉亚没有理睬那充满魅力的语气,只是回答道:"正如我们所想,至少有一点怀疑得到了证实,我们这两个案子的两名受害女孩中,有一个人是个妓女。她符合一种作案模式,关于这一点我还要与我的同事讨论一下,但是我认为,我们应该考虑一下往这个方向有目的性地调查嫌犯。"

"听起来不错,您可以再联系我,对我来说,随时都可以找到我。"

又是一个没有个人生活的人,尤莉亚直白地想道。

或者至少是假装成什么都没有的样子。

星期五

会议室里,探员们又围着一张小桌子坐了下来。这张桌子看起来是上一次开会时留下的,上面摆着两只空咖啡杯,此外还有六个已经干了的米黄色的圆圈,看样子之前这里还有更多的杯子。尤莉亚把她得到的消息尽可能简短地说了一下。弗兰克·黑尔默坐在她的左边,她的右边则是多丽丝·塞德尔。她的对面是彼得·库尔默,彼得的身边则是扎比内·考夫曼,后者已经显得有点迫不及待了,看起来她想发言。

"好了,扎比内,现在轮到你了,"尤莉亚笑了笑,"你这么激动,看样你的消息一定很有趣。"

扎比内清了清嗓子,在心里把想说的话又整理了一下。

"好吧,我来讲点和原来计划不一样的东西,"她说,"昨天我去风纪警察那里查虐杀视频的事。我脑袋里想到的不是那家色情光盘出租公司,不是那个机车装老板,你们知道的,就是彼得说的那个。我想到的是,我刚开始工作的时候,那时候我刚到风纪警察组,当然所有的事情对我来说都很新鲜,而且我还没有直接参与……"

"这个无所谓,说重点。"尤莉亚不耐烦地点了点头。

"好吧,当时有一个针对'黑轮'机车党俱乐部的大规模调查,更确切地说是针对其中的一名成员。我们知道,这种帮派组织,有着严格的纪律,那就是不能检举揭发其他成员,但是当时无论是我们,还是检察官都掌握了一些情况:他们至少拥有一家色情影院,两家非法妓院,而且多起冲突事件都与他们有关。不管怎样,最终他们的组织瓦解了,我们逮捕了几个人,并没有什么特别引人注意的地方。我们非常确定,通过这次逮捕,我们严重地打击了那些特殊视频的销售渠道,尽管当时的线索比较少,我们还是把幕后黑手给查了出来。"扎比内叹了口气,继续说道:"不过这个行业就是这样,我们刚在这里除掉了一个残暴的人渣,在别的地方马上又会冒出两个。"

"生活总是这样。"库尔默嘟囔道。

"可惜。"尤莉亚简略地说道,接着她把目光转向了扎比内,"好了,那是什么样的特殊视频?"

"啊,对不起。"扎比内回答道,接着她叹了口气。"我本来想晚点再说视频的内容,但是生活就是这么无情。其中的一部分是'正常的性爱视频',简直'正常'透了,我们很快就发现,里面的大部分演员都还是未成年的女孩,但是视频里面并没有出现儿童。"她说得很快,"有段视频的名字叫作'色情洛丽塔',里面的小女孩还处于青春期,肯定还未满 18 岁。还有个叫作'甜美 16 岁'的,实际上那女孩看起来才只有 13 岁。"

"真该死。"库尔默脱口而出,尤莉亚觉得,在这次谈话中,他肯定不止一次想到了自己的女儿。

"但是其实这还不是我想说的重点，"扎比内抱歉道，"那里面还有一盘录像带，据我的同事说，那就是真正的虐杀视频。视频里面有一个女人，被绑在了床上，图像不是特别清晰，甚至连她的眼神都看不清，但是看起来，她并不是自愿躺在那里的。后来有三四个戴着面具的家伙强奸了她，一个接着一个，其中的一个人还用皮带不断地抽打她的腹部和胸部。接下来声音有一点嘈杂，之后画面又变成了这个女人，依旧和之前一样，只是她再也不动了。脖子上多了一条皮带，勒得很紧，接着镜头晃动了起来——这就是全部。"

"真恐怖。"多丽丝·塞德尔低声耳语着，她的脸色变得十分苍白，接着她站了起来，"十分抱歉，我必须出去一下。"

带着惊慌失措的表情，库尔默同样也跳了起来，但是塞德尔却向她那忧心忡忡的生活伴侣微微地笑了笑："你留下来吧，彼得，我好点了。我只是想喝口水，顺便走几步。"

尤莉亚·杜兰特捋了捋头发，其实对于刚才听到的事情，她也感到很恶心。尤其是当她想到娜塔莉亚·埃伯特的命运时，很有可能她也经历了一次次的性虐待。她在心里觉得，男人们总是愿意把自己的优势建立在顺从的性爱对象身上。

"你刚才说，只有你的同事确信那是一部虐杀视频?"她问道。

"是的，我们分析了它，"扎比内解释道，"我觉得也有其他可能性。这个片段可以作为凶手杀人的证据，即使没有亲眼见到他们杀人的过程。不过那些专家比较严谨，最后把它排除在了虐杀电影之外，他们觉得那是一段战俘集中营里的刑讯场面，前苏联国家曾经出现过大量类似的视频。"

"可是这样,女士们也不会好受一点,"黑尔默抱怨道,"那个老板交待什么了吗?"

"什么也没说,无论是进货渠道还是非法视频的规模都是一问三不知。"

"好吧,就像以前一样,"尤莉亚说,"我们知道,现在已经到了数字时代,人和人之间不再有遥远的距离,对于某个人的病态愿望,世界上总会有其他人能够满足他。现在我们不必跨越半个地球,就可以得到荷兰的儿童色情刊物和视频。"说到这里,她无法容忍地用指尖敲击着桌面,"这方面的问题又是另一个话题了。但是如果我们能把现在的案子和以前的经验联系起来的话,也许我们早就抓住贝尔特拉姆了。那么扎比内,你觉得案情的关键在于卡洛·施蒂格勒还是珍妮弗·梅森?你想出来了吗?"

"我必须承认,还是梅森的可能性更大一些,"扎比内回答道,"作为一名女性,她的可能性当然要比卡洛大。他们的一个共同点就是案发现场都播放着同一首歌曲,在那段被没收的'黑轮'俱乐部的视频里面,"她接着说道,听到这里,尤莉亚马上就警觉了起来,"也有类似的东西。"

"有多像?"尤莉亚迅速地问道。

"在那段视频里一直播放着一首著名的俄罗斯交响乐,你们肯定知道,大家都知道它,听起来有点像星球大战。"

"柴可夫斯基!"尤莉亚皱着眉头,无法相信地问道。必须承认,她只是随口说的,但是在俄罗斯作曲家里面,她也只知道他。她想了起来,父亲那里倒是有几张他的唱片。

"我觉得更有可能是瓦格纳,"黑尔默接着说道,"你说的应该是女武神的骑行。"他哼起了那段著名的旋律,尤莉亚也笑了出来,因为她也知道这支曲子。"哦,是的,就是它。它听起来和我父亲那儿收藏的柴可夫斯基的唱片确实不太一样。"

扎比内也用力地点了点头。"是的,我说的就是这个曲子。把它作为一段轮奸视频的背景音乐,真是有一点诡异,但是也确实充满了讽刺。"

"是的。"库尔默也附和道,就在几秒钟前,他朝门口笑了笑,塞德尔刚刚从那里走了进来。她默默地坐在了尤莉亚的身边。她托着自己的下巴,自言自语道:"《天国的阶梯》这个名字,也很讽刺。"

"对,它翻译成德语的意思就是通往天堂的阶梯,"扎比内补充道,"我必须承认,就是这首歌给我带来了很多启发。"

"我们还等什么?"黑尔默的眼里闪过了一丝光芒。"我们到那家俱乐部好好地大干一场吧?"

扎比内摇了摇头。"恐怕你没有这个机会了。首先我们现在已经失去了他们的踪迹,尽管在那次行动以后,我们还对其中的几个人进行了短暂的跟踪,但是很快我们就终止了行动,因为并没有发现什么有价值的线索;第二个原因是,在那家俱乐部解散以后,我们的调查小组很快也解散了。"

"此外,那些年老的皮装男以及街头的古惑仔,和我们两年前案子里的大学生也没什么关系,不是吗?"塞德尔说道,"我的意思是,我们案子里接触到的人都是百分之百的大学生,他们和那些人完全来自于两个不同的世界。"

"我也想到了这一点,"尤莉亚赞同地点了点头,"我们现在要集中精力追捕贝尔特拉姆。同时我会在全国范围内搜寻和我们的案子相类似的案件。扎比内，"她把头转向了对面，"在这方面我需要你的支持。如果你能把你在风纪警察组的同事请过来帮忙的话，我会非常高兴的。不过一定要小心行事，你知道的。"

十分钟之后。电梯门开了，扎比内和尤莉亚站在了一条狭长的、终日亮着灯的通道前。地面上，灰色的斑迹随处可见，通道两旁布满了房门。

"你以前来过这儿吗？"尤莉亚问扎比内。后者想了片刻，摇了摇头。

"不，没直接来过，"她快速地说道，"不管怎么说电脑部确实没来过。好像还没结果吧。"

"好吧，我有点好奇，"尤莉亚笑了笑，"你看起来很激动。"

"为什么？"

"刚才我问的问题很简单，你却用了三次否定，其实一次就够了。不过很少来这一层或者从没来过这一层又没有什么不光彩的。"尤莉亚回想起了自己第一次来这里的情形，当时也给她留下了深刻的印象。"其实只有一半像是犯罪现场调查里的案子或者其他系列杀人案……但是另一半就完全是另外一个样子了。"她的脸上出现了痛苦的神情，那是一段短暂的、黑暗的回忆。

"你说什么？"扎比内问道，她没弄懂尤莉亚的这句半截话。

"啊，我只是有段时间没有来这儿了。"尤莉亚回避了她的问题。

"接着呢？"扎比内坚持道，"很显然你突然变成了一个充满秘密的人。"

"哎,这有什么用呢,其实大家都知道。"尤莉亚叹了口气。她决定,在别人告诉扎比内之前,自己要亲口把那段往事告诉扎比内,令她高兴的是,很显然,这起当时的轰动事件日后并没有再次成为办公室里的热议话题。

"几年前,在你加入我们之前,那时候我们正在调查一起系列杀人案——你一定听说过'开膛手'这个名字吧。"

"开膛手杰克?"

"是的,"尤莉亚迅速地点了点头,"这个案子看起来,就像是当时那起伦敦地区妓女连环凶杀案的延续。'开膛手',案发不久后我们就这样称呼凶手了,他是一个彻头彻尾的性变态,但是同时他也是一只可怜虫。当时他给我发了几封附带照片的电子邮件,照片里受害者的内脏都被取了出来,非常恶心。"

"我想,现在我明白了,"扎比内说道,"电子邮件、电脑部、来自于同事里的凶手……当时流言肯定传得很快。"

"虽然我们想尽了一切办法,在公开场合研究案情……"一个深沉的男性声音响了起来,两位女士都吓了一跳。尤莉亚的心都要跳到嗓子眼了,直到她认出了说话的人。在她们俩身后,有个人正端着一杯冒着热气的咖啡从旁边的房间里走了出来。

"哎呀,您吓到我了。"尤莉亚脱口而出,不过她马上又恢复了镇静。

"呵呵,其实那个名字也很有故事。"施雷克先生坏笑道,他看向扎比内,伸出了手。"我们还没有互相认识一下,很高兴认识你,施雷克,电脑部。对不起,你们刚才聊天的时候,我只是偶然路过。"

"考夫曼,扎比内·考夫曼。"尤莉亚的同事带着温暖的笑容回答道。尤莉亚感到很忌妒,很显然,扎比内恢复常态的速度要比她快得多,时至今日,她还不能彻底地把施雷克以前同事的影子从脑袋里抹去。

"这就是你不愿意来我们这里的原因了?"施雷克问道,好像他猜出了尤莉亚正在想什么一样。

"现在我在这儿了,"尤莉亚选择了避而不答,"我希望这是值得的。"

"这一点您完全可以放心。"施雷克那浓密的眉毛扬了起来,嘴角也勾出了一个很大的弧度。"你们悄悄地跟着我走。"他向两人示意道,接着他们走进了电脑部。尤莉亚记得施雷克的办公区在靠里的位置。在横穿办公室的时候,尤莉亚一路都带着十分敬畏的目光,浏览着屋里那些昂贵的仪器。

宽大的办公桌上放着一台拆开的电脑主机,上面连着各种各样的电源线、数据线,办公桌后一个灰色的集线盒把这些线缆都收集了起来。电脑主机的右边是一台笔记本电脑,尤莉亚猜想,这可能就是贝尔特拉姆的电脑,它被反放在了桌面上,后盖已经被拿了下来。电脑主机后面是一个巨大的平面显示器,黑色的背景上显示着"我会回来的"几个大字,字体的颜色还在不断地变换着。尤莉亚记得,这句话来自于阿诺·施瓦辛格的《终结者》。施雷克先生身上总会出现一些新的特征,一位感性的同事,训练有素、深棕色的头发、令人印象深刻的五官,更重要的是他的年纪要比自己小 10 岁。但是尤莉亚想得更多的却是显示器背后的故事。她在心里感到有点后悔,可是这就是她的命运,在她的生命里,工作一直就是第一位,这怎么也改变不了。

"真是一团乱啊!"扎比内指了指桌子上拆开的主机,说道。

"其实 BIOS 保护也没什么用，"施雷克回答道，"你们看，大多数人都认为，如果设置了主板密码的话，所有的数据就会安全了。但是很显然，这真是个彻头彻尾的笑话……"

"BIOS 保护?"尤莉亚有点没有头绪，很显然，在场的人当中，她是唯一一个不知道这个概念的人。相反，扎比内则一点表情也没有。

"对不起，"施雷克迅速地道歉，"请原谅我。不过求您别像是在审问我似的，这样的话，恐怕我什么也说不清楚。您看，这就是每天我所从事的工作。"

"好吧。"

"我给您简单地解释一下吧。BIOS 保护其实没什么复杂的。每一台计算机都有 BIOS，一个集成程序，通过它人们来启动计算机的驱动程序。人们可以在 BIOS 里设置一个密码，不知道密码的话，是根本不可能启动电脑的。"

密码——系统——启动。尤莉亚·杜兰特在心里尝试着去理解这些刚才听到的名词。

"好了，继续。"她点了点头。

"这确实是一种比较好的方法，"施雷克解释道，"因为和 Windows 用户密码相比，BIOS 密码几乎没有后门。但是它同样存在一个问题：BIOS 对于硬件无法提供任何保护，也就是说，如果我把硬盘拆下来的话，再好的密码也没用了。"

"嗯……我明白了。"尤莉亚点了点头，"所以你现在有这么大的一块办公场地。"

"对。相对来说，珍妮·斯科齐的笔记本电脑就要简单很多，什么保护也没有。而贝尔特拉姆的则要复杂很多，因为他知道,他都干了什么。"

"还有他是信息系的学生。"扎比内简要地说道。

"的确,这也是个原因。"施雷克点了点头。

"让我们来谈谈里面的内容吧。"尤莉亚催促道。他们根本毫不在意,直接就在这样一堆高科技产品间坐下来,因为那个变态的人渣很有可能正在外面寻找着他的下一个猎物。很显然贝尔特拉姆是一个热爱旅行的人,来自于慕尼黑的娜塔莉亚就是最好的证明。

"好吧,让我们从笔记本电脑开始吧。里面非常干净,既没有个人数据也没有任何视频数据。只有几个 iTeX24 公司的项目表,还有一个网络接口。唯一值得注意的就是,他在电脑里储存了很多网络配置文件。我们基本可以断定,他经常通过黑色波段上网。"

"黑色的什么?"

"这是口语中的说法。通俗点来讲就是,通过一个陌生的无线网络来上网。在一个人口密集的空间里,这是有可能的。比如说,在一个人口密集的住宅区或者高层楼房,那里都会有大量的无线网络。基本上每户家庭都会有一个带有无线功能的路由器,而且通常情况下,使用者都只设置了简单的密码或者干脆不设密码。人们根本不需要怎么设置,就可以登入他们的无线网络。至于这样做的动机也有很多。"

"比如说?"

"盗取数据,这可能是处于第一位的,"施雷克想了想,"接下来当然是为了掩饰自己。想浏览非法网页的安全方法就是以别人的身份登入。尤其是访问那些儿童色情图书网站的时候。

现在没人知道,他到底干了什么。"

尤莉亚后悔地想道,显然还是我们不够警觉。

"好了,现在我们来看看他的台式电脑,"施雷克继续说道,"在这里,贝尔特拉姆处理得非常仔细,一定是有人让他这样做的。可惜对于我们来说,就只有等待,等待,等待……"

"我们等什么?"

"等着我们的破解软件解开那些曾经被他仔细加密过的文件。你们就祈祷吧,他没有为每一个子文件夹都设置随机密码。那样的话,也许我们就要一直等到圣诞节,才能破解完。"

"该死,"扎比内·考夫曼脱口而出,"如果没有呢,那还需要多少时间?"

"最少三天。"施雷克承诺道。

"这肯定不是真的。"尤莉亚控制不住自己。

"对不起,但是我们必须仔细分析每一个错误,以避免引起一连串的错误。这个周末我可以加班,这没有问题,"他补充道,"但是毕竟我们不会魔法。"

"差不多确实需要这么长的时间。"扎比内带着安慰的语气说道。

"让我们看看新的视频吧。"

"好的,乐意为您效劳。"施雷克移动着鼠标,显示器上忙碌了起来,尤莉亚认出了其中的几个窗口,但是她并不知道这些窗口到底是什么程序。它们的样子与贝格尔和尤莉亚的电脑里的程序完全不同,也许施雷克安装的是其他的操作系统。自从上次拜访电脑部,到现在已经过了很长时间了,不过尤莉亚觉得,在电脑面前,她的同事还是那么优雅,每一次点击,每一个输入,还是那么富有吸引力。他的头发散发着清新的香气，不像是普通的发胶或者是那种便宜的发蜡，也许他喷了香水。作为一个出身贫寒并且职位较低的人，施雷克给人留下了很不错的印象，不少身居高位的人都从他这里得到了想要的信息，或者学到了不少操作技巧，想到这里，尤莉亚也不禁浅浅一笑。接着施雷克调节了一下喇叭的旋钮，他的喇叭放在显示器的右面，大概有20厘米高，灰白色的颜色就像无烟煤一样。他用食指指了指屏幕。"瞧！"他说。屏幕上，媒体播放器开始播放那段视频。

尤莉亚·杜兰特和扎比内·考夫曼不知所措地盯着屏幕，在大尺寸的显示屏上，视频的确清晰了一点，但是也让人觉得更加压抑。播放器里的时间轴显示出，这是一段将近一分钟的视频材料。

尤莉亚本来正全神贯注地区分着，哪些场景她已经看过了，哪些是新的东西，突然，喇叭中传出了熟悉的音乐：

当她到了那里，

她明白，即使商店都已关门，

只要轻启朱唇她就能得到所要的东西，

她想买一架通往天国的阶梯……

星期五　11点21分

"那么，您浪费了很多时间，"克拉拉·冯·迪特恩挖苦地说道，她皱着鼻子补充道，"我们12点半在高尔夫俱乐部定了位置，我可不喜欢迟到。"

"我真诚地向您道歉。"库尔默一边道着歉，一边巧妙地掩盖了他不高兴的心情。一个小时前塞德尔在他的位置上接到了电话，是克拉拉·冯·迪特恩打来的，她是贝尔特拉姆那位难缠的女邻居，她很有可能整天都站在窗户旁——但是关于这一点，即使到了世界末日，她也不会承认。

"塞德尔，库尔默的搭档。"塞德尔这样问候道。

"我想同库尔默先生讲话。"冯·迪特恩这样要求道。

"库尔默先生现在有事，没在他的位置上，您不得不将就着和我说了。"

"库尔默警官说过，如果我记起什么的话，我应该给他打电话。如果我只应该给110打电话的话，他大概也不会把他的名片给我吧。"

"我是他的搭档。"塞德尔回答道。她已经重复这句话两遍了，但是冯·迪特恩女士还是很固执。最后她终于被说服了，彼得·库尔默会第一时间给她回电话，而且彼得·库尔默也确实这样做了，然后她坚持要进行一次私人会面，所以现在库尔默就来到了下利德巴赫，并且还不得不接受着戏谑。好吧，谢谢。

"我们进屋吧，哦，请把您的鞋底弄干净！"

库尔默沉默不语地跟随着她。

"鉴于现在炎热的天气，我非常乐意给您倒一杯茶或者一杯柠檬汁，我的医生告诉我，这种饮料会让人感觉凉爽。"克拉拉·冯·迪特恩喋喋不休地讲述着，然后她又恢复了指责的腔调，"但是现在为时已晚，我们还是抓紧时间吧，也许我只能快速提供一杯白水了。我丈夫会在12点15分从高尔夫球场回来，他很准时。所以我最多在20分钟后就必须要离开了。"

"冯·迪特恩女士，我会尽可能地不占用您的时间。"库尔默强调道。这点你丝毫不用担心，你这个古板的老鹌鹑。"您能再次联系我们，这让我们非常重视。"

"我了解的情况好像不太适合告诉您部门中的随便一人。"她不高兴地回答道。

"塞德尔女士是我的搭档，"库尔默耐心地解释道，"在这样一件案子中，我们会成立一个专案小组来调查案情，我们之间要互通有无。"

"无论如何，"冯·迪特恩说道，"我可不想还有其他的许许多多的警察在这里跳来跳去。那会是什么样子？您对我来说还算是最舒服的。"她微笑道，"您的同事是那个开着宝马炫富的那位吧。他的职位是什么，您的上司？还有另一位年轻人。她不是塞德尔女士吧，是吗？"

"不，不是。"库尔默否认道，禁不住笑了笑，"他们是弗兰克·黑尔默和扎比内·考夫曼，两位十分杰出的探员。但是您说的很对，对于这个案子，我是调查得最深入的，如果人们这样认为的话。我在两年前就已经去过贝尔特拉姆家了。"

库尔默尝试着去辨别，他的对话人那聚精会神的目光是否可以泄露出一丝讯息，也许，当时她在旁边的房子里已经注意到了这一点。但一切都是徒劳的，克拉拉·冯·迪特恩仍然摆出一副扑克脸。

"在这里游荡着一些值得注意的人，如果我可以这样说的话。"她只是这样回答道。

"您可以具体描述一下吗？"

"如果夜莺路是现在这个样子的话，我们是无论如何都不会买这里的房子的,这里现在简直变成了一个鸽子棚。当然除了您和那位黑尔伯特或者其他什么名字的开宝马的那位,以及那位保安公司的开锁匠之外。这里一般情况下是非常安静的,没有什么交通往来,早晨的时候报童会来一趟,中午时会是邮递员,有时会来一位园艺师或者清洁人员。我们可以从时间上来判断这些人,您明白吗?"

"还没有完全明白。"库尔默承认道。

"因为如果这里连续几天都出现一辆陌生的车子,并且不可思议地停在了栅栏前面,那么它就会相当地引人注目。不是针对您,但是您直接将车子停在了克龙别墅前。我的意思,不是说这里存在什么停车规定,但是毕竟我们都有自己的车库。这是一条不成文的规定,是礼仪上的问题,您知道吗?"

库尔默决定抓住重点,他可不想参与关于居民区公共停车问题的讨论,因为他无论怎样都不可能辩论成功。

"那么您观察到一辆陌生的车子,它经常出现在贝尔特拉姆别墅的附近,是吗?"

"在我们所有家的附近。"冯·迪特恩纠正道。

"我也是这个意思。那么您是推测这与亚历山大的失踪有关?"

"这就要交给您亲自调查了。我只知道,他不会是什么执勤人员、园丁或者清洁工什么的,这是一定的。"

"您可以描述一下那辆车子吗?"

"当然,是一辆轿车,一台灰色的宝马,挂着慕尼黑的车牌。没有您同事的那辆大,但我可以确定是一台宝马车。您要知道,在我们购得美洲虎之前……"

"谢谢，"库尔默迅速打断了这位女房主，"这是一条十分有帮助的信息。我很想知道的是，您是否可以描述一下这辆车子的司机，他下车了或者进屋了吗？"

"不，都没有。我是说，我也是偶然发现这一情况的，您要知道，比起一整天都站在窗户前，我可还有更好的事情要做。"

问题是，库尔默想着，还会有人像克拉拉·冯·迪特恩这样警惕吗？他慢慢地站了起来。

"我们会顺着这条线索追查下去的，您能够特意打电话来，是非常令人尊敬的。我希望，我的到来没有耽误您太多的时间。"

"哪里，大家都会尽力而为地提供帮助。"这位女士大度地表达着，并且也同样站起身来。"如果这个地区可以因此而更加安全的话，那么这也是对我们这些邻居很有好处的。"当库尔默溜达过房屋的走廊，看到高墙上悬挂着的那些昂贵的油画后，他鄙夷地认为他们的担忧确实不是多余的。除此以外在两边还分别摆放了一尊齐腰高的棕色花瓶，难看至极，但是很有可能是价值不菲的。正当他思忖着，如何以最快的速度而又不失礼仪地告别时，克拉拉·冯·迪特恩的声音已经响起。"库尔默先生？"

见鬼，又有什么事？库尔默转过身来，挤出一丝勉强的微笑。

"是的？您又记起什么事情了吗？"

"没有，但是您有事情忘记了。您也许还想要记下那辆宝马车的车牌号码吧？"

"呃，当然！"库尔默惊讶地口吃了起来。

"您稍等,我记到了纸条上。"冯·迪特恩女士说道,接着她拉开了写字柜的抽屉,那是一台古典的由浅色樱桃木制成的柜子。当库尔默抄写号码的时候,他问道:"您是怎样想到,这辆车子可能会与亚历山大·贝尔特拉姆的失踪有关呢?"

"因为自从您第一次来到这里之后,这辆车子就再也没有出现过。"

星期五　13 点 50 分

"你的意思是说,那个整天待在自己房子里无所事事的老妇人,看到了汽车并记下了车牌号码,然后又毫不在意地把情况告诉了我们?"黑尔默的声音充满了怀疑,甚至有些怒气。

"好吧,这就是我想说的,"库尔默承认道,"也许在我去拜访她的时候,她还不想告诉我们,而且当时她看起来就像死也不会告诉我们一样。现在她能打电话过来,这真是个奇迹。"

库尔默和黑尔默一起站在贝尔格的办公桌前,尤莉亚则坐在桌后,她刚想要回复一个来自于鲁尔区的询问。波鸿的刑事警察,重案组。尤莉亚在几分钟前就已想到,如果继续这样的话,我们这里很快就会成了联邦刑警的分支机构了,或者,更糟糕的情况就是,联邦刑警们会完全接手这个案件,而不再让我们参与。当然,这种可能性其实并不大,不管怎么说,至少在法兰克福,调查取证的活儿还是得由她的队伍来干。只是她没有想到的是,这个来自于波鸿的询问竟然会和他们手头的案子扯上关系。一个 19 岁的青年在上学途中失踪了,其实这与他们到目前为止所遇到的案情,并不十分相像。也许波鸿那边只是想尝试一下,看看在法兰克福能不能找到什么线索。每当遇到这种情况,尤莉亚·杜兰特总会暗自庆幸,她自己没有将一个生命带到这个世界上来,但是她必须承认,在大多数情况下,这种想法总是处于劣势。她一边敲击着键盘,一边听着同事们的对话。库尔默刚一回警局,就激动地把他听到的事情告诉了大家——有一辆可疑的灰色宝马车出现在下利德巴赫富人区。

"我觉得,至少当你们和开锁公司一起过去的时候,她就应该说点什么。"尤莉亚皱着眉头说道。

"确实,"库尔默点了点头,"也许她会借口说,她早就想打电话过来,但是她丈夫不让。天知道,像他们那种富人到底隐藏了多少秘密。偷税,非法劳动……在富人的圈子里这种事情很常见,对吧,弗兰克?"他偷偷地看了黑尔默一眼。

"混蛋。怎么又扯上'富人的圈子'了?我和那些看不起人的混蛋一样吗?白天的时候,他们在外面一个个光鲜亮丽的,像个慈善家,晚上回到家里,却只会痛打妻子,或者在夜里蹑手蹑脚地溜进孩子们的房间。"

"千万不要认为我的话是针对你的,"库尔默试着让黑尔默平静下来,"我不是这个意思。我只是想说,在高贵的外表后面,经常会隐藏一些或大或小的秘密,而我们也许并不能马上了解他们。"

"就算是吧。"黑尔默闷闷不乐地说道。

"无论怎样,我们也得查一查。"尤莉亚·杜兰特打断了他俩的谈话,"总之,这也算是第二条线索,它指向了慕尼黑。"

当库尔默回到办公桌前的时候,多丽丝·塞德尔已经在那里等他了,手里拿着一张打印纸。"这真是个意外惊喜。"他朝她满怀爱意地笑了笑,就像他在过去的一周里经常做的那样,至少尤莉亚·杜兰特是这样认为的。自从塞德尔公开了怀孕的消息以来,这对恋人又变得密不可分起来。当然这并没有什么问题,因为他们都足够职业,只要他们的关系不给工作造成什么负担,他们怎样做都无所谓。

"我可不是唯一能让你高兴的事。"塞德尔回答道。"这……"她挥了挥手中的纸,"你看!在你回警局的路上,我们就已经查到了这个唯一的电话。"

库尔默十分好奇地匆匆看完了短短的几行字。纸上写着慕尼黑的几个不同地址,每一个都有一个名字和至少一个电话。其中的一行涂着绿色的荧光笔迹,格外醒目。

"一家汽车租赁公司?"他无法相信地说道。

"是的,而且就挨着慕尼黑机场。"塞德尔点了点头。"车辆所有者信息表记录得很详细,哪一家公司都有什么型号,上面还有他们的电话。"

"真是佩服。"库尔默深受感动地点了点头。

"你看,大多数的汽车租赁公司都会使用特定的车牌组合,而且在通常情况下,这个组合都会和他们总公司的坐落之处有一定联系。"

"当然,但是我现在更感兴趣的是,在过去的几天里,谁开着这辆车。"黑尔默皱着眉头问道。

"这个,亲爱的同事们,"塞德尔眨了眨眼,"你们可以打电话过去,自己找出答案。"

电话里传来了一个柔声细语的女性声音,她非常友好地说出了汽车租赁公司的名字和地址。

"你好,这里是库尔默,法兰克福刑警。我想了解一下情况,关于一辆你们出租的汽车。"

"您叫什么名字?"

现在,她的声音听起来已经没有那么友好了。她肯定通过了那种目的明确的客服训练,但是对待官方人员就不必那么客气了。库尔默觉得,也许,在内心深处,她甚至会感到一丝高兴,终于不用再假装友好了,他又耐心地重复了一遍名字。

"彼得·库尔默,法兰克福刑警。我们找到您,是因为我们要核查一下你们的汽车,一辆灰色的宝马1系双门轿跑。"

"但是我怎么能够确认,您确实是警察呢?"现在她的声音听起来已经很不友好了,而且也不再是柔声细语了。必须得承认,那些数不清的关于预防电话和网络犯罪的宣传教育达到了目的。当仅仅听到重要的官方名字时,现在的人们已经不再盲目地交出他们的个人信息了,至少大多数的情况是这样,但是到目前为止,库尔默还没遇到过这种不信任。

"对不起,我想如果您愿意的话,您可以打回警察局里来找我,或者我可以给您发一份传真,您就告诉我吧,我可以怎样证明我的身份。"

沉默。最终这位年轻的女士说道:"我给你们的总机打电话,然后转过来。请给我您的分机号码!"

过了三分钟,时间对于库尔默来说,缓慢得就像停止了一样,电话铃响了,他焦急地把听筒抓到了耳旁。电话里传来了一个陌生的低沉男性声音,带着明显的方言。

"这里是约瑟夫·林德纳,您好,我是这家汽车租赁公司的经理。"

库尔默再次介绍了自己并且描述了他的请求,而林德纳则保持着友好的合作态度。

"库尔默先生,您提的要求没问题。"他的口音里带有明显的大舌音,库尔默真想知道,林德纳和顾客进行英语对话,会是一番怎样的情形。"您看,"对方在听筒里继续解释道,"我们要求我们的员工,不要泄露顾客的私人信息,我想,您自己大概也能想到是什么原因。"

"愿意吃醋的爱人?"库尔默下意识地猜测道。

"是个原因,"林德纳笑了出来,"那些想监控自己员工的老板,那些想监视他们对手的同行,这个名单远比人们想象得长。"

"但是我现在还没有法官的判决,那么我还能知道租用者的名字吗,还是?"库尔默满怀疑惑地打断了对方的谈话。

"不,不,"林德纳继续说道,"不必那样。您能告诉我车牌吗?"

"当然。"

库尔默把信息告诉了对方,接着他就听到,他的谈话伙伴把信息输入了计算机。

"这辆汽车还没还回来。"

"还在路上?"库尔默有点激动地重复了一遍。

"等等!"背景里传来了敲击键盘的声音,"是的,还在路上。租用期开始于 6 月 28 日,灵活期限。"

"这是什么意思?"

"备注里写的是:顾客预先支付了一个月的费用,他可以不受日期限制地租用汽车,当然他可以提前归还,也可以续租。这些英国人,"林德纳叹了口气,"他们办事情,永远不喜欢提前定下来。不过,我觉得……"

"英国人?"库尔默脱口而出。

"嗯,是的,这个我还没说吗?他叫乔治·辛克莱,我会把他的护照复印件发给你们。您还需要一份租赁合同的复印件吗?"

"说不定有什么用,好的。"

"您方便透漏一下吗?您为什么要找这个辛克莱?"

"啊,这关系到我们手头的一个案子,必要的情况下,我会把您的陈述当作证词。"库尔默回避了对方的问题。他不想冒犯林德纳,但是他一下子又找不到什么借口,"此外我没法再多说什么了,您明白的,案件还在调查之中。"

"我明白,我只是有点好奇,一个法兰克福警察为什么会到慕尼黑来找人。不管怎么说我们也会见面的。"

"您是说,因为汽车?"

"是的。租赁合同里包含着一定的行程公里数,足够辛克莱开到北海再开回来,这没什么问题,但是如果汽车还要开到法兰克福,再参加一次调查,可能就有点紧张了。"

"让我们拭目以待吧,"库尔默说,"首先我们必须找到它。"

"您不会直接就向他开枪吧,对吧?"

库尔默迟疑了一会儿,他甚至不确定,林德纳是不是认真的。

"不要担心,我们这又不是眼镜蛇11,"接着他又马上说道,

"您要传真号还是电子邮件地址？"

"两者都要，以防万一。我马上就给您发材料，戈尔德女士现在了解情况了，如果您还有什么问题，可以找她，她很愿意效劳。"

15 分钟以后，尤莉亚·杜兰特若有所思地看着眼前的这些材料。旅行护照的复印件被传了过来，很一般的质量，但是可以看清上面的所有内容。

　　姓：辛克莱

　　名：乔治·亚当

　　国籍：英国公民

　　出生日期：1980 年 12 月 4 日

　　出生地：伦敦

照片倒是看不出什么，这是一张尤莉亚从没见过的脸。她又迅速地看了看其他文件，并且比对了护照和租赁合同上的签名，它们是一致的。

"真是胡闹！"她大骂道，"看样子我们还得和英国当局打交道了。"她满怀希望地看了看多丽丝·塞德尔，后者和库尔默一起来到了她这里。

"多丽丝，这对你来说不算什么吧？"她笑了笑。"你最有耐心，而且你还有一口非常棒的英语。"

"给我吧！"塞德尔回复道，她伸出了手，接着笑着说道，"希望怀孕不会让我干出什么蠢事。"

"好吧，"尤莉亚说道，"那么从现在开始你只需按照命令行事即可。"

"我倒是有几个有用的建议。"黑尔默轻声说道，他刚走进办公室，朝着塞德尔的方向，但是即使如此，屋里的每个人都听到了他刚才的话。接着他看了看在场的人，说道，"希望你的命令对我也有点用，头儿？"

"我正好想到你了。"尤莉亚皱起了眉头，叹息道。

"我要走了。"黑尔默说道，接着他就转过身去，准备离开，直到此时尤莉亚才想起来，她匆匆喊道：

"停一下，你可以打电话，追查那辆宝马车的下落。告诉大家抓紧，我们已经追查贝尔特拉姆 30 个小时了，但是我们还没有任何线索。"

"明白。"黑尔默点了点头。

"此外，我们必须弄明白，是否有一个叫作乔治·辛克莱的名字投宿在了法兰克福，首先是宾馆，可能是西区，接着逐步扩大范围，所有的汽车旅馆、小型公寓都要排查。哎，"她捋了一下自己的头发，"真是浪费。希望一切顺利。17 点回来开会，可以吗？"

"最好是 18 点，"塞德尔建议道，"反正我们必须回来。"

"顺便说一下，"尤莉亚皱着眉头，"扎比内到底在哪儿？"

星期五　15 点 00 分

教堂的钟声。

亚历山大·贝尔特拉姆不会忘记这个声音，他感到自己以一种奇特的方式被感动了。是安全感吗？当巨大的钟槌第一次敲击数吨重的铸铁钟时，一声沉重的、悲怆的打击声传了出来，然后逐渐消逝。在他还是孩子的时候，他就对这个声音肃然起敬，即使这个独奏打击乐出现在了交响乐中，在他听来虽然形式有所改变，但却依然熟悉。

但这怎么可能呢，他在此时此刻怎么会听到家乡教堂里的钟声呢？一幅模糊的画面出现在贝尔特拉姆的脑海中，是由他记忆深处的潜意识碎片所组成，这些碎片挤入他的脑中，逐渐组合成一个场景。那是很久很久以前的事情，一定已经有二十年了。画面中一个瘦小的小男孩，裸露着纤细的胳膊和腿，只穿着一件内衣和一条内裤，蹲在楼梯间的昏暗空间里。亚历山大认出了那个楼梯，带有木质的护壁板，也记起了那个感觉，穿着湿漉漉的裤子坐在冰冷的石头上。外面传来了男人的谩骂声，时而会被一个绝望的女人声音所打断。妈妈是站在我这边的，这个男孩想道，他还不到8岁大，目光呆滞地面对着那逐渐逼近的黑暗，它仿佛从楼梯的最下面逐渐蔓延开来，慢慢地，即使他没有看过去，但那黑暗仍然一步一步地爬向了坐在石头上的他。

"你那套严格的军事训练的方式是无济于事的。"一个声音呜咽着。然后另一个声音马上大声斥责道："你那种废话连篇的方式显然也没用！"那是个星期六，一个再正常不过的周末。这个男孩就像往常一样尿了床，又恰好发生在父亲在家的时候。结果就是他要在地下室的楼梯上待上两个小时，直到洗衣机把他脱下的睡衣和换下的床单洗干净为止。然后他才被允许洗澡和穿衣服，在十二点半的时候再吃饭，然后所有的一切又恢复了干净与整齐。远处传来了教堂的钟声,那是这个男孩第一次听到教堂报时的钟声。十二点整,今天快要忍受过去了。谁知道,明天又会怎么样呢?

又一次钟声响起。贝尔特拉姆强迫自己从恍惚的状态中恢复清醒,想要再一次获得对于五官的掌控权。他的双手是完美的工具,他的目光是为了寻找美丽的纯洁。他拼死告诫着自己的五官遵守纪律。

我闻到了什么?他首先自问道,他的鼻翼吸入了凉爽的空气。凉的,潮湿的,但同时还有点其他味道。香烟、酒精,也许是一个地下室派对。

味觉也是一样的,舌头干燥,但似乎多了一丝金属的味道。但是我没喝醉啊。

那么我真的听到了敲钟声吗?

现在轮到感官了。头和四肢的神经跳动让人感到疼痛,我是平躺着的,感觉很柔软。也许是躺在床上,也许我只是在做梦。但是当亚历山大想要揉眼睛的时候,他感觉到,自己的手无法移动。手腕也是,不,他纠正着自己,手指也不能动弹,突然间他惊慌失措地确认到,他既无法改变自己胳膊的位置,也无法移动自己的双腿。

我被囚禁了!

他痉挛般地奋力睁开双眼。他的眼皮像粘住了一样,瞳孔在灼烧着,昏暗的灯光照射出他周围的环境。眼前的东西好像慢动作般逐渐构成一幅画面,但事实上仅仅是几秒钟内的事情。

第三次钟声刚刚响起,贝尔特拉姆捕捉到了对面那双深邃的眼睛。他认识那双明亮的蓝眼睛,还有那沉思的微笑,细长的鼻子,细嫩的、完美无瑕的面部肌肤并且带有明亮的肤色。

他屏住呼吸,激动得只能靠喉咙发出低语,就在他吃惊地说出她的名字的时候。

"珍妮弗·梅森!"

星期五　　18点06分

扎比内·考夫曼最后一个来到了会议室,气喘吁吁的,但是她却容光焕发。她的工作日和其他人开始得一样早,并且这一周又是那么让人精疲力竭,但是她看起来还是那么光鲜亮丽。她穿着紧身蓝色牛仔裤,白色的上衣,那简单的材质隐藏了她一流的身材,她的妆容得体而清新。"大家好!"

"你怎么不接手机呢?"尤莉亚·杜兰特生气地问道。

"对不起,我今天中午不知道把手机落在哪儿了。施雷克先生非常好,想要给它安装定位,但是就算定位系统能够定位我的地址或者警察总局的位置,但却不会知道手机遗落在哪个房间或哪个抽屉里,那么它对我来说还有什么用呢?见鬼,我真的是画了三次十字才再次找到了它!我保证不会再发生这样的事情了,你们是知道我的……我可不能没有我的手机。"

"你不怕这可能会错过爱神之箭啊?"黑尔默打趣地说道,但是扎比内只是礼貌地笑了笑没有说话。尤莉亚同样也注意到了这一反应。扎比内·考夫曼有着别人所不了解的性格,有时人们简直无法理解她,对于一些事情,她是绝不想多看一眼的。也许她有自己的原因,尤莉亚想道,是的,她一定有的。等这些事情都过去之后,我会找机会,更好地去认识她。

扎比内转向尤莉亚。"你永远猜不到,我今天和谁谈过话。"她天真无邪地眨眨眼睛,然后从裤兜里拿出了一个黄色笔记本。

　　"你就别卖关子了。"尤莉亚嘟囔着,她还是有些怒气,因为她一整天都没有从这位能干的女同事那里听到任何消息。贝格尔在那时是不是也会有这种感觉呢?她总是这样单打独斗。一定是这样的,她想道,并且强压住笑意。然后她急切地观察着那张皱皱巴巴的白纸,上面写着两个电话号码,一个让她觉得似曾相识,那是一串以法兰克福区号 069 开头的号码。另一个是个手机号码,对于这种十二位的长号码,人们在敲入键盘的时候会一直保持着注意力,以避免因为疏忽而落下一个数字。扎比内狡黠地一笑。"我只透露这些:在这个时间通过座机连线的话,应该是没什么希望的。警官也是需要睡美容觉的,即使是在奥芬巴赫。"

　　"彼得·勃兰特!"尤莉亚脱口而出,这时她终于明白,为什么她会觉得那个座机号码有些熟悉,那是他在警局的直拨号码,带着审视的目光她扫过钟表,不,她最好还是马上拨通那个手机号。

　　"喂?"电话那头响起了奥芬巴赫探长那熟悉的声音。

　　"您可以猜三次。"尤莉亚·杜兰特回答道。

　　"哦,天呐,美因河另一边的女同事,晚上好!"

　　"晚上好。我们有一段时间没有联系了,不是吗?"

　　"的确如此。一定有三年时间了,是吗?不对,有四年了。我听说,您最近有一个职位上的小变动。"

　　"只是替代形式。贝格尔有了严重的腰间盘问题,他还会回来的。您是知道我的,我习惯了在大街上和人群中工作,而不是坐在办公室里办案。"

"是的,但是现在来讲,最舒适的警察工作都是在白板上,在司法鉴定中心里以及在电话里进行的,"勃兰特反驳道,"您看,我们现在正在做的是什么啊?"

"您做的事情,我可不知道,"尤莉亚尖锐地回答道,"我们刚刚在开会,然后我的女同事就带来了您的手机号码。"

"聪明的年轻女孩。"勃兰特赞许地评论道。

"我会转告的。但是也要恭喜您啊,警局内部和新闻报道的评价是一致的啊。"

尤莉亚·杜兰特暗指诺伊恩多夫的判决,那是一个被媒体广泛关注的案子,是发生在教堂中的强奸案。

"看人们怎么看了,"勃兰特说道,"祝贺也许不是很恰当的,因为在这个案子里不存在真正的胜利者。"

"我很清楚,"尤莉亚叹息着,"让我们回到通话的主题上来吧。"

"好的,我正好一会儿还有安排。"

尤莉亚·杜兰特愿意用一个月的工资打赌,彼得·勃兰特晚上的安排一定和女检察官埃尔维拉·克莱因有关。但这不是一个公平的赌局,她承认道,因为可以这么说,勃兰特的一生都在围着这个女人转。在公事上他作为刑事警察帮助检察院工作,在私下里呢,长久以来埃尔维拉·克莱因在下班后就和他生活在一起了。但是尤莉亚·杜兰特宁愿把舌头咬断,也不会去打探这件事。

"我这里有一个案子,当我得知了您的通缉情况之后,我觉得我该做点事情了。2008 年 9 月 9 日我们在哈瑙 – 施泰因海姆发现了一具女尸。在美因桥那儿有一座双高楼大厦,那是个可疑的地方,这个女孩也不是那个季度发生的第一起谋杀案。不管怎么说,您追查的是关于'业余妓女'的案子。顺便说一下,您要是问我的话,我会说这完全不可能和您的案子有关,因为这些女孩也是给她们的保护者交钱的,像其他的鸡一样。抱歉,是妓女。"他马上纠正道。

"没关系,请继续。"

"好。玛丽塔·韦尔施,26 岁,据说是被一个有名的皮条客保护,在那儿如果出现了一个新老大,并且还喜欢装腔作势的话,总会发生冲突的。而冲突的牺牲品通常都是女人,不管怎么说我们在当时将这起谋杀案归入了这一类型。"

"听起来很有说服力。"尤莉亚回答道。

"乍一看是这样的,"勃兰特答道,"如果我没有得知你们的追查的话。我在风纪警察那边了解了情况,核实了几处问题,然后我应该说什么呢?这个案子完全符合你们那个案子的模式。"

"我们会全力核查这个案子,谢谢您的提示。"

"不管我多么想美化我的破案率,我还是应该找出事实的真相,"勃兰特随意地回答道,"否则我是绝不会给你们的风纪警察那边打电话的。"

"明白。"尤莉亚笑着说道。然后两人互相道别。当她把手机放到桌面上时,她注意到了同事们好奇的目光。

"是彼得·勃兰特。"她解释道。

"我们检察官的爱人。"黑尔默调皮地小声说道,库尔默坏笑着。

"是的,他之前往风纪组打了电话,正巧我在那里分析追查的结果,"扎比内补充道,"如果我不在那里的话,谁知道,转达的时间会有多长呢。顺便说一下风纪组那边,我可以简单总结一下吗?"

"马上,"尤莉亚·杜兰特点头道,"注意了,大家,我们现在又得知,在克莱诺斯特海姆发生过一起谋杀案,它很可能符合我们案子的作案模式。一个年轻的妓女死在她的房内,也是在一个高楼里,到现在为止,我们的同事把她的死亡归结为皮条客之间发生冲突所造成的结果,在那个地方经常发生这样的事情。"

"听起来,不太让人信服啊。"黑尔默插话道。

"看人们怎么看了。从作案类型来看,倒是很符合我们的案子,但是有些地方,比如说齐柏林飞艇,就没有找到什么关系。"

"我很赞同。"扎比内想要发言,所有的目光都看向了她。尤莉亚向她点了点头,示意她说下去。

"给我们解释一下。"

"我有针对性地调查研究了一下,关于虐杀,有音乐作为背景的性暴力以及其他的艺术特征……"

"等等,"多丽丝·塞德尔激动地打断道,"你不要如此认真地使用艺术这个概念来描述这件事,好吗?艺术家对我来说是毕加索或者梵高,当然,他们两人也有一点点怪诞,但是这是完全不一样的,难道他们中有人会在他们的小房间里借着苦艾酒来激发创作灵感,背地里干尽坏事,甚至成为一名奸杀犯吗?"

"嗨,冷静一下,"扎比内·考夫曼举起手否认道,"我是说艺术特征,绝不是指艺术本身!但是看看色情网站'youporn'或者一些非常普通的视频门户网站,大多数电影都有自己的一种形式特征。我们不是要去寻找那些在公开的网络平台上带有死亡情节的视频,那些都不是真实的。而在那些私下的不合法的网站里,人们可以不用交代他们的地址或者相关的一些个人信息,他们会使用一些特殊的拍摄手法,比如特定的音乐或者特殊的剪辑技术。就像有的泰国色情视频,就拍成了像过去的无声电影……"

"好吧,请你原谅,"塞德尔挥了挥手,"我明白了。只是这一切太变态了,我不知道还会不会听到更糟糕的。这个病态的疯子,在摄像机前强奸这些女孩,然后屠杀她们,只是为了将来在自己家的显示器上无数次地观看……"

"或者有一些性变态者,他们花上一大笔钱,只是为了让自己在小房间内被激起性欲,而他们的老婆和孩子则在楼下的房间里早已熟睡。"库尔默补充了她的话,"我能够很好地理解你,单单是这种想法就已经让人作呕了。"

"我的问题是,这些视频是通过何种渠道传播出去的,"尤莉亚最后指出,"很显然存在一个市场。但是请不要给我这样的回答,全球的变态都是通过网络来进行交易的。我对网络还是有一定了解的,尽管我真的很想绕过有关电脑的问题。"

"不,你的问题完全是合理的,"扎比内解释道,"我们当然只有少的可怜的线索,这就是我们调查网络犯罪的困难所在,但是风纪警察和国际办事机构很好地进行了联网。我在那边看到的大部分非法视频,大多数儿童色情读物都会通过荷兰运进运出。对于调查当局有利的信息是,还有一些视频资料是通过光盘载体运输的,而不是在网络上就可以找到的。所以就在最近,他们还进行了一次大规模的搜查行动。"

"那么他们为什么还要制造这种东西呢?"库尔默皱着眉头问道。

"你们一定会笑,但是这好像是和版权有一些关系,"扎比内继续说道,"一旦一段视频在网络上被散布开来,它就不可避免地会被复制。而制成 DVD 光碟,则会受到相应的保护,这样才能让卖家真正地赚到钱。但是在交易的过程中,他们不可避免地会在网络上留下一些痕迹,因为他们不能匿名,所以对于顾客来说这种购买方式存在着一定风险。我们可以由这条线索入手,调查倒卖带有虐杀视频的中间商。"

"具体来说呢?"尤莉亚·杜兰特问道。

"有几种可能性,"扎比内考虑了一下,回答道,"好吧,我说一个具体的例子:一个顾客有了一个特定的想法,于是他会进入相关的聊天室寻找志同道合的人。那么一个对话就产生了,要么是和能提供他所需要资料的卖家直接联系,要么是找一个能够介绍他买到所需资料的中间人。价格一定会商定好,付款形式也会讲清楚。在这种情况下,一个俄罗斯的强奸视频就被这位顾客购买了,付款给一个中间人,然后地球的另一端,另一个中间人再把相应的款项份额转给视频提供者。在 24 小时内这位顾客就会得到一个加密的网页地址,来观看他所需要的视频资料。"

"不可思议。"尤莉亚·杜兰特低声说道。但这种形式确实是存在的,每天都会有关于这方面的交易,一个全球性的黑帮规定了这些所提供物品的价格。有人想要一个新肾? 没问题,在南美的贫民窟里有很多无父无母的孩子。

"如果我没理解错的话，"她马上继续说道，"是贝尔特拉姆在这里制作相应的电影视频，在地球的其他地方会有人为此买单。"

"可以这么说，"扎比内点头答道，"他的保险柜里有多少钱，30 万？"

"327 100 欧元。"黑尔默看了一眼笔记本后回答道。有个保险柜，尤莉亚回忆着。这条消息一定是她还在家里的时候出现的，如果她发火的话，还有什么用呢，她现在不是已经知道了吗？

"在这笔钱上有什么有价值的发现吗？"她顺便问道。

"还需要进一步调查，"黑尔默感叹道，"但是这笔钱都是旧钞票。你以前不是也看过那份报告吗，它论述了旧纸币是很难追踪来源的。"

尤莉亚·杜兰特回忆着。根据一份意大利的研究报告显示，在 90% 被检查的 20 欧元钞票上都发现了可卡因的痕迹，这就给记者们提供了证据，说明每一张纸币上都沾染了可卡因。就像接下来的研究结果证实的那样——所检查的钞票果然 100% 都受到了不同程度的污染，这其中验钞机、钱包和裤兜都负有责任，所有的地点，凡是能够将钞票转交的地方都是污染的媒介。一张百元大钞很可能在两年的流通时间内经过了五十个甚至几百个不同的国家，又或者在欧洲旅游了一圈之后回到德国，所以警方没有任何机会来获取丝毫有价值的线索，寻查到可卡因的出产国家或者追查到任何可疑的人都是不可能的。

"你说得很对，"这位女警官叹息道，"对于本地旅馆的调查进行得怎么样了？"

"到现在为止还没有交到好运，"库尔默汇报道，"我们已经和英国当局取得了联系，应该要等到明早才会有反馈的消息，否则的话，这种住宿的小事现在就应该已经有结果了，看样子我们只能等到明天早上了。"

"不，这个辛克莱是我们唯一的线索，所以我们要主动出击，"尤莉亚肯定地说道，"你可以在里德瓦尔德深入挖掘一下，也许在那里也有人见过这辆宝马车。我记得，在那个地方有唯一的进城和出城路线，所以这辆陌生牌照的深色车辆应该会很引人注意的，不是吗？"

库尔默咧嘴一笑，"据我所知，大部分里德瓦尔德人都会忙于工作，而不是整天长时间懒洋洋地坐在窗前，狐疑地俯视着这个邪恶的世界。"

"得了吧，你多幸福啊。在我们的案子中你的富人区朋友确实给我们带来了有用的信息。"塞德尔挖苦道。很显然她现在已经等不及想要外出调查，哪怕只是一个有关邻居关系的询问。尤莉亚预感到，她的这位女同事已经打算好在今年剩下的时间里，完全与办公桌黏在一起，更多地与同事们合作，而不是白白坐在那里增加体重。

"首先，要调查一下施蒂格勒家附近的情况，那附近的邻居。不要忘记问问小孩子们。这种租来的车子大多都会装配一些附加设备，对于小孩和年轻人来说只要看到两次，也就记住了。我在这里再待一小会儿，"女警官结束了她的讲话，"有什么发现的话，马上给我电话。"

"我们俩一起？"黑尔默快速地看向扎比内。

"好，为什么不呢？"她点点头。

"我们两个人合作才会事半功倍。"

"是个不错的尝试，"扎比内回答道，"但是要让你失望了。我今天什么都没错过，除了洗澡和一份意大利沙拉，你要知道，'穆里'比萨还是比较合我胃口的。"

"那这与善良的卖家一定没有什么关系。"黑尔默眨了眨眼。扎比内刚想佯装生气，这个时候尤莉亚喊道："我和你们一起出去，你们俩！"

当她一个人留在会议室里的时候，她拿起了桌子上的手机，思考了一下。是打给苏珊还是艾丽娜呢？最后她决定打给前者，接着就在电话簿里查找起电话记录。

"你好，尤莉亚！"片刻之后电话那头响起了她的好友那令人舒服的声音。

"你好，苏珊，"尤莉亚轻声答道，"第一次打电话就联系到你了，这真是太好了。"

"嗯，有人听起来似乎睡了个好觉啊。"像往常一样尤莉亚惊叹于苏珊的第六感。虽说对于苏珊的工作来说，猜测得这么准并不是太难的事情。但尽管如此，她还是拥有一份很好的直觉。

"我们正在办一件棘手的案子，我真的不想向你倾诉，我只是想同你聊聊天。"

"这让我感到很高兴。我这个礼拜还想联系你来着，但是我想起来你是不看邮箱的。"

"这一周我几乎每天都在电脑旁，"尤莉亚快速地说道，"但要是为了个人的私事也许会更美好些。"

"个人的私事是你收拾好自己的个人物品，来我这里放松吗？我会在这里给你找到舒适的调剂方式,就现在,这里给人的感觉是,似乎一半的德国人都到这边的海滩来放松度假了。"

"显然是错误的计算,怎么可能呢?"尤莉亚开玩笑地说道,"但是说真的,如果我对这里来说是个拖累的话,那么我真的就需要短暂地停顿一下了。我现在代替贝格尔的职务,你是知道的,他已经停止工作好几周了。"

"好几周了?"苏珊表示难以置信。"我最后得到的消息是:他想在脊椎上注射点滴。"

"很可惜这没有实现。"尤莉亚叹道,同时努力地思考着。我们上一次通话真的已经有这么长时间了吗?

"就把这当作是一种体验吧!"苏珊笑了笑。

"反正未来几年你的工作也是源源不断的。"

"未来几年的工作应该是另一种样子。"

"我个人认为,你近几年的工作不会和现在有什么区别。"苏珊以一种笃定的口气说道,几乎有点煽风点火的意味,尤莉亚觉得。

"你别折磨我了!"

"我从来没想到,我这里会成为你的绿洲,你的青春泉,你一定要经常来拜访我。你知道的,我这里随时都欢迎你……"

"这我是知道的,但是我……"

"那么现在告诉我,你的老板贝格尔什么时候回来呢?"

尤莉亚讨厌这样不断地被打断,即使对方是苏珊。

"现在让我把话说完,"她脱口而出,"你今天比我坏多了。"

"你看你,我今天有多高兴啊。但是,怎么了?"

"嗯,我感觉我现在已经身心疲惫,"尤莉亚开始说道,"我只是想要一次普通的谈话,也许可以了解一点你的新情况,我们也确实好长时间没有正经地聊聊天了。"

"哦,我真的感到很荣幸,"苏珊诚心地回答道,"你为什么不干脆给自己休一个周末,然后来我这里放松地玩一玩?这里在一年中不是总这么好玩的。"她咯咯地笑着。

"如果可以的话,我真的愿意,"尤莉亚叹道,"但是只要这里是一团乱,我就不能想休息的事情。另外……"她停顿了一下,然后补充道,"如果有时间的话,我应该先去慕尼黑看望爸爸。请不要对我生气,好吗?我有一种感觉,我的父亲正在为照顾他的同事而承担过多的工作。"

"难道你们家的人有这种遗传吗?都愿意为了别人而过度操劳。"苏珊讽刺地说出自己的评论。"如果因为你爸爸,那是完全没有问题的。我这么长时间都没能回到慕尼黑……"

"不,不用担心,你就待在法国,"尤莉亚笑道,"我只是有些想家,我也不知道。最近我和爸爸通了电话,也因为手头的案子和那里的警察通过电话。所以我觉得,这也许让我有了更多的思乡之情,不过我也真的不想让我的老父亲长途奔波地来到法兰克福。"

"天哪,你的想法可真多啊。不管怎样,我期待你秋天的时候可以来我这儿,"苏珊说道,"或者也问问你爸爸,他能不能在圣诞节或者什么时候抽身过来。这样我也做了件一举两得的事情。"

"我问问他。"尤莉亚承诺道。

一个小型车队接近了里德瓦尔德的老旧居民区。他们刚刚经过了奥斯特公园,还有冰球中心,再过几个星期,那里就会举行"秋季迪普麦斯节"了,法兰克福地区最古老的民间节日。道路比较拥挤,但是还算畅通。库尔默和塞德尔开着一辆租来的崭新的家用车,米色的福特翼虎,走在队伍的最前面。后面是扎比内·考夫曼,她要求一定要单独开一辆车,以便完事之后她可以马上就去巴特菲尔伯尔。弗兰克·黑尔默说这是对母亲的义务性访问,他开着自己的宝马车走在队伍的最后面。

当他们通过谢弗勒大街上的巨大拱门时,库尔默微笑着对他的乘客说道:"仔细看看路边。"接着他们又经过了一排梧桐树。"我很好奇,你觉得这里怎么样?"

她仔细地看了看车窗外一排排的房子,之后说道:"嗯……看起来有点老。"房子的外立面和窗户的样子确实显得很单调。

"这里的房子估计已经存在了几百年吧,"库尔默接着说道,"你看,这里基本没什么车流。"

"我不确定,房子之间是不是挨得太近了,而且看起来隔音也不好,对吧?"

"的确如此。法兰克福的居民区没有比这里更拥挤的了,平均每户只有 60 平方米。我看,他们需要一些复式住宅。"

"我看你好像挺喜欢这儿的,为什么?"塞德尔回答道,其实她早就看了出来,她的生活伴侣心里是怎么想的。

"不,不,"库尔默否认道,"只是我上次想到,抛开这些不利因素的话,在大城市里再没有什么地方比这里更适合一个小孩子成长了。一个趣味十足的儿童游乐场、一片自己的小树林、车速都在 30 千米以下、很多绿荫——这些几乎让人们忘了正身处城市之中,不是吗?"

"是的,"塞德尔想了一下,迅速回应道,"也许是吧。"接着她笑了笑,又说道,"但是我觉得在城市的另一端有一栋别墅也很不错,可是那里会有警惕的邻居。"

"你真傻。"库尔默笑道,他熟练地驾驶着 SUV 转过了拐角。"幸运的是我们到了。你不用再听我说了。我根本不想……"

"嗨,我的王子!"塞德尔低声呼唤着,她温柔地抚摩着库尔默的臂膀。"我只是想激励你一下,真的。我觉得很幸福,你想了那么多,那么周到。"她探出了身子,亲吻了她的爱人。接着她打开了车门,边下车边说道:"如果六年前,有人这样和我说话,我肯定会觉得他疯了。"

"谁疯了?"扎比内的声音从车外传了进来。

很好,库尔默在心里想。现在该让这两个姑娘看看了,我到底是个什么样的"软蛋"。

他匆匆地推开车门,喊道:"施蒂格勒夫人就住在前面,我建议,两个从左面,两个从右面。多丽丝和我直接从她开始。"

"好的,慢慢来,我们还有三个小时。"黑尔默说道,接着他就眯起了眼睛,盯着门前的小花园看了起来。"现在就让我们来看看,这里的住户对一个陌生车队有什么反应。"

黑尔默和扎比内向下一个门前花园进军了,那里有一个烧烤炉正冒着热气。一个年轻男性,光头,看起来不到 30 岁,一个漂亮的、深黄色头发的女性,穿着比基尼,外面只穿了一件紧身 T 恤,此外还有两个穿着游泳裤、金黄色头发的小孩儿,一个差不多有 3 岁大,另一名看起来应该有 5 岁,他俩正在一个儿童戏水池边玩耍。库尔默在心里想,作为一个生了两次孩子的母亲,她的身材保持得还真不错,这时他又想到了他的多丽丝,不知道在生了几次孩子以后,她是否也能看起来还是那么窈窕。

"晚上好,我们是刑事警察。"库尔默听到了同事的声音,这时他和多丽丝正向施蒂格勒夫人的房门走去。"我们不会耽误你们很长时间。我们正在寻找一辆深色宝马车,慕尼黑牌照。在过去的三到四个星期里,在你们这里,你们是否看到过这样的车呢?"库尔默按了下门铃,但是他仍然看到,光头男性摇了摇头,而两个孩子中较大的那个,则满怀好奇地向两名警察走了过去。

"库尔默先生!"他吓了一跳。房子的门开了,施蒂格勒夫人带着意外的目光站在了他的面前。她的双眼泛红,看起来她又哭了。

"晚上好,施蒂格勒夫人,"库尔默迅速回答道,"这是我的搭档,塞德尔女士。"他用拇指指了指塞德尔,后者歪着身子站在他的身后。"抱歉打扰您,我们不会占用您很长时间,我们有一个问题想问您。"

"啊,好的,你们进来吧。"施蒂格勒夫人做了一个邀请的手势,站到了一边,塞德尔朝库尔默点了点头,示意他先走。一行人走进了厨房,施蒂格勒夫人擤了一下鼻涕。

"对不起,刚才我看了一个电视剧,律师,你们知道的。"施蒂格勒夫人边说边抽着鼻涕,"我就想到了我的卡洛,上帝啊……"她努力地使自己平静下来。过了一小会儿,库尔默觉得他刚好可以利用这个机会说点什么。

"施蒂格勒夫人,对您的事我们深表难过,我向您保证,我们一定会全力以赴,尽快抓到凶手。"

"对了,您想问什么? 我的意思是,您刚刚说您有个问题——就一个? 那么是不是说,你们已经搞清楚其他所有问题了?"她的声音听起来有点发抖,带着一点儿歇斯底里,甚至就像是在接下来的某个时刻,她随时都会大喊出来一样。

"再多的问题也不会令我们感到疲倦,我向您保证,"塞德尔温柔地说道,"我们的头儿,我可以向您保证,她已经决定最优先处理这个案子。"

"那么,你们已经有什么结果了吗?"施蒂格勒夫人轻轻地问道。

"我们有几条线索,我们会继续跟进的,"库尔默接着说,"一个,不,应该是两个人,正处于我们的追捕之中。"

"两个凶手?"施蒂格勒夫人脱口而出。

"两个我们必须审问的人。"库尔默纠正道,其实对于这个问题,他最好什么也不说。不能向受害人的家属提供案件调查的细节,他提醒着自己。控制自己,怎么会如此之难?

"让我们来谈谈我们的问题吧!"多丽丝·塞德尔说,"我们正在寻找一辆深灰色的宝马 1 系车,慕尼黑牌照,时髦的双门轿跑。"

"我没有驾照,"黑尔加·施蒂格勒摇了摇头,"对不起,我根本不认识车。这辆车跟我的卡洛到底有什么关系?"

"这恰好也是我们想查明的。"库尔默解释道。

"还有一些事。"他拿出了亚历山大·贝尔特拉姆的照片,把它放到了桌面上。接着他用拇指和食指把照片转了一下,以便施蒂格勒夫人能够看清他的脸。

"他就是您儿子的朋友吗?"

她马上就睁大了双眼。

"是的,就是他,"她用力地点了点头,"他跟你们说什么了吗? 他见过我的孩子吗?"接着她的声音突然变得很轻,几乎听不出有什么怒气,"或者他与卡洛的死有什么关系?"

"到时候,我们非常愿意问他这个问题,因此我们就要先找到宝马车。"库尔默说。他也许可以透漏这个信息吧。

"很抱歉。刚才我看到你们是开车过来的,这里的墙壁隔音不好,不用离得太近就可以听得很清楚,但是人们不可能看到每一辆车,"她强调着,"不过您还是可以去隔壁的隔壁——埃尔弗里德·克拉默那儿问问,自从中风以后,她就整日坐在窗前,那个可怜的人,她家里再没有其他人了。"她满怀同情地叹了口气,接着说道:"但是弗里德(埃尔弗里德的昵称)比我认识的车还要少。"

"谢谢,我们过去瞧瞧,"多丽丝·塞德尔笑了笑,"我们的另外两名同事已经在隔壁了,您之前一定已经看到了。"

"我注意到了,"施蒂格勒夫人点了点头,"我非常感谢你们,你们没有把我儿子的死仅仅当成一个你们计算机里的统计数据。"

"我们永远不会那样,"多丽丝·塞德尔保证道,接着她伸出了手,"您要相信我,我们永远不会那么做。"

他们离开了黑尔加·施蒂格勒,后者仍沮丧地坐在餐桌旁,空洞的目光一动不动地盯着挂钟旁的耶稣受难像。

在施蒂格勒一家的入口处和埃尔弗里德·克拉默的房子中间,还有一户人家,带着疑问的目光,库尔默看了看塞德尔。

"等最后的时候我们也可以过去看看。"她建议道，库尔默点了点头。他们沿着灌木丛缓缓向前走去。路边，四季常青的紫杉就像是刚被修剪过一样，垃圾桶按照顺序整齐地摆放在拐弯处。走过拐角之后，前面变成了石板路。一棵棵野草顽强地从石板之间挤了出来。门前花园里的晾衣架上长满了苔藓，两根绳子也软弱无力地向下耷拉着。院子里的草急需进行一次修剪，可是就像施蒂格勒夫人说的那样，克拉默女士家里再没有其他人了，她只是孤身一人。

"您一言不发就来到我这里，真是不算光彩啊，淘气的孩子。"一个低沉的、沙哑的声音在库尔默耳边响了起来。他吓了一跳，条件反射般地迅速向上看去。前面是一株弯曲的细长的意大利柏树，库尔默觉得它大概有三五米高，在它后面，一位女士正坐在窗边。探员们走了过去，直到他们看到了一张闷闷不乐的脸，就像她刚才说的话一样。这就是克拉默女士，要不还能是谁呢，她看上去还不错，至少应该有70岁了。头发都变成了灰黄色，库尔默觉得要么是她过于疏于保养，要么就是她烟瘾很大，才会有这种颜色。她穿着淡蓝色的连体围裙，围裙下面是一件白色的内衣。克拉默女士靠在窗边的一个粉红色枕头上，枕头差不多正好和探员们的头齐平。她前臂的皮肤上布满了斑点，有些地方已经被刮破了，但是最让人感到恐惧的还是那张严重变形的脸，其中的一半看起来和另一半很不对称，就像不是一张脸一样。中风，库尔默想了起来，可能她的部分面部肌肉已经瘫痪了。

"晚上好，"他友好地点了点头，"我猜您是克拉默女士吧？"

"是的，这里也没别人了。我想，地上的草坪还没长好呢，我最好还是给你们拍拍尘土，但是关节炎，哎。那么您来这里干什么？"

库尔默利用老人停顿的空当平复了一下沉重的心情，之后他迅速回答道："我是库尔默刑警，她是我的搭档多丽丝·塞德尔。"

"您千万别和我说，你们是为了麦基来这儿的！"克拉默女士睁大了双眼，她突然变得非常害怕。"上帝啊，这么早他就想把我送进坟墓里啊，他很快就不用再来催命了。""不是的，你的麦基一切都很正常，"多丽丝·塞德尔赶紧安慰她说，"我们来这里完全是为了另外一件事。"

"是的，我们来这儿是为了打听一辆可疑的汽车，深灰色的宝马1系车，时髦的双门轿跑，慕尼黑……"

"我觉得有点不舒服，"埃尔弗里德·克拉默粗暴地打断了黑尔默。"你们在电视里也可以检查啊，用不着跑到这里来。"

库尔默强迫自己一定要保持冷静，"不，那样是行不通的，因为那样无法确定是不是在这里出现过那辆宝马车。我们想确定的是，您是否在过去的几天或者几个星期里，看见过这样的车型。"

埃尔弗里德·克拉默用力地摇了摇头。"宝马、梅赛德斯，我根本分不清它们。"

"看看照片呢？"塞德尔问道，接着她从裤兜里拿出了智能手机。三次点击之后，她找到了一张合适的照片，库尔默也点了点头。但是很显然克拉默女士还是充满了反感。

"麦基也有个这样的东西，可是我从来认不出来，啊，这个不祥的机器，"她深深地叹了一口气，"人老了之后还要一个人生活，真是件糟糕的事。它有什么样的号码？"

"慕尼黑的牌照。"彼得·库尔默说。

"是一个 M（慕尼黑地名缩写）。"塞德尔补充道。

"嗨，我不是弱智，"克拉默女士大喊了一声，接着她恶狠狠地看了塞德尔一眼。"反正也是白费力气，我不认识车，啊……"她轻蔑地挥了挥手。"上周，是的，就在几天前，你们说的这种车来过这儿。"

"真的?"塞德尔和库尔默同时问道。

"不，只是有可能。就在那边，它在那里停了一两个小时，我当时还纳闷，怎么停错了边。"她指了指树下的阴影。库尔默顺着她的手势望了过去。莫茨大街是一条单行路，它的左边是树林边的铁丝网栅栏，就在克拉默女士手指的地方恰好缺了几米长的栅栏。通常情况下，车应该停在路的右边，而停在左边必然会引起别人的注意。

"这辆车就在这里停过一次吗?"

"不知道。"

"它是慕尼黑牌照吧?"

"哎呀，还要我说多少遍? 有可能。我真的不知道，我无法确定。不管怎么说，你们可以走了吧。"

"好的，尽管如此，我们还是很感谢。"库尔默叹了口气。

"嗯，再见。"

警局办公大楼里，尤莉亚·杜兰特刚从自动售货机里取出了一罐冰镇可乐，接着她慢悠悠地走向了贝格尔的办公室。她每天都会问自己，扮演贝格尔的角色，是否变得简单一些了呢? 在警局里，大多数人都是通过快速拨号键来打电话的，她也提醒过自己很多次,一定要记住,现在她坐在贝格尔的电话前。现在的问题在于,上面那些吹毛求疵的家伙或者一些刨根问底的记者,如果想了解案件进展的话,都会马上找到她。和当地政府、检察院以及警局内部其他部门的联系变得越来越多,这些让人头疼的紧密联系是尤莉亚·杜兰特永远也不会喜欢的。"成为领导就意味着变成了一位外交家。"贝格尔已经这样和她说过很多次了。但是这就意味着,有时为了调查工作能够顺利进展,就不得不混淆大众视听,而长时间以来她都想找其他人来完成这个工作。

电话又响了,还是那么刺耳,一个来自于外面的电话,通过来电铃音可以判断出来。又是一场外交斗争,尤莉亚叹了口气,她加快了脚步。当她知道是一名联邦刑事调查局的同事以后,她愈发地感到惊讶。

"舒伯特,威斯巴登刑事调查局,很好,直接就找到您了。我想跟您谈谈关于你们追查的那名可能是英国公民的事。"

"准确地说是乔治·辛克莱。"尤莉亚确认道。

"我们从领事馆那边得到了消息,他们感到很奇怪,您所谓的乔治·辛克莱是不存在的。"

"什么,没有这个人吗?"尤莉亚难以相信地问道。

"很显然,他的旅行护照是伪造的,"舒伯特解释道,"尽管通过手头的这张复印件无法进行充分地调查,但是证件号码和个人信息还是很明显的。到目前为止,在英国伦敦地区还没有一个出生于该日期的乔治·辛克莱,而且,就连整个英伦三岛也没有。"

"真该死,"尤莉亚脱口而出,"那么现在呢?"

"我们只知道这些情况，"舒伯特说，"伪造的水平肯定不错。这个护照至少通过了一次机场入境检查，也就是慕尼黑的弗朗茨·约瑟夫·施特劳斯机场。"

尤莉亚燃起了一点希望，"您能告诉我飞机是从哪里起飞的吗?"

"当然，我们已经查过了。它是从巴黎起飞的，夏尔·戴高乐机场，法国航空。到达日期是……"

"6月28日。"尤莉亚补充了后面的内容。

"是的，"舒伯特确认道，"剩下的事您都知道了。我们已经通知了慕尼黑那边的同事，去那家汽车租赁公司的总部查一下合同上的指纹。此外我们希望，照片的原始复印件能够更加容易辨认一些。"

"一旦您有了消息，就通知我好吗?"尤莉亚急切地说道，"我们正在全力以赴地追查辛克莱，不管他叫什么名字。"

"嗯，我们也有几笔老账要找他算一算，"舒伯特回答道，"不过不要担心。我听说，你们的案子已经远远超过了伪造证件，但是只要辛克莱不涉及到恐怖事件，你们就可以继续调查。"

真是慷慨大方啊，尤莉亚在心里嘲讽道，不过她还是尽量地保持友好，接着说道："谢谢，那我们就团结起来全力追查吧。"

星期五　22 点 18 分

"你要知道，通常情况下，我可不会这么快就和一个完全陌生的人出门。"扎比内·考夫曼笑着，并温柔地挽了一下陪同者的前臂。

"哦,但是现在看来,完全陌生好像并不是很贴切的描述啊。"这个人辩驳道并佯装攻击的样子。扎比内快速地躲闪并用手挡住。

"呀,太糟糕了!你应该早点起床,亲爱的,我的反应可是很快的哦!"

"事实上,只是身体上是这样的。"

"你是什么意思?"她生气地问道并停了下来。他的陪同者站直在她的面前,表情严肃,用食指指向了自己绷紧的二头肌。

"有些人的优势在这里,"他开始说道,接着举起手指轻敲着额头,"而其他人的在这里。"然后他开心地笑起来并且补充道,"所以每天早上你会乘电梯去找你的警长,而我则走向了相反的方向。"

"哈!我会给你展示出来,我的优势可不只是在胳膊上,"扎比内回答道,"它们会在任何时候出现,甚至在你没有准备好的情况下。"

"那我真的很好奇啊,"他坏笑着,"你知道,我是做什么的?"他举起了双手,岔开手指并摆动着它们,它们看起来像蜘蛛腿一样,同时他用令人毛骨悚然的低沉声音说道:"从现在开始我就是你恐怖的噩梦。"

"你一定很喜欢这样,"扎比内开玩笑地说道,"但是你现在还得继续处于地下室的阴影里。"

他们恢复了平静,一起散步,穿过巴特菲尔伯尔的老城区,踩过了灰黑色的已经斑驳的石块路面,经过了一排木质房屋,每一座房子和其他的都没什么两样。

"不要把我们的事情告诉任何人,这对你来说真的没什么吗?"扎比内想要知道。她还清楚地记得今天上午拜访电脑部时的情景,当施雷克突然从隔壁房间出现时,屋内产生的紧张气氛。

这只怪当时的情况,尤莉亚·杜兰特在这个部门有着自己的一些私人回忆,所以她当时完全忽略了扎比内和施雷克之间抛出的紧张目光。这两个人偶然在一次报告会上相识,没有人知道,他们后来发展出了一段特殊的关系,不知何时起,两人开始互发E-Mail和打电话,对彼此进行了深入地了解。今天晚上是他们第二次约会,第一次还要追溯到十天前。

"我还能出来见你,你应该感到高兴。"施雷克亲切地向她微笑,但是他的声音中还是带有明显的不确定。"你知道吗?男人的脸皮总是很薄的,特别是他们被拒绝了三次以后,"他继续解释道,然后他快速地笑了笑,"所以今天晚上我是有准备的,我给自己同时准备了布鲁斯·威利斯的两个动作片,一个是老片,一个是新片。"

"你瞎说,"扎比内笑着,"关于这个话题,在我们打电话时,就已经聊过好长时间了,不是吗?"

"是的,没问题。我知道我们才认识了不长时间,但是你要求我们一定要表现得态度生硬,我觉得,我对此很担心。"

扎比内·考夫曼叹了口气。她其实真不想让一个来自于其他部门的男同事,为了她的私人问题而担忧。也许……

"听着,"施雷克打断了她的思路,"我们好好享受这个夜晚吧,对不起,我有时候会冒出一些离奇的想法,但是我们这些书呆子就是这样的。我只想告诉你,今晚我们能见面,我真的很高兴。"

"即使我迟到了将近一个小时?"扎比内迅速问道。

"即使你晚来两小时,"施雷克强调着,"我准备的其中一个电影快看完了,它作为约会前的加演节目也算是发挥了它的作用。"

"你会一直等着,是吗?"扎比内笑了笑,又再次轻挽他的胳膊。

"为什么不呢?"他回答道。这时扎比内感到包里的手机振动了一下,然后就响起了来电的手机音乐声。她皱着眉头拿出了手机,看着显示屏。

"不好意思。"她向她的陪同者说道,然后离开了几步,小声地接起了电话,在简短地回答了几句之后,她最后说道:"我会尽快赶到。"

她望向施雷克,望着他那亲切的,但是充满疑问的眼神,那是双充满魅力的深蓝色眼睛,让她如此着迷。她无助地想要寻找一个借口来和他道别,她不想给他编织美丽的童话故事,但是真相往往让人无法承受。

"有任务了,是吗?"他的嘴角悲伤地抽动了一下。

"是的。"她快速地点了点头。

原则上讲这不算欺骗。

星期六

星期六　5 点 52 分

尤莉亚不安地在床单上翻来覆去。一幅幅画面风驰电掣般地闪现在她的眼前,飞速地、残忍地令人感到窒息。先是死去的珍妮弗·梅森,裸露着身体,鲜血横流地躺在她的床上。然后出现了海伦娜·约翰逊,瘫倒在京特斯堡公园的长凳上,不过这次不是坐在尤莉亚这边,而是坐在了她对面。突然她的脸变得特别难看,从她的嘴角挤出一丝病态的笑声,然后这幅画面也消失了。眼前闪现出了阿德里亚娜·丽娃,她躺在医院的病床上艰难地喘息着,在她的脖子上勒着一条棕色的皮带,她的眼睛好似要从眼眶中迸出,她绝望地向尤莉亚伸出双手寻求帮助。但是尤莉亚无法靠近她,尤莉亚想要跑起来,步子迈得越来越大,这时,她发现自己身处在一个长长的隧道中,每向前迈一步,隧道就伸长一部分。背景响起了不清晰的隆隆声,那声音就好像是从狭小的浴室内传出来的一样,像是从调低音量的收音机里播放出的音乐声,是瓦格纳的《女武神的骑行》,但不是由传统的管弦乐队演奏的,而是换成了重金属摇滚乐队,音速很快,音量

星期六
SAMSTAG　[323]

很吵、失真的乐声。尤莉亚使出最后的力量向前一跃，实际上她是握住了被子的一角。梦里，她看到女孩的头颅躺在自己的怀里，那双眼睛呆滞无光。

女警官汗流浃背地从噩梦中惊醒，在黑暗中摸索着电灯开关。她的呼吸急促，她感到自己要窒息了，快，再进行那个呼吸练习。

我非常冷静。

我非常冷静。

再一次，然后第四次，第五次和第六次。

"最糟糕的是你还躺在那里，"尤莉亚向艾丽娜承认道，"你躺在那里，痉挛，甚至是惊慌失措，你就感觉到心脏在捶打着胸部，有时你的整个胸腔里会有更加剧烈的动作。在这种情况下将手放到胸膜上做祈祷，希望脉搏跳动正常、额头降温、呼吸平稳都是奢侈的要求。"

"所以要练习多用这个方法，这能让你感觉良好。"她的朋友耐心地回答道，尤莉亚猜测，关于这一点她也许和她的病人们保证过数十次了。"越熟练，"艾丽娜继续解释着，"你那局促不安的身体就越容易接受这个练习，因为人们会在心中坚信，通过这种练习会让人感到身体舒适。"

"我认为，信仰能够移山。"尤莉亚生硬地回答道，即使她其实完全不是这个意思。艾丽娜不出所料地说道："好吧，它确实管用。我们要承认这一点。但是如果我拿出事实说话的话，也许你就会相信了，比如说研究结果无可辩驳地证明，放松疗法对于心理和生理的健康都发挥着持续的作用。"

在她慌乱地惊醒后整整过了半个小时，尤莉亚才恢复了控制力,睡觉就别想了,这时她听到了手机的振动。在周六,还从没有在6点半之前就接电话的习惯,她摇了摇头并打了个哈欠。尤莉亚裹着一条米色的被单,双腿紧闭着蹲在了沙发上,身后刚刚开始播放早间新闻。刚才她已经彻底地洗了个澡,现在桌子上放着一杯冒着热气的牛奶咖啡。

"少点咖啡因,多喝牛奶,你会感觉到,这对你身体是多么有益处。"女警官考虑了苏珊的话,但是饮茶对她来说是没法习惯的,可如果说对于她的内心平静有好处,并有利于她即将开始的一天的话,那么给自己准备一杯微量混合的饮品也是不错的选择。也许到十点钟的时候,我已经喝了第四杯了,女警官想着,这时她重振了精神,光着脚走进了卧室,来到了昨晚她放手机的地方。

"我绝不会在这个时间给贝格尔打电话的,"她没好气儿地问候着电话那头的人,"更何况是在周末。"是弗兰克·黑尔默打来的,她可以这样跟他讲话。

"难道我的感觉就比你好吗?我可不会在电话第一次响的时候不接,甚至都响过第二遍了,还是照样忽略掉。"

"怎么,要不换你试试看?"她惊愕地问道。

"我只是说说。"

"刚才在洗澡,别问为什么了,我更想知道,什么事这么着急?你们找到那辆宝马车或者是那个英国人了?"

"情况比你想象的更好。"黑尔默加重了声音。"现在,好吧,其实不能这样说。因为事实上,也不是什么好消息,而是一条坏消息。我们找到了贝尔特拉姆。"

"你们找到了贝尔特拉姆?太好了,我十分钟后就来……"

"不用着急。"黑尔默果断地打断了她。"亚历山大·贝尔特拉姆不会再跑掉了。"

星期六　7点10分

早晨的天气雾蒙蒙的，太阳躲到了云彩的后面，所有的迹象都表明今天会是一个闷热压抑的天气。在和弗兰克·黑尔默简短地通过电话之后，女警官穿上了一件黑色的牛仔上衣，而不是一件简单的凸显她女性线条的白色上衣。然后快速地套上了一件灰色的修身运动夹克，她没有选择去警局上班所穿的套装，而是选择了适合去案发现场的服装。

黑尔默简单地勾勒了一下案件情况：他接到了一个电话，是某个指挥中心打来的，说找到了一名叫贝尔特拉姆的人，地点在法尔肯施泰因大街，在克龙贝格和柯尼施泰因之间，基于现有的通缉令，警方马上派出了两辆巡逻车，此外重案11组的同事负责互相通知。

第一辆巡逻车报告，在所给出的柯尼施泰因门牌号附近，都是一些商店，有健身房、理发馆、诊所等等。想要在这附近进行地毯式的搜查，至少还需要六名同事的加入。这时第二辆巡逻车发来了报告，报告指出了一个地址，是一间被遗弃的房子，现在已无人居住，就在455号联邦公路旁边的小山上。25年前这里曾经登记过法尔肯施泰因大街1号这个地址，在进屋的大门上还挂着生锈的金属门牌，上面写着房号。警察们没用多长时间就在那里找到了尸体。

当尤莉亚·杜兰特把车子停在黑尔默的保时捷和巡逻车之间时，她想道，这种雾蒙蒙的天气，还真是充满阴森恐怖的气氛啊。从宽阔的铺着沥青的路面向前看去，那座房子就位于前面的山坡上,它整体的感觉就像是在来势汹汹地俯视着她。野草、蒲公英和蓟叶在数不清的泥沼中杂乱丛生,白色的外墙画满涂鸦,深色的木质窗户敞开着,有一些早已破碎。女警官呼吸困难地靠近了门口,大门是双铁门结构,同样刷上了白色油漆,被保存得很好,这让人很是惊讶。

"嗨,在这边!"她吓了一跳,然后才反应过来是黑尔默在叫她。他正挥着手,拖着沉重的步子穿过齐膝高的杂草丛,从房屋的拐角处转了过来。

"早上好,弗兰克,"她微笑着,"我刚才经过的时候观察了周围的景色,真挺可怕的。"

"那你就做好准备吧,看看屋内有什么等着你呢!"

他们穿过了一个满是垃圾的房间,到处都是空瓶子,生锈的铁桶,还有一个板条格垫,上面的每一节木条都被打断了。大量的易拉罐中,绝大部分是能量饮料、可乐和啤酒,地上还有一些玻璃碎片和一个摔碎的脸盆,在它们之中还夹杂着野草,在倾斜的屋顶上漏了些洞,屋顶的油毡顺着洞口悬吊了下来,上面长满了苔藓。现在已完全不见地面原来的容貌。他们低着头穿过门框,那扇本应该放在这里的门躺在几米开外的地方,有两头宽,上面有几个也许是子弹穿过的洞。墙面上布满了涂鸦,主要都是一些色彩鲜艳的,难以辨认的字迹,随处可以看到带圈的字母A,代表着"无政府主义",骷髅头,数字666,除此以外当然还有必不可少的纳粹标志,至少占了四分之一的数量。很显然这里是文化摧残者的乐园,尤莉亚在经过时这样判断。

"那么我们现在到下面去吧!"黑尔默看着眼前出现的楼梯这样说道,那是一段宽阔的由深灰色混凝土制成的台阶,在每一阶台阶的中间都砌筑了三块棕色的瓷砖。在它的左侧还提供了一个金属滑道，就像人们在公共楼梯看到的那样，是供轮椅使用的。尤莉亚尽量避免去触碰那白色的，已经完全生锈的金属栏杆，她把注意力集中到她踏下的每一步，很快他们就来到了地下室。她在经过时注意到，下面的房间和上面的情况一样，垃圾遍布，乱扔着一些残破的物件，比如说橘色的陶瓷卫浴用品，还有一些破碎的散热器。尽管尤莉亚的心情很压抑，但有一点是好的，这里的屋子都有窗户，这就是将地下室建在山坡上的好处。

最后一间房间是镶有棕色的木质护墙板的，在门外尤莉亚就听到了女警官安德烈亚·西弗斯的声音，除了她以外，普拉策克和他的同事们应该也在不远的地方。黑尔默加快了脚步，朝着门的方向快速走去，门框的一个部位已经断裂了，其中一部分被人从墙面上扯了下来。

"哦，天哪，真是见鬼！"当尤莉亚低头走进地下室的房间时，她脱口而出。这里闻起来有一股屎尿的味道，还夹杂着腐臭的气味，这里到处都是潮湿发霉的墙面，所以能如此恶心并不令人诧异。不是一个适合死亡的美好地点，她讽刺地想道，即使是对于贝尔特拉姆这种性变态的人来说。

从所有迹象来看，这个房间是个地下酒吧，光线都被遮暗了，窗户上粘着厚纸。一张简陋的床靠在左面的墙上，床架的某些部位用银色的布制胶带粘连起来，床架上放着一张肮脏的床垫子。透过床架底端的栅栏，尤莉亚看到，床垫子的下部已经被染成了红色，这是吸满血液造成的，她这样断定。在床上躺着一个全裸的男人，手腕被电线绑到了床架子上，双脚被紧紧地捆在下面的床柱子上。尤莉亚·杜兰特看到安德烈亚·西弗斯单膝跪在床沿边,在她的箱子里翻找着东西。尤莉亚回过头,疑惑地望向了黑尔默,他停住了脚步让尤莉亚走到了前面。

"现场痕迹保护部门已经做完了吗?"

"你去吧,我们已经检查完进门的区域了。"西弗斯向一个男人打着招呼,由于这个男人穿着保护服,所以尤莉亚没有看到他的脸,从他的声音也没有办法判断出来。这个男人是刚从黑尔默身旁挤进来的,然后又匆匆地走到了对面的角落里。

"你这边会很快,对吧?"黑尔默勉强笑了笑。"你就在这里问问安德烈亚所有的情况吧,我去找普拉策克的手下们,看看他们那里有什么发现。"

女警官走近了些,尽量避免通过鼻子闻到些什么,因为床垫上显然不仅仅有血液。

"你现在不应该在办公室工作吗?"她听到这位病理学家问道,她只是短暂地抬了下眼睛,带着短暂的笑容,在尤莉亚给出回答之前就又开始注意她的箱子了。

"我应该回去吗?"所以尤莉亚刻薄地回答道。

"嗨,不是这个意思,等等!"西弗斯从蹲下的状态站起身来,并叹了口气,然后脱掉了手套,"好吧,我们重新开始。你好,尤莉亚,见到你真好,我来介绍一下:贝尔特拉姆,死于失血过多。这里把我所有的器具都弄脏了,还有我周六的购物计划也告吹了。"

"我本来也安排了丰富的周末消遣活动。"尤莉亚回复道。"但是我们还不是都来到这里了,是吧? 告诉我,你发现了什么,死亡时间、原因、细节和其他的一些信息。"

安德烈亚·西弗斯抽了一下鼻子,做了个鬼脸,然后用拇指指向了床的方向。

"根据肝部的温度,死者最后的排泄的时间是今早的三点左右。"

"排泄?"尤莉亚·杜兰特疑惑地重复着,她已经预感到,西弗斯不加修饰地解释再一次让她始料未及。

"你难道没有看到那壮观景象吗?"对方问道,并指向了死者生殖器下的深色物质。"死亡的时候会使紧张的肌肉得到放松,于是膀胱和肠道也会本能地排空。我们的男同事在这里还真够大方啊,把这个活留给你了。"

"嗯,我以为,这只发生在电视里。"

"电视上要比现实中更经常发生,或者被描写成,强制死亡下的连带状况。确实不是一定会发生的情况,但是谁都有这种可能性,这与年龄、身体状况都没有关系。"

"不错,当人们联想到自己的死亡,就很想要了解这方面的信息。"尤莉亚评论道,并指着死者的生殖器。她发现那个物体已经从龟头开裂到阴茎。

"这你怎么解释呢?"她问道。

西弗斯坏笑了一下,"这个阴茎是被其他的尖锐物体切开的,在勃起的状态下,这里留下了整齐的切割口。如果是勃起时变大很多的阴茎的话,刀口一定不会呈现这种状态。但不管怎么说,结果都是一样的:受伤的阴茎海绵体会使血液流尽。就像你看到的那样,虽然在脖子这里没有刀口,但是死亡原因很明显是由于失血过多。"

"谢谢,这是我想知道的,"尤莉亚强调道并摇了摇头,"你在犯罪现场那独特的幽默感,有时真的让我感到惊诧。"

"可是这里没有什么幽默可言啊,"西弗斯否认道,"我只是想到,关于犯罪方面的信息应该同时汇报出来。我了解凶手,所以我会把我知道的东西直接说出来,以节省人们还需要思考醒悟的时间。"

这两个女人互相打趣了一会儿,然后女警官的目光再次扫视了一下贝尔特拉姆的尸体。他的脸也被鲜血覆盖,眼眶空洞,就像另一个作案现场的照片一样,卡洛·施蒂格勒的眼眶里也没有了眼珠。犯罪现场,尸体——噩梦再一次浮现在眼前,划过尤莉亚的脑海。她又转向了西弗斯:"除了眼睛和阴茎的部分,死者是否受过折磨,用过毒品,或者有没有其他的痕迹?"

"身体上有几处骨折和血肿的地方,但是具体的结果……"这位病理学家耸耸肩,"还要等尸体解剖之后才能告诉你。但有一点可以肯定,很显然,这个年轻人在死前忍受了长时间的巨大痛苦。"

"尤莉亚,你来一下?"传来了黑尔默的声音,女警官转过身,看到他站在五米开外的地方,离对面的墙不远,他手指着一些字迹,那是位于两扇被遮住光线的窗户之间的墙壁上,墙壁大概有一两米的宽度。

"是涂鸦,怎么了?"在她接近她的同伴时,她感到很惊讶。"这里怎么有这么多?"

"对啊,并且这里的东西与传统的菲利普爱蒂娜可是截然不同的。"黑尔默评论道。这个时候尤莉亚已经站到了他身边,仔细观察着那深色的,但显然是用画笔画上去的字母。

"我的天啊,"她脱口而出,"这是血吗?"

"是的,这点我很确定。"黑尔默慢慢地点了点头。

尤莉亚读着那几行字,陷入了沉思。

sometimes all of our thoughts are misgiven

and my spirit is crying for leaving

and a new day will dawn for those who stand long

"这段文字……"她慢慢地说道。

"看起来让人感到很熟悉,尽管如此还是需要解读一段时间,"黑尔默确认道,"但它确实是《天国的阶梯》中的三句歌词。一位现场痕迹保护部门的同事向我证实,当第一位警员来到这里的时候,这首歌在楼下播放着。他们做了记录,关上了机器,没有破坏可能存在的痕迹。"

"他想用这个告诉我们什么呢?"尤莉亚疑惑地说道,并尝试着将墙上的文字进行理性的翻译。

有时所有的想法会被否决

——不——

我们所有的想法会被误解。

我的灵魂渴望离去。

新的一天,对于那些留下来的人来说终将破晓

——不——

对于所有坚持到底的人来说终将到来。

她大声地重复着句子。

"如果我在那段放荡不羁的岁月中,成为了留着长长头发的摇滚爱好者,并且学了这首歌的话,"黑尔默狡黠地一笑,极度夸张地做着假设,"那么我会觉得,最好还是不要去翻译《天

国的阶梯》这首歌的歌词。因为根本不会翻译准确的,更何况这三句歌词在歌曲中不是直接衔接的。"

"尽管如此,这应该还是一种指令性的语句,不是吗?"尤莉亚又陷入了沉思,"我觉得,在市面上确实到处都能找到这首歌,但是这么清楚地利用它的歌词还从未有过。问题是,这首歌想告诉我们什么呢?"

"那首先的问题是,是谁呢?"黑尔默指出,"现在可以肯定不是贝尔特拉姆了。现在我们所获知的内容有:贝尔特拉姆杀害了一些年轻女孩,那么施蒂格勒做了什么呢?辛克莱到底扮演的是什么角色呢?是他跟踪了这两个男人吗?事实上只有他的嫌疑最大了,不是吗?"

"等等,等等,不要这么草率。"尤莉亚用了一个快速的手势制止了他。

"好吧,那我们再看看,"黑尔默请求道,"你听听,这是总部传过来的电话剪辑片段,是今天凌晨打入的,我给你重放一遍。"

黑尔默已经拿出了手机,他在手机按键上忙碌地按着键子。"等几秒钟,"他紧张地说道,"如果我设置得没错的话,我们现在就可以听那段录音了……这个施雷克……真是个天才,他搞定了一切。"

尤莉亚感到很惊讶,从手机听筒中传出的这段录音是如此清楚。"亚历山大·贝尔特拉姆在柯尼施泰因法尔肯施泰因大街1号的某个房子里。他追随了卡洛·施蒂格勒,并且他的路途也要长一些。"

这段消息呈现出和上一段一样的,同样值得注意的语音重音现象。句子里的地名尤其引人注意——它们听起来很像"法尔根-施泰韵"和"柯尼克斯-施泰韵"。那个"并且"也很奇怪地被重读了，还有"也"在说的时候也几乎是降调的。

"同样的说话者，也就是说同样是电脑音。"她接着说道。

"是的，并且案犯直截了当地与施蒂格勒扯上了关系。"黑尔默强调道。

"但是……"尤莉亚短暂地思考了一下，"好吧，那么我们得到了这个电脑音，这说明案犯是想掩盖真实的声音。同时他告诉了我们，第二个死者跟随着第一位，在他看来，这两个人都应该去死。"

"那么这几行血字呢？"黑尔默冥思苦想着，"你觉不觉得，案犯是想用此和我们道别？"

"你是怎么感觉出来的？"

"嗯，这读起来感觉很决绝。"

"呃，施蒂格勒和贝尔特拉姆，"尤莉亚思索着，"再加上齐柏林飞艇乐队，这支曲子也出现在视频上了，以及没有确定的被杀女孩的数量……你怎么看这些事情？"

"两个作案人？"黑尔默推测道，她满意地拍起了手掌。

"不错！不会有其他可能了。贝尔特拉姆杀死了女孩们，施蒂格勒以其他某种形式参与其中，现在两个人都被某个人给杀害了。"

"那么是仇杀吗？"

"看起来像，"她点点头，"你知道吗？在世界上的很多文化中，被取出眼珠是作为一种宗教仪式来进行的，为了阻止灵魂从躯体中逃出。"

"你要是这么说的话……"黑尔默摸了摸自己的额头，"我认为灵魂是基督徒臆造出来的，就好比还有地狱。"

"等一下，"尤莉亚拒绝道，"也许我们还没有找到所有这方面的描述词,但是上天堂和下地狱、罪孽和赔罪或者有关献祭仪式和荡涤仪式方面的所有原则,在每一种文化中都是存在的。"

"是的,我相信你,慢慢来,"黑尔默赶紧平复了一下尤莉亚的情绪,"但这听起来多少有些牵强附会。"

"但是也是有一定逻辑性的,不是吗?"

"好吧。不管怎么说,除了肛门和生殖器那里的伤害以外,挖出眼球至少也能证明,这是一个长时间的、灭绝人性的处决。这么做一定不是没有原因的,不管怎么说也不可能,事情做了一半才发现自己是在发疯。等一下……"

黑尔默从外套里抓出已经振动的手机。"扎比内……"他在还没接手机之时,快速地说道。尤莉亚眯起了眼睛,并徒劳地尝试着,去听清女同事的声音。

"等等,扎比内,我把话筒调成免提。"黑尔默说。然后女警官便听到了不连贯的句子"好的"。

"早上好,我真没想到,你在办公室。"尤莉亚和她的女同事打着招呼。

"别问了,"扎比内回答道,"但是在这里确实是值得的,因为这个电话就没有安静过。"

"那就别去管它了。"尤莉亚·杜兰特毫无耐心地要求道。

"我从慕尼黑得到了一条消息,"扎比内积极地说着,"他们找到了嫌犯指纹的部分痕迹,尽管这很隐蔽,是在汽车租赁协议的背面找到的。这已经足够在指纹数据库里进行查找了。"

"很好,事情有进展了。"黑尔默评价道。

"是有了很大的进展,亲爱的弗兰克,"扎比内强调着,"如果你想向我询问进一步的调查结果,那么我就会告诉你完整的答案。"她深吸了一口气,补充道,"乔治·辛克莱不是别人,就是尤纳斯·梅森。"

"梅森,梅森……"尤莉亚·杜兰特急切地在记忆中缩小着范围。终于她想到了被谋杀的珍妮弗。没错,在她的家庭中有一位颇具影响力的父亲,但是他不叫尤纳斯。但是马上这位女警官开始意识到,几乎和他的同事黑尔默异口同声。

"珍妮弗的哥哥?"他们一起脱口而出,而黑尔默差一点把手机掉到地上。

星期六　8点23分

扎比内·考夫曼用双手抱住了头,并维持着这个动作待了一段时间。办公室里空荡荡的,没有人会在下一秒钟出来打扰她,所以女警官尝试着集中精力。但是她没有成功,她没法驱赶那缕思绪,一幅图片在她闭上的眼皮下无情地旋转着,越来越快。她想到了昨天晚上,那短暂的时光,穿插在里德瓦尔德的执勤工作之中,以及那个毁灭性的电话,将那个舒适的夏日夜晚残忍地终结了。

昨晚扎比内告别了施雷克,然后快速跑向了自己的车子,在不到十分钟的时间里她又再次停好了车。还是在巴特菲尔伯尔,但是是在远处地势比较高的地方,在海尔斯贝格城区。她经过了一个灰色的向下凹陷的大号垃圾箱,在它的后面有一排灰色的,二层楼高的连排房屋,都是方块形的建筑模式带着平直的房顶,在入口的通道处立着一个蓝色的路牌,上面写着好像是老法兰克福大街的字样。扎比内·考夫曼每次抬头望向那个堆着大件垃圾的阳台时,总会看到一些新的东西,但却没有任何植物。这也是一个明显的标志,证明她的母亲这一段时间过得很不好。

"你为什么不吃药呢?"她已经将这个令人绝望的问题提过不知多少次了。其实扎比内·考夫曼心中是知道答案的。她同艾丽娜·柯内留斯谈过,当然是绝对私密的,艾丽娜告诉她,这样的生活状态似乎有些精神分裂症的征兆。

"如果这个人感觉良好了,他就会认为,他不需要吃药了。这样这个人就停药了,体内药物的含量就会降低,而下一次的病症发作时就会更严重。当病发时,他会拒绝承认自己有病,因为他坚信自己是正常的,而其他人才是都病了。"

"完全正确……精神错乱。"扎比内这样说道,艾丽娜微笑着指出:"事实上,你准确地说到点子上了。"

屋里没有阳光,屋内不见阿明的踪影,阿明是那个讨厌的生活伴侣,和她的母亲长年分摊着房租。每当母亲状况不好的时候,他总是这样消失不见,扎比内懊恼地想着。可是这个阿明,据她所知也有自己的问题。酗酒,吸毒,有时完全失去理智——物以类聚,人以群分。扎比内进到屋里的第一步就快速来到了巨大的房间窗户前,将百叶帘拉起,用力打开了两侧的窗户,很显然母亲已经有好几天没有外出活动了,在浴室门前堆放着没有洗的衣服,空气中飘散着一股汗液和尿液的味道。厨房里放着发霉的吐司面包,还有闻起来已经发酸的牛奶,除此以外到处都是乱扔的空红酒瓶,一定有十多个。如果不是病魔要了母亲的命的话,那就一定是酒精了。

在过去的三年中扎比内经常照顾她的母亲,拥抱着她,给她整理衣物和弄吃的。给急救医生打电话对她来说早已是家常便饭。她有一个当地的社会机构的急救电话,那里的人员是主管这一事宜的,并且都很友善。每一次当扎比内和母亲的意见取得了一致,母亲可以去那个地方了,总是扎比内给那里打电话,但是得到的消息清晰明了:"只要你的母亲不伤害自己和他人,我们就不能强行对她施以帮助。"

扎比内·考夫曼艰难地喘息着,她几乎睡不着觉,并且她知道,在她下一次接到施雷克电话的时候,她要对这一次的突然离去准备好一个充足的理由。但不是今天,她想着想着叹了口气,他与她不同,他没有那么忙的。而她只要接到电话就得离开,不管是因为公事……还是因为母亲。

她刚想到这里,电话就响了起来,这吓了她一跳。不,请不要,她这样想着,但是看着屏幕上的显示,那是一个座机号码,是控制中心的电话。

"扎比内,重案 11 组。"她报告并接听对方的信息。她一边喃喃自语着,一边用圆珠笔快速地记下了几个要点:罗斯市场……在停车场里……宾馆房间……

放下电话后,她马上选择了库尔默的手机号码并打了过去,接着是尤莉亚·杜兰特。

"尤莉亚?"

"嗨,尤莉亚,还是我,"她急切地说道,"听着,我们发现了梅森的宝马车,它就停在豪普特瓦赫停车场内。一组现场痕迹保护部门的同事已经在路上了。"

"太好了!你要替我跟踪事态发展的每一个步骤。"尤莉亚回答道。

"还有更好的消息,"扎比内接着说道,"那辆车所停的车位是一个预留车位,所属的宾馆就在下一条街。"

"很好,事情终于有眉目了,"尤莉亚松了口气说道,"你去现场吗?"

"彼得和多丽丝已经动身了,他们已经在去那里的路上了。彼得监视那里的动静然后发来报道,尽他所能,增援随后就到。你们所有人马上就会收到一条彩信,是尤纳斯·梅森的照片,我现在马上就上传照片。"

"好的,好的,弗兰克和我马上就从这里赶过去,你一定要和我们保持联络,告诉我们事态的进展。"

"没问题,一会儿见。"扎比内兴高采烈地结束了谈话,因为她已经处理了好几通电话,这极大地转移了她放在母亲身上的令人沮丧的注意力。

星期六　8点42分

"再说一遍,在城市里,越野车根本就没有用。"库尔默气喘吁吁地说道,由于紧张,他的额头上布满了汗珠。他操纵着福特翼虎刚刚驶离了人行道,现在又驶上了出租车道。由于还没有摆脱困境,他还是紧紧地握着方向盘。车子的一边压在了路边石上,异常地颠簸。过了一会儿,在一小片树荫下,库尔默停了下来,他向四周看了看,周围并没有巡逻车。库尔默心里想,早上的这个时间在豪普特瓦赫——法兰克福最繁忙的交通主干道之一,这种情况可不常见,但是这样并没有什么不好的。两个路人摇着头走过了他的车,也许他们看到了刚才的疯狂绕行,但是他们并不知道,其实这是警察在执行公务。他们怎么能知道呢?

现在已经没有时间去解释了。库尔默确认了一下，身后并没有骑车的人，接着他打开了车门，从车里走了下来。

"你好好在车里待着！"他命令着塞德尔。听到伴侣这么说，后者翻起了白眼，说道："哎呀！我只是怀孕，又没有生病。"

"但是你有责任，确保我们的孩子不出任何意外，"库尔默坚持说，"我不是在命令你，但是按照规定你现在只能做内勤工作。"接着他笑了笑，补充道，"这一点在车内也有效。"

几秒钟后，他走进了宾馆。大厅里一片忙碌景象，也许是因为退房时间的原因，库尔默一边走向柜台，一边想道。他拿出证件，挤过了一名西装挺拔的保安，后者一言不发，并没有制止他，看起来像是正在猜测着库尔默的来意。可怜的家伙，干好你自己的活吧，我不会计较的，我自己就够了。对面，一名穿着讲究的女士，就显得不那么理解了，他似乎在哪里见过这张脸。

"真是不知羞耻。"她生气地说道，接着她摇着脑袋扭过头去。

"早上好，库尔默，刑事警察。"他朝亚裔的前台小姐点了点头。她最多只有 160 厘米，一张非常漂亮的脸蛋，深棕色的眼睛，同样颜色的头发，扎成了一束漂亮的马尾。她的同事，一名男士，金黄色的头发，身材很高大，真是强烈的对比。女招待穿着深绿色的酒店马甲，里面是白色的女上装。她的问候十分冷淡，远不及对待一个潜在客户那般友好。

"早上好。有什么可以帮忙的吗？"

"根据我们的信息，有一个人在你们这儿登记入住，他把他的车停在了停车楼的 H18 车位。这是照片。"他把手机里的梅森照片举到了对方的眼前。"他用辛克莱的名字办理了入境，但是很显然，现在他用了另外一个身份。我现在迫切需要他的房间号，他是一个极其危险的人。"

"请等一下。"

女招待和她的同事低声耳语了几句，库尔默看到后者点了点头，接着她在计算机前敲击了几下。

"314，"她说道，接着她指了指库尔默的斜后方，"在3层，您可以在那边找到楼梯间和电梯。"

"钥匙?"

女招待又扭过头去，看着她的同事。一会儿过后，她才在一个宽大的抽屉里找了起来，接着她递给了库尔默一张带有黑色磁条的白色塑料卡。

"给您，"她说，"现在您就可以进去了。对了，顾客还在上面。"

库尔默表示了感谢，离开了服务台。很快他就到了电梯前，接着他按下了电梯控制面板上的银色按钮。面板上的红色数字显示出，电梯正在6层。库尔默已经很不耐烦了，他觉得时间就像静止了一样。又过了几秒，还是一点变化也没有，也许又有一群游手好闲的公子哥正从电梯里向外搬东西。刚才那个身材矮小的女招待说什么来着，3层? 库尔默马上决定向右转，他快步走向楼梯间。尽管必须承认的是，库尔默的身材和25岁的时候已经无法相提并论，但是3层楼大概也就只有10米高。当他走到最后一个拐弯处时，他在心里想道，如果是几年前，他肯定会马上走向楼梯间。就剩10个台阶了，他催促着自己。脉搏飞速地跳动着，呼吸也急促了起来，但是与此同时，库尔默感到自己充满了活力。向左还是向右，又到了必须做决定的时候。这时他发现了一块铜制小牌,上面写着楼梯间左右两侧的房间号。

当库尔默走过电梯时,他发现电梯才到 1 楼。走廊很宽阔,被卤素灯照得通亮,在它的尽头是一个没有窗户的三角形壁龛。地上铺着天蓝色的地毯,库尔默花了一小段时间才适应了这种颜色,不过对于周围的现代简约风格,他倒是适应得很好。地砖和墙面都是雪白色,而房门则是淡褐色,很有可能是桦木。314就是右边的第二个房间。彼得·库尔默悄悄地走了过去,他把耳朵放在了凉爽的、光滑的房门上面。什么也听不到。他在心里衡量了一番,是破门而入,还是应该先敲门?最终他选择了后者。外面的街道上并没有聚集大批警察,梅森应该还没有觉察,而且在这里,也并不像美国大片描绘的那样,有那么多室外防火梯。从三楼来一次电影似的大逃亡或者端着机枪把门打成筛子,在现实世界中都是令人无法想象的。库尔默向前迈了一步,站到了门边,接着他用食指关节有力地敲了几下门。没有动静。在门外细听了几秒之后,他把门卡插到了把手下面的卡槽里。绿色的指示灯闪了一下,门已经开了,里面一点声音也没有,这一点给他留下了很深的印象。接着他向下旋转了一下把手,推开了门。

房间里同样是现代简约风格。蓝色的地毯、浅色的木质家具、一个柜子、两个床头柜,以及一张双人床。库尔默很快察觉到,这张床并没有使用过。在拉开的窗户前,薄薄的窗帘正在随风摆动,但是几乎听不到街上的交通噪音。

可是,该死的梅森到底藏在哪儿?

库尔默推开了浴室的门——没有人。

他打开了衣柜门——没有人。

该死。

这时电话响了，库尔默吓了一跳。他跳了一大步，一把抓起听筒。

"喂？"他大喊着。

"库尔默先生？"是那个身材矮小的女招待。

"是我，还能是谁呢？"他恼怒地回答道，"除了我以外，这里根本没有其他人！"

"这就是我给你打电话的原因。"宾馆女招待平静地说。很显然她最好应该和这位易怒的客人说句抱歉，但是她没有，她依然自顾自地接着说，"314的客人刚刚离开我们的宾馆。"

"什么？他已经退房了？"

"是的，如果您想这样说的话。他刚才急匆匆地从电梯里走了出来，路过前台，把房卡扔到了柜台上。他说着诸如'今天走'之类的话，然后他就消失了。真奇怪，他的房费本来已经付到了明天……"

库尔默没有再听下去，他已经跑出了房间，跑下了楼梯。当他穿过宾馆大堂，向外全力飞奔时，他从眼角的余光看到，女招待和她的同事都挂着一副非常吃惊的表情。

他到哪儿去了？

应该还没走远。

多丽丝！

也许她已经看到了他，如果没有的话，也没问题。不过她至少会靠近点儿。库尔默撞到了一名出租车司机，后者正站在车边，和另外两个朋友一起抽着烟，接着他越过了一辆正在前进的送货小车，车主在不停地按着喇叭，并用意大利语骂着大段的脏话。终于他回到了自己的汽车旁。库尔默拉开了右前门，他一下子呆住了，副驾驶上空了，多丽丝·塞德尔不见了。恐惧夹杂着不安一下子侵袭而来，如果不能尽快找到他的生活伴侣的话，恐怕他自己也要崩溃了。

他绝望地向四周望了望。到处都是路人，年轻的、年老的、高大的、矮小的，没有人和其他人是一样的，也没有人和其他人是不一样的。有的人是独自一人，有一些则是成群结队，但是根本没有人在注意别人。有几个年轻人正懒洋洋地坐在路边的石阶上，看起来是刚玩完滑板。在通往地铁站的楼梯附近有一个衣衫褴褛的家伙，没有剃胡子，身边是一个布满窟窿的塑料袋，里面放着他的家当，脚下是一个咖啡杯，里面放着几枚硬币。当库尔默靠近他的时候，他甚至不确定这个乞丐是否注意到了他，不过乞丐还是把头转向了他。在一头蓬乱的棕色头发中间，淡蓝色的眼睛出乎意料的清澈和警觉，这和它们周围那肮脏、黝黑的皮肤形成了鲜明的对比。库尔默又燃起了一丝希望。

"您看到那辆汽车里的女士去哪儿了吗？"接着他拿出了手机，找出了扎比内·考夫曼发过来的照片。"或者您看到过这个人吗？"

"这得看您了。"

"听着，我没时间跟您闲扯！"库尔默低声喝道，"我是刑事警察，现在情况紧急。您可以去我的车里，杂物箱里有 20 欧元，还有一块巧克力，您都可以拿走。但是如果您看到了什么的话，必须告诉我。"

"您可别骗我。"乞丐指了指他后面，"那个男的，不知道，不过我看到那个女的了。"他咧开嘴，大笑了起来，露出了满嘴黄牙,而且上下两排牙齿至少各少了两颗。"她是坐自动扶梯下去的,好像有什么东西正在后面追她。"

库尔默又跑了起来,他沿着水泥墙和楼梯扶手一路向下。路上他还差点被一辆绑在楼梯扶手上的自行车绊倒,这辆自行车的轮胎和车座都已经被卸了下来。他焦急地在豪普特瓦赫的地下世界里一路向前,这里简直就是一座大迷宫,有着数不清的入口、出口、分岔路和拐角。

她为什么不求助?

他控制她了吗?

库尔默的思绪在飞速地旋转着,他感到血液在太阳穴里不断地涌动着。到地下了,他向左右大致看了看。过道里、站台上到处都是人,便携式立体声音响不知在什么地方制造着极大的噪音,尽管实际上这里应该是禁烟区,但是空气里还是弥漫着浓浓的烟草味道。此外空气里还夹杂着浓烈的橡胶和废气的味道。左还是右?当他下完楼梯之后,又到了必须做决定的时刻了。库尔默的直觉告诉自己,应该向左,因为大多数路标都指向这边。他再次急匆匆地向前走去,路边是五颜六色的橱窗和大理石墙面,脚下是光滑的灰色地砖。他紧张地第三次按下手机上的快速拨号键,但是还是没有接通。库尔默在心里默默祈祷,但愿只是没有信号,或者没电了。他不敢再做其他任何假设。他绝望地搜寻着每一个经过的角落,他伸直了脖子寻找着多丽丝的身影。她还不到165厘米,在周末缓慢的闲逛人群中,想要找到她,还真不容易。他突然觉得,好像看到了多丽丝那棕色的头发,还有下面那件引人注目的青绿色 polo 衫,那件衣服是一家快递公司前天才送到的。

"多丽丝！"他大声喊道，就像嘴前放了一个喇叭一样，但是除了几个匆匆走过的路人看了看他之外，再没有其他任何反应。棕色头发也消失在快轨上了——在后面！库尔默跑了起来，他使出了全身力气，竭尽所能，无论如何他也要追上多丽丝。

　　梅森跳下了台阶，长期训练的双腿可以使他很轻松地一次跨下两级台阶，多丽丝·塞德尔再也无法跟上这种速度了。她筋疲力尽地站在高处的台阶上，大口大口地喘着粗气，眼前冒着金星，但是她强迫着自己，必须继续追下去。一群穿着彩色T恤衫的年轻日本游客从下面走了上来，一群相当年轻的人，他们手里拿着相机和手机，一路兴高采烈地高谈阔论着。真是无忧无虑，多丽丝在心里想道，她放弃了狭窄的自动扶梯，而选择了宽阔的楼梯。梅森一定会减慢速度，以便在众人之间找到一条出路。

　　"该死的！"他的声音响了起来，多丽丝突然有了主意。她可是空手道黑带，尽管她不能充分发挥自己的运动潜能，但是她还没有失去灵活性，还没有……

　　首先，她迅速确定了一下，身边并没有其他人，接着她伸出了双手，抓住了自动扶梯的黑色扶手带，多丽丝一跃，跳过了扶手，落在了向下而去的金属台阶上。梅森就要穿过那一小撮人群了，但是他至少还需要再向前走5步，而多丽丝已经到了自动扶梯底部。她气喘吁吁地再次抓住扶手，一下跳过了三级台阶，同时，她的眼睛还一直盯着对手，他还在上面的台阶上，至少还差40厘米。

　　她还没来得及说什么，梅森一拳就砸到了她的前胸上，就像是碰到了一块巨石，她感到喘不过气。紧接着，第二下又向腹腔打了过来。短短几秒之后,她的意识就模糊了。多丽丝瘫倒在了地面上,她感到自己的身体变得很轻。这时远处传来了一个熟悉的声音,他正在呼唤她。

库尔默围了上去,直到这时他才意识到了人群聚集的原因,刚才他在上面并没有看清下面发生的事情。几个年轻的日本人,还有少数的当地人,越来越多的人从四面八方拥了过来,为了一睹究竟。

"让开,让开,警察!"——他不停地说着,第二次,第三次,直到他到了人群中间。地上躺着一个棕色头发,身穿青绿色polo衫的女士,她的眼睛紧闭着,脸上带着血迹。

星期六　9点13分

"该死的。"

黑尔默颤抖着手将手机从耳旁拿了下来。

"到底怎么了?"尤莉亚问道。这两个人情绪激动地站在鬼屋门前,尤莉亚对于黑尔默那发愣的目光感到很吃惊,因为通常情况下,她的这位同事是不会轻易就慌乱的。至少不会因为公事。

"该死,尤莉亚,"他结结巴巴地说着,"多丽丝和彼得……我们必须马上……"他将烟头丢到了地上,然后立刻向来的方向跑去,但是尤莉亚一把抓住了他的胳膊。

"停!"

她的心脏跳得很快。"你就不能说一句完整的话吗?"她坚决地要求着。

黑尔默转过身来,抽出了他的手臂,握住了尤莉亚的手,接着拽着她一起前行。

"来吧,快,没有时间了!"他一边喘息着,一边和尤莉亚一起匆忙地走过起伏的道路。"我在车上给你解释!"

随着轮胎发出尖锐刺耳的声音,那辆保时捷发动了,石子和苔藓飞溅在轮子的后方,尤莉亚紧张地牢牢握住副驾驶位置上的车内扶手。

"好了,我听着呢!"她又重新要求道,而这个时候黑尔默已经飞速地穿过了联邦公路。他像着了魔一样死盯着前方的道路,速度表上显示的是每小时 135 千米。

"他们在宾馆那儿等候着梅森。"他挤出了一句话。

"很显然多丽丝发现了他,他攻击了她,然后……"

"什么?"尤莉亚打断了他。她感到眩晕。"多丽丝,什么是……我的意思是,她怎么样了?"

"我不知道。来电号码是彼得的,但不是他打来的,而是其他的某个同事。"

"见鬼!我们多快能到那里?"

"也许 20 分钟,看情况。"

"那梅森呢?抓到他了吗?"

"不,显然没有。现在不要再对我问个没完了,我也什么都不知道了!"

"天哪,弗兰克,我还能做什么呢?"尤莉亚呵斥着他,然后她还想加上一句,无论做什么现在都帮不上多丽丝和彼得的忙,当保时捷绕过下一棵大树的时候,手机再一次响起了。

"接一下!"黑尔默将头向右晃了晃。"下面的外衣兜。"

尤莉亚从那件浅棕色的薄外衣中,动作不太灵活地拿出了手机。

显示屏上的大号白色字体显示着"彼得·库尔默"。

"彼得?"她激动地问道,然后她马上想起来,有可能还是那个不认识的同事。但事实上,电话那头响起了她同事那熟悉的声音。

"嗨,尤莉亚!"声音很轻。

"哎呀,听到你的声音我感到很高兴,多丽丝怎么样了?"

"马上会送往医院。"库尔默回答道。他的声音听起来特别平静,几乎是听天由命的感觉。尤莉亚·杜兰特忍住没有再向他发问。

"我打电话是因为,"库尔默继续说道,"是这样的:一位目击者看到,那个混蛋搭快轨溜掉了。已确定是快轨8号线,等一下……"尤莉亚听到了低声的窃窃私语,然后又响起了库尔默的声音,这次他的声音明显已经颤抖,"我现在必须要走了,我们护送多丽丝去医院,我把电话转给一个同事。"

"我想念你们!"

"你好?"电话那头换成了一个陌生男人的声音。但愿库尔默听到了最后那句话。

"你好。我是重案11组的尤莉亚,我在和谁讲话?"

"格德,第一辖区的。我刚刚和一个叫作黑尔默的先生通过话。"

"黑尔默警官是我的同事。"尤莉亚没有耐心地叙述道,"逃犯的情况怎么样?我听说,他乘坐快轨逃脱了?"

"看起来是这样的。根据一名目击者所述是快轨8号线,从奥芬巴赫开来。"

尤莉亚快速地思考着。快轨 8 号线往来于奥芬巴赫和威斯巴登之间。

"火车总站!"她脱口而出。豪普特瓦赫之后的第二站,出站之后只需要四分钟的车程就会到达全国最大最重要的火车站。

"我们已经向各单位发出了警报,在那儿已布置了充足的警力。"格德这样评论着她的插话。

"那么你们能及时到位吗?"尤莉亚怀疑地问道。

"在快轨站台那里不一定,但是在出口处会有警员马上赶过去。"格德强调着,但是女警官显然不太相信。

她从车窗向外观察着飞速而过的树木以及对面开来的车辆,它们在接近时就好像超音速飞机一样快。

"不!"她绝望地喊道,并且用拳头狠狠地砸向了门框,这使得直直地注意着沥青马路的黑尔默分散了注意力,他向她投来了愤怒的目光。而这一砸也使得她的手背很是疼痛,被砸的地方先是变白,然后变成了火红色。她的思路在运转着:梅森——两起谋杀——假身份——来慕尼黑旅行……

他完成了两起谋杀,这也是他来这里的原因,那么他现在会做什么呢?

突然,女警官吓了一跳,一个念头一闪而过,再仔细想想这也不是完全不合情理的。她审视了一下车道,刚好及时,她这样断定。

"向右,向右,向右!"她向吃惊的黑尔默高声喊道。他们经过了美因-陶努斯中心,然后他给了点油,为了可以并入去法兰克福方向的 A66 高速公路。就差一点了,尤莉亚让他握住方向盘,所以当她大声喊道"去机场"的时候,黑尔默快速地做出了反应。

弗兰克·黑尔默极快地将保时捷加速到每小时 200 千米，尤莉亚·杜兰特在那恐惧不安的瞬间闭上了眼睛，突然而来的惯性将她压到了柔软的座椅上。谢天谢地，A66 高速公路上的车辆速度都比较适中。

"告诉我，我们具体要去哪里？"黑尔默说道，虽然保时捷已经开始减速，但仍然还是以惊人的速度飞驰在左边的车道上。"我们必须在前面的科勒福特向下转入 B40 公路。"

"还是去火车站。"尤莉亚耸耸肩回答道。

"但不是去那个有巨型复活节彩蛋，就是停大站特快列车的那个，而是去老站。"

她暗指的那个车站是正在修建中的"空中轨道中心"，位于 1 号机场大厅的对面，日复一日，这个建筑已经由镜面表面所覆盖，整体轮廓让人联想到豪华游轮。在这个中心的地下贯通着五条大站特快列车轨道。

"去老站，好的，没问题。"黑尔默点点头。老站位于 1 号机场大厅的最底层。"给我 5 分钟，如果路况好的话。"

尤莉亚看了一下表，9 点 23 分。她不知道具体的列车时刻表，但是她知道，从豪普特瓦赫到机场的快轨需要 20 分钟，而从他们已经路过的火车总站到机场的话则需要不超过 15 分钟。

"该死！时间几乎不够了。"

她拨通了库尔默的号码，当然是等了好久格德才接起了电话，但她还是非常高兴，因为不管怎么说，格德还是接了这个陌生的电话。

"你刚刚说的到底是怎么回事，是个他妈的演习训练吗？"他打开了话匣子。

"请不要说脏话，"尤莉亚说道，"我的父亲是个神父。听我说，我需要您的帮助。我们推测，逃犯已经去往飞机场的方向。另外他的真名叫尤纳斯·梅森，是两起谋杀案的嫌疑犯。请通知您在飞机场的同事、联邦警察、保安部门，如果是我的话，甚至会通知该死的海关人员！我们5分钟后就到。"

"包在我身上了，"格德保证道，"很棒的追捕！但是，顺便说一下……"

"怎么了？"

"您刚刚也说了脏话。"

"你带你的配枪了吗？"黑尔默问道，这时他已经在飞机场旁边的车行路上操纵着他的保时捷，然后他叩了叩自己的左胸，在那下面隐藏着他的手枪肩套。

"没，当然没有，"尤莉亚不高兴地小声说道，"我这段时间完全在做行政工作。"

"明白！"黑尔默嘲笑着。他从他的外套下抽出了配枪，那把 SIG - 绍尔 P6 式手枪。"你要么现在给我下达一项命令，叫我当面将手枪转交给你，要么你就完全行政式地跟在我后面三米远的地方。"

"看看这条大街。"尤莉业气愤地发着牢骚。"你直接开到机场大厅前，我下去，现在每一秒都很关键。"

"真不用吗？这可能是你最后的机会了，"黑尔默说道。尤莉亚知道他是什么意思。内务部已经订购了新的枪支，是最新的 Heckler & Koch P30 式手枪，每个弹夹可以装 15 发子弹，比原来的两倍还多，但是枪的重量还是和原来一样。她在打靶场已经试用过这种新式手枪了,她感到很高兴,20 年后旧式手枪终于被替换掉了。但不管怎么说这终归是武器,是使人丧命的工具,对他们来说它只意味着是保护个人生命安全的最后手段。

汽车猛地一停,尤莉亚跳下了车子。没有等待黑尔默就快速地朝地下快轨站的方向走去。

星期六　9 点 27 分

当列车车厢的滑门打开的时候,尤纳斯·梅森仔细地观察着周围的环境。

危险,逃跑路线,隐蔽的可能性。

他已经无数次地强制自己,将这一主导思想应用于分析敌方的地形情况,直到他完全习惯这一思维模式。当其他乘客先下车之后,他找到了一群人,这样他可以尾随在他们后面。军事学院的学习以及在阿富汗待过的 12 个月极大地影响了这个士兵,他可以在荒芜的旷野隐藏几天的时间,能够用最普通的物品组合出最不可能的结构,他几乎能适应所有情况,并且保持不显眼的状态,不引起别人的注意。他摸了摸自己橄榄色的衬衫兜,那里面有一本护照和两张飞机票。与入境时巧妙地掩盖了身份不同的是,这次他不会再冒这个险了,因为假冒护照会使自己陷入不必要的困境当中。不能挑战法兰克福机场的安全检查标准。所以他决定用他的真实姓名飞回家,当然要走点弯路。他的两个假名已经被警方破获了,虽然他也无法解释自己在哪里出了差错。但是不会有人知道,他究竟是谁,因为他已经细致入微地准备好了关于他这趟旅行的所有细节。过去的整整一年时间他都不得不在兴都库什山脉(属于阿富汗)等待着,等待着对那两个男人施以最终的报复,他们对于他亲爱的妹妹的死负有不可推卸的责任。而在德国关押的其他人不是他这次来的目标,但是等到若干年后,他们出狱之时,他一定会去找他们算账的。偏偏那个幕后黑手还一直无所顾忌地逍遥法外,这点是最让他感到愤恨的。

那是 2008 年的冬天,在一个偏僻荒凉之地的训练营里,气温远远低于冰点,所以在他同伴的小型聚会上,准备了大量的酒,还放映了色情电影。在聚会进行到后段时,只剩下了几个体格强健的人,有一个叫吉姆·德维诺克斯的,长得高大威猛,脖子粗壮,留着金色的短寸头,皮肤红亮,他从制服里拿出了一张DVD,然后让大家发誓,不能将看到的东西对其他人讲。没有人提出异议,然后大家入迷地观看了起来,这是张将很多剪辑片段收藏在一起的 DVD,自称是拍摄于阿拉伯和俄罗斯的监狱或者是亚洲的妓院。在影片中的人被痛苦地折磨着、侮辱着,只能绝望地祈求着。两个同伴呕吐了,还有一个人愤怒地离开了,剩下的人却在每一个片段结束的时候怪叫着想看到下一个。下一个片段是一个女孩被强奸了,她还不到 14 岁,大家怪叫着,还有啤酒瓶子的叮叮当当声,然后又是下一个片段。片子很新而且质量上乘,就和那个德维诺克斯之前神秘兮兮地介绍的一样。

"不是在哪个监狱,那里的金属材质不像,DVD 里的人也许是哪个俄罗斯的门外汉演员或者是些什么便宜劳动力。有个傻子在电影中一直眼神呆滞,并且呻吟着她那听不懂的语言,她也肯定不是亚洲女人。但是那个女孩看起来像我们这儿的人,像我们的女孩。"

这句话让梅森永远无法忘怀。那个视频中的女孩仰卧着,很显然被麻醉了，她被一个年轻男人强奸了，男人的脸无法看清，那个女孩受到了伤害，像珍妮弗一样，女孩最后死亡的方式也是被人用刀子切断了颈动脉。偶尔还能听到呻吟声，那是那个施虐者发出的贪色的声音，但女孩也发出了悲鸣声，让人感到痛苦不已。但更让人无法忍受的是音乐的声音，它一直在背景中播放着，很安静缓和，这和画面上发生的一切形成了残忍的对比。

梅森拥有关于珍妮弗案件的所有卷宗的复印件，他还了解了所有受审者的家庭情况。看了案发现场的照片，知道了所有调查的细节，通过家庭律师和侦探将德国警官对于此案所做的所有工作进行了细致入微的分析与观察。也许是这些使他有了灵感，他也不是很确定，但是在那个冬日的夜晚他预感到，这个案子的结果不是完全正确的，即使这个视频片段中的年轻女孩不是他的妹妹，但是至少说明还有其他的作案人，他们也对珍妮弗的死负有责任：这些电影人、生产商、导演和市场营销负责人，也许他们是同一个人。但是更可恶的是，那些不知多少有能力支付的顾客——即使在大西洋的这边都存在着，他们为了自己那病态的欲望而给这些视频支付着大量的报酬。需求决定着价格，这同贩卖毒品和武器又有什么区别？

站台上的乘客所剩无几，尤纳斯·梅森加入了一队说法语的人群中，他们的年龄普遍看起来要比他大一些，但是他们说的话他可以听懂，还有他们随意的着装和他简单的服饰也比较搭配。当他看到两个快轨工作人员的鸭舌帽时，他礼貌地与一位女士攀谈起来，询问了一下时间。她很友好地回答了他，然后他们来到了一条狭窄的旋转楼梯下，上了楼梯后，梅森改变了前进的方向。两周前他已经来过这个飞机场了，只不过当时是坐着出租车,所以现在他必须搜索记忆中的信息,确定哪个方向可以直接通往候机厅。昨天晚上他就已经办理好了登机手续,这是一种特殊时期的特殊办法,他这样想道。但是警察是怎么识破他的计谋的呢?关于这个问题,他已经绞尽脑汁地思考好久了。

尤莉亚·杜兰特穿过了1号机场大厅的候机厅,她呼吸很快,她的目光应接不暇地从一边移到另一边。那张通缉照片早已印在她的脑海中,就像调取信息一样她会看到珍妮弗·梅森哥哥的照片浮现在眼前。那边那个人,不,不是。继续找。难道他已经去了轨道上?我来晚了吗?尤莉亚·杜兰特靠近了一小群旅游者,一个男人从她身边走开了。这时,尤纳斯·梅森突然出现在她的面前,这个高大的、肌肉发达的男人有着一双和他妹妹一样沉思的眼睛。

"梅森!"尤莉亚脱口而出,她差点和他撞在了一起。就在这一刻,只是一刹那的时间,好像地球都停止了转动,她不知道,到底他们俩中,谁受到了更大的惊吓。是她,她想要抓住的杀人犯正和她面对面地站在这里;或者是他,感觉自己此时此刻就像一只掉进陷阱的兔子。

但事情远没有停止。就在尤莉亚刚掏出手枪的时刻,梅森闪电般地抬起他的手臂发起了攻击,在尤莉亚想要扣动扳机之前。他用他的手腕击中了尤莉亚的右手,这使她疼痛不已,而随之脱手的配枪向上高高跃起,啪的一声,重重地落在了石板地面上,接着继续向前滑行了几米。尤莉亚使出全力想要抓住梅森的胳膊,但是对方的身高却比她高出两头。从眼角的余光她发现这已经引起了人群的恐慌,现在已经无暇再去顾及那把不安全的手枪了,它正孤零零地躺在地上,同时尤莉亚很希望她的伙伴黑尔默会像救星一样从身后赶来,她刚刚真不应该冷酷地要求他坐在车里。

"放弃吧,梅森,"她喊道,"我不是一个人。"

但是这个家伙却将她的胳膊残酷地转向了一边,她的肌肉被痛苦地拉伸,尤莉亚大叫了起来,她感到自己的肩膀好像要脱臼了。她的思维快速地转动着,她有些迷惑,因为眼前的这位和她搏斗的男孩与其说是凶手,也许更像是个受害者,难道她就因此束手无策吗?不,他只是一个小她15岁的训练有素的士兵而已。梅森有目的地一撞将她弹出了一米以外。多丽丝,尤莉亚立刻想到了她,这时她的同情心被抛到了九霄云外。休想这样对我!梅森转身想要逃跑,女警官一跃而起跳向了他,将他撞倒,只见梅森那高大的身躯向前倒下,但是他马上用手撑在了地上,这个时候尤莉亚只能抓住他的腿,她顺势起身。当梅森弯曲身体想要爬起的时候,她用尽全力,用她那比梅森至少轻20千克的体重,重重地坐在了他的脊柱上,接着她试图去抓住梅森那划动的手臂。但是梅森更加强壮,她很害怕,他随时都可能占据优势。

"注意,这里是警察!"这时尤莉亚听到了这句话从扩音器中传了出来,听起来软弱无力而且还带着回响。"你被包围了,放弃无谓的抵抗!"

终于,救兵到了,尤莉亚放松地想道。正在这时,梅森猛地抬起身来,然后将尤莉亚摁倒在地。在她还没反应过来发生了什么之前,他已经在她身旁喘着气,带着得意扬扬的笑容,脸憋得通红,他的头部在高于她的脸部不到20厘米的距离。他的眼神中还是充满若有所思的神情,真的像极了珍妮弗,尤莉亚从他的眼神中看出,他并不想对她怎么样,他来到这里,对施蒂格勒和贝尔特拉姆实施了报复,就达到了目的,也许他唯一觉得有所愧疚的就是对于多丽丝的所作所为。所有的一切都写在了这个男人的目光里,这让她震惊不已。

"最后一次警告,放开女警官!"大厅里再次传来了声音。

"见鬼,梅森。你逃不掉了!"尤莉亚挤出一句话。他用膝盖压在她的胸腔上,他稍微直起了身子,她随时等待着他会跃起,然后从这里逃跑。

事实上他始终绷紧着肌肉,因为就在他移动的时候,女警官感到他的膝盖压力更重了,已经压到了她的胸骨上。突然砰的一声枪响。

接下来的画面就好像慢动作播放一样。尤纳斯·梅森猛地直起身来,他的头甩向后方,那是一种不自然的、恐怖的扭曲动作。他的左耳爆炸开来,血液,骨头碎片和脑浆一并从掌心大的窟窿中喷射出来。接着上身慢慢向右倒下,尤莉亚还是石化般地躺在冰冷的地面上,再然后她听到一声沉闷的撞击声,梅森的身体狠狠地摔在了光洁的地面上。他的右眼上也有一个洞,血液正从里面流出,这时尤莉亚才反应过来,刚刚发生了什么事情:计划的警告射击本想射向梅森的肩膀,但由于他的突然移动使得子弹正中了他的头部,真是讽刺的命运。然后尤莉亚感到了痉挛般的抽搐,先是腿,然后蔓延到臀部,在这难以忍受的几秒钟内她什么都做不了,就好像亲身感受到死亡时身体的癫痫抽搐。终于那颤抖渐渐退去,她那睁圆的左眼变得混沌,她可以不再目瞪口呆,但是思想仍然迷失在无休无止之中。

尤莉亚·杜兰特将头转向了一边,她看到黑尔默正赶过来。她以手掩面,任眼泪尽情地流淌。

星期一

整层楼就像空了一样,旁边的办公室里一点声音也没有,走廊里也没有急促的脚步声。

"酸黄瓜时间",新闻界就是这么来称呼七月份的日子的,因为在这段时间里,人们不会制造什么有价值的新闻。他们都躲在地下室里,翻看过去流行的老杂志,或者再发现一本新的畅销书。

夏季空缺,这个时期的政治生活也是如此,但是在重案11组,并不存在这个空闲期。走廊里的安静,尤莉亚·杜兰特心里清楚,是另有其因。她焦急地看了看表,已经不知道是第几次了,还没结束,分针跟着秒针不断向前,手表今天看起来似乎走得很慢。突然从距离警局大楼很远的地方传来了贝格尔那富有活力的声音,打断了她的思绪,她吓了一跳,尤莉亚这才想起,她正在向她的上司进行汇报。

"对不起,我走神了。"她迅速说道,接着她把听筒从一个耳朵换到了另一个。

"我注意到了，"贝格尔谅解地说道，"说吧，还差最后的细节，然后我就要去进行火山泥外敷治疗了。"

贝格尔在刚打进电话的时候，就告诉了尤莉亚，他会被转到布兰肯堡哈尔兹进行短期治疗。在那里他会接受物理治疗、按摩和骨骼治疗。看起来他恢复得还不错，也许他还能避免那种十分冒险的背部手术。

"我尽量简要地说。"尤莉亚允诺道，其实这完全是为了她自己的利益，因为她想尽快离开办公室。

"我们刚才讲到了亚历山大·贝尔特拉姆储存的数据，"贝格尔提醒道，"施雷克先生已经破解了密钥，然后呢？"

"现在我们已经修复了加密的数据以及所有收到的邮件，"尤莉亚又开始了她的汇报，"有很多贝尔特拉姆和施蒂格勒之间的邮件，可惜没有第三个人的地址。必须得承认，他们真是一对肮脏的人。"

她在等着贝格尔的下一个问题。15分钟以来，他就在一直纠缠着"梅森Ⅱ案件"，这还是黑尔默起的名字。

"如果施雷克早点解密的话，情况会不会有所不同呢？"贝格尔想知道。

好问题，尤莉亚不禁在心里想道。但是原则上……

"不，不会有什么不同，"她说道，"如果我们早点知道贝尔特拉姆和施蒂格勒之间真正的关系，那么我们就不会再发现梅森这条线索了。即使是视频录像本身，在这个问题上，也不会有什么帮助。"

"死了七个女人，"贝格尔叹了口气，"这其中包括那个慕尼黑的女孩和同行勃兰特那里的那个死者，此外还有珍妮弗·梅森。我算得对吗?"

"是的,没错,所有这些人在视频上都有详尽的记录。珍妮弗·梅森的死是第一个。但是我们无法确认,到底是谁杀了人,因为这一部分的原始视频被删除了。"

"但是西蒙斯和陶贝特已经……"

"是的。西蒙斯和陶贝特确实和珍妮弗发生了性关系,此外还有约翰逊。配有音乐的剪辑片段更像是一个集体淫乱录像而不是一段虐杀视频。也许当贝尔特拉姆和施蒂格勒兜售录像的时候,他们就做了两手准备。"

"很好的推论,"贝格尔评价道,"关于施蒂格勒的部分,我们还没有详谈。他在这其中到底扮演了什么角色,如果说贝尔特拉姆提供了技术、资金并且杀害了受害者的话……"

"卡洛·施蒂格勒是那个负责销售的人,"尤莉亚·杜兰特解释着,"他有一个广泛的有经济实力的顾客群,他负责和他们进行接触,并且给他们提供良好的私密性服务。所有顾客很难被全部发掘出来,因为卡洛经常变换身份,贝尔特拉姆也是如此。此外他从不在家里登入网络。施雷克猜测,他可能用的是学校的网络或者是邻居的网络。同样还有施蒂格勒。一个法律系学生经常用笔记本登入账号,这更加不会引起他人的注意,他的可疑性看起来要比贝尔特拉姆小得多。"

"但是梅森还是发现了他们,并且抓住了他们,"贝格尔打断了她,"并且他也没看过视频,而且之前他还没来过德国。"

"至少是在他的真名下。"尤莉亚迟疑地说道,"很可惜,他不能再回答我们的其余问题了。"她叹了口气。

"那就说说我们现在知道的吧!"贝格尔提出了要求。

"好的。梅森肯定至少有一个具体的怀疑对象,即使不是在2008年,那么也是在稍晚的某个时间。他曾身处一支精英部队,他去过阿富汗,这些都是我们所掌握的。那么他就有可能曾经在那里接触过虐杀视频。在过去的几年里,相应的丑闻曾经出现在很多军队中——无论是美国、法国还是加拿大的。事实上,他看过了我们所有的调查资料,您想想,这其中他的家庭到底扮演了什么角色,这又是一个未知的点。这还不算什么,根据联邦刑警的调查记录,他的家庭宣称,对于他来欧洲旅行竟然一无所知。"

　　"请继续!"贝格尔催促道。

　　"为了不留痕迹,他是经巴黎中转来的慕尼黑,"尤莉亚继续说道,"这点我们已经知道了,我们之前不知道的是:我在大量的邮件中发现了一封邮件,这个乔治·辛克莱在来慕尼黑三天前,曾经去过那不勒斯。"

　　"意大利?"贝格尔吃惊地脱口而出。

　　"意大利,"尤莉亚证实道,"他去了南方,卡拉布里亚,您可以猜三次,他在那里和谁见了面?"

　　"等等,您不是想说……您的意思不是……"

　　"我的意思根本不是,"尤莉亚回答道,"而是,我就直截了当地告诉您吧:尤纳斯·梅森在那儿的监狱里和阿德里亚娜·丽娃见了面。"

　　贝格尔一时吃惊得说不出话来,电话里只能听到他沉重的呼吸声。几秒钟后,他又问道:"是不是丽娃向他透漏了什么?有记录吗?最后是他把她杀死了吗?"

　　可惜尤莉亚并不能回答这三个问题。"有很多可能性,"她垂头丧气地说道,"但是意大利之行是梅森早就计划好的。如果是在德国,他根本不可能这么轻易地就溜进监狱,至少他的身份不会隐藏这么长时间。"

"好吧,"贝格尔说,"您至少已经掌握了拼图的主要部分了,剩下的就让他们去忙吧。"

"您怎么能就这么……"

"杜兰特女士,我还能怎么办呢?所有参与者都死了。至于我想不想这样,这是另外一回事了。FBI、国际刑警组织,可能还有一些梅森雇用的高级私家侦探都会去追查视频这条线索,如果它确实值得追查的话。无论您承认与否,这些都不是我们所能掌控的,不过也正因此我们不用再管这些事了。"

"好吧,好吧,我明白,"尤莉亚退让了,"尽管我不喜欢这样,一点也不喜欢,今天晚上独自一人坐在房间里,无所事事,那才是真正糟糕透顶的事情。"

"哎,"贝格尔叹了口气,"这正是我们这一行的一个弊端。您完全可以相信我,我和你们一样讨厌这一点,尽管我过去没有说出来。有一些事情是人们永远也无法习惯的。"

他的话是多么正确啊!

"那么现在您可以去火山泥外敷治疗了,"尤莉亚看了看表,要求道,"我也要走了。"

"去医院?"贝格尔小声问道,尤莉亚表示了肯定。

"代我问好。"他挂上了电话。

十五分钟后,尤莉亚·杜兰特来到了金海姆的马库斯医院。她走进了明亮的病房,从这里的窗户向外望去,可以看到施雷贝尔公园。那里正飘着阵阵烟雾,有人正在烧烤。几面德国国旗耷拉着脑袋,挂在旁边小屋外的旗杆上。到处都是躺椅和儿童戏水池,人们懒洋洋地躺在躺椅上面,或是休息,或是在水池中游戏。

靠窗的床上没有人,尤莉亚坐在上面,静静地等着,直到护士熟练地忙完了她的工作。接着这个年轻的、特别富有吸引力的女士说道:"好了,完事了,我们吃饭的时候再见。"

东欧的口音,尤莉亚默默想道,也许她来自波兰或者是立陶宛。门关上了,屋里只剩下她和床上的女病人,她共事多年的亲爱的伙伴多丽丝。多丽丝半睁着眼睛,脖子上戴着宽宽的护颈,护颈外面罩着灰色的外罩,右上臂和肩膀都被打上了石膏,额头上缠着厚厚的绷带。

尤莉亚深深感到,现在的气温对她来说一定是一种额外的折磨。她拉过来一把椅子,放在了床旁。在她坐下去之前,她先俯下身子,以便多丽丝也能看清她,她温柔地摸了摸多丽丝脸庞的发梢。

"多丽丝,你好!"她轻声说道,多丽丝的眼睛马上又张大了一点。

"尤莉亚。"多丽丝抽动着脸庞,挤出了一个走样的笑容。

"好了,你别说话。"尤莉亚坐了下来。"我到附近办点事情,顺便过来看看你。"

"好吧。我想我还需要点时间。彼得把情况都告诉你们了吗?"

"是的,当然。"尤莉亚举起了手,迅速地打断了她。"彼得非常详细地把情况都告诉了我们,不要担心,你不用再从头到尾讲一遍了。"

"好!"多丽丝叹了口气,她举起了左手,正好能指着自己的头。"中等创伤性脑损伤,医生们规定:关键是不能跳,但是实际上里面就是一堆浆糊。"

"啊,多丽丝!"尤莉亚喊了出来,她不由自主地强迫自己笑了起来,尽管她根本不想这样做。"我们怎么可能失败!我们是那么训练有素、富有经验,并且配合出色,这你完全可以相信。我躺在 1 号机场大厅的大理石地面上,他压倒了我,接着大伙就开枪了,他倒了下来,一半的身体就压在我的身上,我必须仔细想想整个过程……"她停了一下,"我的意思是,你,彼得,和,嗯……"

她停了下来,她犹豫不决地看着床的中间,在那里,在薄薄的床单之下,是她同事的小腹。

"你自己看看吧,上面的抽屉,"多丽丝要求道,"可惜我动不了,你也看到了,上臂骨断裂、肩胛骨撕裂,全部的报告。"

"听起来是场持久战啊。"一阵令人不适的金属摩擦音之后,尤莉亚拉开了桌子的抽屉。

"六周,如果一切顺利的话,"多丽丝说,"如果不顺利的话,那就是三个月。但是内勤事务工作……"

"到时再说吧!"尤莉亚皱着眉头,怀疑地回答道。这时她发现了热敏纸上的黑白打印照片,大小比明信片还要小一些,她狂喜地喊道:"不,这不是孩子吗?"

"当然,要不还能是什么?"多丽丝坏笑着,接着她又呻吟了起来,"该死的,我的脸部肌肉是真完了,马上又开始一抖一抖的了,但是我也不能一下吃下一瓶曲马多,尽管有时这真的很难受。"

她用左手抚摸着腹部，眼神变得深邃起来，当然尤莉亚也只能看到她眼角的变化。女警官被那幅粗糙的模糊的照片吸引了：黑色背景图案上的照片，大小和一块蛋糕差不多，中间是白色的部分，尤莉亚能清晰地看到头部轮廓，下巴在前胸上，身体像是卷了起来。

　　"哇，"她按捺不住喜悦之情，"真是个奇迹。"

　　"当然！"多丽丝淡淡地笑着，但是充满了柔情，尤莉亚放下了照片，若有所思地看着这位即将成为妈妈的女人。

　　"请允许我这么说，不过现在你们俩可不再单单是警察了。"

　　尤莉亚盯着绷带和护颈，眼神里充满了责备。

　　"他打中了我的胸骨和头部，非常准确，用拳头，"多丽丝总结了她的遭遇，"五厘米深……"她的目光变得浑浊起来。尤莉亚紧紧地握住了她的右手，小心翼翼地，以免移动这只已经固定好的手臂。

　　"我的天，当时我坐在汽车里，彼得还在宾馆里，突然那个家伙跑了出来，他肯定是已经休息好了。也许是因为我干这一行已经很久了，但是我想，如果换成是你，你能就那么坐在车里无动于衷吗？"

　　"也许不能！"尤莉亚快速说道，她笑了笑。无论如何也不能，她在心里默默想道。

　　"此外，"多丽丝故作无畏地补充道，"即使怀孕，人们也不应该放弃运动。我可不想生完孩子后变成个大胖子。"

　　"现在你才说实话吧，这可比工作守则还要重要多了吧，"尤莉亚抬着食指说道，"贝格尔之前还向我打听你，我感到很好奇，你们俩谁会先恢复工作。"

"哎呀,还有个赌局呢!"多丽丝叹息着。

"什么?"

"你仔细想一想,如果我不回去的话,你们在警局里还不心急如焚啊,到底是男孩还是女孩呢?"多丽丝说。

"也许我可以再仔细地看看照片?"尤莉亚一脸坏笑地问道。

"没用的,那里就有两条腿,阴茎还看不出来,除非它长到膝盖,才有可能。"

"好吧,那么我最好先扣下我的 50 欧元,"尤莉亚笑了笑,接着她又迅速说道,"开玩笑。"

"知道了。我还有一些情况可以告诉你,如果你愿意听的话。"

"当然。"

"小家伙现在大概有 12 厘米长,120 克重,尽管我的神智不算特别清楚,但是我也能清晰地听到他的心跳。"

在取得了多丽丝的同意之后,尤莉亚默默地把手放在了同事的腹部,她感受着,一个新生命正在慢慢地成长。

创造、进化——奇迹在不断上演,尤其特别的是,这就发生在一个充满痛苦和死亡的星期之后。

星期一　21 点 00 分

"现在就剩下我们俩了,对吗?"弗兰克·黑尔默将一支香烟插入了嘴角。他将烟盒递给了尤莉亚,但是她摇头拒绝了。"如果我现在又捡起它,享受到香烟的乐趣的话,那么我就又该对它不离不弃了。算了吧,上一周我已经过得够糟糕了。"

"得了吧,"黑尔默挥了挥手,"一个人可无法同时做好若干件事情啊。一个明显的例子,来自于之前'梅森Ⅰ案件'的压力,后来又有了贝尔特拉姆……你还在公园里坚持跑步,想要保持精力,是吧?我觉得这对你来说就是一支'压力之烟'。"

"是的,可以这么说。"尤莉亚没有任何兴趣,在接下来的一刻钟时间里去讨论烟草的利与弊。

在去过医院之后,女警官还不想回家,不想这么早,因为在她的脑海中还有许多事情搅在一起。所以她又打算返回警局,即使她知道那儿不会有多少人在了。扎比内·考夫曼很可能还在办公室里,也可能有家庭方面的紧急事情,但是关于这一点她是无论如何都不想透露的。彼得·库尔默现在的主要任务是在医院里陪伴着多丽丝,这当然是完全可以理解的。而其他部门里,日常公事还是一成不变地进行着,还会有新的一周,还会出现新的犯罪事件以及新的凶手。

看了一眼手机屏幕,她发现错过了一个打入的电话,但是没有信息留言和第二次打入。很显然不是什么重要的事情,尤莉亚·杜兰特这样判断道并按下了一个按键,想要看一下打入电话的是谁。可是没有名字,来电不是她储存在电话簿里的号码,电话号码的区号是089,是慕尼黑的电话。尤莉亚又按了一个键子,她回拨了过去,这只会是……

"霍赫格雷贝?"

她微笑着,因为她的推测得到了证实,女警官向她的巴伐利亚同事打着招呼。

"您能回电话真是太好了。"他说道。

"我刚刚还在好奇,是谁从我的老家打来的呢。"

"啊,对啊,您是慕尼黑人。那么,我就是想对您再一次表达我的感谢,感谢我们这次愉快的合作。没有各部门的通力合作,这件案子也不会这么快告破。"

"我们是互助互利。"尤莉亚友好地回答道。

"也许吧。看到自己的同乡如此出色,真是件不错的事。"霍赫格雷贝大笑着说道。

"哪有,恐怕我要说,这可不是我最有代表性的案子。您过奖了。"

"这没什么,"霍赫格雷贝总结道,"相反我要说,"他调皮地补充道,"您什么时候回慕尼黑,就给我打电话。我会带您回忆这个城市里最美丽的角落。"

"嗯,谢谢,我考虑一下。"尤莉亚有些不知所措地说道。这会儿她的思维正在挣扎之中,一边想着家乡、父亲,而另一边也在想着多丽丝、贝格尔以及所有她还需要处理的事情。但是她的思绪还是飞回了慕尼黑,并且她觉得接受霍赫格雷贝的邀请是一件非常正确的事情。我会给他打电话的,尤莉亚暗下决定,然后就又将注意力转回到了工作上。

不知何时弗兰克·黑尔默又说起话来,他告诉她,他觉得制作信息表格一类的工作让他感到很无聊。他显然也是一样的疲惫,无论是体力方面还是精神方面,但不管怎么说,他还有个一直等待着他的家。尤莉亚则不同,她只能想念着艾丽娜·柯内留斯,但是此时此刻想要和她哪怕短时间地亲密交流也是不可能的。因为艾丽娜去旅行了,为什么非得现在去啊?现在可是旅游的旺季。那么,这种"精神陪伴"只好推迟到明天上午了,

"精神陪伴"这个名词是黑尔默在一次和她的父亲通话时,开玩笑提到的,所以今晚只好找个地方做一次虔诚的祷告了,就像以前无数次做过的一样。还有苏珊·汤姆林,也是女警官十分思念的人,但是苏珊不应该成为她的烦恼垃圾桶,苏珊曾经留宿过她一年的时间,苏珊白天、夜里都陪在她的左右,甚至在最严重的时候牺牲一周的时间来照顾她。这些友谊让尤莉亚感到很知足,所以她有耐心等艾丽娜回到国内。

今天晚上只有弗兰克·黑尔默在身旁,她忠诚的同事,她和他一起走过了许多低谷。他们坐在霍尔茨豪森公园的长凳上,在一棵雄伟的栗树之下,旁边是草地,一些人在草地上散步,大多数是年轻的情侣。

到现在为止,他们俩没有人打开话匣子来具体地谈一谈已经结束的案情,他们谈论了库尔默和塞德尔,让他们感到极大安慰的是,孩子没有什么事情。

"真是疯狂的事情,不是吗?"黑尔默终于打破沉默。

"你指什么?"

"所有的,这整件案子。实在是令人惊诧的事情,仇恨居然有如此巨大的动力。"

"对啊,"尤莉亚点了点头,"但是这一切都值得吗?我说的是,为此而赔上性命?"

"不知道,梅森在事前是否考虑过这种可能性呢?"

"嗯,他一定没有想过他会被抓住或者会发生更糟糕的事情。可以说,他做好了一切准备,掩盖了在场证明,而且他几乎就要成功了。他还使用了语言程序软件,先把敲入电脑的句子翻译成德语,然后再用电脑读出来,这完全掩饰了他本来的口音……这说明，他判断自己会出事的概率是极低的。他返回这里，为了给他妹妹报仇，他用了旅游签证，光明正大地来到这里，却一次也没接近过法兰克福。在他的家庭中也许没有人会为此事而追究他的责任，但是到最后，他留给家人的是一个更大的空缺，因为他们失去了仅有的两个孩子。更糟糕的是：他也变成了同样的嗜血杀手，就像残害他妹妹的凶手一样。尽管他死了，但是他这种报复行为所带来的伤害却没有半点减弱。"

"嗯，如果能够考虑到……"黑尔默含糊地说道，"施蒂格勒夫人、贝尔特拉姆的双亲以及梅森的家庭的话，确实是这样的。但是事情总是有另一面：这两个家伙再也不会继续祸害和杀害年轻女孩了。"

"无济于事的安慰，"尤莉亚生硬地评论道，"换了任何一人也不会像他那样做。我认为，虽然我们不知道，贝尔特拉姆和施蒂格勒是在什么时候，以怎样的方式合伙干了这些肮脏的交易，但是他们一定留下了作案漏洞，而且这个漏洞不是一时半会儿就能填补上的，不是吗？所以对这一问题的探查一直都在，这点我可以肯定。"

"我既不是欣慰也不是替他辩护什么，"黑尔默坚持着自己的意见，"但是鉴于我对于你的了解，在这个案子上还没有哪一个切入点能使你大为恼火，对吗？"

"不知道，我自己也不是很明白。"尤莉亚耸耸肩说道。

"你再试想一下。或者我来帮你一下？"他没有等对方的回答，就继续发表着他的总结，"每当我们抓到一个十恶不赦的混蛋后，是很少会开香槟庆祝的，反正我是不会的，"一个短暂的微笑出现在他的嘴角，接着他又恢复了严肃，"但是对于我来说最残忍的事情是,现在的事实是,所有的参与人员都死了,这份性变态产业的幕后投资人丝毫没有受到打扰。或者说你相信吗,贝尔特拉姆和施蒂格勒至少会辨认出那帮淫荡畜生中的一个人?"

"不知道。"尤莉亚回答道,并且她真的对此一无所知。没有人知道,但另一方面不论是 FBI 还是国际刑警都没有将这起犯罪事件定义为性暴力。"我们只能寄希望于幸运能够帮助我们,"她叹着气说道,"但是对于我来说确实还有些事情困扰着我的思绪。"

"看,我就知道!"黑尔默得意扬扬地说道,"说出来吧。"

"当我回想起整个案情,这些罪犯都多大?他们已经长大成人了吗?有的是,有的还没有,但是这样的事情通常都是其他类型的人才能做出来的,或者说只有我是这样认为的?"

"你说得很对,"黑尔默附和道,"我们以前还从未碰到过一群学生犯案的情况。"

"我觉得,以西蒙斯为例,他有多大,27 岁还是 28 岁?他是这群人里最大的了,但即使他被释放出来的时候,他也比我现在的年纪还要年轻几岁。"

"那么这就是困扰你的事情?"

"哦,我也不是很准确地知道,"尤莉亚叹了口气,"或者是因为这群人是那么那么的年轻,那样的涉世未深,反而却做出如此灭绝人性的违法的事情。这简直让我不能相信,你理解吗?"

"我知道,"黑尔默赞同道,"我们也都经历过那样的年纪,你觉得呢,我们也纵情欢闹过,我们也放荡不羁过……"

"但绝不是这样,"尤莉亚打断他的话,"不会以这种方式。"

一抹短暂的微笑掠过了她的脸庞,她想起她年轻的时候去了一次迪厅,那绝对是一场灾难。"我和你说过我的故事吗?我第一次喝得酩酊大醉,回到家之后和爸爸讲了最真的实话,然后还吐到了他脚上。"她轻声地咯咯笑着,黑尔默微微一笑,然后她又忧伤地继续说道:"最可怜的是,他已经在那个晚上经历了巨大的恐惧,我本来和他约定好,两个小时就回来。你是知道的,因为手机以及其他的……我是说,20 世纪七十年代就是那样的。""喂,我说,"黑尔默强调着,"有人已经遗忘了 20 世纪七十年代吗?"他音量稍微放低之后继续说道,"我相信我们都拥有这样的回忆,我们的爸爸妈妈曾经不止一次地躺在床上彻夜难眠。但关键是,我们都知道自己的界限在哪里。如果我们问局里的每一个人同样的问题,谁要是说他在小的时候没有尝试着扯过包装袋,那么他就是在撒谎。但是像这个案子里如此荒淫放荡的情况,我不知道,我是没有经历过的。"

"他们这是完全没有给自己的行为设置界限,"尤莉亚点了点头,"这个贝尔特拉姆导致了'梅森案'的发生,这是完全有可能的。你一定记得安德烈亚的笔记,上面记载了那种毒品的高纯度。高纯度的可卡因再加上大量高度数的威士忌和伏特加,这些物品完全符合肆无忌惮的贝尔特拉姆的风格,难怪在其他人的血液检查中还剩有很高的酒精与毒品含量。但是喝醉和吸食毒品都是他们每一个人自愿的。然后结果呢?一两个学生完全酩酊大醉,一个女孩死去了,记忆全都消失了,没有一个人认罪,所以结果是都要在监狱里待上 12 到 15 年不等的时间。那是一个人最好的年纪,但尽管如此,出狱的时候还是比我现在年轻。"

突然尤莉亚感觉到弗兰克·黑尔默的手臂抱住了她。她感到很累,她将头靠到了他的肩上,就在这个时候,他用温柔的、还带着点儿戏谑的话语对她问道:"你可以肯定地告诉我吗?"

尤莉亚轻轻地转过头,以便能够看到他。她是想看到他眼中的说笑,然后皱着眉头问道,"什么?"

"哦,因为在这12年到15年以来,你显然都在忙碌着。我很乐意将这视作一种称赞,当你把这段时间称作是'最好的时光'时,"黑尔默微笑着,"因为这段时间正好是我们作为搭档一起披荆斩棘的日子。"

"啊,你啊!"尤莉亚低声说道并亲密地推了他一下。

他们沉默着,欣赏着夕阳,它正慢慢变成红色,这时她轻声说道:"如果那是我们最好的时光,我说,你想一想,我们都经历了怎样的艰难困苦,不是吗? 有多少时刻啊。所以直到现在,我也无法完全确定,我已经走到了人生的什么阶段以及是否已经度过了最坏的时刻。但是另一方面……"她一边叹着气一边靠近了她的同伴,"对我来说,没有人比你更勇敢,可以和我一起排除万难,一路向前。"

"你看,我也不是那么糟糕,不是吗?"黑尔默回答道,"那是最好的时光,也是最坏的时光。"

"是的,可以这么说。"尤莉亚点点头。

然后,突然,她挣脱了黑尔默的手臂,站起身来,向着他伸出手来。

"走吧,搭档,思考结束了! 让我们继续下一个12年到15年吧。"

尾　声

在亚历山大·贝尔特拉姆的家乡陶努斯,他的葬礼秘密地举行了,他被葬在了公墓中的一个不起眼的墓穴里。贝尔特拉姆夫妇搬到了德国北部,对外宣称是因为贝尔特拉姆夫人的哮喘病没法再在这里居住下去。

施蒂格勒夫人根本没有什么机会可以逃离邻居们的指责目光和窃窃私语。在她儿子的葬礼之后,她患上了严重的精神分裂,并且进行了几个月的精神治疗。卡洛作为中间人,参与销售非法的淫秽和虐杀视频这件事,直到今天都让她无法相信。

在 2012 年 9 月 28 日,FBI 搜查了爱达荷州波卡特洛的一户人家。在那里没收了一台电脑和一个笔记本,硬盘上存满了视频片段,都是性暴力的内容。官方的调查报告还提到有一个虐杀视频是由贝尔特拉姆和施蒂格勒所做的。警方逮捕了一个 47 岁的男人,他看起来很有同情心,心地也十分善良,他是一个中产企业家,还是四个孩子的父亲。他听从了律师的劝告一言不发。电脑上一直没有找到珍妮弗·梅森的死亡视频。在今天大多数的媒体和网络论坛仍将虐杀电影的存在视为一个现代谎话。

尤莉亚·杜兰特回慕尼黑拜访了她的父亲,并且和这个老男人一起度过了整整两周的时间,她对他很担忧。持续的代理工作显然已经让他筋疲力尽,他自己也承认这一点。并且他已经瘦了 5 千克,他的眼睛看起来很疲惫,没有任何光泽。尤莉亚非常心疼她的父亲,她非常了解他,所以在她到达后的前几天,她就请求她的父亲,暂时放弃现在所坚持的工作。最终她的父亲答应和她去意大利旅行,他们到了"靴子"最顶尖的地方。在卡拉布里亚省的克罗托内的一个小村庄中,他们在当地一位友善的牧师的陪同下,找到了阿德里亚娜·丽娃的家人。

警察将她的死视为自杀,记录在了档案中,并且在尸检之后也没有发现任何其他暴力伤害的证据,于是尸体被运到了村庄以外的一个小土堆上,在一个贫穷的墓穴里被草草地埋葬了。自杀在当地是不可以埋葬于村庄的墓地中的。尤莉亚拜访了那里三次,并且向他们解释了阿德里亚娜·丽娃在梅森案件中所犯下的罪行,她的案子已经被警方重新衡量了,在这种情况下,那儿的牧师才表示,愿意给丽娃办一个体面的葬礼,并且赐福于她。哪怕有一点点其他的可能性,这个年轻的女孩都不会选择这条不归路……一只迷途的羔羊……但是当地政府却抱着完全不同的观点。

那么现在,尤莉亚可以继续生活下去了,不管是作为女警官,还是基督徒亦或是一个普普通通的人。

贝格尔在九月中旬才回到警局,这是一个恰当的返回时间,并且他还戴着康复器具。这位警官声称,他已经不需要再做手术了，据他自己所说，他会为他的工作奋战到最后一刻。他现在已经牢牢地和他的工作联系在了一起，就像尤莉亚·杜兰特、弗兰克·黑尔默和其他人一样。

多丽丝·塞德尔休息了几周以后，在她自己的要求下，她在贝格尔回归的前一周回到警局，她整个八月都在做医疗体操，为了让自己的右臂可以恢复正常移动。尤莉亚没有太惊讶于她那长大的肚子，并且对她容光焕发的面庞和日益圆润的面颊没有发表任何评价。

在 12 月 22 日——平安夜的前两天和预产期的前一天，在法兰克福赫希斯特医院里，彼得·库尔默新生的女儿被放到了这位自豪的父亲的怀中。

作者的话

好吧。

怎样给自己的书写后记呢？特别是这本书，你压根儿就没奢望过可以参与其中。

我想，也许最好从我排除了的那个错误的观点写起。当我最开始接受了《死亡曲调》的续写工作时，我产生了一种错误的观念，认为"如果一个人喜欢读一本书，那么他也会轻松地写好它"，特别是当机遇选择了你，那么你就一定会自己完成所有的工作。

此言差矣！

但幸运的是，对于我这么一个默默地仰慕着尤莉亚·杜兰特的人来说，外面世界的大量专家给我充当了领路人，为我的写作指明了方向。

在大量的论坛和群体里——我所指的不仅仅是登陆注册在安德烈亚斯·弗朗茨网站上的数千人，粉丝们讨论着尤莉亚·杜兰特、弗兰克·黑尔默和案件的背景，以及事件真正的关系和其他许多信息。称赞和指责，我读了它们大部分的内容并记录下了其中的一些信息用于我日后的写作。所以我首先要感谢所有的粉丝，你们使得一个作者可以超水平地发挥，写出生动的文章。

除此以外，我要在这里对我的朋友们、同事们、我的家人以及所有在我身边或者以任何形式包容我的人表达我最衷心的感谢。因为在过去的几个月中，与我相处真是件不容易的事情，想要联系我、想要从我这里得到什么或者想要激起我对与写作无关之事的兴趣，都是无法办到的。感谢所有富有建设性的建议，以及你们的期待、耐心和理解。

最要感谢的是英格·弗朗茨。我们第一次在哈特斯海姆见面时的情景就像是发生在昨天一样，后来我们互发了大量邮件，通过很多次电话，建立了一种互相信任的关系。就像对于她丈夫的作品那样，弗朗茨女士也很乐意给我的作品充当第一审查人——她是具有批判精神的，她熟悉文章的结构，给我很多富有建设性的意见。当我有问题的时候，她是我第一个征求答案的对象，对于她那友善的耐心和热心的帮助致以我最诚挚的感谢和最崇高的敬意。

丹尼尔·霍尔贝

黑版贸审字 08 – 2012 – 040 号

图书在版编目(CIP)数据

死亡曲调/(德)弗朗茨,(德)霍尔贝著;刘冬妮译.
—哈尔滨:哈尔滨出版社,2013.11
ISBN 978–7–5484–1604–3

Ⅰ.①死… Ⅱ.①弗… ②霍… ③刘…
Ⅲ.①推理小说–德国–现代 Ⅳ.①I516.45

中国版本图书馆 CIP 数据核字(2013)第 249904 号

Title of the original German edition:
Todesmelodie ⓒ 2012 Droemersche Verlagsanstalt Th. Knaur Nachf.
GmbH&Co. KG, München

书　　名:死亡曲调
- -
作　　者:[德]安德烈亚斯·弗朗茨　丹尼尔·霍尔贝 著
译　　者:刘冬妮 译
责任编辑:路　嵩　于海燕
责任审校:李　战
封面设计:琥珀视觉
版式设计:恒润设计
- -
出版发行:哈尔滨出版社(Harbin Publishing House)
社　　址:哈尔滨市松北区科技一街 349 号 3 号楼　　邮编:150028
经　　销:全国新华书店
印　　刷:哈尔滨市石桥印务有限公司
网　　址:www. hrbcbs. com　　www. mifengniao. com
E–mail:hrbcbs@ yeah. net
编辑版权热线:(0451)87900272　87900273
邮购热线:4006900345　(0451)87900345 或登录蜜蜂鸟网站购买
销售热线:(0451)87900201　87900202　87900203
- -
开　　本:880mm×1230mm　1/32　印张:12　字数:256 千字
版　　次:2013 年 11 月第 1 版
印　　次:2013 年 11 月第 1 次印刷
书　　号:ISBN 978–7–5484–1604–3
定　　价:35.00 元
- -
凡购本社图书发现印装错误,请与本社印制部联系调换。
服务热线:(0451)87900278
本社法律顾问:黑龙江佳鹏律师事务所